ALICE MOSS

Kristall Kuss

Aus dem Englischen
von Anna Serafin

Schneiderbuch
EGMONT

1. Auflage

verlegt durch EGMONT Verlagsgesellschaften mbH,
Gertrudenstraße 30–36, 50667 Köln

Erstmals in Deutschland erschienen unter dem Titel »Mortal Kiss –
Ist deine Liebe unsterblich?« bei Egmont INK, 2011

With special thanks to Sharon Gosling
Originalverlag: Bantam, an imprint of Random House Children's Books
Originaltitel: Mortal Kiss – What would you sacrifice for a kiss?
Übersetzung aus dem Englischen: Anna Serafin
Umschlag: Carolin Liepins, München,
unter Verwendung diverser © Shutterstock-Motive (©svaga; ©Marchie; ©Lara Cold)
Satz: Greiner & Reichel, Köln
Printed in the EU (675292)
ISBN 978-3-505-13672-6

www.schneiderbuch.de

MIX
Papier
FSC FSC® C017859

KAPITEL 1

Der erste Tag nach den Ferien

Faye McCarron strich sich eine dunkelbraune, windzerzauste Strähne unter die gestreifte Wollmütze und bückte sich, um ein neues Foto zu machen. Sie wusste nicht, wie lange der Schnee liegen bleiben würde, doch es wäre unsinnig, die Gelegenheit zu verpassen.

»Willst du dich gleich am ersten Schultag verspäten?«, fragte Liz Wilson ungeduldig. »Du weißt doch, wie stinkig du wirst, wenn du zu spät kommst.«

Faye warf Liz einen kurzen Blick zu, streckte ihr die Zunge heraus und schoss das nächste Foto von den Blumen vor der Winter Mill Highschool.

»Es klingelt jeden Moment«, mahnte Liz.

Faye erhob sich seufzend. Sie war etwas größer als ihre Freundin, worüber Liz immerzu jammerte, während Faye den Unterschied nicht erwähnenswert fand. »Liz, schau mal … Die Rosen sind schneebedeckt, obwohl wir erst Anfang September haben!«

»Ist mir schon klar.« Liz schüttelte sich die braunen Locken aus den perfekt geschminkten dunklen Augen. »Seltsam. Einmal Schnee zu dieser Jahreszeit wäre ja noch in Ordnung, aber man könnte meinen, wir haben Weihnachten. Die ganze Stadt sieht aus wie ein Wintermärchen.«

»Genau.« Faye machte ein weiteres Foto. »Darum werden diese Bilder ja auch das große Ding im *Miller*.«

Liz schnaubte. »Ach ja? Als ob der Schulzeitung nicht gerade jeder Idiot hier Aufnahmen seines *echt coolen* Schneemanns schicken würde.«

Faye sah ihre Freundin an und wusste, dass Liz sie neckte. »Hast du mich gerade Idiot genannt?«

Es war kurz still. »Also«, wechselte Liz elegant das Thema, »gibt's endlich Neuigkeiten von deinem Vater?«

Faye schüttelte den Kopf. »Nein.«

»Und gemailt oder angerufen hat er auch nicht?«

»Nein.«

Nach kurzem Zögern sagte Liz fröhlich: »Na, bestimmt ist er einfach beschäftigt. Wo ist denn seine neueste Ausgrabung?«

Faye schoss ein letztes Foto, richtete sich auf und setzte die Kappe auf das Objektiv ihrer digitalen Spiegelreflexkamera, die sie letzte Weihnachten von ihrem Vater bekommen hatte. Das teuerste Geschenk, was er ihr je gemacht hatte, wohl in der Hoffnung, sie würde ihn, wenn sie erst älter wäre, damit auf seinen archäologischen Expeditionen als Fotopraktikantin begleiten. Sie konnte es kaum erwarten, genau davon träumte sie seit einer Ewigkeit. Es würde unglaublich schön sein, mit ihm all die wahnsinnigen Orte zu besuchen, von denen er erzählt hatte, doch bis dahin wünschte sie, er würde sich von seinen Reisen öfter melden. Manchmal vergingen Wochen ohne ein Lebenszeichen, und Faye war immer besorgt um ihn, gab sich aber alle Mühe, das zu verheimlichen.

»Er ist in Tansania.«

»In Australien?« Liz hob die Brauen.

»Nein, Liz, du meinst Tasmanien.«

»Oh.«

»Tansania liegt in Afrika.«

»Na bitte, vermutlich braucht die Post dort ewig. Und die Internet- und Telefonverbindungen sind ständig kaputt.«

Faye musste unwillkürlich lächeln, zog ihre Freundin zu sich heran und umarmte sie kurz. »Danke, Lizzie.«

»Wofür?«

»Für die Aufmunterung.«

Liz erwiderte die Umarmung. »Wozu hat man Freunde?«

Plötzlich hörten sie den lauten Motor eines Autos hinter sich und zuckten zusammen. Als sie sich umdrehten, sahen sie einen schwarz glänzenden Cadillac einen Meter vor sich halten. Seine Räder gruben tiefe Spuren in den Schnee.

»Oh mein Gott!«, rief Liz aufgeregt. »Das ist bestimmt er.«

»Wer?«

»Der Morrow-Junge! Lucas!«

Die beiden Mädchen sahen die Beifahrertür aufgehen, und ein ungefähr sechzehnjähriger Junge stieg aus. Er war groß und breitschultrig, seine strohblonden Haare fielen ihm in die Stirn und über die strahlend blauen Augen. Er zog einen Rucksack über die Schulter, strich sich die Haare aus dem Gesicht und warf dabei einen Blick auf das Schulgebäude.

»Oh mein Gott«, flüsterte Liz theatralisch. »Der ist ja fantastisch. Mach ein Foto von ihm!«

»Was?«

»Für die Zeitung. Schreib doch eine Geschichte über … über seine Ankunft und das ganze Morrow-Geheimnis.«

»Das Morrow-Geheimnis? Was soll das sein?«

»Die ganze Stadt spricht darüber. Komm schon, Faye, du hast

doch bestimmt gehört, dass die Morrows in unsere Gegend gezogen sind?«

Das hatte sie. Alle sprachen darüber, dass Mercy Morrow, eine ungemein reiche Erbin, das alte Anwesen im Wald erworben hatte.

»Ich weiß, die ganze Stadt ist fasziniert davon«, sagte Faye, »aber ich versteh nicht, was daran so geheimnisvoll ist.«

Liz seufzte dramatisch, als könnte sie nicht glauben, was sie da hörte. »Faye. Warum hat Mercy Morrow – eine der reichsten Frauen Amerikas – sich ausgerechnet im ruhigen, alten Winter Mill ein Haus gekauft?«, wollte sie wissen und wiederholte damit, was sich viele in der Stadt fragten. »Sie könnte überallhin, nach Los Angeles, Monaco, Rom, aber sie ist *hierher* gekommen.« Sie machte eine Kunstpause. »*Und niemand weiß, warum.*«

»Vielleicht will sie an einem Ort leben, wo keiner über sie tratscht«, meinte Faye sarkastisch.

»Ach komm, Faye, mach einfach ein Foto.«

»Ist ja gut.« Sie nahm die Kappe vom Objektiv und hob die Kamera, doch noch ehe sie ein Bild schießen konnte, öffnete sich die Fahrertür. Ein großer, blasser Mann stieg aus und bellte die beiden mit unangenehmer, rauer Stimme an. Sein schmales, ausgemergeltes Gesicht sah aus wie ein hautfarben bemalter Schädel, die dunklen, grausam wirkenden Augen lagen tief in den Höhlen. Schon sein Anblick gruselte Faye.

»Keine Fotos«, erklärte er schroff.

»Das ist nur für unsere Schulzeitung«, erwiderte Faye.

»Ich sagte: *keine* Fotos.«

»Schon gut, Ballard.« Lucas Morrow schloss die Beifahrertür. »Ich hab das hier im Griff. Fahren Sie zurück zu Mom.«

Der Mann warf Faye einen kühlen Blick zu und stieg langsam wieder in den Wagen. Im nächsten Moment fuhr der Cadillac davon.

»Wow, meine ersten Einheimischen«, sagte der Junge und trat mit leichtem Lächeln zu den Mädchen.

»Hi«, grüßte Faye, die sich nach dem Zusammenstoß mit Ballard noch etwas durcheinander fühlte. »Du bist also Lucas Morrow. Freut mich, dich kennenzulernen. Ich bin Faye, und das ist Liz.«

Lucas musterte die beiden von oben bis unten. »Ihr seid also so was wie die besten Reporter der Kleinstadtausgabe des *National Enquirer*?«

Faye kniff die Augen zusammen. »Des *National Enquirer*?«

Lucas grinste. »Das ist so ein Schundblatt.«

»Ich weiß, was das ist.«

Faye beobachtete genervt, wie Lucas sein bezauberndstes Lächeln anknipste und seine tadellos weißen, ebenmäßigen Zähne blitzen ließ. »Manchmal ist es auch … ganz spaßig.«

Faye wollte sich nicht bezaubern lassen, sie ärgerte sich immer noch über die Schundblatt-Stichelei. »Na klar.«

Nach einer kurzen, verlegenen Pause murmelte Lucas: »'tschuldigung. Sollte ein Witz sein. Ich bin wohl nervöser, als ich dachte. Heute ist mein erster Tag …«

»Schon in Ordnung«, sagte Faye und schüttelte den Kopf.

Lucas sah sie schelmisch an. »Sicher? Du siehst nicht aus, als wäre alles in Ordnung. Du wirkst verärgert. Deine Augen blitzen.«

»Mach dir da mal keine Gedanken«, mischte Liz sich ein, ehe Faye antworten konnte. »Die sind immer so. Alle in ihrer Familie haben verrückte grüne Augen.«

Lucas hob die Brauen. »Verrückte grüne Augen?«

»Oh nein.« Liz merkte jetzt erst, was sie gesagt hatte. »Ich meinte nicht *verrückt*! Ihre Augen sind nur, na ja, *wahnsinnig* grün.«

Lucas lachte. »Gut. ›Verrückte Fee‹ ist nämlich kein so toller Spitzname.«

Faye fand ihre Stimme wieder. »Ich hab keinen Spitznamen. Und vergiss, was meine Freundin gesagt hat. Die ist … nicht ganz dicht.«

Liz schnappte empört nach Luft. »He!«

Lucas lachte erneut. »Seid ihr zwei für diese Schule typisch? Dann dürfte mein Aufenthalt hier interessanter werden als gedacht.«

Faye lächelte honigsüß. »Darf ich dich also für die Schulzeitung aufnehmen?«

Lucas zuckte mit den Achseln. »Vielleicht. Lass uns einen Deal machen: Ich verpass dir einen Spitznamen, und du darfst mich fotografieren.«

Faye schüttelte den Kopf. »Kommt nicht infrage.«

Lucas seufzte bedauernd. »Zu spät. Ich hab schon den perfekten Spitznamen für dich: *Flash*. Ich glaube, der passt zu dir.«

»*Flash*?«, wiederholte Faye entsetzt.

»Klar. Wegen deiner grünen Augen und deiner Sucht, Fotos zu schießen. Passt doch perfekt, oder?«

»Der ist wirklich ziemlich gut«, sagte Liz nickend.

Lucas lächelte sie an. »Danke, und das ist nur eine meiner vielen Begabungen.«

Faye stieß Liz den Ellbogen in die Rippen. »Du nennst mich *nicht* Flash, niemand nennt mich Flash!«

»Ach komm, Flash, sei keine Spielverderberin«, neckte Lucas sie.

»Ich bin keine …«, begann Faye, doch er entfernte sich bereits.

Die Mädchen sahen ihm nach, als er die Winter Mill Highschool durch den Haupteingang betrat.

»He!«, rief Faye plötzlich. »Ich hab noch kein Foto von dir gemacht.«

Der Junge drehte sich grinsend um, blieb aber nicht stehen. Faye hob die Kamera und schoss schnell zwei Bilder, ehe er durch die Tür verschwunden war.

»Oh … mein … Gott!«, flüsterte Liz. »Ist das nicht der süßeste Junge, den du je gesehen hast?«

Faye schüttelte den Kopf und wusste nicht recht, ob sie verärgert oder amüsiert sein sollte. Flash! Er hatte sie *Flash* genannt! Was für ein schrecklicher Spitzname. »Los«, sagte sie und rannte zur Tür, weil die Schulglocke läutete. »Wir sind spät dran!«

»He, warte!«, rief Liz ihr nach. »Schreibst du nun was über das Morrow-Geheimnis oder nicht?«

KAPITEL 2

Neuankömmlinge

Bei Schulschluss hatte Faye die Nase gestrichen voll von Liz' dauerndem Geschwätz über den »absolut fantastischen« Lucas Morrow. Sie hatte den ganzen Tag lang von nichts anderem geredet, und das machte Faye allmählich verrückt. Obendrein nannte Liz sie nun bei jeder sich bietenden Gelegenheit *Flash*. Faye wollte nur selten nicht mit ihr zusammen sein, aber jetzt gerade wäre sie am liebsten allein nach Hause gezogen.

Nach der Schule gingen die Mädchen meistens zum Lernen zu Faye. Liz verbrachte dort so viel Zeit, dass Tante Pam manchmal vorschlug, sie solle bei ihnen einziehen. Fayes Mutter war gestorben, als sie noch klein war, und seither lebten Faye und ihr Vater mit seiner Schwester zusammen. Die Tante besaß die einzige Buchhandlung in Winter Mill und wusste alles über die Stadt und ihre Geschichte. Genau genommen kannte Pam sich in Geschichte und Kultur insgesamt gut aus. Zwischen ihrem zwanzigsten und vierzigsten Lebensjahr war sie viel gereist und hatte sogar einige Jahre in Osteuropa und Indien gelebt, ehe sie nach Winter Mill zurückgekehrt war und die Buchhandlung eröffnet hatte. Faye liebte ihre Tante wie eine Mutter.

»Pam! Wir sind's«, rief Faye, als sie und Liz die Holztür des Ladens öffneten. Aus dem vollgestopften Geschäft drang kein Laut, doch kaum klopften die beiden ihre schneeverkrusteten Schuhe auf der Matte ab, tauchte Pamela McCarron aus dem Hinterzimmer auf. Sie hatte ein bedrucktes afrikanisches Tuch in ihr rot gewelltes Haar gebunden, und trotz der Kälte trug sie wie stets T-Shirt und einen langen Rock.

»Du brauchst nicht so zu schreien«, sagte sie. »Schließlich wohnst du hier lange genug, um zu wissen, dass ich in der Nähe bin, oder?«

Faye ging auf ihre Tante zu und gab ihr einen Kuss auf die Wange. »Entschuldige. Gibt's was Neues von Dad?«

Pam drückte ihr kopfschüttelnd den Arm. »Noch nicht, aber mach dir deswegen keine Gedanken.«

Faye nickte, doch ihr Magen zog sich zusammen. Sie hatte ungewöhnlich lange nichts von ihrem Vater gehört.

»Ich weiß, es ist schwer, aber du kennst ihn ja. Bestimmt meldet er sich in ein, zwei Tagen«, sagte Pam herzlich. »Übrigens stehen oben in der Küche frisch gebackene Ingwerkekse. Welche Bücher braucht ihr für die Hausaufgaben?«

Liz umarmte Pam stürmisch. »Gibt's ein Buch darüber, wie man den Jungen seiner Träume dazu bringt, sich in einen zu verlieben?«

»Was soll das denn heißen?«

»Geh bloß nicht auf sie ein«, seufzte Faye. »Sie redet die ganze Zeit von dem Neuen, seit sie ihn heute Morgen gesehen hat.«

»Ach?«, fragte Pam. »Was für ein Neuer denn?«

»Lucas Morrow. Er ist umwerfend, einfach *umwerfend*, Tante Pam«, schwärmte Liz. »Er sieht rasend gut aus, er ist klug und lustig …«

»Und nervig«, ergänzte Faye.

Liz verdrehte die Augen. »Faye mag ihn nicht.«

»Was soll das heißen: Ich mag ihn nicht? Ich kenne ihn ja gar nicht. Und außerdem *will* ich ihn auch nicht kennenlernen.«

»Faye«, mahnte Tante Pam. »Sei nicht so. Er ist neu hier. Du solltest etwas freundlicher zu ihm sein.«

»Er nennt mich Flash!«, kreischte Faye. »Das ist total peinlich! Und Liz nennt mich auch schon so. Wenn die zwei so weitermachen, setzt sich das durch, und dann heiß ich in der ganzen Schule Flash. Wär ich dem bloß nie begegnet!«

Tante Pam versuchte, ernst zu bleiben. »Flash? Ach, weißt du, das ist doch …«

»Jetzt fang du nicht auch noch an«, maulte Faye.

»Wenn ihm nichts Fieseres eingefallen ist, kann er so übel nicht sein«, lachte ihre Tante.

»Hab ich schon erzählt, dass er rasend gut aussieht?«, fuhr Liz fort. »Er hat ganz tolles Haar, das einfach …«

»Grrr!« Faye hielt sich die Ohren zu. »Jetzt bitte nichts mehr über diesen großartigen Neuen. Können wir mal eine halbe Stunde darüber schweigen? Bitte!«

»Na gut«, seufzte Liz. »Komm, ich will einen von diesen Keksen.« Sie hielt inne, weil plötzlich laute Motorengeräusche die Ruhe draußen störten.

»Was ist das denn?«, fragte Faye und öffnete die Ladentür. Liz und Pam waren ihr gefolgt. Gemeinsam spähten sie auf die verschneite Straße.

Sechs riesige, schwarze Motorräder kamen langsam angedonnert und wirbelten den Schnee auf. Sie fuhren in V-Formation und nahmen so viel Platz ein, dass kein Auto an ihnen vorbeikam. Alle Biker trugen schwarze Ledermontur und eine Sonnenbrille, die ihre Augen verbarg. Der Anführer der Meute hatte einen grau durchzogenen Bart und langes, wehendes Zottelhaar.

Entlang der Straße traten überall die Bewohner aus ihren Häusern, vom Dröhnen der Motorräder aufgeschreckt.

»Wow«, sagte Faye laut. »So ein Krach!«

»Was sind das denn für welche?«, gab Liz ebenso laut zurück. »Ich kenne keinen von denen.«

Pam beobachtete die Motorräder genau. »Die sind schon seit einer Weile in der Gegend. Aber jetzt sind sie zum ersten Mal zusammen in der Stadt aufgetaucht. Vermutlich wollen sie sich uns vorstellen. Irgendwie hab ich das Gefühl, dass sie hier nicht besonders willkommen sind.«

Die Biker glitten langsam an der Buchhandlung vorbei. Faye war fasziniert … eine echte Motorradgang hatte sie noch nie gesehen. Sie kramte nach ihrer Kamera, um ein Foto zu schießen. Die Biker wären ein toller Artikel für den *Miller*. Beim Blick durch den Sucher merkte sie, dass einer der Männer sie musterte. Er war jünger als die Übrigen, vermutlich kaum älter als Faye. Sein dunkles Haar war so kurz geschnitten, dass es kaum aus dem Helm ragte, und wegen der Sonnenbrille konnte sie seine Augen nicht erkennen. Aber etwas an ihm ließ Faye innehalten und über den Rand ihrer Kamera schauen, während er langsam in der Ferne verschwand.

»Ich glaube, der da war vor einigen Tagen schon hier«, sagte Pam Faye ins Ohr. »Damals sah er nicht so furchterregend aus.«

Faye blickte ihre Tante an. »Das hast du mir gar nicht erzählt!«

Pam zuckte mit den Achseln. »Ich hab nicht mehr dran gedacht.«

»Schaut mal«, sagte Liz. »Da ist mein Vater in seinem Streifenwagen.«

Der dicke Sergeant Wilson, oberster Ordnungshüter von Winter Mill, folgte den Bikern. Statt aber an der Buchhandlung vorbeizufahren, hielt er an, öffnete seine Tür und setzte beim Aussteigen den Hut auf.

»Mitch«, grüßte ihn Pam. »Sieht so aus, als hätten wir neue Leute in der Stadt.«

Sergeant Wilson nickte düster. »Ich bin auch nicht froh darüber, das kann ich Ihnen sagen.«

»Vielleicht heißt das ja, dass sie weiterziehen?«

Er schüttelte den Kopf. »Leider nicht. Sie zelten noch immer oben im Wald. Darf ich reinkommen, Pam?«

»Natürlich. Es ist doch nichts Schlimmes?«

Sergeant Wilson blickte ernst. »Vielleicht doch. Ich muss mit den Mädchen reden.«

KAPITEL 3

Black Dogs

Liz sah zu, wie ihr Vater den Schnee von seinen Schuhen schüttelte. Es war Ladenschluss, Pam sperrte hinter ihm ab und nahm die Geldschublade aus der Kasse. Dann drängten sich alle in die kleine Küche der McCarrons im Obergeschoss. Es begann wieder zu schneien, und große Flocken sammelten sich auf dem Fenstersims.

Stirnrunzelnd setzte Mitch Wilson sich an den Küchentisch. Liz war beunruhigt und begann zu überlegen, was sie in letzter Zeit ausgefressen hatte. Ihr Vater war ziemlich streng, doch sie hatte keinen Schimmer, was es gewesen sein mochte. Ihr Zeugnis kam ja wohl nicht infrage, da das neue Schuljahr gerade erst begonnen hatte. Liz zwang sich, ruhig zu bleiben, setzte sich Faye gegenüber und nahm einen Ingwerkeks, während Pam aus einer Porzellankanne Tee einschenkte.

»Also, was gibt's, Dad?«, wollte sie wissen. »Du siehst besorgt aus. Was ist passiert?«

Der Polizist seufzte und fuhr sich zerstreut durchs Haar. »Wir haben oben im Wald eine Leiche gefunden, knapp einen Kilometer vor der Stadt. Einen Mann. Ich kenne ihn nicht, also dürfte er nicht von hier sein. Wir versuchen gerade, seine Identität zu ermitteln.«

»Was?«, rief Liz erschrocken. »Das ist ja furchtbar. Wie ist er gestorben?«

»Das wissen wir noch nicht. Und natürlich darf ich euch nicht viel erzählen, solange die Untersuchung läuft. Aber sagen wir mal, wir schließen zum gegenwärtigen Zeitpunkt nichts aus.«

Liz sah Faye an, die offenbar das Gleiche dachte. »Soll das heißen …? Du glaubst doch nicht, er wurde *ermordet*, Dad? Hier? In Winter Mill?«

Ihr Vater nahm noch einen Schluck Tee und warf Faye über seine Tasse hinweg einen seltsamen Blick zu. Liz fragte sich, was er bedeutete, doch schon war er verschwunden, und Mitch zuckte erneut mit den Achseln. »Wie gesagt, wir schließen nichts aus.«

»Aber Winter Mill ist doch so friedlich«, erwiderte Faye atemlos und mit großen Augen. »Ich hab nie gehört, dass hier ein Mord geschehen wäre. Du etwa, Tante Pam?«

Pam schüttelte den Kopf. »Seit ich hier wohne, ist nichts dergleichen gewesen, und ich schätze, auch davor ist so etwas schon lange nicht passiert.«

»Tja, noch wissen wir nicht, ob es wirklich Mord war«, mahnte Sergeant Wilson. »Die Todesursache ist noch unklar. Ich muss auf den Befund des Gerichtsmediziners warten, ehe ich die Fahndung einleite. Und um ehrlich zu sein …« Er schüttelte den Kopf. »Bei diesem Wetter wird es schwierig, draußen überhaupt von der Stelle zu kommen. Alle Straßen in der Stadt und außerhalb sind eisglatt und tückisch.«

Liz war beunruhigt. »Meinst du, wenn es weiter so schneit, werden wir von der Welt abgeschnitten? Haben wir für diesen Fall denn genug Vorräte und so?«

»Das dürfte kaum passieren«, sagte Faye. »Die Stadt ist auf so was vorbereitet.«

Sergeant Wilson tätschelte seiner Tochter die Hand. »Faye hat recht. Mach dir keine Gedanken. Wir räumen die Straßen, damit das nicht geschieht. Wir müssen nur dafür sorgen, dass das Streugut nicht ausgeht, und hoffen, dass der Kälteeinbruch nicht lange anhält.«

»Und wenn doch?«, überlegte Liz. »Seit fünf Tagen ist es jetzt schon eisig. Vielleicht schneit es ja weiter so.«

»Das kann doch nicht sein, oder?«, fragte Faye. »Es ist schließlich erst September!«

»Ich habe heute ein wenig recherchiert«, sagte Pam. »In den Annalen unserer Stadt gibt es keinen Hinweis, dass es je so früh so heftig geschneit hat, seit 1680 nicht. Das ist erstaunlich. Ich glaube, dieser Schnee ist einmalig in der Geschichte von Winter Mill und vielleicht von ganz Neuengland.«

»Der Schnee macht mir weniger Sorgen«, sagte Sergeant Wilson. »Mein Problem sind im Moment die Motorradfahrer.«

»Glauben Sie, die haben etwas mit der Leiche zu tun?«, fragte Faye.

»Es gibt keine direkte Verbindung, jedenfalls noch nicht. Das ist nur so ein Gefühl. Diese Leute bedeuten Ärger, und ich glaube nicht an Zufälle. Kaum sind sie aufgetaucht, ermittle ich im ersten ungeklärten Todesfall in Winter Mill seit Jahrzehnten.« Sergeant Wilson schüttelte den Kopf. »Das gefällt mir nicht.«

Pam goss dem Polizisten noch Tee ein. »Beurteilen Sie die Menschen nicht nach dem Erscheinungsbild, Mitch. Einer von ihnen war vorgestern bei mir im Laden. Er war vor allem jung.«

Mitch runzelte die Stirn. »Was hat er hier gesucht?«

»Er hat in einigen Büchern geblättert, wollte aber wohl hauptsächlich aus der Kälte raus. Sein Name ist Finn. Ich sagte ihm, er sei willkommen, doch wenn er es wirklich warm haben wolle, müsse er mir die Heizung reparieren helfen, die seit dem Kälteeinbruch verrücktspielt.« Pam setzte sich an den Tisch. »Und das hat er gut gemacht. Er erschien mir harmlos, Mitch, wenn auch etwas still. Sind Sie sicher, dass die Black Dogs in die Sache verwickelt sind?«

»Die Black Dogs?«, wiederholte Liz verwirrt.

Ihr Vater sah von seinem Tee auf. »So heißt ihre Gang. Sie gehören zu den Leuten, die gern einen guten ersten Eindruck hinterlassen«, fügte er ironisch hinzu.

»Was hat das alles mit uns zu tun, Sergeant?«, fragte Faye. »Sie sagten, Sie müssten mit Liz und mir reden.«

»Ich will einfach nicht, dass ihr Mädchen euch da oben im Wald rumtreibt«, seufzte Sergeant Wilson. »Und nicht nur ihr beide. Ich habe vor, das allen Kindern von Winter Mill zu verbieten. Ich weiß, der Wald lockt wegen des Schnees. Der liegt schon hoch und ist perfekt zum Skilaufen, Schlittenfahren, Snowboarden. Ich möchte kein Spielverderber sein, aber solange die Biker noch in der Gegend sind, und ich nicht weiß, wie dieser Mann gestorben ist …«

Faye nickte. »Wir sind vorsichtig«, versprach sie.

»Du brauchst dir keine Sorgen zu machen«, pflichtete Liz ihr bei und nahm noch einen Keks. »Wir werden uns nicht mit ihnen anlegen.«

Sergeant Wilsons Handy klingelte, und er warf Pam einen entschuldigenden Blick zu, ehe er ranging.

»Ich muss los«, sagte er nach dem Telefonat, trank seinen Tee aus und stand auf. »Der Gerichtsmediziner ist gerade mit der Autopsie fertig geworden.«

KAPITEL 4

Unnatürliche Ursachen

Liz beschloss, mit ihrem Vater mitzufahren, statt weiter mit Faye Hausaufgaben zu machen. Sie hatte keine große Lust, durch den Schnee nach Hause zu stapfen, und außerdem war sie noch immer verärgert darüber, dass Faye Lucas offenbar nicht mochte. Einerseits war das zwar gut … zumindest wollten sie nicht beide mit ihm gehen, sodass Liz Lucas Morrow für sich allein haben konnte. Andererseits wünschte sie sich, ihre beste Freundin wäre wenigstens nett zu dem Menschen, den Liz bereits als ihren künftigen Freund erwählt hatte. Nicht, dass sie bisher viele feste Freunde gehabt hätte. Die meisten Jungs in Winter Mill hatten zu viel Bammel vor ihrem Vater, um sie zu einem Rendezvous einzuladen.

Sie trottete durch den Schnee auf den allradgetriebenen Streifenwagen zu und betrachtete dabei die gebeugten Schultern ihres Vaters. Sergeant Wilson galt als streng, aber gerecht, und so war auch sein Erziehungsstil. Eigentlich war er mitunter viel zu streng, was sie anging. Er hatte klare Ansichten, und sie wusste, wann sie besser daran tat, keine seiner Grenzen zu überschreiten. Jetzt aber gab es etwas, das sie unbedingt wollte, und es sah ganz danach aus, als würde er vielleicht auf lange Zeit sehr beschäftigt sein. Wenn sie also jetzt nicht danach fragte, wann würde sich wieder eine günstige Gelegenheit ergeben?

Ihr Vater ließ den Motor an, während sie die Tür schloss, und wartete, bis sie sich angeschnallt hatte. Es war Rushhour, die Läden in Winter Mill schlossen gerade, und die verschneiten Straßen der Kleinstadt waren voller Autos.

»Machen dir diese Biker wirklich Sorgen, Dad?«, fragte Liz und spürte, wie die Schneeketten unter ihnen griffen.

»Bisher haben sie mir keinen Grund zur Beruhigung gegeben«, brummte ihr Vater und sah kurz in den Rückspiegel, weil er abbog. »Nach meiner Erfahrung geht man besser auf Nummer sicher.«

»Ich passe auf, versprochen.«

Ihr Vater tätschelte ihr Knie. »Das weiß ich, Schatz.«

Sie fuhren schweigend weiter.

»Dad …?«

»Ja?«

»Ich dachte, jetzt, wo die Schule wieder angefangen hat und das nächste Jahr echt hart wird … und weil ich richtig gut sein will, das weißt du ja …«

»Ja, Lizzie?«

»Na ja, ich hab überlegt«, begann sie, biss sich auf die Lippe und fuhr dann hastig fort, »ich hab überlegt, ob ihr mein Taschengeld nicht erhöhen könnt, du und Mom.«

Ihr Vater seufzte. »Liz …«

»*Dad, bitte*. Die letzte Erhöhung ist schon ein Jahr her. Und jetzt bin ich älter und brauch echt was Neues zum Anziehen. Du hättest mal die Blicke in der Schule sehen sollen, als ich in der gleichen Jacke aufgetaucht bin wie letztes Jahr. Und falls der Winter wirklich so früh kommt«, setzte Liz unschuldig hinzu, »brauch ich auf jeden Fall neue Sachen, oder? Schöne, warme Sachen, weißt du.«

Als Liz sah, dass ihr Vater ein Lächeln zu unterdrücken versuchte, war ihr klar, dass sie bekommen würde, was sie wollte. Bevor er antworten konnte, umarmte sie ihn schon und küsste ihn auf die Wange.

»Liz, ich sitze am Steuer!«

»Entschuldigung«, sagte sie, als sie vor dem hübschen, verschindelten Haus ihrer Familie hielten. »Und danke, Dad! Oh mein Gott! Das wird so toll. Im Einkaufszentrum hat eine neue Boutique aufgemacht. Ich kann es kaum erwarten, dort zu shoppen!«

»He! Ich hab noch gar nicht Ja gesagt!«

Liz verstummte sofort, saß reglos da und sah ihn mit großen Augen an.

»Okay, okay«, sagte der füllige Polizist und räumte mit einem weiteren Seufzer seine Niederlage ein. »Du bekommst mehr Taschengeld. Aber«, mahnte er, als sie ihn erneut umarmen wollte, »in diesem Schuljahr bringst du nur gute Noten nach Hause, ist das klar?«

»Klar, Dad. Ist doch ein Klacks«, meinte Liz grinsend und in Gedanken schon bei der nächsten Shoppingtour. Beim Öffnen der Wagentür fischte sie nach ihrem Handy, sie musste Faye sofort anrufen! »Danke, Dad. Ich hab dich so lieb!«

»Und denk daran, was ich über den Wald gesagt habe. Wenn ich dich oder Faye dort oben erwische …«

Liz trat in den kalten Schnee. »Ich weiß. Keine Sorge.«

»Und keine Miniröcke! Ich hab dich auch sehr lieb. Gib deiner Mutter einen Kuss von mir, und sag ihr, ich ruf sie an, sobald ich kann.«

Liz wählte bereits Fayes Nummer.

*

Beim Wegfahren beobachtete Sergeant Wilson seine Tochter im Rückspiegel und lächelte, als er sie begeistert telefonieren sah. Seit Wochen hatte sie Andeutungen zum Thema Taschengeld gemacht, doch die hatte er überhört, solange es ging. Wofür sie ihr Geld wohl ausgeben würde? Seiner Ansicht nach besaß Liz schon alles, was sie brauchte, doch wie ihre Mutter zu sagen pflegte: So sind Mädchen in diesem Alter eben. Bloß dass sie dieses Problem mit Poppy, Liz' älterer Schwester, nicht gehabt hatten …

Als er zum Leichenschauhaus fuhr und den Wagen am üblichen Ort abstellte, dachte er wieder an ernsthaftere Probleme. Winter Mill teilte sich einen Gerichtsmediziner mit drei weiteren Städten im Umkreis.

»Pat«, sagte er nickend, als ein älterer Mann in OP-Kleidung ihm die Tür öffnete. »Tut mir leid, dass ich Sie an so einem Abend aus dem Haus geholt habe.«

»So was duldet keinen Aufschub, Mitch«, erwiderte Pat Thompson und führte ihn zum Obduktionssaal. »Allerdings dürfte ich Ihnen kaum helfen können.«

Die Leiche war schon wieder vernäht und lag grau und reglos auf einer Metallbahre in der Mitte des Saals. Es war kalt, und die schwachen Lampen warfen seltsame Schatten an die weiß gefliesten Wände. Sergeant Wilson schauderte es. Er wollte den Saal schnellstmöglich verlassen.

»Haben Sie die Todesursache ermittelt?«

Pat griff nach seinen Notizen und schüttelte den Kopf. »Ich habe nur einen kleinen Schnitt am Arm gefunden, einen flachen, glatten Schnitt, wohl von einem Messer. Tödlich war der nicht. Ansonsten scheint die Leiche unverletzt.«

»Also ist er eines natürlichen Todes gestorben?«

»Auch das kann ich nicht bestätigen. All seine lebenswichtigen

Organe waren gesund, und nichts deutet auf Unterkühlung. Anscheinend ist er quicklebendig herumspaziert und von jetzt auf gleich gestorben. Ein anaphylaktischer Schock scheint mir plausibel, aber was ihn ausgelöst hat, weiß ich nicht.«

Mitch runzelte die Stirn. »Haben Sie herausgefunden, um wen es sich handelt?«

»Ich habe seine Fingerabdrücke abgleichen lassen, aber im Polizeicomputer gab es keinen Treffer.«

»Was ist mit der Röntgenaufnahme seines Gebisses?«

»Auch Fehlanzeige«, antwortete der Gerichtsmediziner und gab dem Sergeant seine Notizen, damit er sich selbst ein Bild machen konnte. »Ich hab nichts gefunden, bis auf eines, was den Fall noch mysteriöser macht.«

»Ach?«

»Schauen Sie mal. Dann verstehen Sie, was ich meine.«

Mitch überflog Pats Zusammenfassung und sah ihn dann mit hochgezogenen Brauen an. »Was? Seine Zahnfüllungen stammen aus der Zeit des Zweiten Weltkriegs? Ist das Ihr Ernst?«

»Vollkommen. Seit 1947 gibt es solche Füllungen nicht mehr.«

»Aber er sieht doch nicht aus, als wäre er …«

»Über dreißig, ich weiß.«

»Was ist mit seinen Sachen?«

»Was soll damit sein? Er war in Lumpen gekleidet, das wissen Sie doch. Und es gab nirgendwo Etiketten.«

Mitch zog sich vor Beklemmung der Magen zusammen. Irgendwas stimmte hier nicht, und das ließ ihn frösteln. »Kann ich das Medaillon noch mal sehen, das Sie in seiner Nähe gefunden haben?«

»Sicher.« Pat wies auf eine Metallschüssel. »Es ist da drin.«

Sergeant Wilson nahm das kleine Schmuckstück in die Hand, ließ die dünne, alte Kette durch seine Finger gleiten und öffnete es dann. Noch immer liefen ihm kalte Schauer über den Rücken. In der Hoffnung, sein Gedächtnis habe ihn getäuscht, sah er sich das Foto darin ein zweites Mal an.

Doch das dunkelhaarige Mädchen auf dem Bild sah zweifellos aus wie Faye McCarron.

KAPITEL 5

Um Antwort wird gebeten

Es schneite noch immer, als Faye die Tür der Buchhandlung McCarron hinter sich schloss. Wie stets hatte sie ihre Kamera dabei, doch schon am Vortag hatte sie ein derart gutes Foto gemacht, dass sie nicht glaubte, je wieder etwas Ähnliches hinzubekommen. Es zeigte, wie ein Nachbar sich abmühte, sein Auto freizuschaufeln, während der dunkle, dramatische Himmel im Hintergrund bereits mit weiteren, für die Jahreszeit ganz untypischen Schneemassen drohte. Tante Pam hatte ihr geraten, das Bild an eine überregionale Zeitung zu schicken, sie war überzeugt, jede Redaktion würde es annehmen, da die Außenwelt sich langsam für das ungewöhnliche Wetter in Winter Mill zu interessieren begann. Faye war Pams Vorschlag gefolgt und hatte das Foto an die *New York Times* gemailt, bezweifelte aber, Antwort zu bekommen. Doch einen Versuch war es wert.

Auf dem Weg zur Highschool von Winter Mill dachte sie an ihr Gespräch mit Liz am Vorabend. Kaum eine Viertelstunde, nachdem Liz mit Sergeant Wilson weggefahren war, hatte sie bei Faye angerufen, um ihr die tolle Neuigkeit ihrer Taschengelderhöhung zu berichten. Und es *war* eine tolle Neuigkeit. Fayes Vater hatte ihr

Taschengeld erhöht, bevor er zu seiner jüngsten Ausgrabung aufgebrochen war, und nun konnten die beiden die *perfekte* Shoppingtour in dem neuen Laden machen. Eigentlich hatten sie fast nur über die Klamotten gesprochen, die sie gern kaufen würden, doch das hatte Faye daran erinnert, wie wichtig ihr Liz als Freundin war. Sie verbrachten so viel Zeit miteinander, dass Faye bisweilen vergaß, wie sehr sie Liz vermissen konnte. Das Letzte, was sie wollte, war, dass ein Junge zwischen sie kam. Deshalb beschloss sie, netter zu Lucas Morrow zu sein. Egal, wie nervig er war …

»Liz zuliebe muss ich tun, als würde ich ihn mögen«, murmelte sie halblaut, als sie das Schultor erreichte. »Und wer weiß? Vielleicht kann ich ihn ja irgendwann leiden.«

»He, McCarron, warte.«

Faye drehte sich um und sah Candi Thorsson einige Schritte hinter sich. Wie immer war das blonde Mädchen gekleidet, als wäre sie gerade einer Modezeitschrift entstiegen. Faye blieb stehen und musterte sie neidisch. Candi sah immer fantastisch aus. Diesmal trug sie tolle braune Lederstiefel und eine umwerfende nerzbraune Jacke mit breitem Kragen, der sich um ihre Schultern schmiegte und ihre eisblauen Augen perfekt zur Geltung brachte. Das war selbst für Candis Verhältnisse ein extravaganter Aufzug, und Faye war sofort klar, dass etwas los sein musste.

»Hi, Candi«, sagte sie. »Du siehst echt klasse aus.«

Candi warf ihr ein strahlendes Lächeln zu. »Danke! Ist das nicht eine irre Jacke? Original Chanel! Mein Dad hat sie mir aus New York geschickt, als Entschuldigung dafür, dass er nicht zu meinem Geburtstag kommt.«

»Er kann am Wochenende nicht? Das tut mir leid.«

Candi zuckte gleichgültig mit den Achseln. »Wenn er käme, würde er doch nur wieder über meine schlechten Noten meckern.

Da hab ich lieber die Chanel-Jacke! Sag mal, hast du Samstagabend schon was vor?«

»Noch nicht.«

»Dann komm auf meine Party! Echt, die wird super. Ich hab die Hütte der Mathesons oben auf dem Hügel gemietet. Alle kommen! Und du?«

Candis Partys waren legendär. Bei ihnen war immer für Barkeeper gesorgt, die die besten alkoholfreien Cocktails mischten, *und* es gab meist eine sagenhafte Band.

Faye lächelte. »Liebend gern! Danke.«

»Prima!« Candi umarmte sie kurz und hielt dann in einer Parfümwolke auf einige andere Schüler zu. »Bis dahin!«

Ehe Faye das Schultor erreichte, hörte sie einen weiteren Ruf hinter sich. Diesmal war es Liz. Ihr Lächeln war so breit wie die Golden Gate Bridge. Also wusste sie bereits von der Party.

»Oh mein Gott!«, rief Liz, als sie Faye erreichte. »Ist das nicht toll? Eine Taschengelderhöhung *und* eine Party, für die man shoppen gehen kann. Und hat Candi dir erzählt, dass Lucas Morrow auch kommt? Ich sollte auf der Stelle sterben, schöner kann das Leben gar nicht mehr werden!«

»Vielleicht solltest du erst noch auf die Party gehen«, meinte Faye lachend. Sie mochte Liz auch wegen ihrer Begeisterungsfähigkeit. Egal, was vorging, man konnte immer darauf zählen, dass sie mittendrin steckte. Und den meisten Lärm machte!

»Sehr wahr. Jetzt komm, das ist wichtig. Wir müssen einen Shoppingplan aufstellen.«

Faye lachte erneut. »Warum gehen wir nicht einfach nach der Schule ins Einkaufszentrum?«

»Gute Idee. He, wohin willst du?«, fragte Liz, als Faye sich in eine andere Richtung wandte.

»Geh schon vor, ich komm bis zur Anwesenheitskontrolle nach. Ich will nur eben noch ins Zeitungsbüro zu Ms Finch.«

*

The Miller war seit Langem eine Institution an ihrer Highschool. Manche, die als Schüler bei der Schulzeitung gewesen waren, hatten später steile Karrieren als Journalisten gemacht. Ein Mädchen, das erst vor wenigen Jahren seinen Abschluss gemacht hatte, arbeitete inzwischen für das *National Geographic*, und für Faye klang das nach dem besten Job der Welt. In der Zeitung ging es vor allem um schulische Aktivitäten und um harmlose Storys von lokalem Interesse wie den jüngsten Wintereinbruch. Doch Faye hatte sich vorgenommen, endlich einmal eine richtige Geschichte zu bringen.

»Hi, Ms Finch.« Die stellvertretende Schulleiterin Barbie Finch saß an einem großen Schreibtisch in dem Zimmer, das zugleich die Zentrale des *Miller* war. Sie war eine steif wirkende Frau in den Fünfzigern und trug stets eng geschnittene Kostüme. Als Faye eintrat, blickte sie auf.

»Guten Morgen, Faye.« Sie warf einen raschen Blick auf die Wanduhr. »Kommst du nicht zu spät zum Unterricht?«

»Ich wollte Sie nur wegen eines Artikels fragen, an dem ich gern arbeiten würde. Für die Zeitung.«

»Ach ja?«

»Haben Sie von der Leiche gehört, die Sergeant Wilson oben im Wald gefunden hat?«

Ms Finch nahm die Brille ab und hob eine Braue. »Eine Leiche?«

»Ja … Es könnte sich sogar um Mord handeln. Und der Sergeant befürchtet, dass es einen Zusammenhang mit dem Auftauchen der Black Dogs gibt.«

»Mit *was*?«

»Mit dem Auftauchen der Black Dogs. Das sind die Motorradfahrer, die seit Tagen außerhalb der Stadt zelten.«

»Faye, ich bin mir nicht sicher, ob etwas davon in eine Schulzeitung gehört.«

»Aber ja! Unbedingt! Das könnte ein echt investigativer Artikel werden. Wir können in den Randkolumnen Hintergrundinformationen über die Biker bringen. Woher sie kommen, zum Beispiel, und warum sie Black Dogs heißen. Und wir können darüber berichten, wie der Fall sich entwickelt. Und falls es wirklich Mord war und es zum Prozess kommt …«

Ms Finch hob die Hand. »Schluss jetzt, Faye. Ich bewundere deinen Enthusiasmus, aber das ist wirklich kein Thema für die Schulzeitung.«

»Aber Ms Finch …«

»Wie würdest du im Fall der Motorradfahrer denn genau recherchieren? Besitzt deine Tante ein Buch darüber?«

»Über die Black Dogs nicht, aber …«

»Also, wie dann?«

»Na ja, ich könnte einen von ihnen interviewen.«

»Faye McCarron, so etwas wirst du nicht tun.«

»Aber …«

»Keine Widerrede, Faye. Die Black Dogs sind tabu.«

»Na gut, dann beschränke ich mich eben auf die Leiche. Ich kann Sergeant Wilson interviewen.«

»Faye«, seufzte Ms Finch. »Bitte lass die Idee sausen. Die Schule soll nicht mit solchen Dingen in Verbindung gebracht werden.« Als sie Fayes niedergeschlagene Miene sah, schenkte sie ihr ein freundliches Lächeln. »Aber ich wollte dir ohnehin einen anderen Vorschlag machen, und zwar einen guten.«

»Ach?«, fragte Faye, ohne sich etwas Interessanteres vorstellen zu können als die Geschichte, die sie gerade angeregt hatte.

»Ich möchte, dass du ein Interview mit Mercy Morrow machst. Einen lebensnahen Beitrag darüber, warum sie nach Winter Mill gekommen ist. Das wird sicher spannend, vor allem, weil sie und Lucas gerade absolutes Stadtgespräch sind. Sie sind ein echtes Rätsel. Kannst du das machen?«

Faye zuckte leidenschaftslos mit den Achseln. »Sicher.«

»Das wird nicht leicht. Aber ich denke, es lohnt sich. Und es ist besser, als sich in die Gesellschaft dieser Motorradgang zu begeben. Okay?«

Faye brachte ein Lächeln zuwege, unterdrückte einen Seufzer und warf sich die Schultasche über die Schulter. »Gut, Ms Finch, ich werde Sie nicht enttäuschen.«

Doch beim Rausgehen dachte sie unwillkürlich an Lucas' unheimlichen Fahrer Ballard, und es fröstelte sie. Wenn Mercy Morrow solche Leute beschäftigte, was mochte sie dann für ein Mensch sein?

KAPITEL 6

Shopping Victims im siebten Himmel

Wider Erwarten war Faye etwas aufgeregt, als sie mit Liz zum Einkaufszentrum von Winter Mill unterwegs war. Seit Ewigkeiten war sie nicht mehr shoppen gewesen, und es war höchste Zeit, den Kleiderschrank aufzupeppen.

»Okay«, sagte Liz, als sie auf den Parkplatz bogen, zu ihrer Beifahrerin. »Ich denke mir das so: Candis Party wird garantiert eine der besten der Saison, richtig?«

»Wahrscheinlich«, bestätigte Faye.

»Das schreit nach einem echt neuen Outfit«, verkündete Liz. »Ich denke, ich verprasse mein gesamtes neues Taschengeld bei MK!«

MK war die neueste Boutique in Winter Mills kleinem Einkaufszentrum, und die Mädchen konnten es kaum erwarten, dort zu shoppen. Bei MK hatten sie das Aktuellste von allen führenden Designern im Sortiment, und vor Weihnachten würde es dort vor schicken Kleidern nur so wimmeln. Doch der Betreiber hatte auch eine Abteilung für die jüngere Bevölkerung eingerichtet und angekündigt, sie mit den neuesten Entwürfen der gefragtesten Teenagerlabels zu bestücken. Kurz gesagt: So stellten Faye und Liz sich das Paradies vor.

»Boah«, raunte Liz, als sie den Wagen abstellte, und unterbrach Fayes selige Einkaufsträume. »Schau mal da.«

Am anderen Ende des Parkplatzes standen sechs fette Motorräder in Schwarz und Chrom. Von den Besitzern war nichts zu sehen.

»Wahrscheinlich sind sie drin«, murmelte Faye gaffend. Die Bikes hatten etwas Hypnotisierendes an sich, kraftstrotzend wie riesige, kauernde Tiere, die beim leisesten Anlass über einen herfallen können. Entgegen der Anweisung von Ms Finch wollte Faye noch immer mehr über die Gang erfahren. Sergeant Wilson hatte gesagt, dass die Biker oben im Wald zelteten, und Faye fragte sich, ob sie überhaupt irgendwo sesshaft waren oder ständig von einem Ort zum anderen zogen. Der Junge, den sie gesehen hatte, schien kaum älter als sie. Wie mochte es sich anfühlen, dauernd unterwegs zu sein? Sie seufzte frustriert. Aus diesem Thema ließe sich garantiert ein richtig guter Artikel machen, wenn sie nur daran arbeiten dürfte!

Liz dagegen fröstelte es. »Komm. Du weißt doch, was mein Vater gesagt hat.«

»Ja.« Faye konnte auf dem Weg ins Einkaufszentrum den Blick noch immer nicht von den Bikes losreißen. »Ich weiß.«

*

Das MK war noch viel fantastischer als erwartet. Überall hingen die wahnsinnigsten Klamotten, die die beiden Mädchen unbedingt haben wollten.

»Oh mein Gott!«, sagte Liz, als sie den Laden betraten. »So ein hübsches Strickkleid hab ich noch nie gesehen!«

»Echt hübsch«, bestätigte Faye und strich über das weiche Material. »Aber ob das das Richtige für eine Party im Schnee ist?«

Liz streckte ihr die Zunge heraus und ging weiter. »Und für welchen Style soll ich mich entscheiden?«, fragte sie über die Schulter. »Jung und wild? Oder abgründig und raffiniert?«

»Willst du Lucas Morrow imponieren?«

»Natürlich.« Liz warf Faye einen Blick zu, und ihre Augen wurden schmal. »Du wirst doch nicht wieder damit anfangen, wie sehr er dich nervt, oder?«

Faye hob beschwichtigend die Hände. »Versprochen. Wenn du ihn magst, mag ich ihn auch.«

»Okay, prima. Solange du ihn nicht … du weißt schon … zu sehr magst.«

Faye seufzte und schüttelte lächelnd den Kopf. Dann nahm sie Liz am Arm und schob sie sanft weiter. »Jetzt such dir endlich was aus! Ich brauch nämlich auch neue Sachen.«

Liz grinste. »Ich mach ja schon.«

Faye verschwand zwischen den Ständern. Sie zog das eine oder andere Stück heraus, hielt es sich an und merkte, dass sie überhaupt nicht wusste, was sie suchte.

»Kann ich dir helfen?« Faye sah auf, und eine Verkäuferin lächelte sie an.

»Ich weiß nicht«, gab sie zu. »Ich muss auf eine Party und hätte gern was ganz Neues, aber was?«

»Da werden wir sicher fündig«, sagte die Verkäuferin. »Vielleicht probierst du mal was an, das du sonst nicht trägst?«

Die Verkäuferin führte sie zu einem Ständer am Fenster. »Diese Sachen haben wir gerade von einem neuen Jungdesigner bekommen. Die hat noch kein anderer Laden. Einfach göttlich, finde ich. Seide, hauchdünne, florale Gewebe und jede Menge Verzierungen. Ausdrucksstark und stylish! Sieh dir die mal an. Und probier, was dir gefällt.«

»Danke«, murmelte Faye und strich bereits über ein herrliches, blendend weißes Top mit Strickstreifen aus Angora und einem Saum aus Spitze. So was hatte sie noch nie gesehen. Sie zog das Top vom Ständer, kombinierte es mit einer tollen, hautengen Jeans und taubengrauen Pumps und zischte zur Umkleide.

»Faye, bist du da drin?«, fragte Liz durch den Vorhang. »Ich will sehen, was du anhast!«

»Moment«, rief Faye zurück. »Hast du was gefunden?«

»Du ahnst nicht, was ich aufgetan habe«, erwiderte ihre Freundin theatralisch. »Dieser Laden ist der Wahnsinn!«

Faye lachte. Sie musterte sich im Spiegel und war erstaunt über das, was sie sah. Das Top stand ihr glänzend, und der lose Rollkragen hob ihre Züge vorteilhaft hervor. Das Weiß passte bestens zu ihrem hellen Teint und ließ ihre Augen noch grüner wirken.

Sie drehte sich um, schob den Vorhang beiseite und kam aus der Kabine, während Liz mit dem Rücken zu ihrer Freundin weitersprach.

»Sieh dir das mal an!«, sagte Liz und zog eine graue, mit opulenten Troddeln besetzte Weste vom Ständer. »Die sieht mit Minirock und High Heels bestimmt fantastisch aus. Mit diesem hier vielleicht.« Sie schnappte sich einen hellblauen Rock, der auf der Vorderseite in sich gestreift war. »Was es hier alles gibt!«

»Und was hältst du davon?«, fragte Faye.

Liz drehte sich um und musterte sie von oben bis unten. »Wow!«

»Gefällt's dir?«

»Ja, das Top ist fantastisch! Es ist wie …«

Etwas lenkte Faye ab, eine Bewegung. Sie sah auf und blickte unverhofft in zwei tiefbraune Augen. Auf der anderen Seite des Fensters stand ein Junge, vollkommen reglos. Alles an ihm war dunkel. Sein Haar war schwarz und zerzaust. Er trug eine schwere, schwarze

Lederjacke, eine ramponierte, schwarze Jeans und klobige, schwarze Stiefel.

Und er starrte sie an. Faye konnte den Blick nicht von ihm wenden. Ihr Herz schlug schneller, als sie sah, wie er die Fäuste öffnete und die Hände ans Glas legte, als versuchte er, sie zu erreichen.

Fayes Herz klopfte immer schneller, bis es gegen ihren Brustkorb hämmerte. Sie wollte wegschauen, brachte es aber nicht fertig.

Liz flüsterte ihr zu: »Der gehört zu diesen Black Dogs. Das ist bestimmt der, von dem deine Tante gesprochen hat, dieser Finn.«

Plötzlich drang ein Schrei von draußen herein, und der Junge drehte den Kopf. Ein Mann, Mr Purser vom CD-Laden, kam brüllend auf den Jungen zugerannt. Ohne nachzudenken, stürzte Faye aus dem Laden, um zu sehen, was los war. Liz folgte ihr auf dem Fuße, und die Schritte der Mädchen hallten auf dem gefliesten Boden.

»Ich weiß, was du hier treibst!«, rief Mr Purser wütend. »Was ihr alle treibt. Ihr sucht was zum Stehlen. Ihr wartet, bis wir nicht hinsehen, und dann nehmt ihr, was ihr kriegen könnt! Warum haut ihr nicht ab?«

Aus dem Nichts tauchten die anderen Biker auf und schritten wie eine Naturgewalt an Faye und Liz vorbei. Zum ersten Mal sah Faye sie aus der Nähe. Ihre Kamera hatte sie in der Umkleide gelassen, doch sie versuchte, sich alle zu merken. Der Anführer war enorm groß, und auf seiner Lederjacke prangte das Symbol der Gang: ein Hund oder vielleicht ein Wolf, der den Mond anheulte. Zwei ältere Biker sahen aus wie Brüder, hatten grauhaarige Narbengesichter und trugen die gleiche ärmellose Lederjacke, um ihre muskelbepackten und üppig tätowierten Arme zu zeigen. Nur einer war kleiner als Finn, sogar kleiner als Faye und Liz, glich das aber mit einem furchterregenden Blick aus. Er trug lange, graue Zöpfe, und seine Haare schienen noch nie Bekanntschaft mit einer Schere gemacht zu haben. Dieser Mann nahm seine Sonnenbrille ab, als er zu Mr Purser schritt. Einer nach dem anderen pflanzte sich im Kreis um Finn und den Ladenbesitzer herum auf. Keiner sagte ein Wort, doch ihre Wut ließ die Luft nahezu knistern.

Sekunden später tauchten Leute vom Sicherheitsdienst auf und wollten wissen, was Finn im Schilde geführt habe.

»Moment!«, hörte Faye sich sagen. »Moment, ich glaube nicht …«

»Faye«, fauchte Liz und griff sie am Arm. »Was machst du denn?«

Einer der Wächter kam auf sie zu. »Miss? Haben Sie zu diesem Vorfall etwas zu sagen?«

»Ich hab ihn nichts stehlen sehen«, sagte Faye, spürte seinen Blick noch immer auf sich ruhen und fragte sich, was sie da machte. »Ich glaube nicht, dass er etwas mitgehen lassen wollte. Er stand bloß so da.«

Der Wachmann nickte und wandte ihr den Rücken zu, um mit dem Anführer der Biker zu reden, dem untersetzten Hünen mit grauem Haar und wütendem Blick. »Gut. Aufgepasst! Wir verfolgen die Sache nicht weiter. Diesmal noch nicht. Aber ich will, dass Sie und Ihre Gang verschwinden. Und zwar sofort.«

Es schien kurz, als wollten die Biker widersprechen. Ihr Anführer trat näher, bis er direkt vor dem Wachmann stand, der erfolglos versuchte, seine Angst zu verbergen. »Ich will hier keinen Ärger«, stammelte er.

Der Biker lächelte kalt. »Dann hab ich einen Tipp für Sie: Sorgen Sie dafür, dass Ihre Leute keinen Ärger lostreten. Denn beim nächsten Mal bin ich nicht so friedlich gestimmt. Kapiert?«

Der Wachmann beeilte sich zu nicken. Der Anführer blieb noch kurz vor ihm stehen. Dann wies er mit dem Kopf zum Ausgang. Die Biker zogen ab und gingen nacheinander langsam an Faye vorbei. Alle rochen nach Benzin und Motoröl. Finn ging als Letzter.

»He«, murmelte er, als er sie erreichte. »Danke.«

»K-keine Ursache«, stammelte Faye, erneut über ihr Herzrasen verwirrt.

»Vielleicht sieht man sich mal wieder.«

»V-vielleicht.«

Er musterte sie und strahlte kurz. »Steht dir gut«, sagte er, bevor er seine Sonnenbrille aufsetzte. »Solltest du kaufen.«

Erst als Finn sich abgewandt hatte und zu den anderen nach draußen trottete, begriff Faye, was er meinte. Sie war aus dem MK gerannt, ohne die Sachen, die sie am Leibe trug, bezahlt zu haben!

KAPITEL 7

Der Mann im Dunkeln

He!«, rief eine ärgerliche Stimme hinter ihr. »Was soll das?« Als sie sich umdrehte, sah sie die Ladenbesitzerin mit ausgestrecktem Zeigefinger auf sich zukommen.

»Tut mir leid!«, rief Faye. »Ich wollte doch nicht … ich hab nicht nachgedacht. Ich musste einfach unbedingt mit den Wachleuten sprechen.«

»Ich hab was gegen Kunden, die meinen Laden verlassen, ohne zu zahlen«, erwiderte die Frau. »Dort, wo ich herkomme, heißt das Diebstahl.«

Faye war schockiert. Noch nie hatte ihr jemand unterstellt, etwas stehlen zu wollen. »Aber ich hab doch nicht … ich würde doch nie …«

»Faye wollte nicht stehlen«, sprang Liz ihr bei. »Sie wollte bloß den Motorradfahrern helfen.«

»Nennt mir einen Grund, warum ich den Wachdienst nicht sofort wieder rufen sollte«, forderte die Ladenbesitzerin. »Gehört ihr zu diesen Männern? War das ein Ablenkungsmanöver von ihnen, damit ihr die Sachen stehlen könnt?«

»Nein«, antworteten beide Mädchen erschrocken wie aus einem Munde.

»Na, ihr habt Glück, dass ihr hier stehen geblieben seid, kann ich nur sagen«, meinte die Frau mit in die Hüften gestemmten Händen. »Wie die Dinge liegen, hängt ihr die Sachen besser gar nicht erst zurück auf den Bügel. Falls ihr sie wirklich kaufen wolltet, dann bezahlt sie sofort.«

Faye zögerte. Ihr Geld reichte nicht für alles, was sie sich ausgesucht hatte.

»Nun kauf das schon!«, flüsterte Liz ihr zu.

Faye zwang sich ein Lächeln ab. »Natürlich bezahle ich das!«

»Gut«, sagte die Besitzerin. »Und dann könnt ihr beide verschwinden. Ihr habt hier Hausverbot, verstanden?«

*

»Was hast du dir bloß dabei gedacht?«, giftete Liz, als sie den Laden verließen. »Nach allem, was Barbie Finch dir erzählt hat. Und mein Vater!«

Faye hatte Liz selten so wütend erlebt, und nie hatte diese Wut ihr gegolten. Sie folgte ihr aus dem Laden und überlegte, wie sie sich wieder mit ihr vertragen konnte. Doch trotz ihrer Sorgen über Liz' Laune landete sie in Gedanken immer wieder bei Finn. Faye wusste nach wie vor nicht, warum sie sich für ihn eingesetzt hatte. Sie kannte ihn nicht. Warum war es ihr dann nicht egal, was ihm widerfuhr?

»Es tut mir leid«, murmelte Faye. »Ich hab nur … Er hat schließlich nichts getan.«

»Und woher willst du das wissen? Vielleicht hätten die Biker genau das getan, was Mr Purser ihnen vorgeworfen hat.«

»Aber du hast es doch selber gesehen«, widersprach Faye. »Er hat bloß durchs Fenster geschaut und nichts Böses gemacht.«

Liz blieb stehen und wandte sich ihr mit zornsprühenden Augen zu. »Hör mal. Ich weiß, was du abziehen wolltest. Und vielleicht ist es unfair, dass dir das nicht gelungen ist. Aber weißt du, was ich unfair finde? Dass ich aus dem besten Klamottenladen der Stadt geflogen bin, weil du bei unserem ersten Besuch gleich ein paar Sachen mitgehen lassen wolltest!«

»Ich hab nichts klauen wollen. Ich hab nur …«

»Es hat aber so ausgesehen, oder?« Liz wandte ihr wieder den Rücken zu und strebte weiter zum Ausgang. »Dabei wollte ich nur was Tolles zum Anziehen für die Party kaufen. Ist dir das eigentlich völlig egal?«

»He«, protestierte Faye verletzt. »Liz, es tut mir leid. Natürlich ist mir das nicht egal! Morgen ruf ich im Laden an und entschuldige mich noch mal. Auch wenn ich Hausverbot habe, gibt es keinen Grund, warum du dort nicht einkaufen darfst.«

»Das sehe ich auch so«, fauchte Liz, während sie das Einkaufszentrum durch den Haupteingang verließen und auf den Wagen zuhielten.

*

Interessiert sah der Mann dem Streit im Einkaufszentrum zu. Die Motorradfahrer waren ihm vorläufig nicht weiter wichtig, dennoch machte er von dem Vorfall ein paar rasche Schnappschüsse. Es gelang ihm sogar, das dunkelhaarige Mädchen und Finn zusammen auf ein Bild zu bannen.

In sicherer Entfernung folgte er den Mädchen, nachdem sie den Laden endlich verlassen hatten, und brauchte ein wenig, um festzustellen, dass sie zum Ausgang unterwegs waren. Er war erstaunt, denn er hatte damit gerechnet, dass ihr Einkaufsbummel länger dauern würde. Dann fiel ihm auf, dass das Mädchen namens Liz verärgert war. Sie stolzierte einfach weiter, während Faye vergeblich versuchte, mit ihr zu reden.

Draußen rüsteten sich die Black Dogs zur Abfahrt, setzten ihre Helme auf und traten die Motoren an. Die Mädchen mussten direkt an den Bikes vorbei, um ihr Auto zu erreichen.

Der Mann sah Faye langsamer werden und sich nach Finn umsehen, doch das andere Mädchen griff sie am Jackenärmel und zog sie weg.

»Zum letzten Mal, Faye«, hörte er Liz sagen. »Entweder du kommst mit, oder ich lass dich hier. Ich habe nicht vor, die Taschengelderhöhung wieder zu verlieren, die ich gerade erst mühsam ausgehandelt habe. Kapiert?«

Der Mann bekam Fayes Antwort nicht mit, doch sie folgte ihrer Freundin und glitt sofort in den Wagen, als Liz ihn aufgeschlossen hatte. Faye sah sich nicht noch mal zu den Bikern um, sondern hielt sich die Hand an die Schläfe, um ihr Gesicht zu verdecken. Doch der Mann sah, dass Finn ihren Abgang beobachtete.

Er packte die Kamera ein und eilte zu seinem gemieteten Pick-up. Das war zwar nicht das Fahrzeug seiner Wahl, aber wenigstens fiel er damit nicht auf. Auch sein Plan war aufgegangen. Und keines der Mädchen bemerkte, dass er den beiden folgte (wobei Liz für einen so schneereichen Abend entschieden zu schnell unterwegs war).

Lächelnd blickte er in den Rückspiegel. Der junge Biker sah den beiden Mädchen sichtlich fasziniert nach und setzte sich erst auf einen kurzen, verärgerten Ruf des Anführers hin in Bewegung. Die Black Dogs verließen den Parkplatz des Einkaufszentrums, und nur eine mächtige Abgaswolke blieb zurück. Sie folgten seinem Wagen noch ein paar Abzweigungen und bogen dann in die Straße, die aus der Stadt führte.

Vor dem Mann fuhr noch immer das kleine Auto mit den beiden Mädchen. Er zog ein Handy aus der Tasche, drückte die Schnellwahltaste und hörte das Freizeichen im Headset. Sein Auftraggeber wollte über seinen Erfolg informiert werden.

Der Angerufene meldete sich sofort. »Ja?« Die Stimme am anderen Ende der Leitung war wie immer knapp und abgehackt.

»Finn hat das Mädchen gesehen.«

»Haben sie miteinander gesprochen?«

»Oh ja. Und ich glaube, keiner von beiden wird diese Begegnung vergessen.«

»Prima. Hast du Fotos gemacht?«

»Ja.«

»Gut. Gibt's sonst noch was Interessantes?«

Er nickte geistesabwesend und beobachtete dabei, wie die Rücklichter des Autos vor ihm durch das einbrechende Dunkel einer winterlichen Nacht drangen. »Es dürfte gewisse Spannungen zwischen unseren Freunden geben.«

»Zwischen den Bikern?«

»Nein, zwischen den Mädchen.«

»Das könnte für uns von Vorteil sein.«

»Genau das denke ich auch …«

»Und ist dir klar, was jetzt anliegt?«

»Ja. Für das Wochenende ist längst alles arrangiert, diese Party passt perfekt in unsere Pläne. Das einzige Problem könnte sein, dass unsere Feinde einschreiten, bevor wir dafür gerüstet sind.«

»Das werden sie nicht tun«, erwiderte die Stimme gedehnt und ihrer selbst sehr sicher. »Sie kennen ihre Grenzen.«

»Aber wenn doch?«

»Dann brechen sie einen Krieg vom Zaun, den sie auf keinen Fall gewinnen können.«

KAPITEL 8

Trautes Heim, Glück allein

Der Abend dämmerte bereits, als Lucas Morrow das Eingangstor seines neuen Heims erreichte und den langen, verschneiten Weg betrat. Er nannte das Gebäude sein Heim, obwohl er sich dort nicht zu Hause fühlte. Lucas war oft in seinem Leben umgezogen und hatte meist wenig Einfluss darauf gehabt, wohin es ging, aber dieser Ort hatte ihn geschockt. Seine Mutter mochte reiche Leute und wohlhabende Gegenden, und das bedeutete in der Regel Ecken, in denen etwas mehr los war als in Winter Mill. *Winter Mill!* Schon der Name klang nach Dorf. Wie lange sie wohl blieben? Seine Mutter würde sich bald langweilen und er wieder die Schule wechseln müssen, aber daran war er ja gewöhnt.

Lucas stieg die Treppe zum Eingang hinauf und schloss die imposante Haustür auf. Drinnen war das Anwesen still wie ein Grab. Andererseits war es so riesig, dass man mit einem Jet auf dem Dach landen konnte, und niemand im Haus würde das oder auch die Ankunft mehrerer hundert Besucher bemerken. Seiner Mutter jedenfalls würde nichts auffallen. Die war viel zu sehr damit beschäftigt, sich im Spiegel anzusehen. Da nur Lucas, seine Mutter und Ballard auf dem Anwesen lebten, stand es so gut wie leer.

Lucas trat in die Mitte des großen, marmorgefliesten Empfangssaals. Vor ihm schwang sich eine Treppe nach oben und teilte sich im ersten Stock in zwei Richtungen. Es war kalt.

»Hallo?«, rief er, bekam aber keine Antwort. Nur das Echo seiner Stimme kehrte zu ihm zurück.

Seufzend ging Lucas Richtung Wohnzimmer und suchte seine Mutter. Er war der Ansicht, er sollte heute wenigstens einmal mit ihr reden, bevor er sich auf den Weg zu Candi Thorssons Party machte. Als wären sie eine richtige Familie. Er hätte beinahe abgelehnt, als das Mädchen ihn einlud, denn er hatte keine Lust, den ganzen Abend lang angegafft zu werden. In der Schule war es schon schlimm genug. Aber was sollte er sonst tun? Hier allein rumhängen? Also hatte er zugesagt. Vielleicht würde es ja ganz lustig werden. Die Einheimischen konnten unmöglich schlimmer sein als die Superreichen mit ihrer Sonnenstudiobräune, die ihn sonst umgaben, und möglicherweise konnte er sich mit jemand Interessantem unterhalten. Mit dieser Faye zum Beispiel, also Flash. Sie schien klug zu sein. Und hübsch war sie auch.

»Hallo?«, rief er wieder und öffnete eine weitere Tür. Zwei Lampen brannten und tauchten das Wohnzimmer in trübes Licht, doch noch immer war von seiner Mutter nichts zu sehen.

Lucas schaute sich im Zimmer um. Hier war er noch nie gewesen. Noch eine Ecke des Hauses, die zu erkunden er sich nicht die Mühe gemacht hatte. Nun aber bemerkte er den riesigen, reichverzierten Spiegel über dem kalten Kamin. Alle Möbel standen im Halbkreis um ihn herum, als wäre es ein Fernsehgerät oder ein besonders schönes Gemälde.

»Ah«, sagte er. »Dahin hat sie dich also getan? Mir war doch so, als hätte ich dein hässliches Gesicht schon eine Weile nicht mehr gesehen.«

Lucas trat vor den Spiegel und musterte den alten, prächtig geschnitzten Holzrahmen. Dieses Möbelstück tauchte in vielen seiner Erinnerungen auf. Egal, wo sie hinzogen, egal, wie weit sie reisten … dieser Spiegel begleitete sie stets. Der Transport musste seine Mutter ein kleines Vermögen kosten, und doch hatte sie nie auf ihn verzichtet. Er hatte nicht gefragt, warum, vermutete aber, dass es sich um ein wertvolles Erbstück handelte. Andererseits wurde seine Mutter es nie leid, ihr Konterfei zu betrachten. Womöglich mochte sie einfach, wie sie darin aussah.

Lucas schaute in den Spiegel. Ihm fiel auf, dass er sich kaum einmal selbst darin betrachtet hatte. Das Glas verfärbte alles leicht ins Bläuliche, als wäre jede Reflexion weiter entfernt, als sie eigentlich sein sollte. Er musterte sich und überlegte, ob sein Gesicht wirklich dem seiner Mutter ähnelte, wie alle Welt ihm so gern versicherte. Ja, er besaß ihre Augen, aber alles andere – die Nase, der Mund, das Kinn – hatte keine Ähnlichkeit mit ihr.

Er betastete sein Gesicht und fragte sich, wie sein Vater aussah. Mercy sprach nie von ihm und hatte nicht eine Andeutung gemacht, um wen es sich handeln mochte. Vielleicht wusste sie es nicht, jedenfalls wollte sie gewiss nicht darüber reden. Doch je älter er wurde, desto nachdenklicher wurde er. Ob sein Vater irgendwo da draußen war? Ob er überhaupt von seinem Sohn wusste? In allen Zeitungen erschienen ständig Fotos von Lucas. Vielleicht sah sein Vater sie und wunderte sich ebenfalls. Womöglich erkannte er ja etwas von sich in seinem lange verlorenen Sohn wieder.

Für Lucas hatte es immer nur seine Mutter gegeben. Und dumme Leibwächter, die ihr folgten wie abgerichtete Tiere. Ballard war nur der Neueste von dieser Sorte. Lucas konnte ihn nicht ausstehen. Er hatte nie das Gefühl gehabt, seine Mutter zu kennen, nicht richtig jedenfalls, nicht so, wie andere ihre Eltern zu kennen schienen. Das führte er vor allem darauf zurück, von einem hohlköpfigen Angestellten nach dem anderen beaufsichtigt worden zu sein. Und auch wenn mal keiner von denen zugegen war, gab es zwischen ihnen nichts zu sagen, was …

Plötzlich huschte etwas am Rande seines Gesichtsfelds vorbei, etwas kaum Wahrnehmbares, eine krabbelnde, insektenhafte Bewegung in der Tiefe des Spiegels. Lucas trat verschreckt zurück, stieß gegen einen Tisch und hätte beinahe die Lampe umgeworfen.

»Also wirklich, Lucas«, hörte er die gelangweilte Stimme seiner Mutter. »Du bist echt ein Trampeltier. *Versuch* wenigstens, etwas vorsichtiger zu sein, ja?«

Lucas drehte sich um und sah Mercy Morrow – eine schlanke, sehr gepflegte Hand auf der alten Klinke – in der Tür stehen. Kein Wunder, dass alle Welt sie für schön hielt. Sie *war* schön. Hochgewachsen und perfekt gebaut. Ihr üppiges blondes Haar, das das zierliche, bleiche Oval des Gesichts umgab, war wie üblich zu einer komplizierten Frisur aus Wellen und Locken hochgesteckt, an der sie sicher stundenlang gesessen hatte. Ihre mandelförmigen Augen waren blauer als selbst die von Lucas und glänzten im Lampenlicht, und ihre langen Wimpern warfen Schatten auf die hohen Wangenknochen. Ihre vollen Lippen waren zu einem Lächeln verzogen, von dem Lucas nicht recht wusste, ob es auch in ihren Augen stand. Sie trug einen geschneiderten Hosenanzug aus edlem, naturfarbenem Leinen über einem schlichten weißen Baumwollhemd und eine mehrfach um den Hals gewundene Kette aus seltsamen Perlen. Der helle Anzug betonte die blasse Gleichmut ihres Gesichts, doch sie war kaum geschminkt, was die Klatschreporter auf der ganzen Welt womöglich schockiert hätte. Aber Mercy Morrow sah ungeschminkt genauso umwerfend aus wie geschminkt. Lucas hatte den Eindruck, dass sie sich seit seiner frühen Kindheit nicht verändert hatte, nahm aber an, dass Eltern ihren Kindern stets unverändert vorkamen.

»Hi, Mom. Hattest du einen schönen Tag?«

Mercy zuckte mit den Achseln. »Ich bin ins kleine Heilbad der Stadt gefahren und hab mich von einer Frau massieren lassen. Es war … annehmbar. Allerdings hat sie geplappert, ohne Luft zu holen.«

Lucas schnaubte verächtlich. »Du bist also beschäftigt, ja?«

Seine Mutter kniff die Augen zu. »Mach dich nicht lustig über mich, Lucas. Das ist langweilig. Genau wie diese fade Kleinstadt.«

Er seufzte gereizt. »Ehrlich, Mom, warum sind wir hier? Das ist doch … das ist das Ende der Welt. Man kann nichts unternehmen, und du weißt doch, dass du spätestens in zwei Wochen tödlich gelangweilt bist. Können wir nicht einfach woandershin? Wo irgendwas los ist?«

»Ich wollte, dass wir uns an einem ruhigen Fleckchen entspannen«, erwiderte Mercy kalt. »An einem Ort mit ein wenig … Geschichte.«

»Geschichte? Klar, der Ort hat Geschichte. Wenn du darunter verstehst, dass Abraham Lincoln für eine Nacht im hiesigen Gasthaus abgestiegen ist. Länger konnte er es vermutlich nicht ertragen.« Lucas hob die Hände. »Wenn du an einen ruhigen Ort wolltest, hätten wir nach Barbados gehen können. Dort hättest du eine annehmbare Massage ohne Geplapper bekommen, und ich hätte windsurfen können. Stattdessen sind wir in die letzte Provinz gezogen, wo jeder Einheimische in unsere Fenster glotzen will und es nichts anderes zu tun gibt, als alle halbe Stunde nachzuschauen, ob deine Zehen schon abgefroren sind.«

»Sprich nicht in diesem Ton mit mir, Lucas!«, fauchte Mercy verärgert. »Ich kann mich nicht erinnern, dass du je etwas zu deinem

Lebensunterhalt beigetragen hättest, und solange das so bleibt, gehen wir, wohin ich will und wann ich es will. Ist das klar?«

»Ich habe schließlich keine Wahl, oder?«

Mercy lächelte und wandte sich dem Spiegel hinter ihm zu, um ihre Frisur zu überprüfen. »Es freut mich, dass wir uns verstehen.«

»Prima. Ich gehe jetzt. Und es ist mir egal, ob dir das passt oder nicht.«

Mercy hob einen langen Arm und schnippte ungeduldig mit den Fingern. »Geh ruhig. Solange du hier nicht rumschleichst und jammerst, ist es mir gleich.«

Lucas ging verärgert an ihr vorbei und knallte die Tür hinter sich zu. Da er sich beobachtet fühlte, schaute er auf und sah Ballard mit einem widerwärtigen Lächeln im Gesicht am anderen Ende der Eingangshalle stehen.

KAPITEL 9

Ein Hundeleben

Finn starrte ins Feuer, das sie angezündet hatten, um das Zeltlager zu wärmen, und dachte an die Geschehnisse im Einkaufszentrum. Dabei beschäftigte ihn nicht der Vorfall mit dem Ladenbesitzer und den Wachleuten. Dieses Verhalten war er gewöhnt und wusste längst, dass man solchen Menschen am besten entgegentrat, indem man über der Situation stand. Schließlich hieß es, man sollte die Menschen an ihren Taten messen, nicht an ihren Worten, und jeder, der genau hinsah, würde bald begreifen, dass sie nicht die diebischen Vagabunden waren, für die man sie so oft hielt. Nein, was Finn beschäftigte, war seine Begegnung mit dem Mädchen. Faye – so hatte ihre Freundin sie genannt. Doch ein anderer Name spukte durch Finns Träume, ein Name, der auch zu diesem Gesicht passte. Er hatte durch dieses Fenster geschaut und geglaubt, einen Geist zu sehen. Noch immer spürte er den Schock, der ihm bei ihrem Anblick durchs Herz gefahren war.

Finn hörte Schritte hinter sich knirschen, drehte sich um und sah seinen Vater durch den frisch gefallenen Schnee kommen. Joe Crowley war schon seit unzähligen Jahren der Anführer der Black Dogs, und die Gruppe achtete ihn mehr als jeden anderen. Er war ein stattlicher Mann mit breiten Schultern, und die Lederkluft, die er stets trug, ließ ihn noch breiter wirken. Alle sagten, Finn werde seinem Vater von Tag zu Tag ähnlicher, und das gefiel dem Jungen.

»He, Dad, alles in Ordnung?«

Joe blieb neben seinem Sohn stehen, nickte und legte ihm einen Arm um die Schulter. »Es ist alles ruhig, im Moment jedenfalls. Ich wollte nur sehen, wie es dir geht.«

»Mir geht's gut.«

»Hör mal … vielleicht meidest du die Stadt besser ein paar Tage. Ich kann jemand anderen zum Einkaufen schicken.«

Finn seufzte. »Warum soll ich mich verstecken? Immerhin hab ich nichts Böses getan.«

»Ich weiß. Aber man wird dich beobachten.«

Finn schüttelte den Kopf. »Ich hab der Buchhändlerin versprochen, ihre Heizung noch mal zu überprüfen. Und ich sollte mein Wort halten.«

»Das kann Archie doch für dich erledigen.«

»Ich mach das lieber selbst. Komm, Dad, du weißt doch, dass ich vorsichtig bin.«

Joe schwieg kurz. Als Finn aufsah, stellte er fest, dass sein Vater ihn musterte.

»Das krieg ich schon hin«, sagte er. »Bitte, ich kann hier nicht sitzen, bis etwas passiert. Sonst werde ich verrückt vor Langeweile.«

Joe zögerte noch einen Moment und nickte dann. »Gut. Aber versprich mir eins.«

»Nämlich?«

»Such nicht nach ihr, wenn du in der Stadt bist.«

Finn blickte zu Boden und sah zu, wie Schneeflocken sich auf die schweren Stahlkappen seiner Stiefelspitzen setzten und darauf schmolzen. »Wie meinst du das?«

»Du weißt schon, wie ich das meine. Dieses Mädchen. Das du im Einkaufszentrum gesehen hast.«

Der Junge nickte und schaute seinen Vater noch immer nicht an. »Hast du es gewusst? Hast du von ihr gewusst?«

Aus dem Augenwinkel beobachtete er, wie sein Vater abwehrend mit den Achseln zuckte. »Wie kommst du darauf? Ich kenne sie nicht mal.«

»Sie hat so große Ähnlichkeit mit …«

»Finn«, unterbrach ihn sein Vater, und in seiner Stimme lag ein unmissverständlicher Befehl. »Du weißt, dass sie es nicht ist. Würdest du das Mädchen von damals noch mal sehen, würdest du das vermutlich selbst erkennen. Du bist dieser Faye heute doch nur ganz kurz begegnet.«

Das hat gereicht, dachte Finn, doch zu seinem Vater sagte er: »Wahrscheinlich hast du recht. Bestimmt sogar. Aber es ist einfach … Manchmal hab ich das Gefühl, ich würde alles vergessen. Fast so, als wüsste ich nicht mehr genau, wie sie ausgesehen hat.«

Joe legte seinem Sohn eine große Hand auf die Schulter. »So wirkt nun mal die Zeit, Finn, sie heilt alle Wunden.«

Der Junge schüttelte den Kopf. Er wollte nicht vergessen, doch das schien sein Vater nicht zu begreifen. »Ist es dir so ergangen? Mit Mom? Hast du vergessen, wie sie ausgesehen hat?«

Ein seltsamer Ausdruck strich über Joes Gesicht. Er wandte den Kopf ab und sah in den dunklen Wald. »Nein«, gab er schließlich zu. »Nein, ich werde wohl nie vergessen, wie deine Mutter aussah. Ich glaube, das könnte ich gar nicht. Aber ich würde es gern können. Das würde vieles einfacher machen.«

Finn lächelte bitter. »Da wäre ich mir nicht sicher.«

Joe sah seinen Sohn wieder an, und Finn dachte kurz, sein Vater würde etwas darauf antworten. Doch er schüttelte nur den Kopf, wandte sich ab und ging zu den im Kreis aufgebauten Zelten und Motorrädern zurück. »Komm, iss was. Der Eintopf riecht doch fantastisch, oder?«

Der Junge lächelte schwach. »Ich komme gleich.«

Er sah seinem Vater nach, doch seine Gedanken kreisten allein um das Mädchen namens Faye.

*

Faye stand vor dem Spiegel und verzog das Gesicht. Sie wünschte, Liz wäre bei ihr. Normalerweise brezelten sie sich für Feten immer gemeinsam auf. Faye probierte gerade ein cooles graues Smokie-Eyes-Make-up für Candis Party aus. Statt nur einfarbig zu sein, enthielt es silberne und petrolblaue Partikel, und Faye hatte beschlossen, es nicht nur unter den Augen, sondern auch auf den Lidern einzusetzen. Es wäre toll gewesen zu wissen, was Liz von diesem Look hielt, vor allem, da es Faye nur mit knapper Not gelungen war, den Vorfall im Einkaufszentrum wiedergutzumachen. Doch Liz' ältere Schwester Poppy, die auswärts studierte, verbrachte gerade eines ihrer seltenen Wochenenden zu Hause. Zuerst hatte Liz befürchtet, ihre Eltern würden darauf bestehen, dass sie die Party sausen ließ, damit die Familie zusammen sein konnte. Stattdessen durfte sie hingehen, sofern sie vorher den ganzen Tag daheim blieb.

Faye hatte dafür Verständnis. Wenn sie eine Familie hätte – eine richtige Familie mit einer noch lebenden Mutter und einem Vater, der nicht so viel reiste, und vielleicht mit einem Bruder oder einer Schwester –, hätte sie auch mit ihr zusammen sein wollen.

Sie seufzte. Nicht, dass sie ihre Tante Pam nicht mochte. Und ihr Vater hatte einen coolen Job. Doch ohne Liz und ihre übrigen Schulfreunde fühlte Faye sich manchmal sehr, sehr allein.

Das Telefon auf dem Nachttisch klingelte. Faye hatte es noch nicht am Ohr, da erklang schon Liz' typischer Verzweiflungsschrei.

»Faye!«, jammerte Liz. »Ich weiß nicht, was ich machen soll!«

»Liz?«, fragte Faye mit finsterer Miene. »Was ist passiert? Alles in Ordnung?«

»Nichts ist in Ordnung! Heute gehen wir auf die wichtigste Party unseres Lebens *und ich weiß nicht, was ich anziehen soll!*«

Faye stieß einen Seufzer der Erleichterung aus, dass kein größeres Unglück geschehen war. »Ich dachte, du warst gestern Abend noch mal bei MK?«, fragte sie. »Ich dachte, die Besitzerin war einverstanden, dass ...«

»Ich war da! Und es war toll!«

»Also, was ist los? Hast du nichts gefunden, was dir gefällt?«

»Jede Menge hab ich gefunden, genau das ist ja das Problem«, schluchzte ihre Freundin. »Ich hab mein ganzes Taschengeld verbrannt, und das war ja *so* dumm von mir. Ich hab so viele tolle Sachen gekauft, das glaubst du nicht. Aber jetzt weiß ich nicht, was davon ich anziehen soll. Das ist fast so schlimm wie gar nichts zu haben. Du musst mir helfen!«

»Na ja, zieh doch an, was du dir im Laden als Erstes ausgesucht hast«, schlug Faye vor. »Wenn es dir sofort in die Augen gesprungen ist, muss es doch der Hammer sein, oder?«

»Aber dazu kann ich die scharfen Schuhe nicht tragen, die ich dann noch gefunden habe!«

»Hm, okay ...«, sagte Faye und versuchte, auf eine Lösung zu kommen.

»Bist *du* schon angezogen?«, fragte Liz. »Das möchte ich sehen. Schick mir doch per Handy ein Foto. Oh, warte mal kurz ...«

Faye hörte ein Klopfen im Hintergrund und dann ein gedämpftes Gespräch, weil Liz die Hand auf die Sprechmuschel gelegt hatte. Im nächsten Moment meldete ihre Freundin sich mit einem theatralischen Seufzer zurück.

»Ich muss Schluss machen«, sagte Liz. »Mein Dad will mit mir *reden.*« Sie betonte dieses Wort, als hätte es einen grässlichen Nachgeschmack. »Schick mir das Bild. Und drück mir die Daumen. Wir sehen uns in zwei Stunden! Das wird die beste Party aller Zeiten!«

Mit diesen Worten legte sie auf.

KAPITEL 10

Eine Frage des Stils

Liz legte den Hörer auf und wandte sich ihrem Vater zu, der sich im Zimmer umsah, als wäre bei ihr eingebrochen worden. Zugegeben, es herrschte noch größeres Chaos als sonst. Liz hatte ihre neuen Sachen in verschiedenen Kombinationen ausgelegt und dann noch einige ältere Fummel daruntergemischt. Deshalb sah es nun aus, als wäre in ihrem Kleiderschrank eine mittlere Bombe hochgegangen.

»Ich räum noch auf«, sagte sie möglichst schuldbewusst. »Versprochen, Dad.«

Er nickte und trat weiter ins Zimmer. Liz fiel auf, dass er gerade erst von der Arbeit kam und sogar noch in Uniform war.

»Bitte sag mir nicht, dass ich nicht auf diese Party darf«, flehte sie in der plötzlichen Sorge, dass er genau das vorhatte. »Ich weiß, wir konnten nicht so viel Zeit mit Poppy verbringen, wie Mom sich wünscht, weil du so lange gearbeitet hast. Aber das können wir doch morgen nachholen, oder?«

Ihr Vater sah sie an. »Morgen muss ich auch arbeiten. Ich muss zu einem Gespräch mit Mercy Morrow.«

Liz kreischte. »Oh mein Gott! Das ist ja der Wahnsinn! Warum?«

»Na ja, es ist eher ein Kennenlernen. Sie will sich mit ein paar Einheimischen treffen, und da bin ich wohl eine naheliegende Wahl. Und ich glaube, sie macht sich wegen der Fotografen Sorgen. Die haben anscheinend an den Orten, wo sie früher gewohnt hat, immer gewisse Probleme gemacht.«

Liz sprang vor Aufregung beinahe durchs Zimmer. »Darf ich mitkommen? Dad, bitte? Darf ich?«

»Natürlich nicht! Das ist ein offizieller Termin, zu dem ich als Polizist gehe.«

»Aber du hast doch gesagt, sie will Einheimische kennenlernen«, sagte Liz und zog eine Schnute. »Und einheimisch bin ich doch wohl, oder?«

»Liz«, seufzte ihr Vater, »sei vernünftig.«

Sie war plötzlich beunruhigt. »Oh nein. Du willst mir doch wohl nicht sagen, dass ich heute Abend nicht ausgehen kann, weil du morgen arbeiten musst? Das ist ja so gemein …«

Mitch Wilson hob begütigend die Hand. »Keine Sorge, ich will dich von deiner Party nicht abhalten.«

»Ah«, sagte Liz erleichtert. »Danke, Dad, du bist der Beste.«

»Aber ich muss ein ernstes Wort mit dir reden, bevor du fährst, klar?«

Liz verkniff sich mit knapper Not, die Augen zu verdrehen. »Dad, uns wird nichts passieren. Die Party ist in Mathesons Hütte, dort bist du schon tausendmal gewesen.«

Ihr Vater schob einen Haufen Tops beiseite und setzte sich auf die Bettkante. »Stimmt. Und darum weiß ich, dass es sich um einen der abgelegensten Orte im Stadtgebiet handelt. Das macht mich nicht glücklich, glaub mir das.«

»Aber Dad! Von dort schaff ich es in zwanzig Minuten zu Fuß nach Hause. Das ist doch nicht abgelegen!«

»Erstens liegt diese Hütte mitten im Wald, und den sollt ihr zwei meiden, Faye und du. Wir denken inzwischen zwar, dass es sich bei dem Toten um einen Landstreicher handelt, den der Schnee erwischt hat, aber mir ist nicht wohl dabei, dass die Biker sich noch immer in unserer Gegend herumtreiben.«

»Aber die Mathesons …«

»Die sind nicht zu Hause. Stattdessen treffen sich dort jede Menge Teenager ohne Aufsicht, Mädchen und Jungen.«

Liz wand sich vor Verlegenheit. »Dad, denk doch nicht …«

Er unterbrach ihren Einspruch. »Mom hat gesagt, du hast diese Woche viel von dem neuen Jungen erzählt. Lucas Morrow?«

Sie wandte sich fröstelnd ab und tat, als wäre sie ganz darin vertieft, nicht vorhandene Fusseln von einem ihrer neuen Röcke zu entfernen. »Ja. Und?«

»Kommt er heute Abend auch?«

Liz zuckte mit den Achseln. »Vielleicht.«

Mitch seufzte. »Liz, ich will bloß, dass du vorsichtig bist.«

»Dad! Das ist eine Party. Alle meine Freunde werden kommen, dort sind nicht nur ich und Lucas.« *Aber schön wär's*, dachte sie.

»Das weiß ich, Liz, aber ich weiß auch, was auf solchen Partys passieren kann. Die Dinge laufen aus dem Ruder, und ehe du dich versiehst …«

Es klopfte erneut, und ohne eine Reaktion abzuwarten, steckte ihre ältere Schwester Poppy den Kopf durch die Tür.

»Hier seid ihr!«, rief sie. »Darf ich reinkommen?« Sie warf Liz einen Blick zu, der unmissverständlich besagte: *Ich bin hier, um dich vor einer von Dads Predigten zu bewahren.*

Liz grinste. »Aber natürlich!«

»Liz, ich bin noch nicht fertig«, begann Mitch, doch Poppys ungestüme Umarmung ließ ihn verstummen.

»Dad, ich hab dich noch gar nicht gesehen! Heute Abend musst du doch nicht schon wieder raus, oder?«

»Nein, aber …«

»Toll, dann können wir uns ja in Ruhe erzählen, was in letzter Zeit alles passiert ist. Übrigens sollst du runter zu Mom kommen und das Chili probieren. Ich glaube, sie fürchtet, es ist zu scharf.«

Poppy trat neben ihre kleine Schwester, und beide sahen ihren Vater erwartungsvoll an. Er runzelte die Stirn und blickte kopfschüttelnd von einer Tochter zur anderen, wusste aber, dass er geschlagen war.

»Liz, sei einfach vorsichtig, okay?«, sagte Mitch, als er ging. »Hab dein Handy immer griffbereit! Ein Anruf, und ich komme.«

Liz lächelte. »Ich weiß, Dad. Keine Sorge, mir wird schon nichts passieren.«

Mit einem letzten Nicken verließ er das Zimmer und zog leise die Tür hinter sich zu.

»Puh«, sagte Poppy und atmete erleichtert aus. »Das hätte lange dauern können.«

Liz umarmte ihre Schwester. »Danke für dein Einschreiten, Schwesterherz. Ehrlich, er ist schlimmer geworden, seit du zum Studieren weggezogen bist.«

»Armer Dad. Er mag es gar nicht, dass seine kleinen Mädchen erwachsen werden.«

»Na ja, lassen wir das jetzt«, sagte Liz und erinnerte sich der anstehenden Aufgabe. »Ich bin völlig durcheinander. Ich muss auf die Party des Jahres, und zwar in«, sie sah auf die Uhr, »eindreiviertel Stunden. Und ich hab nicht die geringste Ahnung, was ich anziehen soll!«

Liz beobachtete, wie Poppy alle im Zimmer verstreuten Sachen musterte. Mit neunzehn war Poppy drei Jahre älter als Liz, und die

Mädchen pflegten seit jeher einen ganz unterschiedlichen Kleidungsstil. Liz liebte alles, was glitzerte: kurze Röcke mit Verzierungen; Tops mit irren Pailletten; Pumps, die sie trug, wann immer sie das Haus verlassen konnte, ohne dass ihr Vater es mitbekam. Poppy dagegen bevorzugte den Bohemienlook. Sie trug ihr langes, braunes Haar oft zum Zopf gebunden oder mit einem hübschen, gemusterten Band lose aus der Stirn gerafft. Sie hatte gern schulterlose Tops an, die sie mit langen, breiten Röcken oder mit klassischen Jeans und Stiefeln kombinierte.

»Ich hab eine tolle Idee«, sagte Poppy. »Wie wäre es, wenn ich dir einen Imagewechsel verpasse?«

»Einen Imagewechsel?«

»Klar, ich kann dir was von mir leihen, das gut zu deinen neuen Sachen passt.«

»Ich weiß nicht«, erwiderte Liz skeptisch. »Ich meine, du siehst immer toll aus, aber ich bezweifle, dass das mein Stil ist.«

»Du musst die Sachen ja nicht so tragen wie ich«, sagte Poppy, »sondern kannst sie deinem Stil anpassen. Das könnte echt super aussehen.« Sie nahm ein korsettartiges Top. »Das passt perfekt zu ganz vielem, und ich hab einen traumhaften Gürtel dafür. Los, Liz, das wird lustig. Ich kann dich auch schminken.«

Liz grinste erneut. »Gut, machen wir das! Aber wir müssen uns beeilen. Und versprich mir, dass ich umwerfend aussehen werde. Vielleicht wird das der tollste Abend meines Lebens!«

Poppy umarmte sie fest. »Versprochen. Dieser Typ wird Augen machen!«

KAPITEL 11

Ein großer Auftritt

Faye stand vor der Buchhandlung und wartete geduldig darauf, dass Liz vorbeikam und sie abholte. Pünktlichkeit war selbst an guten Tagen nicht gerade Liz' Stärke, und nach dem Telefonat vom Nachmittag war Faye klar, dass ihre Freundin sich verspäten würde.

Sie fröstelte ein wenig in der Abendkühle. Der Himmel war tiefblau, und das letzte Tageslicht verdämmerte. Langsam kamen die Sterne heraus. Es würde wieder eine kalte Nacht werden. Faye stampfte mit den Füßen, und Flocken wirbelten auf. Das Schneewetter hatte noch immer nicht nachgelassen, die Stadt schien sich allmählich daran zu gewöhnen, dass der Winter dieses Jahr sehr früh eingebrochen war. Sogar Tante Pam hatte für den unwahrscheinlichen Fall, dass Winter Mill von der Außenwelt abgeschnitten würde, Vorräte angelegt.

Mit quietschenden Reifen kam Liz in ihrem kleinen Wagen um die Ecke gefegt. Zu schnell, wie immer. Sie hob grüßend die Hand vom Lenkrad und hielt mit vor Aufregung strahlendem Gesicht neben ihr.

»Komm schon, komm schon«, schnatterte sie, als Faye die Wagentür öffnete. »Tut mir echt leid, dass ich so spät dran bin.«

»Schon gut«, sagte Faye, glitt auf den Beifahrersitz und ließ ihre Kameratasche auf die Rückbank fallen. Erst als Liz schon weiterfuhr, sah Faye sich ihre Freundin genau an. »Wow, Liz! Du siehst irre aus. Das steht dir unglaublich gut!«

»Weiß ich doch«, erwiderte Liz aufgeregt. »Als Poppy das vorgeschlagen hat, war ich mir nicht sicher, aber jetzt gefällt es mir total. Sind diese Ohrringe nicht fantastisch? Sieh mal!« Liz wackelte mit dem Kopf und ließ die langen Ohrgehänge klimpern, ehe sie Faye ansah. »Dein Make-up gefällt mir auch. Glamour-Gothic!«

Faye sah in den Rückspiegel und lächelte. Sie trug das neue Top, das sie bei MK gekauft hatte, doch statt der Jeans hatte sie einen kurzen schwarzen Tulpenrock angezogen, der super zu ihren hohen Stiefeletten passte, die ebenfalls schwarz waren. Zu diesem Outfit trug sie eine dicke, schwarzsilberne Halskette und eine Reihe silberner Armreife. Passend zum starken Augen-Make-up hatte sie sich die Lippen dunkelrot bemalt. Insgesamt war es ein gewagterer Look als sonst, doch sie fühlte sich großartig darin. »Danke«, sagte sie. »Bist du sicher, dass ich nicht übertrieben habe?«

»Aber ja. Was hast du heute eigentlich getrieben? Entschuldige, dass ich zu Hause festgesessen habe.«

»Quatsch. Es ist doch nett, wenn Poppy da ist.«

»Na ja, Mom freut sich.« Liz verdrehte die Augen. »Sie glaubt, Poppy ist ein guter Einfluss für mich. Ständig liegt sie ihr in den Ohren, mit mir Sachen zu besprechen, von denen sie denkt, ich sollte sie hören. Als ob Dad mir nicht schon genug predigen würde«, fügte sie hinzu. »Apropos Dad … weißt du was?«

»Hat er dir verordnet, schon um halb neun wieder daheim zu sein?« Dieser Scherz hatte einen bitteren Hintergrund, denn einmal, bei einem Feuerwerk, hatte Mitch Wilson von seiner Tochter verlangt, bereits vor Sonnenuntergang wieder zu Hause zu sein.

Liz lief ein Frösteln über den Rücken. »Das ist gar nicht lustig. Er hätte mir beinahe einen Vortrag darüber gehalten, wie gefährlich Jungs sind. Echt, du hättest sehen sollen, wie ich mich gewunden habe! Nein, ich hab eine ziemlich coole Neuigkeit: Er trifft sich morgen mit Mercy Morrow!«

»Wirklich?« Faye spitzte die Ohren.

»Ja, er bekommt ihr Anwesen von innen zu sehen und so weiter!«

»Vielleicht kann er ein gutes Wort für mich einlegen«, sagte Faye, als sie die Lichter der Stadt hinter sich ließen und in den Wald bogen. »Ms Finch will, dass ich für den *Miller* einen Artikel über sie schreibe. Ich habe den ganzen Tag lang recherchiert.«

»Ich hab doch gesagt: Schreib über sie. Siehst du? Du solltest endlich mehr auf mich hören. Aber ich dachte, du wolltest das gar nicht?«

»Wollte ich auch nicht, aber Ms Finch hat mir kaum eine andere Wahl gelassen. Außerdem ist Mercy Morrow schon interessant.«

»Das hatte ich mir doch gedacht!«, rief Liz. »Was hast du herausgefunden?«

»Na ja, erstens ziehen sie und Lucas wirklich oft um. Hier in den Staaten und in Europa haben sie schon überall gewohnt. Und sogar in Ägypten und anderswo in Nordafrika.«

»Hach, das Leben der Reichen und Berühmten«, seufzte Liz.

»Ich weiß nicht. Vielleicht ist es ja nervig, an so vielen verschiedenen Orten leben zu müssen«, sagte Faye. »Vor allem für Lucas. Es ist bestimmt nicht leicht für ihn, Freunde zu finden.«

Liz sah erneut zu ihrer Freundin rüber. »Soll das heißen, du wirst jetzt nett zu ihm sein?«

Faye lächelte. »Na ja, vielleicht kann ich auf der Party ja mit ihm plaudern und einige nützliche Informationen für diesen Artikel sammeln.«

»Das könnte eine gute Gelegenheit sein«, pflichtete Liz ihr bei. »He, hör dir das an!«

Musik und laute, fröhliche Stimmen drangen durch die Bäume, als Liz in die Einfahrt zur Hütte der Mathesons bog. Der Weg war mit Lichterketten beleuchtet, doch der übrige Wald war dunkel. Die Musik wurde immer lauter, und dann lag plötzlich die in Flutlicht getauchte Hütte vor ihnen. Ringsum standen Autos. Überall liefen Freunde aus der Schule herum, sammelten sich auf den breiten Holzstufen oder lehnten an den Wänden. Liz suchte nach einer Parklücke, während aus den Hüttenfenstern farbiges Stroboskoplicht in die kalte Luft drang.

»Weißt du was?«, fragte Liz und schaltete den Motor aus.

»Was?«

»Vielleicht wird es doch nicht so einfach mit dem Reden!«

Faye lachte und freute sich, dass so viele ihrer Freunde sich gut amüsierten. Sie schnappte ihre Kamera und ihr Geschenk für Candi, einen neuen Anhänger für das Armband, das Faye ihr zu Weihnachten gekauft hatte. Der war wirklich süß: eine Miniaturtaschenuhr in einem filigranen Etui, das sich wie ein winziges Medaillon öffnen ließ. Faye schlüpfte aus dem Wagen, schloss die Tür und folgte Liz zum Eingang der Hütte.

»He, Faye! Liz!«, rief Jimmy Paulson von der Treppe und winkte den Mädchen zu. »Ihr seid spät dran!«

»Das ist eine Frage des Stils, Jimmy«, sagte Liz beiläufig und stieg die Treppe hinauf.

»Äh … äh …« Jimmy machte ein langes Gesicht und fing an zu stottern. »N-natürlich ist es viel b-b-besser, zu spät zu kommen als p-p-pünktlich …«

Faye umarmte Jimmy kurz. Sie waren gemeinsam in der Redaktion des *Miller*, und im Laufe des letzten Jahres hatte sie ihn besser kennengelernt. Daher wusste sie, dass er ein wenig in Liz verschossen war. Jimmy mochte etwas langweilig wirken – Faye sagte ihm immer wieder, seine Brille sei zu groß, und der Rucksack, den er überallhin mitschleppte, war an der Schule Grund für ewiges Gespött –, aber alle fanden ihn nett. Alle außer Liz, die in ihm nur einen liebenswerten Loser sah und Faye das auch oft gesteckt hatte.

»A-Also«, sagte Jimmy und versuchte einmal mehr tapfer, Liz in ein Gespräch zu verwickeln, »habt ihr von dem B-Band-W-Wettbewerb gehört? Der k-kommt nach W-Winter Mill! Das w-wird bestimmt t-t-toll!«

»Worum geht's da?«, fragte Faye und sah aus dem Augenwinkel, wie Liz die vielen Gäste auf der Suche nach Lucas Morrow überflog.

»D-das ist super! D-das ist dieser große W-Wettbewerb, der von Highschool zu Highschool geht …«

Jimmy hielt inne, als ein neues Geräusch den Lärm der Party durchdrang: das eines raffiniert eingestellten Motors, der sich der Hütte näherte.

Der Krach wurde immer lauter, und als alle sich danach umdrehten, zischte ein roter Blitz durch die Bäume. Ein seidig glänzendes, höllisch schnell aussehendes Auto tauchte auf.

»Ach du Sch-Scheiße«, rief Jimmy und rückte seine Brille zurecht. »Das ist ja ein Ferrari. Ein Vier-Fünf-Achter. Den gibt's in Amerika noch gar nicht! Den muss man extra in Italien bestellen.«

Der Wagen glitt in engem Bogen rückwärts in eine Parklücke. Faye sah Liz an. Die Augen ihrer Freundin waren groß wie Untertassen. Eine Welle lief durch die versammelten Partygäste, als die Tür aufging und Lucas Morrow ausstieg. Er trug eine lässige Jeans und ein frisches weißes Hemd mit offenem Kragen. Sein Haar war fantastisch frisiert. Selbst Faye musste zugeben, dass er unfassbar gut aussah. Sie zog die Kamera raus und machte ein Foto von der geschmeidigen Silhouette des scharlachroten Wagens vor einer struppigen Kette verschneiter Bäume.

Sie spürte, wie Liz sie in stiller Aufregung am Arm griff, als Lucas durch die Menge schritt und den Leuten dabei zunickte. Er sah kurz zu den beiden Mädchen hoch … und hielt dann direkt auf sie zu! Er sprang die Stufen hinauf und blieb vor Faye stehen.

»He, Flash«, sagte er mit seinem zauberhaften Lächeln. »Wie ist die Party?«

»Die, äh, ist gut, glaube ich. Wir sind auch eben erst gekommen«, erwiderte Faye, um Liz einzubeziehen, die die Finger in den Arm ihrer Freundin grub.

»Fein«, gab Lucas zurück, und seine blauen Augen funkelten im Stroboskoplicht. »Dann können wir das ja zusammen herausfinden!«

KAPITEL 12

Wozu hat man Freunde?

Liz konnte es nicht fassen. Dieser Abend, der eigentlich der lustigste des Jahres hätte sein sollen, hatte sich in ein grässliches, demütigendes Desaster verwandelt. Inzwischen hätte sie Lucas eigentlich kennenlernen und mit ihm plaudern, vielleicht sogar tanzen sollen. Stattdessen hatte sie mitansehen müssen, wie er und Faye einander immer nähergekommen waren. Sicher, anfangs hatte Faye noch versucht, sie ins Gespräch einzubeziehen, doch im Verlauf des Abends hatte sie offenbar entschieden, Lucas für sich zu beanspruchen.

Liz schluckte, um das beklemmende Gefühl in der Kehle loszuwerden, und suchte in ihrer Tasche nach dem Spiegel, um die Tränen zu verbergen, die plötzlich ihr Make-up bedrohten. Sie klappte die Puderdose auf, überprüfte ihre Wimperntusche und stellte erleichtert fest, dass sie nicht verlaufen war. *Es hat keinen Sinn zu weinen*, sagte sie sich streng. *Du musst einfach etwas dagegen unternehmen.* Liz beobachtete ihr Spiegelbild so intensiv, dass ihr schwindlig wurde. Einen Moment lang hatte sie das Gefühl zu fallen. Dann durchfuhr sie die Wut wie ein Stich. Sie klappte die Puderdose zu und hielt nach ihrer so genannten besten Freundin Ausschau.

Sie standen zusammen, nippten an ihren Getränken und plauderten, als ob sie sich ihr ganzes Leben lang kannten! Das war nicht fair. Lucas hatte sie seit seiner Ankunft hier vollkommen ignoriert. Das war demütigend.

»He, Liz!« Candi Thorsson tauchte hinter ihr auf und umarmte sie kurz. »Danke fürs Kommen! Das Halsband, das du mir gekauft hast, ist fantastisch! Amüsierst du dich?«

Liz zwang sich ein Lächeln ab und erwiderte die Umarmung. »Oh ja, das ist die tollste Party, auf der ich je war.«

Candi lachte. »Meine Eltern haben wohl ein schlechtes Gewissen, weil sie so selten da sind. Was hältst du von der Band?«

»Äh … ja, die ist toll.« Liz drehte sich zu der fünfköpfigen Rockgruppe um, die seit ihrer Ankunft gespielt und die sie kaum bemerkt hatte, da die Sache mit Lucas und Faye sie ganz in Anspruch nahm.

»Alles in Ordnung?«

Auf die Frage hin blickte Liz lächelnd auf. »Klar. Warum?«

Ihre Freundin lächelte achselzuckend zurück. »Egal. He, sieht Lucas nicht toll aus? Er ist so was wie mein Stargast, alle wollen mit ihm reden! Es ist sicher fantastisch, so beliebt zu sein.«

Darüber musste Liz nun wirklich lachen. »Candi, du *bist* so beliebt!«

»Ja, aber er ist *mega*beliebt. Von so einer Beliebtheit können du und ich nur träumen, Liz. Allerdings hätte ich nicht gedacht, dass Faye auf ihn steht.« Candi wies mit dem Kopf auf das noch immer plaudernde Paar. »Die reden schon seit einer Ewigkeit miteinander.«

Liz spürte, wie das Wutmesser sich wieder in ihrer Wunde drehte, und wandte sich ab. »Ich glaube, sie schreibt einen Artikel für den *Miller* über ihn«, murmelte sie.

*

»Ich kapier das nicht«, sagte Faye. »Wenn du so einen super Wagen hast, warum fährt dieser Mann dich dann jeden Tag zur Schule?«

Lucas zuckte mit den Achseln. »Der Wagen gehört nicht mir, sondern meiner Mutter. Eigentlich dürfte ich ihn gar nicht fahren.«

Faye hob die Brauen. »Kriegst du keinen Ärger?«

Lucas zuckte erneut nur mit den Achseln. »Und wie heißt deine Lieblingsband?«, wollte er wissen, ohne weiter auf ihre Frage einzugehen.

»Ich soll hier die Fragen stellen«, erwiderte Faye lachend. »Und du hast mir bisher noch keine einzige echte Antwort gegeben!«

Lucas grinste. »Na ja, vielleicht sind deine Fragen ja nicht so besonders«, gab er zu bedenken.

»He!«, rief Faye mit gespielter Empörung. Sie musste zugeben, dass ein Abend mit Lucas ihre Meinung über ihn verändert hatte. Er konnte spöttisch und ironisch sein, aber er war auch charmant und lustig. Sie nahm sich vor, Liz genau das zu sagen, wenn ihre Freundin endlich wieder aus der Versenkung auftauchen würde.

»Du musst nämlich wissen, dass ich eine brillante Schulzeitungsjournalistin bin. Ich habe Preise gewonnen und so.«

»Ach ja? Lass mich mal raten … für die umwerfende Story über die Riesenkartoffel von Farmer Giles im letzten Jahr?«

Faye spürte, wie ihr die Kinnlade runterfiel. »Der Farmer hieß Baxter. Hast du mich gegoogelt?«

Lucas' Grinsen wurde noch breiter. »Na ja, du warst so wütend auf mich wegen meines Scherzes mit dem *National Enquirer* bei unserer ersten Begegnung, dass ich wissen wollte, mit wem ich es zu tun habe, Flash.« Er warf ihr einen raschen Blick zu und war einen Moment lang ernst. »Unsere erste Begegnung ist ziemlich danebengegangen, schätze ich.«

»Gut möglich«, antwortete Faye wage.

»Aber jetzt wäre ich gern mit dir befreundet«, fügte Lucas hinzu und stieß sein Glas gegen das ihre. »Ich könnte hier echt die Gesellschaft einiger netter Leute brauchen.«

»Ach, dann musst du endlich Liz näher kennenlernen«, sagte Faye und schaute sich suchend nach ihrer besten Freundin um. »Sie ist die netteste Person, die ich kenne.«

»Ist das die Hübsche, mit der du viel zusammen bist?«

»Ja, sie ist meine beste Freundin, seit wir, na, drei Jahre alt sind. Sie ist großartig.« Faye lächelte. »Du findest sie also hübsch?«

»Sicher. Aber das ist ja nicht meine Meinung oder so. Sie *ist* einfach hübsch. Und mir gefällt, was sie heute Abend anhat. Es ist anders als das, was sie sonst so trägt.«

Faye nickte und freute sich, dass Lucas das bemerkt hatte. Liz würde begeistert sein! »Sie sieht atemberaubend aus. Hör mal, ich geh sie suchen, damit ihr zwei euch kennenlernen könnt. Ich weiß nicht, wohin sie verschwunden ist.«

*

Jimmy Paulson redete die ganze Zeit über irgendwas, das mit der ISS zu tun hatte, die im Orbit kreiste, und Liz hatte eigentlich schon längst die Nase voll davon.

Sie sah die ganze Zeit auf seine kleine Haartolle und versuchte herauszufinden, ob seine Frisur süß war, wie Faye zu denken schien, oder einfach nur blöd. Doch dieser Gedanke brachte Faye und Lucas wieder aufs Taplet, und das war einfach unerträglich grässlich. Sie sollte sich wenigstens ein Fleckchen suchen, wo sie die beiden nicht zusammen sah, damit es nicht so sehr schmerzte.

Das war die schlimmste Party überhaupt.

»Liz!«

Sie blickte in die Richtung, aus der der Ruf erklungen war, und sah Faye durch die Menge auf sich zukommen. Gerne hätte sie sich einfach weggedreht und damit deutlich gemacht, dass ihre *frühere* beste Freundin die letzte Person war, mit der sie jetzt reden wollte, doch sie stand bereits mit dem Rücken an der Wand.

»Was ist?«, fragte sie stattdessen schroff, nahm den Spiegel aus der Tasche und zog theatralisch ihren Lippenstift nach. Dabei sah sie den Schmerz in ihren Augen und wurde wütend. Sie schob den Spiegel zurück in die Tasche und trat etwas näher zu Jimmy, als wären sie in ein persönliches Gespräch vertieft.

»Ich hab dich überall gesucht! Wo hast du gesteckt?« Faye wirkte total glücklich, als würde sie sich prächtig amüsieren. *Und das tut sie vermutlich*, dachte Liz zornig, *da sie den ganzen Abend mit Lucas Morrow verbracht hat!*

»Ach, du hast also überall nach mir gesucht, ja?«

»Ja.« Der sarkastische Ton ihrer Frage brachte Faye dazu, Liz seltsam anzusehen. »Was ist los?«

»Wenn du überall nach mir gesucht hast, Faye, war das in den zehn Sekunden, in denen du nicht an Lucas Morrows Gesicht geklebt hast?«

Faye wirkte schockiert. »Was?«

»Das ist ekelhaft«, wetterte Liz. »Du hattest nur Augen für ihn. Alle reden darüber!«

Jimmy versuchte sich einzumischen und hob schüchtern die Hand. »Ähm, ich nicht …«

»Ach, hau ab, Jimmy«, fuhr Liz ihn an.

»Red nicht so mit Jimmy«, protestierte Faye. »Hör auf, dich so idiotisch anzustellen, Liz. Los, sprich mit Lucas. Er findet …«

»Ach, jetzt bin ich also ein Idiot, ja?« Liz' Wut kochte über. »Du hast dich wirklich als tolle beste Freundin erwiesen, Faye.«

»Liz, ich verstehe nicht, wovon du redest. Erst haben wir uns mit Lucas unterhalten, und plötzlich warst du verschwunden. Ich bin nur geblieben, um mit ihm wegen des Artikels zu plaudern. Und es war ein gutes Gespräch.«

»Klar«, stieß Liz hervor. »Von dort, wo ich gestanden habe, sah es wirklich gut aus. Gut für dich, meine ich. Du wusstest, dass er mir gefällt. Und nun steigst du ihm selber nach. Wie konntest du nur?«

»Ich bin ihm doch nicht nachgestiegen! Wir haben uns bloß unterhalten!«

Liz hatte die Nase voll. Sie stieß sich von der Wand ab, schob Faye beiseite und verschüttete dabei einiges von ihrem Getränk. »Na, glaub ja nicht, dass ich dich nach Hause fahre, McCarron. Meinetwegen kannst du laufen!«

KAPITEL 13

Nächtlicher Schrecken

Faye konnte nicht glauben, was gerade passiert war. Wie konnte ihre beste Freundin nur denken, dass sie so etwas tun würde! Vor allem, nachdem Liz so deutlich gesagt hatte, dass sie bis über beide Ohren in Lucas verknallt war?

Je länger Faye darüber nachdachte, desto ärgerlicher wurde sie. *Wer unterstellte der eigenen Freundin so was? Und das alles wegen eines dämlichen Jungen! Und selbst wenn sie Lucas für sich gewollt hätte: Mit welchem Recht regte Liz sich darüber auf? Hatte sie ihm etwa ein* Besetzt-*Etikett verpasst? Unglaublich!*

Faye sah auf die Uhr. Es war halb elf.

Ziemlich früh, wenn man bedachte, dass die Party bis Mitternacht dauern sollte. Und Tante Pam hatte ihr erlaubt, bis zum Schluss zu bleiben. Aber sie war nicht länger in Partystimmung, und außerdem hatte sie gerade ihre Mitfahrgelegenheit verloren. Sie hatte keine Lust, ihre Freunde abzuklappern und zu fragen, ob sie sie mitnehmen konnten. Dann müsste sie nämlich erklären, warum sie nicht mit Liz zurückfuhr, und das wäre einfach nur peinlich und würde die Gerüchte nähren, die vielleicht bereits kursierten. Wie auch immer … Faye hatte keine Lust, sich weiter am gleichen

Ort aufzuhalten wie Liz. Auch wenn sie nicht getan hatte, was ihre Freundin ihr vorwarf, musste sie doch einräumen, dass es ihr wirklich Spaß gemacht hatte, mit Lucas zu reden. Und das verwirrte und verärgerte sie noch mehr. Faye wollte einfach nur nach Hause, allein, und zwar sofort.

Nachdem sie sich zum Gehen entschieden hatte, wollte sie gerade Candi suchen, um sich von ihr zu verabschieden, als sie Liz erblickte. Ihre Freundin hatte die Arme um Lucas' Taille gelegt und zog ihn auf die Tanzfläche. Faye wandte sich ab, was sie empfand, fühlte sich verdächtig nach Eifersucht an. Sie musste raus.

Also ging sie zum Ausgang, schlüpfte unbemerkt aus der Hütte und begab sich in den Wald.

Trotz der Dunkelheit war es so klar, dass der Mond den Schnee silbrig beleuchtete und ihren Weg erhellte.

Faye ging Richtung Winter Mill, vermied aber den Zufahrtsweg und hielt stattdessen durch den Wald auf die Straße zu, die in die Stadt führte. Sie hatte keine Sorge, sich zu verlaufen. Als Kind hatte sie mit ihrem Vater so viel Zeit hier oben verbracht, dass sie den Wald wie ihre Westentasche kannte. Die Musik und das Geplauder ihrer Freunde begleiteten sie noch eine Weile, wurden aber rasch leiser, bis sie nur noch das Knirschen ihrer Stiefel auf dem jungfräulichen Schnee hörte.

Faye hatte gerade einen sanften Hügelzug erklommen, als ein furchtbares Geräusch die Stille durchbrach … ein wildes, tierisches Heulen, wie Faye es noch nie gehört hatte. Sie erstarrte, und blankes Entsetzen griff nach ihrem Herzen und ließ es gegen den Brustkorb pochen.

Sie wagte nicht, sich zu bewegen, doch es kamen keine weiteren scheußlichen Geräusche. Ihr Herz beruhigte sich wieder, und die Angst ließ allmählich nach.

Das war bestimmt eine Eule, sagte sie sich. *Oder irgendein anderes Tier. Oder auf der Party hat jemand blöden Krach gemacht. Du hast einfach nicht richtig hingehört. In diesem Wald hat man nichts zu befürchten.*

Faye ging weiter, diesmal schneller. Ihr Partyoutfit war nicht gerade warm, und so reglos dazustehen, hatte sie durchfrieren lassen. Sie rieb sich die Arme. Vielleicht war es doch keine so tolle Idee gewesen, sich zu Fuß nach Hause aufzumachen …

Dann sah sie etwas aus dem Augenwinkel. Oder sie sah es wenigstens *beinahe*: eine fließende Bewegung in den Bäumen zu ihrer Linken, so rasch, dass sich eigentlich nichts erkennen ließ. Faye ging weiter und hoffte, sich das nur eingebildet zu haben. Um sich zu sammeln, konzentrierte sie sich ganz darauf, wo sie auf dem schneebedeckten, von Ästen übersäten Boden hintrat, und wünschte, sie hätte keine hohen Absätze an. Doch dann sah sie ihn wieder … einen flüchtigen Umriss, der zwischen den Stämmen dahinglitt. Ein kalter Schauer lief ihr den Rücken herab.

Es war ein Wolf, und seine gelben Augen schimmerten im Dunkel des Waldes.

Wieder begann ihr Herz schneller zu schlagen. Sie änderte die Richtung und hielt sich nach rechts, weg von dem Raubtier. Doch dann sah sie einen zweiten Wolf, die beiden flankierten sie und bewegten sich lautlos durch den Wald.

Fayes Herz tat einen flatternden Sprung. Zwei Wölfe? Sie hatte schon davon gehört, dass es diese Tiere hier gab, aber es hatte sich stets um Einzelgänger gehandelt, die über die kanadische Grenze zum Jagen gekommen waren. Vielleicht gab es nun aber ein ganzes Rudel?

Ein weiteres Heulen erklang, hell und furchterregend. Und dann war noch was zu hören, ein anderes Geräusch, weiter weg, aber ebenso beängstigend … das unheimliche, traurige Klagen eines Jagdhorns, das lauter wurde, dann aber erstarb.

Das Geheul ging immer weiter. Es kam von irgendwo hinten. Faye rannte los und wollte dabei ihre Tasche öffnen und das Handy rausnehmen. Sie sah nach links und rechts und stellte fest, dass die Wölfe sie noch immer begleiteten und mühelos mit ihr Schritt hielten. Sie schnürten zwischen den Bäumen hindurch, wurden immer schneller, rückten ihr immer näher …

Endlich bekam Faye ihr Handy zu fassen, doch die verfrorenen Finger verfehlten die Wahltasten, und das Gerät fiel ihr aus der Hand und verschwand im Schnee. Faye schluchzte auf, traute sich aber nicht, stehen zu bleiben, sondern rannte weiter, mobilisierte all ihre Kräfte.

Sie hörte den rechten Wolf neben sich schnüffeln, als wollte er ihren Geruch prüfen. Dann drang der schreckliche Klang des Horns erneut durch die Luft und versetzte Faye in solche Angst, dass ihr ganz klamm wurde.

Sie glitt aus, fiel kopfüber in den Schnee und glaubte, den Atem des Wolfs im Nacken zu spüren. Sie rappelte sich auf und rannte los, ohne sich den Schnee abzuklopfen. Ihre Sachen waren jetzt nass, und ihr war eiskalt. Die Zähne klapperten, und ihre Finger schmerzten. Plötzlich kam ihr der Tote im Wald in den Sinn. Ob ihm das Gleiche zugestoßen war? Womöglich war er gar nicht erfroren, sondern … Faye schüttelte sich, um den Kopf freizubekommen. Panik würde ihr nicht weiterhelfen.

Es kann nicht mehr weit bis zur Straße sein, sagte sie sich und kämpfte darum, ruhig zu bleiben und klar zu denken. *Lauf einfach weiter. Wenn du es bis zur Straße schaffst …*

Etwas schnappte nach ihrer Ferse. Sie brüllte auf und drehte sich weg, um davonzukommen, während ihr Schrei durch den Wald hallte. In wilder Flucht brach sie durchs Unterholz und spürte, wie Äste ihr das Gesicht zerkratzten und an den Haaren zerrten.

Wieder klebte der Wolf ihr an den Fersen, und diesmal streiften seine Zähne ihre Wade. Sie trat auf einen morschen, unter dem makellosen Schnee verborgenen Ast. Er zerbrach unter ihrem Tritt, und sie kam direkt vor der Schnauze der Bestie ins Stolpern.

KAPITEL 14

Unerwartete Begegnung

Faye kämpfte um ihr Gleichgewicht, doch aus dem Stolpern wurde ein Fallen, und plötzlich kugelte sie mit hohem Tempo den Hang hinab. Sie wollte schreien, schloss den Mund aber wieder, da Schnee und Laub sie husten ließen.

Sie fuchtelte verzweifelt mit den Händen, um sich an den vorbeischießenden Bäumen festzuhalten, doch das gelang ihr nicht. Als sie schon fürchtete, das Kugeln würde gar nicht mehr aufhören, wurde der Boden plötzlich eben. Ihr Kopf stieß gegen etwas Härteres als den Mulch ringsum: Asphalt! Sie war auf die Straße gerollt, die mithilfe von Streusalz vom Schnee befreit worden war.

Faye hörte die Wölfe, die ihrer Witterung folgten, noch immer heulen und rappelte sich auf, ohne auf den stechenden Schmerz im Ellbogen zu achten.

Hinter ihr fauchte es, doch diesmal war es kein Tier. Faye fuhr herum und riss die Hände hoch, um ihre Augen vor dem gleißenden Scheinwerferlicht zu schützen, das aus einer Kurve auftauchte und das Dunkel wie ein Messer durchschnitt. Sie wollte ausweichen, doch die Verfolgung und der lange Sturz hatten ihr die Orientierung geraubt, und sie wusste nicht, wohin sie springen sollte. Immerhin erkannte sie, dass der Lärm, der auf sie zukam, von einem Bike stammte.

Faye hielt den Atem an, doch statt mit ihr zusammenzuprallen, schlitterte das Motorrad an ihr vorbei. Das Mädchen beobachtete, wie der Fahrer darum kämpfte, die Beherrschung über seine Maschine zu behalten. Das Hinterrad traf auf einen Schneefleck, der dem Salz getrotzt hatte, und brach zur Seite aus, bis das Bike fast waagerecht über den vereisten Asphalt glitt. Sie sah, dass der Fahrer sich mit den Lederhandschuhen verbissen an den Lenker klammerte. Er und die Maschine schleuderten im Halbkreis um ihre bebende Gestalt herum. Faye stand wie angewurzelt da und rechnete damit, dass er auf den Boden krachte.

Doch das geschah nicht. Mit ungeheurer Anstrengung brachte er das Bike wieder in die Senkrechte, vollendete den Halbkreis auf dem tückischen Eis und kam mit dem Vorderrad nur Zentimeter vor ihren Beinen zum Stehen.

In der Stille, die nun folgte, hörte Faye ihren Atem lauter als ihr verschrecktes Herz. Sie spürte, wie sie zitterte und ihre Zähne vor Kälte und Angst klapperten.

»Was, verdammt …?«, begann der Motorradfahrer und rang ebenfalls nach Atem. »*Faye?* Du bist das, oder? Was, zum Teufel, treibst du hier? Ich hätte dich anfahren, dich töten können!«

Sie wunderte sich kurz, woher er ihren Namen kannte, doch schon unterbrach ihn ein weiteres Wolfsgeheul aus dem Wald. Er nahm den Helm ab, und sie stand Finn gegenüber, dem jungen Biker aus dem Einkaufszentrum. Mit düsterer Zornesmiene spähte er in den Wald hinauf.

»Steig auf!«, befahl er. »Hinter mir. Ich bring dich nach Hause.«

Faye zögerte nicht, stieg auf den breiten Motorradsitz und schlang die Arme um Finns Taille. Kaum spürte er sie im Rücken, warf er das

Bike wieder an und donnerte die Straße hinunter, den Lichtern von Winter Mill entgegen.

Sie hatte noch nie auf einem Bike gesessen. Es war ein großartiges Gefühl, wie der Wind durch die Nacht zu brausen. Faye klammerte sich so eng an den Jungen, wie sie nur wagte, und drückte das Gesicht an seine warme, schwere Jacke. Sie roch nach Leder, ein alter, aber nicht unangenehmer Duft. Fayes Herz pochte noch immer, doch als sie Finns Rückenmuskeln spürte, verwandelte ihre Angst sich in Aufregung.

»Wo wohnst du?«, hörte sie ihn rufen, als sie sich der Stadt näherten.

»Über McCarrons Buchladen«, rief Faye in der Hoffnung zurück, dass der Wind ihre Worte nicht verwehte.

Die Fahrt dauerte keine zehn Minuten. Als die Maschine bremste, wünschte Faye, sie wären eine Stunde lang unterwegs gewesen. Der Junge schaltete den Motor aus und klappte den Ständer herunter. Faye glitt vom Sitz, strich sich das windzerzauste Haar aus dem Gesicht und stellte fest, dass sie erneut nach Atem ringen musste. »Danke«, brachte sie hervor, als er den Helm absetzte und sich ebenfalls vom Bike schwang.

Er stand vor ihr, seine Augen lagen im Dunkeln, sodass Faye nicht erraten konnte, was er dachte. »Ich schätze, jetzt sind wir quitt«, sagte er schließlich.

»Quitt?«

Er lächelte kurz. »Wegen der Sache im Einkaufszentrum.«

»Ach, richtig. Du warst mir aber nichts schuldig …«

»Was hast du im Wald getrieben?«, unterbrach er sie. »Geh nie wieder allein dorthin, verstanden?«

Sein dringlicher Ton beunruhigte sie, denn immerhin sprach er über eine Gegend, die sie von Kindesbeinen an kannte. »Ich bin bloß nach Hause gegangen. Das hab ich schon tausendmal gemacht.«

»Tu das nicht mehr. Nie wieder.«

»Warum?«, fragte sie und versuchte dabei, das Geschehene zu begreifen. »Das da draußen waren Wölfe. Sie haben mich gejagt ... aber da war noch etwas anderes. Es klang wie ein Horn oder so. Weißt du, was das war?«

Der Junge wich ihrem Blick aus. »Nein. Ich weiß nur, dass es da nicht sicher ist. Faye, versprich mir, dort nicht mehr hinzugehen.«

Sie spürte ihr Herz einen Satz machen. »Woher weißt du meinen Namen?«

Finn zuckte mit den Achseln. »Deine Freundin hat dich so genannt. Im Einkaufszentrum.«

»Danke«, flüsterte sie. »Ich hatte wirklich Angst.«

Er trat einen Schritt näher. Faye hielt den Atem an, als er die Hand hob und mit dem Zeigefinger über die Stelle strich, an der ein Ast ihr die Wange zerkratzt hatte. »Du brauchst keine Angst zu haben«, sagte er leise. »Nicht, solange ich da bin.«

Er stand ganz nah vor ihr. Ihr Blick sprang zu seinen Lippen, und plötzlich wollte sie seine Umarmung spüren. Ihr Herz stockte, und als sie Finn in die Augen sah, schaute er sie so glühend an, dass sie kaum atmen konnte. Er senkte den Kopf, und Faye dachte, er wolle sie küssen. Doch dann erstarrte er, ließ die Hand fallen, als hätte ihre Haut ihn verbrannt, trat einen Schritt zurück und sah unvermittelt zum Schild der Buchhandlung hoch.

»Die Frau, der der Laden gehört, ist deine Mutter?«

»Äh, nein«, sagte sie, vom plötzlichen Stimmungswechsel irritiert, schluckte ihre Enttäuschung runter und schämte sich, seine Absicht missverstanden zu haben. »Nein, meine Mutter ist tot. Die Buchhandlung gehört meiner Tante Pam.«

Finn nickte und betrachtete erst seine Schuhe, dann den Motorradschlüssel in seiner Hand und vermied es offenkundig, sie anzuschauen. »Ich mag sie. Na ja, ich muss los.«

»Du warst da draußen«, platzte Faye heraus und wollte plötzlich unbedingt, dass er blieb. »Du warst heute Abend im Wald. Warum?«

Er musterte sie kurz an und zuckte mit den Achseln. »Ich mag den Mond.«

Dann setzte er seinen Sturzhelm auf, schwang sich aufs Bike und ließ den Motor aufheulen. Im nächsten Moment war er verschwunden, ohne sich auch nur verabschiedet zu haben.

KAPITEL 15

Hausbesuch

Als Liz vor dem Anwesen der Morrows hielt, war sie sehr nervös … wegen der Aussicht, Lucas bei sich zu Hause zu treffen; weil sie gleich einen derart fantastischen Palast betreten würde; aufgrund des Gezänks mit Faye am Vorabend. Bald nach ihrem Streit hatte sie sich auf der Party umgesehen und festgestellt, dass Faye nicht mehr da war. Sie musste gegangen sein, als Liz ihr gesagt hatte, sie würde sie nicht nach Hause fahren.

Liz schaute in den Spiegel, prüfte ihr Make-up, trug noch mal korallrosanes Lipgloss auf und versuchte dabei, ihre Gewissensbisse zu unterdrücken. *Sie war selber schuld*, sagte sie sich. *So verhält man sich Freunden gegenüber einfach nicht …*

Man lässt Freunde aber auch nicht im Stich, sodass sie allein im Dunkeln nach Hause gehen müssen, sagte eine andere Stimme, die Liz entschlossen war zu ignorieren. Sie stieg aus ihrer alten Rostlaube, knallte die Wagentür zu und betrachtete das Haus, in dem Lucas lebte.

Es war sehr groß und imposant, genau wie ihr Vater gesagt hatte. Einige Stunden zuvor war er von seinem Treffen mit Mercy nach Hause gekommen, und Liz hatte möglichst viel über diesen Besuch erfahren wollen. Doch er war seltsam gelaunt gewesen und hatte keine Lust gehabt zu reden. Bevor er sich in sein Arbeitszimmer zurückzog, hatte er nur gesagt, Mercys Anwesen sei ein einsamer Ort. Das hatte Liz dazu gebracht, unerwartet hier aufzukreuzen. Sie hatte sich vorgestellt, wie er hier zurückgezogen und ohne Gesellschaft in diesem Riesenhaus lebte, und sich eingeredet, er werde sich bestimmt über ihren Besuch freuen. Immerhin hatten sie, nachdem Faye die Party verlassen hatte, viel Spaß gehabt … trotz seiner ständigen Fragerei, wo sie geblieben sei.

Liz eilte die Stufen hinauf und läutete. Kurz darauf erklangen schwere Schritte, und als die Tür aufging, stand der Mann vor ihr, der Lucas am ersten Schultag zur Highschool gefahren hatte. Liz versuchte, unbeeindruckt zu bleiben, doch er sah echt unheimlich aus. Er war riesig und breitschultrig und hatte einen glatt rasierten Schädel ohne eine Spur von Haar. Wirklich beunruhigend aber war sein Gesicht. Seine ungemein dunklen Augen lagen tief in den Höhlen und schienen ständig vor Wut zu sprühen. Seine Nase war platt, als wäre sie gebrochen, und von der Unterlippe verlief eine Narbe zum Kinn.

Der Mann musterte sie mit unverhohlen feindlicher Miene. »Kann ich helfen?«

»Sie sind Mr Ballard, oder? Ich, äh … ich möchte Lucas besuchen. Ist er zu Hause?«

Er gaffte sie kurz an, öffnete die Tür dann weiter und forderte sie mit einer Handbewegung zum Eintreten auf.

Ballard führte sie rasch ein mächtiges steinernes Treppenhaus hinauf, bog oben nach links, dann nach rechts in einen weiteren Flur und in noch einen. Liz sah sich um, und die schiere Größe des Hauses schüchterte sie ein. Es war wie ein Labyrinth! Überall gab es Türen, und alle waren geschlossen. Sie gingen immer weiter, und nun nahm Liz Musik wahr, die durch eine verschlossene Tür am Ende des letzten Flurs drang. Ballard trat heran und klopfte zweimal laut an.

Erst war es kurz still, dann wurde die Tür aufgerissen, und Lucas stand mit finsterem Blick auf der Schwelle. »Was ist?«

Ballard wies mit dem Kopf auf Liz. »Besuch für dich.«

Lucas sah an ihm vorbei und lächelte schwach. »Oh, hallo Liz. Komm rein …« Er nickte Ballard kurz zu, und der verschwand daraufhin mit hallenden Schritten durch den Flur. »Ich hatte niemanden erwartet …«

»Äh … ich dachte bloß, ich schau einfach mal vorbei«, sagte Liz, als Lucas die Tür hinter ihr schloss. »Das ist doch okay, oder?«

Lucas trat weiter ins Zimmer. »Na ja, ich hab nichts dagegen, aber meine Mutter ist da manchmal etwas seltsam. Sie mag unangekündigten Besuch nicht besonders.«

»Oh«, sagte Liz und fühlte sich langsam unbehaglich. »Tut mir leid.«

Lucas zuckte wegwerfend mit den Achseln. »Magst du was trinken? Ich hab Saft da oder Cola.«

»Cola wäre toll, danke.« Sie sah sich um und bemerkte den Getränkekühlschrank. Aus einer teuer wirkenden Stereoanlage in der Ecke drang Musik. Daneben stand ein großes, gemütliches Sofa, auf dem Lucas offenbar im Liegen gelesen hatte, da es von Musik- und Autozeitschriften umgeben war. Ein großer Flachbildschirm hing an der Wand gegenüber, doch am meisten war Liz von Schlagzeug, Keyboard, Gitarre und Mikrofon beeindruckt, die alle so dastanden, als hätte gerade eine Band das Zimmer verlassen.

Dann fiel ihr noch etwas auf. »Du hast gar kein Bett!«, platzte sie überrascht heraus.

Lucas ging zur Stereoanlage, stellte sie leise und sah Liz dabei an. »Das ist bloß mein Wohnzimmer. Schlafen tu ich nebenan.«

»Ah. Richtig. Natürlich … Das macht Sinn …«, sagte Liz und hätte sich ohrfeigen können. *Weiter so, und er sieht in dir eine arme Hinterwäldlerin, Liz.*

»Also«, sagte Lucas, gab ihr eine Cola und forderte sie mit einer Handbewegung zum Hinsetzen auf, »hast du einen besonderen Grund, mich zu besuchen?«

»Eigentlich nicht. Ich dachte nur … du hast die Party gestern Abend ziemlich plötzlich verlassen. Ich dachte, ich seh mal nach, ob bei dir alles in Ordnung ist.«

Lucas hob eine Braue, und seine Augen funkelten frech. »Tatsächlich? Sonst nichts? Dachtest du nicht, das wäre ein guter Vorwand, einen Blick in das geheimnisvolle Morrow-Anwesen zu werfen? Im Ernst, ich glaube, gestern hab ich fast den ganzen Abend damit verbracht, irgendwelche Anspielungen dazu zu ignorieren. Alle wollen zu Besuch kommen.«

»Aber nein!«, widersprach Liz und spürte, wie sie errötete. Denn um ehrlich zu sein, war genau das einer der Gründe für ihr Auftauchen. »Ich … ich dachte bloß, vielleicht hättest du gern Gesellschaft. Nicht, dass du allein in diesem Riesenhaus festsitzt und dich langweilst.«

»Sieh dich um«, frotzelte Lucas. »Ich glaube, ich hab eine Menge zu tun. Meinst du nicht auch?«

Liz schluckte und fragte sich, wie sie ihrem Erröten ein Ende machen sollte. Sie wollte sich in seiner Gegenwart unbedingt cool verhalten, doch dieser Vorsatz schien zu scheitern. »Und welches Instrument spielst du?«, wollte sie wissen. »Oder singst du etwa?«

»Ich spiele meist Gitarre. Früher hatte ich Unterricht. Songs schreib ich auch … na ja, in letzter Zeit nicht mehr.«

»Hast du mitbekommen, was Jimmy gestern Abend über den Bandwettbewerb erzählt hat?«

»Jimmy? Der kleine Streber mit der komischen Brille?«

»Ja«, lachte Liz. »Er ist ein Streber, stimmt. Aber er ist wirklich klug. Er hat mir von dem Wettbewerb erzählt, bei dem in Highschools überall in den Staaten das beste Nachwuchstalent gesucht wird. Gesponsert wird das Ganze von den großen Musiklabels. Jeder kann mitmachen, also singen oder ein Instrument spielen, solo oder in einer Band. Der Beste bekommt einen Plattenvertrag. Und in ein paar Wochen findet dieser Wettbewerb an unserer Schule statt. Ist das nicht cool?«

Lucas grinste. »Kommt drauf an.«

Sie runzelte die Stirn. »Worauf?«

»Ob es hier überhaupt Talente gibt. Es wäre schließlich ziemlich lahm, wenn diese Musikmanager auftauchen, und es gibt nichts Gutes zu hören.«

»Ach, ein paar Freunde von mir werden teilnehmen«, sagte Liz. »Rachel Hogan hat eine fantastische Stimme. Und Trey Finkler spielt echt gut E-Gitarre. Und dann ist da Matt …«

»Der ist Schlagzeuger, oder?«, unterbrach Lucas sie. »Bestimmt. Alle Drummer heißen Matt.«

Liz lachte. »Dieser Matt ist Keyboarder. Aber an unserer Highschool gibt es auch ein paar gute Drummer.«

Lucas seufzte theatralisch. »Hört sich an, als würde ich Konkurrenz bekommen.«

»Ach? Dann machst du also mit?«

Er zuckte mit den Achseln. »Sicher, warum nicht? Ich brauche nur den perfekten Song. Und letzte Nacht hat mich jemand irgendwie inspiriert.«

Liz' Herz schlug etwas schneller, und sie spielte plötzlich nervös mit ihrer Cola herum. »Ach?«

Lucas nickte. »Ja. Das klingt zwar kitschig, aber ein Mädchen, das einem gefällt, ist immer eine gute Inspiration. Vor allem, wenn sie so … anders ist.«

Liz riskierte einen Blick in sein Gesicht. Ob er von ihr sprach? *Hoffentlich*, flehte sie im Stillen, *hoffentlich hat er mich gemeint. Schließlich haben wir getanzt. Und hatten Spaß. Er muss einfach mich …*

»Hat sie die Kamera eigentlich immer dabei?«, fragte Lucas plötzlich. »Ich glaube, ich hab sie noch nie ohne gesehen.«

Liz hatte unvermittelt einen Schleier vor Augen und schluckte trocken. Faye. Er sprach von Faye!

»Äh, du meinst Faye? Ja, die hat ihre Kamera immer dabei. Sie möchte Fotografin werden. Und sie ist echt gut.«

Lucas nickte. »Und trifft sie sich mit wem? Ich meine, hat sie einen Freund? Jemanden, mit dem sie geht?«

Liz stand auf, stellte ihre halb ausgetrunkene Cola auf den Boden und wandte Lucas den Rücken zu, damit er ihr Gesicht nicht sah. »Nein, hat sie nicht. Ich meine, letztes Jahr hat sie sich eine Zeit lang mit einem Jungen namens Ryan getroffen, aber das war nichts Ernstes. Er ist weggezogen, und sie haben keinen Kontakt mehr.«

»Das ist ja toll!«, sagte Lucas und stand auf. »Und … meinst du, du kannst ein gutes Wort für mich einlegen? Ich weiß, dass ihr eng befreundet seid.«

»Ich?«, fragte Liz zaghaft.

»Ja«, setzte Lucas nach, ohne ihre Verlegenheit auch nur ansatzweise wahrzunehmen. »Ich weiß nicht, ob sie mich mag. Ich dachte, ich hätte meinen dummen Witz bei unserer ersten Begegnung wiedergutgemacht, aber dann ist sie gestern Abend einfach verschwunden, ohne sich zu verabschieden. Ich konnte sie nirgendwo entdecken.«

»Ähm …« Liz wusste nicht, was sie sagen sollte. Sie wollte einfach nur weg.

»Sie hatte übrigens recht, was dich angeht«, sagte er.

»Inwiefern?«

»Na ja, sie sagte, du bist sehr lustig und eine echt gute Freundin. Danke, dass du so nett zu mir warst, Liz, in der Schule und gestern auf der Party. Ich dachte, das Leben hier in Winter Mill wäre langweilig, aber vielleicht hab ich mich getäuscht.«

»Also magst du Faye richtig gern, ja?«, fragte Liz und zwang sich, ihm lächelnd in die Augen zu sehen.

Lucas nickte und wirkte fast schüchtern. »Ja. Als ich euch beide das erste Mal traf und sie sich darüber geärgert hat, dass ich sie Flash nannte, da hab ich den ganzen Tag an sie gedacht.« Er zuckte mit den Achseln. »Dazu bringen Mädchen mich normalerweise nicht. Es war nur so, als hätte ich sie schon mal gesehen, aber das kann doch nicht sein, oder?«

Liz schaffte es, die restliche Unterhaltung durchzustehen, ohne zu zeigen, wie sie sich fühlte. Zumindest fast.

KAPITEL 16

Habseligkeiten

Lucas beobachtete aus seinem Fenster, wie Liz' kleiner Wagen vom Eingang wegfuhr und durch die Zufahrt verschwand. Sie war etwas still geworden, nachdem er sie nach Faye gefragt hatte. Vielleicht hatte er wie ein Schwachkopf geklungen mit all seinem Gerede über Inspiration, aber er konnte einfach nicht aufhören, an Faye zu denken. Das Gespräch mit ihr auf der Party hatte ihm so etwas wie Hoffnung gegeben. Womöglich sollten er und seine Mutter für einige Zeit in Winter Mill bleiben … für eine längere Zeit. Lucas könnte endlich richtige Freunde haben. Und eine Freundin. Das wäre ein normales Leben, in dem er nur einer von vielen wäre, wo er länger als nur ein paar Wochen an einem Ort bliebe und wo es keine Fotografen gäbe, die überall herumschnüffelten, um zu sehen, was seine Mutter im Schilde führte. Das wäre toll.

Das Auto verschwand in einer verschneiten Kurve, und Lucas ließ den Spalt in der Jalousie wieder zuschnappen. Auch was Liz vom Bandwettbewerb erzählt hatte, beschäftigte ihn. Er brauchte bloß mit einem Mordssong anzutreten. Vielleicht war das ja seine Chance. Die Chance zu beweisen, dass er mehr war als nur ein Schatten in den Fußstapfen seiner Mutter. Und sollte er tatsächlich gewinnen, nun, dann bräuchte er sie nicht mehr. Er könnte endlich abhauen, ein eigenes Leben aufbauen, sich ein eigenes Zuhause schaffen.

Entschlossen, sofort anzufangen, ging er zu seiner Gitarre. Er hatte schon so lange nicht darauf gespielt, dass er nicht mal mehr wusste, wo seine Plektren waren. Er suchte in Schreibtisch und Kommoden, ohne sie zu finden. Seufzend dachte er sich, dass sie vermutlich in einem Karton bei all dem Zeug lagen, das Mercy und Ballard noch immer nicht ausgepackt hatten. Normalerweise achtete Lucas peinlich darauf, all seine Sachen zu haben, aber er hatte wohl einen Karton übersehen. Also würde er sie suchen müssen.

Er verließ das Zimmer, ging den Flur entlang und betrat einen ungenutzten Schlafraum, in dem die Kartons sich auf dem Boden und sogar auf dem alten Himmelbett stapelten. Das Haus war so groß, dass er nicht einmal genau wusste, ob er schon mal hier gewesen war. Er hatte Ballard die Schlepperei überlassen. Wenn seine Mutter ihn unbedingt um sich haben wollte, würde Lucas ihm das Leben sicher nicht erleichtern. Der Kerl machte ihm Angst.

Lucas bemerkte, dass seine Mutter noch einen Spiegel auf den alten, staubigen Kaminsims gestellt hatte. *Also echt, Mom, was soll das?*, fragte er sie im Stillen. *Brauchst du wirklich in jedem Zimmer einen Spiegel? Hier hält sich sowieso nie jemand auf!*

Er wandte sich ab und besah sich das Kartonchaos. Unsicher, wo er seine Suche beginnen sollte, öffnete er die nächststehende Kiste. Sie enthielt eine Glasfigurensammlung, aber nichts, was ihm gehörte. Er öffnete einen Karton nach dem anderen, fand aber nicht, was er suchte.

»Na los«, murmelte er, »die müssen hier doch irgendwo sein.«

Lucas kniete sich hin, öffnete noch eine Kiste und seufzte, da sie nur eine Lederjacke enthielt. Er wollte sie schon wieder schließen und sich die nächste vornehmen, doch etwas ließ ihn innehalten. Er strich über das weiche, schwarze Leder und zog die Jacke dann aus dem Karton. Als er sie hochhielt, war der Rücken mit der großen, gestickten Silhouette eines Wolfs vor blutrotem Mond geschmückt. Darunter stand »Black Dogs«. Das Ganze sah nach Bikerjacke aus, doch er hatte keine Ahnung, was sie hier machte. Mercy hatte nie ein Motorrad besessen, und überhaupt war das eine Männerjacke. Und alt war sie auch, die eine oder andere Berührung mit dem Asphalt hatte ihre Ellbogen abgewetzt, und der Kragen hatte sich mit der Zeit gewellt.

Ohne nachzudenken, zog Lucas die Jacke an. Sie saß perfekt. Und bequem war sie auch, als wäre sie ein oft getragenes Lieblingsstück gewesen. Wem sie wohl gehört hatte? Und wo der Besitzer sein mochte? Ob er noch immer das Motorrad fuhr, mit dem er in dieser Jacke unterwegs gewesen war? Jacke und Biker mussten inzwischen ziemlich alt sein … falls der Fahrer überhaupt noch lebte.

Lucas stand auf, ging zum Spiegel und betrachtete sich. Die Jacke machte ihn irgendwie älter. Er fuhr sich mit der Rechten durchs zerzauste Haar und schob die Linke in eine tiefe Tasche. Ganz unten stieß er auf ein zerknittertes Stück Kartonpapier. Als er es herauszog, stellte er fest, dass es sich um ein stark ramponiertes Foto handelte.

Er setzte sich aufs Bett und wollte das Bild glätten. Es war offensichtlich alt, denn es hatte diesen seltsamen, hellen Braunton und war an den Rändern verblichen. Er strich über die lädierte Oberfläche und entdeckte, dass es sich um die Aufnahme einer jungen Frau handelte. Ihr Haar war dunkel und mit einem einfachen Haarreif gebändigt, und sie trug altmodische Kleidung wie in einem Spielfilm über die Pionierzeit. Auch ihre Augen waren dunkel und traurig, doch ihr Gesicht war wunderschön. Genau genommen war ihr Gesicht sogar …

Ein kalter Schauer lief ihm das Rückgrat hinunter. Ihr Gesicht sah genauso aus wie das von Faye. Er blinzelte und überlegte, ob er sich die Ähnlichkeit einbildete, aber nein … dieses Foto glich Flash auf geradezu unheimliche Weise. Dieses Mädchen hatte die gleichen hohen Wangenknochen, die gleichen hübschen Lippen. Ihre Frisur war zwar gepflegter, hatte aber dieselbe Neigung, wild und ungezähmt auszusehen, wie Fayes Haar. Er studierte das Foto, als könnte es ihm seine Geheimnisse verraten, und je länger er es musterte, desto verwirrter wurde er.

Die Tür flog mit solcher Wucht auf, dass sie gegen die Wand knallte, und Lucas sprang vom Bett. Ballard stand mit finsterem Blick und wütender Miene auf der Schwelle.

»Was treibst du hier?« Ihm fiel auf, was Lucas trug, und er befahl mit knapper Handbewegung: »Ausziehen!«

»Warum sollte ich?«, erwiderte Lucas gereizt.

Ballard kam drohend auf ihn zu. »Weil ich es dir gesagt habe. Steck die Nase nicht in anderer Leute Angelegenheiten!«

»Sagen Sie mir noch ein Mal, was ich zu tun habe, nein, *reden* Sie noch ein Mal so mit mir«, fauchte Lucas ihn an, »und ich sorge dafür, dass meine Mutter Sie rausschmeißt, das schwöre ich Ihnen.«

Ballard warf den Kopf in den Nacken und stieß ein grausames, trockenes Lachen aus. »Das würde ich dich gern versuchen sehen, *Master* Lucas, wirklich. Und jetzt raus, bevor ich die Beherrschung verliere.«

Lucas ließ sich nicht einschüchtern. »Wem gehört diese Jacke? Und wer ist das Mädchen?«

Ballard trat heran und riss ihm das Foto aus der Hand, ehe der Junge ausweichen konnte. Er sah nur kurz auf das Bild, zerknüllte es und schob es in die Tasche. »Was willst du hören? Das ist ein altes Foto. Das haben vermutlich die Vorbesitzer zurückgelassen.«

»Na klar«, sagte Lucas, »und zwar in einer Jacke, die in einem der versiegelten Kartons lag, *die wir mitgebracht haben.*«

Ballard knurrte vor Wut. »Raus jetzt. Oder soll ich deiner Mutter erzählen, dass du in ihren Sachen rumgewühlt hast? Das wird ihr sicher gefallen, was?«

Lucas zuckte mit den Achseln und ging mit der Jacke zur Tür. »Ich hab einen Karton mit meinen Sachen gesucht. Wenn Sie Ihre Arbeit erledigt und alles ausgepackt hätten, wäre das nicht nötig gewesen, oder?«

Ballard ging nicht darauf ein und schloss die Tür hinter ihnen. »Wenn du nächstes Mal was brauchst, frag mich danach«, sagte er und stapfte davon.

Lucas sah ihm nach. Bevor Ballard das Foto in seine Tasche geschoben hatte, hatte in seiner Miene Erkennen aufgeblitzt.

Da war Lucas sich ganz sicher.

KAPITEL 17

Etwas wiedergutzumachen, ist schwer

Von Lucas aus fuhr Liz direkt zum Einkaufszentrum und wollte zu Griffin's, dem Imbiss, in dem sich die Schüler der Winter Mill Highschool regelmäßig trafen. Sie rechnete damit, Candi, Rachel und einige andere dort zu sehen. Doch als sie durch das Einkaufszentrum ging und sich mit einem raschen Schaufensterbummel aufheitern wollte, dachte sie die ganze Zeit nur an Faye, der sie am Vorabend einige schreckliche Dinge an den Kopf geworfen hatte. Wie gern würde sie all das nun zurücknehmen! Es sah so aus, als hätte Lucas sich auf den ersten Blick in Faye verliebt; so hatte er Liz nicht angeschaut, kein einziges Mal. Welchen Sinn hatte es da, ihre beste Freundin seinetwegen zu verlieren?

Ohne Faye ist alles anders, dachte Liz beim Blick in die Vitrinen eines Juweliers. *Und was hat Tante Pam gesagt? Zerstreitet euch nie wegen eines Jungen!* Liz zerbrach sich den Kopf, wie sie sich bei ihrer Freundin entschuldigen könnte. Und als ihr Blick auf eine hübsche Kollektion silberner Armbandanhänger mit den Buchstaben BFF – *Best Friend Forever* – fiel, wusste sie, was sie zu tun hatte.

Sie zog ihr Handy aus der Tasche und bat Faye per SMS, ins Einkaufszentrum zu kommen, weil sie ein Geschenk für sie habe.

Dann wartete sie nervös auf Antwort, denn vielleicht war Faye ja so wütend auf sie, dass sie ihre Nachricht ignorierte, oder sie schrieb ihr – schlimmer noch – zurück, sie wolle sie nie wiedersehen.

Liz ging auf und ab. Sie konnte doch nicht wegen eines blöden Jungen ihre beste Freundin verlieren, oder?

»Liz? Alles in Ordnung?« Sie drehte sich um. Ein paar Schritte entfernt stand Jimmy Paulson und sah besorgt drein. »Du wirkst beunruhigt«, fügte er hinzu.

Liz schüttelte den Kopf und lächelte schwach. »Danke, Jimmy, aber es geht mir gut.« Dann wurde ihr klar, dass sie sich wohl auch bei ihm würde entschuldigen müssen. Sie seufzte. Gestern Abend war sie wirklich nicht die Charmanteste gewesen. »Hör mal, es tut mir echt leid ... wegen der Party, meine ich.«

Jimmy sah auf seine Schuhspitzen und schob sich mit einem Finger die Brille auf die Nase, wie er es immer tat, wenn er nervös war, und das war er meistens. »Ach, es gibt nichts, wofür du dich entschuldigen müsstest, Liz.«

»Oh doch«, erklärte sie mit Nachdruck. »Ich war mies drauf, und obwohl du so nett zu mir warst, hab ich meine Laune an dir ausgelassen. Das tut mir leid.« Sie seufzte. »Ich muss mich heute wohl noch oft entschuldigen.«

Jimmy lächelte. »Na ja, danke. Aber mir hat es Spaß gemacht. Es war nett ... einfach mit dir zu reden.« Er räusperte sich verlegen. »Und bei dir ist wirklich alles in Ordnung?«

Liz nickte und lächelte zurück. »Ja, aber danke der Nachfrage. Was treibst du hier eigentlich? Dich sieht man nur selten im Einkaufszentrum.«

»Ach«, erwiderte er achselzuckend, »meine Mom fühlt sich heute nicht so gut, und da will ich ihr etwas zur Aufmunterung kaufen, Blumen vielleicht. Hast du eine Idee?«

»Oh, Jimmy, das ist ja nett«, sagte Liz etwas erstaunt. Nur wenige ihrer Freunde waren derart fürsorglich. »Blumen gefallen ihr bestimmt.«

Jimmy lächelte verlegen. »Na, ich pack's dann mal. Bis morgen in der Schule.«

Er winkte kurz und ging. In diesem Moment vibrierte ihr Handy in der Tasche. Angespannt öffnete Liz die Nachricht, lächelte dann aber.

Komme, so schnell ich kann, stand auf dem Display.

*

Als Faye ins Einkaufszentrum kam, wusste sie nicht recht, was sie erwartete, war aber froh, dass Liz mit ihr reden wollte.

Ihr war in der Nacht so vieles durch den Kopf gegangen, dass sie kaum geschlafen hatte: der blöde Streit mit Liz, ihre schreckliche Angst im Wald und natürlich auch die tolle Motorradfahrt mit Finn nach Hause. Falls sie irgendwem erzählte, was geschehen war, dann ihrer besten Freundin. Doch nach der Auseinandersetzung vom Vorabend war Faye nicht sicher, ob sie beide je wieder ein Wort wechseln würden. Dass sie sich nun trafen, war immerhin ein Schritt in die richtige Richtung.

Sie sah Liz am beschriebenen Treffpunkt neben dem Keksstand stehen. In der einen Hand trug sie so etwas wie eine Keksschachtel, in der anderen eine kleine weiße Tüte.

»Hi«, sagte Faye ruhig, als sie näher kam.

»Hi«, antwortete ihre Freundin und lächelte unsicher. Es entstand eine Pause, in der beide nicht wussten, was sie sagen sollten. »Danke, dass du gekommen bist«, begann Liz schließlich. »Hör mal, es tut mir echt wahnsinnig leid wegen gestern Abend.«

Faye schüttelte den Kopf. »Nein, Liz … *mir* tut es leid. Ich hätte merken sollen …«

»Faye, es gibt nichts, wofür du dich entschuldigen musst. Ich habe mich einfach idiotisch benommen, genau wie du gesagt hast. Du kannst ja nichts dafür, dass er auf dich steht. Ich weiß nicht, warum ich so wütend geworden bin.«

»Er steht doch gar nicht auf mich, Liz, wir haben uns nur unterhalten, mehr nicht. Ich bin mir sicher, dass …«

Liz seufzte kopfschüttelnd. »Ich sage dir, er mag dich sehr. Und das ist gut so. Wirklich.«

»Nein, das ist nicht gut!«, rief Faye. »Und außerdem steh *ich* nicht auf ihn. Jedenfalls nicht so. Er ist bloß ein Freund wie viele andere, Liz.« Die Erinnerung daran, wie sie – eng an Finns Rücken gedrückt – in die Stadt zurückgerast war, ließ sie erröten. Gut, sie wusste, dass Lucas nett war, aber im Vergleich zu Finn …

»Wie auch immer«, unterbrach Liz ihre Gedanken, »ich möchte dich seinetwegen jedenfalls nicht verlieren. Es tut mir einfach … leid.« Liz streckte ihr die Kekse und die kleine Tasche entgegen. »Und das ist der Beweis dafür!«

Faye lachte. »Hatten wir uns nicht geschworen, nie mehr Kekse zu essen?«

Liz zuckte mit den Achseln. »Verzweifelte Situationen erfordern verzweifelte Maßnahmen, würde Tante Pam sagen.« Sie schüttelte die kleine weiße Tasche. »Mach auf, na los!«

Faye nahm sie und zog ein kleines Schmuckkästchen heraus. Es enthielt das hübscheste Silberarmband, das sie je gesehen hatte, und zudem einen kleinen BFF-Anhänger.

»Oh, Liz, wie wunderschön. Aber das wäre doch nicht nötig gewesen. Und wie hast du das bezahlt? Ich dachte, du hast dein ganzes Taschengeld schon ausgegeben?«

»Poppy hat mir gestern was geliehen. Es sollte zwar für den Notfall sein, denn sie weiß, dass ich pleite bin, aber ich wollte dir das einfach kaufen«, sagte Liz leise. »Weil du es verdient hast. Und ich ohne dich niemanden hätte.«

Faye spürte, wie ihr Tränen in die Augen traten, und sie umarmte Liz stürmisch. »Seltsam, heute Morgen hab ich das Gleiche über dich gedacht.«

Liz entzog sich ihr mit einem tiefen Seufzer. »Also … sind wir wieder Freundinnen?«

»Hundertprozentig«, sagte Faye, schob sich das Armband über die Hand und hielt es ins Licht.

Liz lächelte, und ihr so sonniges Gemüt kam wieder zum Vorschein. »Wenn das so ist, hab ich noch eine Überraschung für dich!«

Faye folgte Liz durchs Einkaufszentrum und vermutete, sie würden bei Griffin's landen, doch ihre Freundin führte sie zu MK und wollte hinein, aber Faye hielt sie zurück.

»Liz, ich kann da nicht rein.«

»Natürlich kannst du. Los, die haben einige tolle neue Sachen! Ich kann zwar keinen Cent mehr ausgeben, aber ich darf doch wohl planen, was ich vom nächsten Taschengeld kaufen will, oder?«

»Nein, Liz, die Besitzerin hat das Hausverbot nur für dich aufgehoben. Die ruft den Wachdienst, wenn ich mitgehe!«

Liz drehte sich mit in die Hüften gestemmten Händen zu ihr um. »Das war gestern. Und heute ist heute.«

»Und warum sollte es heute anders sein?«, fragte Faye.

Liz trat zu ihr, hakte sich bei ihr unter und zog sie in den Laden. »Weil ich Barbie Finch heute dazu gebracht habe, hier anzurufen und dich in den höchsten Tönen zu loben, darum. Und jetzt dürfen wir beide hier einkaufen, wann wir wollen.«

Faye blinzelte gerührt. »Echt? Das hast du für mich getan?«

Liz grinste. »Echt. Also komm, wir suchen jetzt jede das perfekte Outfit und treffen uns in zwanzig Minuten vor der Umkleide!«

Vielleicht war es ein Nebeneffekt der Versöhnung mit Liz, vielleicht lag es daran, dass sie sich die ganze Zeit fragte, wie Finn die Sachen gefallen würden, die sie sich auswählte … Jedenfalls fand Faye diesmal viel leichter etwas zum Anprobieren. Sie suchte sich ein hübsches grünes Top mit aufgenähter Blume aus, ein helles, farblich dazu passendes und mit Pailletten besetztes Halstuch und eine dunkelblaue, verwaschene Jeans. Dann wartete sie an der Umkleide wie besprochen auf Liz und bemühte sich, nicht an das zu denken, was am Vorabend passiert war.

»Schau, was ich gefunden habe«, rief Liz, als sie endlich entschieden hatte, was sie anprobieren wollte, und hielt das gleiche grüne Top hoch, das Faye überm Arm trug.

Faye lachte, als sie feststellte, dass sie sich genau das gleiche Outfit ausgesucht hatten. Selbst das kleine Halstuch war identisch!

»Tja, das können wir nicht beide tragen«, kicherte Liz. »Was würde Candi dazu sagen?«

»Lass es uns anprobieren und sehen, wem es besser steht«, schlug Faye vor.

Sie zogen sich in getrennte Kabinen zurück. Faye mochte besonders die auf raffinierte Weise verwaschene Jeans.

»Wie läuft's bis jetzt bei dir?«, rief Liz von nebenan.

»Die Hose find ich toll!«

»Oh nein, ich auch!«

Faye hatte gerade das Top angezogen, als sie eine Gestalt im Spiegel sah, eine Frau um die vierzig, die mit müdem, sorgenvollem Blick direkt hinter ihr stand. In der Annahme, die Frau habe die Kabine irrtümlich für leer gehalten, drehte Faye sich um.

»Oh, tut mir leid, ich bin gleich …«

Sie verstummte jäh. Hinter ihr stand niemand. Sie zog den Vorhang beiseite und musterte den Laden, doch die Frau war nirgendwo zu sehen. Aufgewühlt blickte sie erneut in den Spiegel. Und da war die Frau wieder und schaute sie mit traurigen, leeren Augen an. Faye fröstelte, als die Temperatur plötzlich fiel. Winzige Eisblumen bildeten sich an den Rändern des Spiegels. Sie schnappte sich ihre Kamera, um ein Foto zu machen, doch bis sie die Kappe vom Objektiv genommen und den Apparat ans Auge gesetzt hatte, war der Spiegel wieder normal und zeigte nur ihr eigenes, beunruhigtes Gesicht.

»Faye?«, fragte Liz und kam umgezogen aus der Kabine nebenan. »Hast du was gesagt?«

KAPITEL 18

Auf der Straße

Finn machte sich einen besonders starken Kaffee. Er hatte wenig geschlafen, denn nach der Begegnung mit Faye war er viel zu aufgedreht gewesen, um zur Ruhe zu kommen. Stattdessen war er bis zum frühen Morgen mit seinem Bike durch die Gegend gefahren und erst zurückgekehrt, als schon erste Sonnenstrahlen den Waldboden trafen. Selbst dann war er nicht müde gewesen, sondern hatte sich mit seinem Taschenmesser und einem Stück Holz ans Feuer gesetzt und etwas geschnitzt, während die anderen allmählich aufgestanden waren. Doch obwohl Schnitzen ihn immer beruhigt hatte, half es diesmal nicht. Er vermochte seine Gedanken nicht von Faye loszureißen.

Er konnte ihr Bild einfach nicht abschütteln, nicht vergessen, wie es sich angefühlt hatte, als sie auf der raschen Fahrt nach Hause ihre Arme um ihn geschlungen hielt. Sie sah Eve so ähnlich, besaß die gleiche zerbrechliche Schönheit, in die er sich vor so vielen Jahren Hals über Kopf verliebt hatte, und nun war Finn hin- und hergerissen: Sollte er schnellstmöglich flüchten oder nie mehr von ihrer Seite weichen? Das musste doch ein Zeichen sein, oder? Dass sie überhaupt hier war … und ausgerechnet jetzt?

Finn legte sein Messer weg, nahm noch einen Schluck Kaffee und behielt die bittere Flüssigkeit eine Zeit lang im Mund. Der gemeinsame Augenblick vor der Buchhandlung ihrer Tante: Er hatte geschworen, sie immer zu beschützen, aber konnte er das? Vermochte er sie wirklich vor dem Bösen zu bewahren, das diese Wälder durchstrich?

»Finn?« Die Stimme seines Vaters drang rau durchs frühe Morgenlicht. »Wir haben dich letzte Nacht vermisst. Wo warst du?«

Er sah kurz zu Joe Crowley hoch. »Mit dem Motorrad unterwegs. Mir war einfach danach.«

Joe runzelte die Stirn. »Mich täuschst du nicht, Junge. Was ist passiert?«

»Das hab ich doch gesagt.«

»Und ich kenne dich, Finn. Es ist was passiert.«

Finn schüttelte den Kopf und betrachtete, was er geschnitzt hatte: einen kleinen, heulenden Wolf. Seufzend klappte er das Messer zu und schob es mit dem Tier in seine Tasche. Es war zwecklos, etwas vor seinem Vater verbergen zu wollen, und vermutlich sollte er davon erfahren. Einiges jedenfalls. »Letzte Nacht gab es eine Jagd.«

»Doch nicht in dieser Gegend. Das hätten wir gespürt.«

»Weiter südlich, nahe der Straße in die Stadt.«

»Hast du sie gesehen?«

»Nein«, sagte Finn. »Ich hab unterwegs ein Mädchen aufgelesen. Sie war vor ihnen auf der Flucht.«

Joe kniff die Augen zusammen. »Was für ein Mädchen?«

Finn seufzte, denn er wusste, was sein Vater sagen würde. »Das Mädchen aus dem Einkaufszentrum.«

»Und die hast du also zufällig im richtigen Moment getroffen?«

»Ja. Ich hab Wort gehalten. Ich hab sie nicht gesucht. Aber ich konnte sie dort nicht zurücklassen. Das weißt du.«

Joe schüttelte den Kopf. »Finn, du weißt, was letztes Mal geschah. Du darfst das Mädchen nicht an dich ranlassen. Nicht wieder. Du musst Abstand wahren.«

Finn schüttelte den Kopf. »Und wenn ich nicht will? Wenn es einen Grund gibt, warum wir hier sind? Wenn das eine zweite Chance ist?«

»Wir *haben* einen Grund, hier zu sein!« Joe hob die Stimme über das morgendliche Vogelgezwitscher. »Aber es geht nicht um dieses Mädchen! Das weißt du.«

Finn drehte den Kaffeebecher um, und der Bodensatz lief ins Feuer. »Ich weiß, weshalb wir hier sind«, erwiderte er leise. »Aber ich sehe nicht ein, dass dieses Vorhaben den Rest meines Lebens bestimmen muss … oder dass es dir das Recht gibt, mir vorzuschreiben, wie ich zu leben habe.«

»Ich passe nur auf dich auf, Finn.«

Sein Sohn schüttelte den Kopf. »Das kannst du nicht, Dad. Nicht für immer. Und das … das ist zu wichtig für mich. Versuch das zu verstehen.« Er wandte sich ab und ging zu seinem Bike.

»Finn!«

Der Junge antwortete nicht. Er schwang ein Bein über den Sattel und trat den Motor an, dessen dumpfes Grollen den Morgenchor kurz übertönte. Dann fuhr er in die Dämmerung davon und hielt nicht mal an, um seinen Helm aufzusetzen.

Die Luft war kalt. Sie ließ Finns Augen tränen, doch er fuhr nicht langsamer. Auf dem Weg zur Straße rutschte er zwischen Bäumen hindurch und wirbelte Schnee auf. Zorn ließ das Blut in seinen Adern rauschen. Zorn auf seinen Vater, darauf, dass er gesagt hatte, was Finn schon wusste, aber nicht hören wollte; Zorn darauf, dass sein Leben nicht einfacher war, dass er nicht schlicht zu dem Mädchen gehen und sie zu einem Ausflug einladen konnte, wie jeder normale Teenager es täte. Er hatte ihren Blick gesehen. Er war sich sicher, dass sie gestern Abend diesen Kuss genauso sehr gewollt hatte wie er.

Aber sein Leben war nicht normal. Er war nicht normal, so sehr er das auch wünschte, und genau das hatte ihn zurückgehalten. Die Angst, das einmal Geschehene könnte sich wiederholen. Die Angst, sie würde ihn, wenn sie es entdeckte, sowieso ablehnen. Die Angst, dass sein Leben selbst jetzt nicht ihm gehörte.

Die Wut und Angst trieben ihn dazu, immer schneller zu rasen, ein immer waghalsigeres Tempo zu fahren. Aber der Angst zum Trotz hatte er sich entschieden. Er würde wieder mit ihr reden, egal, was sein Vater angeordnet hatte. Finn musste wieder mit ihr reden. Er konnte nicht in dieser Welt leben und wissen, dass auch sie darin lebte, ohne mit ihr zu sprechen, sie zu sehen, sie zu *kennen*.

Er hörte die Sirene, bevor er das Blaulicht sah. *Ein Streifenwagen*, dachte Finn. *Na toll … das ist genau das, was ich jetzt brauche.*

Er überlegte, noch stärker zu beschleunigen, besann sich aber eines Besseren. Das würde nur neuen Ärger geben und sie von ihrer Aufgabe ablenken, und das war sein Zorn nicht wert. Also drosselte er das Tempo, achtete aber darauf, dass ihm das Hinterrad nicht wie am Vorabend wegrutschte, und hielt auf dem nächsten Seitenstreifen.

Er schaltete den Motor aus, schwang sich vom Sattel, lehnte sich an sein Fahrzeug, erwartete den Polizisten und stellte fest, dass es sich um denselben Mann handelte, der am Tag ihrer Ankunft in den Wald gekommen war, um mit seinem Vater zu reden. Sergeant Wilson. Finn nickte ihm höflich zu, sagte aber nichts.

»Führerschein und Fahrzeugpapiere, bitte.«

»Tut mir leid, Sergeant«, sagte Finn, als er ihm beides gab. »Ich weiß, ich war zu schnell.«

»Und wie«, sagte Wilson ruhig. »Noch etwas schneller, und dein Tacho wäre durchgebrannt.« Er gab Finn die Papiere zurück und schob die Hände in die Taschen. »Außerdem trägst du keinen Sturzhelm. Wohin bist du so früh am Morgen so schnell unterwegs?«

Finn beschloss, ehrlich zu sein. »In die Stadt, Sir.«

»In die *Stadt*? Tatsächlich? Und was genau hast du dort vor?«

»Ich will zur Buchhandlung. Der Besitzerin – Pam – hab ich vor einigen Tagen die Heizung repariert, und nun wollte ich mich vergewissern, ob alles in Ordnung ist. Vor allem nach der gestrigen Nacht, da war es nämlich ziemlich kalt.«

Der untersetzte Polizist musterte ihn ungerührt. »Du bist recht höflich für einen Biker, was?«

»Ich bin gut erzogen, Sir.« Finn sah zu Boden. »Und nicht alle Biker sind unterwegs, um Ärger zu machen.«

Wilson nickte. »Dein Fahrstil spricht eine andere Sprache.«

»Tut mir leid, Sir«, wiederholte Finn. »Kommt nicht wieder vor.«

»Das will ich dir geraten haben.« Wilson hielt inne und seufzte. »Diesmal lasse ich Gnade vor Recht ergehen. Ich kenne Pam McCarron, und sie hat nur Gutes über dich gesagt. Aber wenn ich dich noch einmal dabei erwische, wie ein Verrückter zu rasen, sorge ich dafür, dass dein Motorrad beschlagnahmt wird, verstanden?«

»Ja, Sir. Danke.«

»Und Finn … du heißt doch Finn?«

»Ja, Sergeant?«

Wilson musterte ihn durchdringend, und Finn hatte den Eindruck, sein Blick bohre sich geradewegs in seine Seele. »Pam wohnt mit ihrer Nichte zusammen. Mit Faye McCarron.«

»Ja, Sir. Wir sind uns begegnet.«

»Faye ist mit meiner Tochter Liz befreundet. Ich will, dass du dich von beiden Mädchen fernhältst, verstanden?«

Finn runzelte die Stirn. »Faye und ich sind befreundet und …«

»Wenn Fayes Vater unterwegs ist, pass ich ein bisschen auf sie auf«, unterbrach Wilson ihn mit stählernem Blick. »Und ich weiß ganz sicher, dass du genau die Sorte Freund bist, die Faye nicht braucht, verstanden?«

Finn spürte Wut in jeder Pore, zwang sich aber, ruhig zu bleiben.

»Ja, Sir«, sagte er nur.

Wilson musterte ihn erneut, nickte knapp und wandte sich ab. »Gut. Ich freue mich, dass wir uns verstehen.«

Der Streifenwagen folgte Finns Motorrad den ganzen Weg bis zur Buchhandlung.

KAPITEL 19

Spurensuche

Die beiden Mädchen kauften weiter ein, doch Faye war nicht bei der Sache. Immer wenn sie an die Frau im Spiegel dachte, schauderte es sie. Was geschah mit ihr? Erst diese furchtbare Jagd durch den Wald und jetzt das! Sie wünschte, ihr Vater wäre da. Sie würde sich schon besser fühlen, wenn sie bloß mit ihm reden könnte, doch es gab noch immer keine Nachricht von ihm. Selbst Tante Pam machte sich allmählich Sorgen und wollte versuchen, ihn ausfindig zu machen.

»Alles in Ordnung?«, fragte Liz. »Du bist so still geworden.«

Faye rang sich ein schwaches Lächeln ab und zuckte mit den Achseln. »Mir geht's gut. Ich bin wohl einfach nur müde von gestern Abend.«

Liz sah sofort schuldbewusst aus. »Bist du mir weiter böse? Es tut mir so leid, dass ich dich den Heimweg zu Fuß hab machen lassen, Faye. Ich kann es noch immer kaum glauben.«

»Nein, nein, das war … Du hast mich doch nicht …« Faye verstummte. Sie wollte Liz nicht erzählen, dass sie am Ende gar nicht nach Hause gelaufen war, denn dann hätte sie erklären müssen, warum. Und Faye wusste nicht recht, ob sie Liz von der Jagd durch den

Wald erzählen wollte. Dadurch würde es irgendwie noch wirklicher werden, und sie zog es vor, alles wie einen Albtraum zu behandeln. Alles bis auf die Rettung durch Finn und die Heimfahrt auf seinem Motorrad. Ihr Magen machte noch immer einen Salto rückwärts, wenn sie daran dachte, wie er ihr Gesicht berührt hatte. Sie räusperte sich. »Ich hab nur nicht gut geschlafen.«

Liz kniff die Augen zu und verschränkte die Arme. »Das glaub ich dir nicht. Du verschweigst mir etwas.« Sie drückte Fayes Hand. »Bitte sag es mir. Wir haben uns doch immer alles erzählt. Vielleicht kann ich helfen.«

Faye schüttelte den Kopf. »Ich glaube, da kann niemand helfen.«

»Dann ist wirklich was los!«, rief Liz und zog Faye auf eine Sitzbank des Einkaufszentrums. »Spuck's aus! Geteilte Probleme sind halbe Probleme oder wie das heißt. Was ist? Du warst den ganzen Tag so seltsam.«

Faye holte tief Luft. »Du wirst mich für völlig verrückt halten«, begann sie.

Liz lachte. »Mensch, Faye, wer von uns beiden gilt hier wohl als die Verrückte?«

Faye grinste. »Gut. Als ich gestern die Party verließ, hab ich nicht die Zufahrt zur Straße genommen, sondern eine Abkürzung durch den Wald.«

Ihre Freundin sah sie entsetzt an. »War es denn nicht stockfinster?«

»Es war ziemlich dunkel, ja, aber der Mond war hell und … Jedenfalls hab ich nicht groß überlegt. Ich wollte nur so rasch wie möglich nach Hause und dachte, das wäre der schnellste Weg.«

Faye erzählte Liz, wie sie gejagt worden war, von dem Rennen durch den Wald, von den Wölfen, die ihr nachsetzten … Liz machte immer größere Augen, und als Faye zu der Stelle kam, wo sie auf die Straße gestürzt und direkt vor Finn gelandet war, stieß sie einen kleinen Schrei aus.

»Oh mein Gott! Du hättest sterben können. Was hat er getan?«

Faye sah auf ihr Handgelenk und spielte mit ihrem neuen Armband. »Er hat mich nach Hause gebracht und gesagt, ich soll nicht mehr in den Wald hochgehen.«

»Dann wusste er also, was sich da draußen rumtrieb?«

Faye nickte. »Ich denke ja.«

»Mein Vater hatte recht! Er sagte, diese Biker brächten nichts Gutes!«

Faye schüttelte den Kopf. »Ich weiß nicht. Finn hat erklärt, er beschützt mich.«

»Ja, klar, vor *seiner* Gang! Die war es doch bestimmt, die dich gejagt hat!«

»Das glaub ich nicht … und ich hab nur sein Motorrad gehört. Ich denke nicht, dass es die Biker waren, Liz.«

»Wer denn sonst?«

»Keine Ahnung.« Plötzlich hatte Faye eine Idee. »Aber ich muss es rausfinden. Ich muss wieder dort hoch und mir das ansehen. Wenn da oben Wölfe waren, haben sie Spuren hinterlassen! Komm, Lizzie, jetzt sofort. Komm, es ist hell, und tagsüber greift uns nichts an. Es ist völlig sicher. Und ich kann Aufnahmen machen, als Fotobeweise.«

»Du spinnst!«, rief Liz. »Hat Barbie Finch dir nicht gesagt, du sollst da wegbleiben? Und was ist mit meinem Dad? Der würde ausflippen, wenn er erfährt, dass ich da oben war. Vor allem, wenn er von gestern Abend wüsste!«

Faye stand auf und war entschlossen. »Du musst ja nicht mitkommen, Liz. Ich verstehe sehr gut, wenn du nicht willst. Aber ich muss das machen. *Ich muss.*«

Liz sah sie an und erhob sich seufzend. »Und wie willst du hin? Zu Fuß? Komm, ich fahre. Aber sieh zu, dass wir zum Abendessen daheim sind.«

Faye umarmte sie stürmisch. »Danke!«

»Ich schätze, damit sind wir quitt«, murmelte Liz.

*

Liz nahm an, sie würden im Wald nichts entdecken. Natürlich sagte sie Faye das nicht, aber sie dachte, ihre Freundin hätte sich die ganze Geschichte eingebildet. Das wäre ein Leichtes, draußen im Wald, allein, im Dunkeln.

»Wie willst du genau wissen, wo du warst?«, fragte sie und folgte Faye mit schweren Schritten durch den frischen Schnee. Sie hatten an der Straße geparkt und kämpften sich die Böschung hinauf in den Wald. Es war eisig kalt, und das Nachmittagslicht wurde schon schwächer.

»Das ist die Kurve, um die Finn gekommen ist«, sagte Faye und wies auf die Straße hinter ihnen. »Also muss ich ungefähr hier den Hang runtergekugelt sein. Sieh dich um … trotz des Neuschnees muss es doch eine Spur geben.«

Liz seufzte, als Faye Weitwinkelaufnahmen der Gegend zu machen begann. Sie wusste, wann ihre Freundin in etwas vertieft war, und ihr war klar, dass sie hier erst wegkäme, wenn Faye gefunden hatte, wonach sie suchte. Sofern es denn existierte. Liz hoffte nur, es würde nicht zu lange dauern.

Ihr sprang etwas ins Auge, und sie stapfte durch den Schnee zu einem mit Eiszapfen übersäten Strauch. »Das hier ist seltsam«, rief sie zurück. »Sieht aus, als wäre etwas in den Strauch gekracht und hätte die Eiszapfen abgebrochen.«

Faye kam nachsehen und lächelte. »Toll, Liz. Dann sind wir hier richtig. Ich wette, das ist während der Verfolgung passiert.« Sie machte ein Foto, kniete sich hin und begann zu wühlen.

»Was machst du da?«, fragte Liz entgeistert.

»Hier muss es Wolfsspuren geben! Unterm Neuschnee … Ja, schau mal!«

Tatsächlich blickte Liz auf einen Pfotenabdruck. Sie schauderte. »Oh mein Gott, Faye. Eine so große Spur hab ich noch nie gesehen. Die ist ja riesig!«

Faye stand auf und musterte die Gegend entschlossen. »Gut, suchen wir weiter. Vielleicht gibt es ja mehr. Ich möchte wissen, ob sich hier wirklich ein Rudel rumtreibt oder ob es nur die zwei Wölfe waren, die ich gesehen habe.«

Liz zitterte und wollte aus dem Wald, der plötzlich sehr unheimlich geworden war. »Muss das sein? Wir haben doch das hier gefunden, Faye, reicht das nicht? Ich würde jetzt gern gehen.« Liz sah sich ängstlich um und war überzeugt, dass jeden Moment etwas Großes mit Zähnen aus den Sträuchern springen würde.

Doch Faye hörte ihr gar nicht zu, sondern ging tiefer in den Wald und suchte dabei den Boden ab.

»Sieh dir das an!«, rief sie kurz darauf und knipste drauflos.

Liz hielt auf den Punkt zu, auf den Faye zeigte. Es war ein Haufen Federn und blutiger Knochen. Ihr war schon fast übel. »Was ist das?«, fragte sie, die Hand vorm Mund.

»Ein Huhn, schätz ich. Der Kopf ist da drüben«, sagte Faye, ohne Liz‘ Unbehagen zu bemerken, und wies mit dem Kopf auf einen anderen Strauch. »Kannst du den Hang noch mal absuchen? Ich will nur noch ein paar Fotos machen.«

Liz nickte und schwieg lieber, um Faye nicht zu zeigen, wie verängstigt sie war. Ihre Freundin war immer so stark und selbstsicher.

Nichts schien sie zu beunruhigen. Liz wünschte oft, sie könnte auch ein wenig so sein.

Auf dem Weg zurück zum Hang an der Straße stellte sie sich die arme Faye im Dunkeln vor und fröstelte. Sie entdeckte einige abgeknickte Äste, doch zum Glück war nirgends ein zweiter Kadaver zu sehen. Liz wollte schon umkehren, als ihr etwas ins Auge fiel.

Es lag im Schnee an einem Stamm, halb verborgen unter einer Baumwurzel, doch es glitzerte in der Nachmittagssonne. Liz trat näher und erkannte, dass es sich um etwas Silbernes handelte. Sie hob es auf. Es war ein kleiner, hübscher Brieföffner mit graviertem Griff. Auf der überraschend scharfen Klinge befand sich ein winziger, dunkler Fleck. Liz musterte ihn. Ob das geronnenes Blut war? Sie zückte ein Papiertaschentuch und wischte die Klinge sauber.

»Wie bist du denn hierher gekommen?«, fragte sie den Brieföffner leise und sah den Hang hinauf, konnte Faye aber nicht entdecken. »He, Faye, sieh dir das mal an …«

»Liz? Liz, wo bist du?«, schnitt die Stimme ihrer Freundin ihr das Wort ab. »Ich hab gerade nach der Zeit geschaut. Kommst du nicht zu spät zum Abendessen?«

Liz sah auf die Uhr. »Ach je, du hast recht! Dad und Mom bringen mich um!« Sie schob den Brieföffner in die Tasche und kämpfte sich wieder den Hang hinauf.

Faye wollte etwas sagen, hielt aber inne. Ein weiteres Geräusch durchdrang den friedlichen Wald … Motorräder, die in der Ferne beschleunigten. Sie drehte sich dem Lärm zu, doch Liz griff sie am Arm.

»Wir müssen los«, erklärte sie energisch und war entschlossen, ihre Angst zu verbergen. »Und zwar sofort.«

KAPITEL 20

Reifenpanne

Als die beiden Mädchen wieder in den Wagen stiegen, begann der Abend zu dämmern. Sie hörten die Motorräder nicht mehr, aber Liz war offensichtlich beunruhigt. Das mochte auch einfach daran liegen, dass sie immer schweren Ärger kriegte, wenn sie zu spät nach Hause kam.

»Mach dir keine Sorgen«, meinte Faye zu ihr, als sie losfuhren. »Wir sind gleich wieder in der Stadt. Sag deinem Dad einfach, ich bin schuld, dass du zu spät bist.«

Liz sah sie an und lächelte. »Ist okay, ich schaff es schon noch. Was mir größere Sorgen macht, ist …«

Plötzlich knallte es wie ein Schuss, und das Auto geriet mächtig ins Schleudern. Die Mädchen kreischten, als es seitwärts schlitterte, und Faye war sich sicher, es würde sich gleich überschlagen … mit ihnen darin gefangen. Liz stieg auf die Bremse, die Räder quietschten bei dem vergeblichen Versuch, auf der vereisten Fahrbahn wieder zu greifen. Schließlich rutschte der Wagen von der Straße und kam mit einem Ruck in einer Schneewehe zum Stehen.

»Was ist passiert?«, fragte Faye bestürzt und mit noch immer an den Sitz geklammerten Händen.

Liz stützte sich aufs Lenkrad und atmete heftig. »Ich schätze, wir haben eine Panne. Das klang, als wäre ein Reifen geplatzt. Wir müssen über irgendetwas Scharfkantiges gefahren sein.«

»Hast du Ersatz dabei?«

»Ja, aber ich hab erst ein Mal einen Reifen gewechselt!«

Faye stöhnte. »Kannst du deinen Dad anrufen? Der kommt doch bestimmt, um uns zu helfen?«

Liz schüttelte den Kopf. »Sicher, aber danach hätte ich Hausarrest für mindestens einen Monat. Er würde sofort fragen, was wir hier draußen gemacht haben.« Sie seufzte. »Schon gut. Ich schaff das mit dem Reifen … Es dauert nur vielleicht ein bisschen.«

»Kann ich helfen?«, fragte Faye, als Liz die Fahrertür öffnete. Es begann schon wieder zu schneien, und die Temperatur sank rapide. Außerdem wurde es dunkel. In letzter Zeit schien es in Winter Mill dauernd finster zu sein, egal zu welcher Tageszeit. Faye schlang sich die Jacke enger um den Leib.

»Ja, kannst du die Taschenlampe halten?«

Die Mädchen stiegen aus und besahen den kaputten Reifen vorn rechts. Der Schaden war deutlich zu erkennen: ein ausgefranstes Loch von vier Zentimetern Durchmesser. Etwas Hartes musste den Mantel zerrissen haben.

»Was könnte das gewesen sein?«, fragte Faye. »Das war garantiert ganz schön groß.«

Liz, die bereits fror, zuckte nur mit den Achseln und ging Wagenheber und Ersatzreifen aus dem Kofferraum holen. »Ist mir im Moment egal. Ich will das Ding nur gewechselt kriegen, bevor ich hier erfriere!«

Faye schaltete die Taschenlampe an, doch als Liz eben den Wagenheber unters Auto schieben wollte, tauchten zwei Scheinwerfer in der Kurve auf. Der Wagen hielt hinter ihnen. Liz erhob sich, als die Tür aufging, trat dicht neben ihre Freundin und hakte sich bei ihr ein. Faye merkte, dass Liz zitterte. Sie waren beide nach ihrem Beinaheunfall offenbar noch etwas nervös, denn auch Fayes Herz hämmerte.

»Alles klar bei euch, Mädchen?« Die raue Stimme war ihnen nicht neu, doch erst als der Mann ins Licht ihrer Taschenlampe trat, erkannten sie ihn. Faye spürte, wie ihre Freundin sich fester einhakte.

»Ballard«, flüsterte Liz ihr ins Ohr. »Der Mann, der für Mercy Morrow arbeitet. Ich hatte heute schon mit ihm zu tun, und er war furchtbar.«

»Alles bestens«, gab Faye so ruhig und entschieden wie möglich zurück. »Wir haben nur eine Panne. Liz wollte eben den Reifen wechseln. Danke, dass Sie angehalten haben, aber wir kommen zurecht.«

Der stattliche Mann sah kurz auf den kaputten Reifen und nickte. »Fiese Sache. Da kann ich helfen.«

»Nein!«, sagten die Mädchen wie aus einem Munde. Liz lachte nervös. »Wirklich, Mr Ballard, das ist schon in Ordnung. Wir … wir wollten gerade meinem Vater Bescheid geben. Er ist der Polizeichef hier. Sergeant Wilson. Er kommt sofort, wenn ich ihn anrufe, also …«

Ballard lächelte, sein Mund verzog sich seltsam unschön und ließ gelbe, unregelmäßige Zähne sehen. »Ach ja. Sergeant Wilson. Den hab ich heute Vormittag kennengelernt. Er hat mir seine Visitenkarte gegeben. Ich vermute, er hat heute Abend jede Menge andere Probleme, die ihn auf Trab halten. Und wo ich schon mal hier bin, wäre es doch blöd, ihn zu behelligen, oder, Mädchen?«

Die Art wie Ballard »Mädchen« sagte, ließ Faye frösteln und an eine Katze denken, die mit einer Maus spielen will, denn er sprach das Wort hinterhältig und unheimlich aus. Doch ehe sie oder Liz etwas sagen konnte, um ihn zu vertreiben, kniete er schon im Schnee und wechselte eifrig den Reifen. Sie traten ein paar Schritte zurück, schlangen sich wegen der Kälte die Arme um den Leib und sahen ihm beim Arbeiten zu. Keine von beiden schien ihm auch nur für einen Moment den Rücken zuwenden zu wollen.

Ballard war sehr stark, daran bestand kein Zweifel. Binnen Sekunden hatte er den Wagen aufgebockt und drehte das Rad mit bloßen Händen aus dem Gehäuse. Er löste den kaputten Reifen vom Rad und warf ihn in den Schnee, zog den neuen auf und schraubte ihn fest. Faye sah kurz auf die Uhr, als Ballard fertig wurde. Er hatte weniger als zehn Minuten benötigt. Sie wusste, dass sie für seine Hilfe dankbar sein sollten, denn ohne ihn hätten sie und Liz womöglich Stunden gebraucht. Doch sie wollte bloß rein ins Auto und Liz dazu bringen, schnellstmöglich wegzufahren.

Der Mann stand auf, nahm den Wagenheber und den alten Reifen und warf beides in den Kofferraum. Dann strich er sich den Schnee von den Knien und wandte sich an die Mädchen. »Na bitte. Erledigt. Kein Grund, Daddy anzurufen, stimmt's?«

Faye zwang sich zu einer Reaktion und drückte Liz dabei am Arm. »Danke«, sagte sie lächelnd. »Wirklich toll. Ohne Sie hätten wir hier echt festgesessen, Mr Ballard.«

Er trat näher, ragte neben ihnen auf und lächelte zurück. »Ihr habt Glück, dass *ich* vorbeigekommen bin.« Er senkte die Stimme, bis seine Worte mit dem kalten Wind verschmolzen. »Es gibt so viele schlechte Menschen. Ihr Mädchen solltet euch vorsehen, hier draußen kann es gefährlich sein.«

KAPITEL 21

Spieglein, Spieglein …

Liz setzte Faye ab, fuhr weiter nach Hause und legte sich dabei zurecht, was sie ihrem Vater sagen würde. Ein Blick auf die Uhr am Armaturenbrett zeigte ihr, dass die Fahrt in den Wald und die Reifenpanne sie mehr Zeit gekostet hatte als gedacht … sie war anderthalb Stunden zu spät. Also würde sie sicher ziemlich großen Ärger kriegen.

Das Erste, was ihr seltsam vorkam, als sie in die Einfahrt bog, war das dunkle Haus. Normalerweise brannte wenigstens ein Licht irgendwo, und an diesem Abend hätten es viel mehr Lampen sein sollen, da Poppy doch übers Wochenende daheim war. *Die können doch nicht schon alle im Bett sein? Obwohl das natürlich gar nicht so schlecht wäre*, dachte sie, denn dann könnte sie ins Haus schlüpfen, ohne dass ihr Dad sie sah, und am nächsten Morgen ganz früh in die Schule verschwinden. Vielleicht würde ihn ein Arbeitstag vergessen lassen, dass sie zu spät gekommen war?

Liz schaltete den Motor ab, stieg aus, schloss die Wagentür möglichst leise und ging zum Haus. Es war noch nicht ganz dunkel, und sie konnte ins Wohnzimmer sehen. Vor dem Kamin stand ihr Dad. Liz erkannte seine Gestalt gerade so. Er schien sich nicht zu rühren und stand bloß da. Sie verlor den Mut. Er wartete offensichtlich darauf, dass sie nach Hause kam. Das würde schlimmer werden als befürchtet. Liz überlegte, wie lange sie diesmal Hausarrest bekäme, und ein furchtbarer Gedanke schoss ihr durch den Kopf. Der Bandwettbewerb nahte! Was wäre, wenn ihr Vater ihn ihr zur Strafe verbot? Er wusste, wie sehr sie dieser Veranstaltung entgegenfieberte. Sie hatte ihm beim Frühstück alles darüber erzählt, ehe er zum Anwesen der Morrows gefahren war.

Sie holte tief Luft, schloss die Haustür leise auf und ging direkt ins Wohnzimmer und zu ihrem Dad. *Am besten bring ich es gleich hinter mich*, dachte sie. *Vielleicht kann ich es ihm erklären. Immerhin hatte ich tatsächlich eine Panne! Ohne die hätte ich es rechtzeitig nach Hause geschafft.*

Er stand mit zur Tür gekehrtem Rücken mitten im Zimmer und drehte sich nicht um, als sie hereinkam. *Oh mein Gott, er ist wirklich sauer!*, dachte Liz. Sie sah sein Gesicht im kleinen Spiegel über dem Kamin, konnte seine Miene aber nicht erkennen.

»Hi, Dad«, sagte sie mit ihrer fröhlichsten Stimme. »Du kannst dir nicht vorstellen, was ich für einen Abend hatte! Ich weiß, ich bin zu spät … tut mir echt leid. Hoffentlich habt ihr nicht lange mit dem Essen auf mich gewartet? Ich wollte anrufen, aber irgendwas stimmt wohl mit meinem Handy nicht. Oder vielleicht ist bei dem Wetter ein Sendemast kaputtgegangen. Ich hatte jedenfalls keinen Empfang.«

Sie hielt inne und wartete, dass er etwas sagte. Da er sich noch immer nicht umdrehte, plapperte sie weiter.

»Wie dem auch sei … ich weiß, du bist vermutlich sauer, aber bevor du anfängst zu schreien, hör mir einfach kurz zu. Ich hatte eine Panne! Es war schlimm, richtig unheimlich. Ich weiß nicht, wie es dazu kam, aber der Reifen ist geplatzt, und wir hätten einen schrecklichen Unfall haben können! Ich hab getan, was du mir für diesen Fall beigebracht hast, und alles ging gut. Aber ich konnte mit plattem Reifen unmöglich weiterfahren, also mussten wir ihn wechseln. Und ich hab mich auch an alles erinnert, was du mir gezeigt hast. Toll, oder? Ich hab es geschafft, den Reifen ganz allein zu wechseln! Na ja, Faye hat mir etwas geholfen«, setzte Liz hinzu, denn sie fragte sich plötzlich, ob es nicht zu unglaubwürdig war, so zu tun, als hätte sie es ganz allein gemacht. Aber er sollte nicht zu viele Fragen stellen. Und wenn er glaubte, sie hätte das Problem selbst gelöst, wäre er – wie sie hoffte – so zufrieden mit ihr, dass er nicht fragen würde, wo sie gewesen war.

Sergeant Wilson rührte sich noch immer nicht. Liz trat näher und fragte sich, ob er wirklich so sauer sein konnte. Dann merkte sie, dass er den Kopf gar nicht gesenkt hielt, wie sie angenommen hatte. Manchmal tat er das. Wenn er angestrengt nachdachte, stand er gern mit verschränkten Armen da und blickte zu Boden. Diesmal dagegen sah er sein Spiegelbild an.

»Bist du gar nicht stolz auf mich?«, fragte sie, um ihn zu einer Antwort zu bewegen. »Ist das nicht toll? Jedenfalls bin ich deswegen zu spät. Und darum hoffe ich, dass du nicht zu sauer bist. Denn es war nicht meine Schuld, und ich hätte nichts dagegen tun können. Selbst wenn ich früher losgefahren wäre. Nicht, dass ich zu spät gestartet bin. Von dort … wo wir waren. Okay? Also bitte kein Hausarrest. Und wenn doch … lass mich wenigstens nicht den Bandwettbewerb verpassen. Das ist echt das Größte, was hier auf Jahre hinaus passieren wird. Bitte, Dad. Ja?«

Sergeant Wilson antwortete noch immer nicht, und Liz fragte sich allmählich, ob er überhaupt mitbekam, was sie sagte. Er starrte weiter in den Spiegel. Und als Liz genauer hinsah, stellte sie fest, dass er eigentlich gar nicht starrte. Er beobachtete etwas. Sein Blick glitt übers Glas, als folgte er einem Geschehen, das darin stattfand.

Liz versuchte herauszufinden, wonach er Ausschau hielt. Und dann sah sie etwas. Etwas Dunkles, eine Art Schatten. Er bewegte sich rasch von einer Seite des Spiegels zur anderen, so rasch, dass sie ihn, hätte sie geblinzelt, verpasst hätte.

Sie schnappte nach Luft, und endlich bewegte sich ihr Dad und drehte sich um. Liz sah ihm ins Gesicht, doch seine Augen wirkten glasig, als schaute er auf etwas sehr Fernes.

»Dad?«, fragte sie zittrig. »Was ist los?«

Er ignorierte sie und eilte an ihr vorbei in den Flur. Liz fror plötzlich.

»*Dad?*«, fragte sie erneut und bekam Panik. So kannte sie ihren Vater nicht. »Dad? Was ist denn? Und wo sind Mom und Poppy?«

»Es ist spät«, sagte er, und im Flur war es so eisig, dass sein Atem Wölkchen bildete. »Zeit, ins Bett zu gehen.«

Liz stand erschüttert am unteren Treppenabsatz. Sie sah ihren Vater in sein Schlafzimmer verschwinden und die Tür schließen. Und obwohl sie ihren Ohren kaum trauen wollte, hörte sie ihn tatsächlich hinter sich abschließen.

KAPITEL 22

Die Sonne geht auf

Ein paar Tage später schienen die Dinge sich langsam wieder zu normalisieren. Erstmals seit Wochen erwachte Faye bei klarem Himmel und warmer Sonne. Sie sah aus dem Fenster und konnte sich nicht entsinnen, wann in den Straßen von Winter Mill kein frischer Schnee gelegen hatte. Der Gedanke, der seltsam frühe Wintereinbruch könnte vorbei sein, hob ihre Stimmung, und sie machte sich rasch für die Schule fertig. Sie trank kurz einen Kaffee mit Tante Pam, aß dazu einen Toast, zog die Jacke an und verließ das Haus mit einem Stapel Bücher, die sie in der Bibliothek abgeben musste.

Der Wetterwechsel schien auch die übrige Stadt zu beeinflussen. Die Leute winkten und lächelten einander zu oder sagten munter Hallo. Faye war viel zufriedener als zuvor. Bestimmt gab es eine vernünftige Erklärung für alles, was in den letzten Tagen geschehen war. Sich etwas nicht erklären zu können, bedeutete schließlich nicht, dass etwas Unheimliches und Seltsames vorging. Und was immer im Wald geschehen mochte und welche Geschöpfe ihn gerade unsicher machten … auch dafür musste es eine vollkommen plausible Erklärung geben.

Liz wartete auf den Stufen zur Highschool auf sie und sah wie üblich super aus. Sie hatte sich weitere Sachen von Poppy geliehen und mit dem kombiniert, was sie bei MK gekauft hatte. Faye war immer wieder fasziniert, mit welcher Leichtigkeit Liz sich ein tolles neues Outfit schuf. Natürlich liebte auch Faye es, sich immer wieder einen anderen Look zu verpassen, doch bei ihrer Freundin schien das zur zweiten Natur zu gehören.

Als Faye näher kam, sah sie Liz mit etwas besorgter Miene in die Ferne blicken.

»He!«, rief sie, als sie bei ihr war. »Alles okay?«

Liz lächelte, und gemeinsam betraten sie die Schule. »Ja. Ich hab bloß an Dad gedacht. Der ist in letzter Zeit echt seltsam.«

Faye zuckte zusammen. »Oh nein. Er hat dir doch wohl für Sonntag keinen Hausarrest verpasst, oder? Sagtest du nicht, er hat das Ganze gar nicht erwähnt?«

»Hat er auch nicht! Das ist ja das Seltsame.«

»Du beklagst dich also, weil er dir keinen Hausarrest aufgebrummt hat?«, frotzelte Faye. »Sieht so aus, als hätte jemand mit meiner Liz die Identität getauscht. Wer bist du, und was willst du von mir?«

»Ich weiß, ich weiß«, sagte Liz lachend. »Aber im Ernst, ich hab keine Ahnung, was mit ihm los ist. Er hat die ganze Woche über kaum mit uns geredet.«

»Du hattest also keine Möglichkeit, ihm von dem Wolf zu erzählen?«

Liz schüttelte den Kopf. »Ich hab's versucht, aber es ist schwer, davon zu sprechen, ohne zu verraten, dass wir im Wald waren. Und ehrlich gesagt, bin ich nicht sicher, ob er überhaupt zuhören würde. Manchmal ist es, als wären wir für ihn gar nicht vorhanden. Ich glaube, Mom ist auch beunruhigt darüber.«

»Das ist wirklich etwas seltsam«, pflichtete Faye ihr bei. »Aber vielleicht ist er einfach müde? In letzter Zeit ist viel passiert. Ich schätze, der Schnee hat den Leuten ganz schön zugesetzt. Vor allem, weil der arme Kerl im Wald in der Kälte gestorben ist. Schnee gilt ja eigentlich als nicht so gefährlich, aber wir sind seit Wochen davon umgeben. Deinen Vater hat das alles in den letzten Tagen wahrscheinlich ziemlich belastet, oder?«

»Du hast sicher recht«, erklärte Liz. »Und wie du schon sagst: Wenn es bedeutet, dass ich nicht bestraft werde, worüber beklage ich mich dann?«

»Er wird schon früh genug aus seiner Geistesabwesenheit aufwachen … bestimmt.«

Liz nickte. »Bestimmt. Und ich sollte jetzt über die Stränge schlagen, so viel es geht!«

Faye schüttelte lächelnd den Kopf. »Hör mal, ich muss diese Artikel noch abgeben. In dem einen steht alles, was wir im Wald herausgefunden haben. Vielleicht bekomme ich Ärger deswegen, aber ich finde, das ist die Sache wert. Und ich hab gestern Abend auch endlich den Text über Mercy Morrow zu Ende geschrieben. Ich bin so spät dran damit, Ms Finch wird mich umbringen!«

»Unsinn«, sagte Liz mit wegwerfender Handbewegung. »Die regt sich nicht auf. Das ist die weichherzigste Lehrerin an unserer Schule. Aber ich muss jetzt zum Unterricht. Ich sage Mr Petrus, wo du bist. Oder soll ich dir mit den ganzen Büchern helfen?«, fragte Liz und wies mit dem Kopf auf Fayes Stapel.

»Nein, alles bestens. Ich komm gleich nach.«

Faye begab sich zur Redaktion der Schulzeitung, die sich eine Etage höher neben den Chemie- und Physiklaboren befand. Es war ungewöhnlich, dass sie einen Artikel zu spät lieferte, aber schließlich war es auch ungewöhnlich, dass sie hinsichtlich dessen, was sie abgab, nervös war. Faye hatte sich an den Vorschlag von Ms Finch gehalten und einen Beitrag über das Leben von Mercy Morrow verfasst. Obwohl sie ihn eigentlich nicht hatte schreiben wollen, war sie zu dem Schluss gekommen, dass es sich dabei doch um eine gute journalistische Übung handelte. Immerhin würde sie sich ihre Aufgaben nicht immer aussuchen können. Aber sie hatte auch einen längeren, eingehenden Artikel über die Geschehnisse im Wald geschrieben – von der Ankunft der Biker, bis zum neulich entdeckten Tierkadaver. Dass sie gejagt worden war, hatte sie verschwiegen. Zum einen, weil es zu persönlich für einen objektiven Zeitungsartikel war, zum anderen, damit niemand erfuhr, dass sie abends dort oben unterwegs gewesen war, obwohl sie diese Gegend unbedingt hatte meiden sollen. Außerdem wollte sie Finn keine Schwierigkeiten machen. Faye wusste noch immer nicht, wie die übrigen Black Dogs in die Sache verwickelt waren, doch sie war überzeugt davon, dass Finn mit alldem nichts zu tun hatte.

Sie wollte gerade die Redaktionstür mit der Schulter aufstoßen, als ihr jemand von drinnen zuvorkam. Jimmy trat mit ratloser Miene heraus.

»Morgen«, grüßte ihn Faye. »Wie geht's?«

Er runzelte die Stirn, schloss sorgfältig die Tür und zog Faye auf die Seite. »Ms Finch ist heute e-echt seltsam g-gelaunt«, flüsterte er.

»Wie meinst du das?«

Jimmy schüttelte den Kopf. »Ich meine *s-seltsam*, Faye. Sonst ist sie immer so … q-q-quirlig, auch ganz früh am Morgen, aber heute ist sie wie eine Z-Ziegelmauer. Ich w-wollte mit ihr über die neue Ausgabe sprechen. Ich finde, wir müssen einen großen Artikel über den B-Bandwettbewerb b-bringen: kurze B-Biografien der Teilnehmer und der J-Juroren und so … Aber ich hab k-kein W-Wort aus ihr rausgekriegt. Weißt du, ob was p-passiert ist?«

»Nicht, dass ich wüsste«, sagte Faye leise. »Vielleicht hat sie bloß Kopfweh. Oder schlechte Laune.«

Jimmy hob die Brauen. »Hast du Ms Finch jemals schlecht gelaunt erlebt?

»Nie«, gab Faye zu. »Na, ich versuch mal, etwas drüber rauszufinden. Ich muss diese Artikel sowieso abgeben.«

»Viel G-Glück«, flüsterte Jimmy, öffnete ihr die Tür und ging zum Unterricht.

Im Büro war es dunkel. Die Jalousien waren noch unten, und kein Licht brannte. Faye sah ihre Lehrerin am Schreibtisch vor dem Computer sitzen.

»Äh, Morgen, Ms Finch«, begann sie und näherte sich dem Tisch. »Ich hab zwei Artikel für die neue Ausgabe dabei. Tut mir leid, dass ich so spät dran bin, aber ich hoffe, sie gefallen Ihnen.«

Die Lehrerin reagierte nicht. Sie schien ganz vertieft in das, was es auf dem Monitor zu sehen gab. Faye dachte, sie würde irgendwas lesen. Als Zeitungsredakteurin musste sie sich schließlich jede Woche um vieles kümmern, das über ihre regulären Pflichten hinausging. Faye setzte ihre Bücher ab und zog die Artikel aus der Tasche.

»Am zweiten Text hab ich wirklich hart gearbeitet«, fügte sie hinzu und kam näher. »Ich weiß, Sie haben gesagt, ich soll ihn nicht schreiben, aber ich glaube, das ist eine wichtige Geschichte, und ich hoffe, dass Sie wenigstens …«

Sie hielt inne. Ms Finchs Computer war gar nicht eingeschaltet. Der Monitor war dunkel und spiegelte nur die Fensterränder hinter ihr wider, die Stellen also, an denen die Jalousien nicht das gesamte Morgenlicht abschirmten.

»Ms Finch?«, flüsterte Faye. »Alles in Ordnung?«

Die Lehrerin antwortete nicht. Ihre glasigen Augen waren auf einen Punkt fixiert, und vielleicht lag es an dem wenigen Licht im

Zimmer, doch Faye erschienen sie dunkler als sonst. Als hätte sich das Licht in ihnen in etwas Hartes und Schwarzes verwandelt.

Sie war plötzlich verängstigt, legte die Texte eilig auf den Tisch und zog sich zurück. »Ich … ich komme in der Pause wieder, Ms Finch«, sagte sie. »Ich sehe ja, dass Sie beschäftigt sind.«

Faye raffte ihre Bücher zusammen und schaffte es bis zur Tür, ehe Ms Finchs Stimme hinter ihr erklang. Doch es war nicht ihre Stimme, jedenfalls nicht so richtig. Sie war irgendwie hart und abwesend … genau wie ihr Blick.

»Hatte ich dir nicht gesagt, du sollst nicht in den Wald gehen, Faye?«, fragte die Stimme.

Fayes Nacken kribbelte vor Angst. Statt zu antworten, drückte sie die Klinke herunter, eilte hinaus und schloss die Tür hinter sich. Im hellen Flur wartete sie, dass ihr Herz sich beruhigte, und sah dabei aus dem Fenster.

Die Sonne war wieder hinter den Wolken verschwunden, und es schneite.

KAPITEL 23

Chemische Reaktion

Faye atmete tief durch, schob die Angst beiseite und ging den Flur entlang. Ihr Kopf war voller Fragen, auf die – wie sie wusste – niemand eine Antwort hatte. Sie war so beschäftigt mit dem, was bei Ms Finch passiert war, dass sie nicht achtgab, als sie um die Ecke bog. Jemand lief in sie hinein, stieß ihr den Bücherstapel aus den Händen und hätte sie beinahe über den Haufen gerannt.

»Boah!« Lucas Morrow erwischte gerade noch Fayes Arm, sodass sie nicht zu Boden ging.

»He, pass auf!«, rief sie und befreite sich aus seinem Griff.

Lucas hob die Hände. »Tut mir leid, aber du hast nicht aufgepasst, Flash.« Er bückte sich, um ihr beim Aufsammeln der Bücher zu helfen. »Wohin bist du so eilig unterwegs?«

»Zum Unterricht. Müsstest du da nicht eigentlich auch sein?«

Lucas grinste, gab ihr ein Buch und griff nach dem nächsten. »Bin dahin unterwegs. Aber jetzt komm ich zu spät. Du bist mir also was schuldig.«

»*Dir* was schuldig?«, fragte Faye und hob eine Braue. »Das ist ja ein starkes Stück.«

Lucas richtete sich auf und lächelte dreist. »Du hasst mich, oder? Weil ich so reich bin?«

Sie schüttelte erstaunt den Kopf. »*Du* bist nicht reich.« Sie versuchte, keine Miene zu verziehen. »Deine Mutter ist reich. Und ich hasse niemanden. Aber ich denke, du hast Liz' Gefühle verletzt.«

Lucas besah sich ein Flugblatt, das er aufgehoben hatte. Es war aus Fayes Büchern gefallen. Verblüfft sah er sie an. »Wirklich? Was hat sie gesagt?«

Faye seufzte und begriff, dass sie Lucas vermutlich erzählen konnte, was sie wollte. Es würde Liz so oder so in Verlegenheit bringen. Und nach ihrem letzten dummen Streit seinetwegen wollte sie ihre beste Freundin nicht erneut verärgern. »Nichts, das spielt keine Rolle. Ihr geht es bestens.«

Lucas hielt das Flugblatt hoch. Es war Werbung für den Bandwettbewerb. »Gehst du hin, Flash? Könnte spaßig werden.«

Faye riss ihm ein wenig verärgert den Zettel aus der Hand. »Weißt du, Lucas, bis jetzt hab ich dich noch nie eine Klasse besuchen sehen. Und nun seh ich dich zum ersten Mal ein Buch in die Hand nehmen. Bist du eigentlich nur an Spaß interessiert?«

»Nein«, sagte er ernst, war jedoch sichtlich amüsiert darüber, wie aufgebracht sie war. »Aber welchen Sinn hat es, sich immer hinter Büchern zu verschanzen? Entspann dich. Tut dir gut.«

»Ich hab jede Menge Spaß!«, sagte Faye. »Und ich verschanze mich *nicht* hinter Büchern.«

Lucas hob die Brauen und wies auf die Bände, die noch am Boden lagen. »Wie viele hattest du eigentlich dabei?«

»Ich … ich muss mittags in die Bibliothek.«

Der Junge verschränkte mit provozierend belustigtem Lächeln die Arme. »Ich glaube, du hast gerade ein Eigentor geschossen.«

Faye seufzte besiegt. »Gehst du also hin?«

»Zum Bandwettbewerb?« Lucas grinste. »Willst du wissen, was ich den Tag über so treibe?«

»Na ja, wenn ich das weiß, kann ich dir aus dem Weg gehen, oder?«

»Ach, sei nicht so. Du würdest mich mögen, wenn du mich näher kennen würdest. Natürlich denke ich, dass ich hingehe. Es wäre toll, wenn du auch hinkommst. Also?«

»Soll das etwa eine Einladung sein?«, fragte Faye aufrichtig erschrocken.

»Ist daran etwas seltsam?«

»Nein, nichts. Nur dass ich dir gerade gesagt habe, dass du meine beste Freundin verärgert hast.«

Lucas zuckte mit den Achseln. »Glaub ich nicht. Und ich wüsste auch nicht, was das mit dem Bandwettbewerb zu tun hat.«

Faye schüttelte den Kopf und sammelte die letzten Bücher auf. »Weißt du was, Lucas? Darum hast du vermutlich keine Freunde.«

Er schwieg kurz und bückte sich dann nach dem letzten Band. »Tja«, sagte er leise, »wenn man so oft umzieht wie ich, ist es schwer, Freunde zu finden.«

Faye richtete sich auf und fühlte sich plötzlich schuldig. Sie hatte ihre Stichelei nicht so gemeint, wie sie angekommen war. Es war sicher nicht leicht, an einen neuen Ort zu ziehen, wo man niemanden kannte. Und eigentlich hatte nur Liz sich bemüht, ihn näher kennenzulernen. Sicher, die Leute redeten die ganze Zeit über Lucas und seine Mutter, aber es ging immer nur darum, wie viel Geld sie besaßen oder was sie hier machten oder was sie für ein riesiges Haus bewohnten. Sie fragte sich, ob irgendwer Lucas seit seiner Ankunft in Winter Mill eine persönliche Frage gestellt hatte. Faye seufzte. Wie üblich hatte sie ihrer Tante, die immer recht hatte, nicht richtig zugehört. Sie hatte über Lucas geurteilt, ohne ihn zu kennen. Aber sie konnte sich nicht mit ihm verabreden. Zum einen, weil sie es nicht wollte. Zum anderen wegen Liz …

Lucas erhob sich und hielt ihr das Buch hin. Als Faye es nehmen wollte, berührten sich ihre Hände. Er legte seine Finger auf ihre, und Faye spürte verblüfft, dass ihr Herz stockte und sie errötete. Sie sah zu ihm hoch und stellte überrascht fest, wie viel Wärme seine blauen Augen ausstrahlten. Eine Wärme, die sie zuvor nicht bemerkt hatte. Dann sah er auf den Buchtitel und lächelte für Fayes Geschmack entschieden zu breit.

»*Chemie für Anfänger*«, sagte er noch immer leise. »Ich glaube, zwischen uns tut sich chemisch auch einiges, oder, Flash? Bestimmt, schließlich wirst du rot.«

Plötzlich tauchten am Ende des Flurs Leute auf, und Faye sah Liz und einige gemeinsame Freunde kommen. Damit Liz sie nicht mit Lucas zusammenstehen sah, riss Faye ihm das Buch aus der Hand, schob es auf den Stapel unter ihrem Kinn und eilte mit noch immer glühenden Wangen davon. *Warum bist du rot geworden?*, schimpfte sie lautlos mit sich. *Das war Lucas Morrow! Was ist mit Liz? Und mit Finn?* Sie war schockiert und entsetzt über ihre Reaktion auf seine Berührung, die sie ganz sicher nicht gewollt hatte. Was bedeutete das? Sie konnte ihn nicht mögen … das durfte einfach nicht sein! Ja, langsam dämmerte ihr, dass Lucas viel netter war, als sie zunächst angenommen hatte, aber das bedeutete nichts. Oder etwa doch?

»Faye, wo warst du?«, fragte Liz, als ihre Freundin sich zu den kichernden Mädchen gesellte … und zu Jimmy, der wie üblich hinterhertrottete. »Du hast *das* Gesprächsthema des Tages verpasst: Wer gewinnt den Bandwettbewerb?«

»Ich hoffe, dass ich eine Chance habe«, sagte Rachel Hogan, eine der ältesten Freundinnen von Liz und Faye, »aber ich fürchte, bei diesem Wetter bekomm ich eine Erkältung und ruiniere mir die

Stimme. Könnt ihr euch vorstellen, wie grässlich es wäre, am Abend des Wettbewerbs nicht singen zu können?!«

»Das schaffst du schon«, sagte Candi Thorsson und hakte sich bei Rachel unter, als die Gruppe weiterging. »Trink einfach weiter heiße Zitrone mit Honig und hab immer einen Schal um den Hals!«

»Kauf dir doch gefütterte Schafslederstiefel«, schlug Liz vor. »Die sehen echt cool aus. Und warm sind sie auch.«

Faye folgte ihnen, setzte ein Lächeln auf und bemühte sich, am Geplauder teilzunehmen. Doch sie wusste, dass Lucas noch immer dastand und sie beobachtete. Sie blickte zurück, bevor sie um die Ecke bog, und sah ihn lächeln.

KAPITEL 24

Daheim

Lucas stand vor dem Schultor und sah zu, wie die anderen aus dem Gebäude strömten und sich auf den Weg nach Hause machten, während er darauf wartete, dass Ballard ihn abholte. Er hatte fast den ganzen Tag über an seine morgendliche Begegnung mit Faye gedacht. Sie war so süß, wenn sie sich ärgerte, und es hatte ihn überrascht – und erfreut –, dass sie errötet war, als ihre Hände sich berührt hatten. Da musste doch etwas zwischen ihnen sein, oder? Er seufzte. Mädchen waren so schwer zu durchschauen!

Ballards schwarzer Wagen hielt vor ihm, doch Lucas hatte es mit dem Einsteigen nicht eilig. Ballard hasste es, wenn man ihn warten ließ, und im Moment ließ Lucas keine Gelegenheit aus, ihn auf die Palme zu bringen. Er ärgerte sich noch immer wegen ihrer Auseinandersetzung über die alte Bikerjacke und hatte erwogen, seiner Mutter tatsächlich davon zu erzählen, sich aber dagegen entschieden. Warum auch immer, Ballard war vorläufig der Lakai, dem sie am meisten traute, und Lucas war klar, dass sie bei einer so unbedeutenden Sache nicht die Partei ihres Sohnes ergreifen würde.

Er öffnete die Beifahrertür und glitt in den Wagen. Noch etwas, das Ballard ärgerte, denn er hatte es lieber, wenn Lucas auf der Rückbank saß, doch dem Jungen stand der Sinn nach Streit. Ballard sagte nichts und schaute ihn nicht mal an. Er fuhr einfach los.

»Ich glaube, Sie fahren falsch«, sagte Lucas, als er Richtung Stadt abbog. »Verlieren Sie jetzt endgültig den Verstand?«

Ballard schwieg, doch Lucas blieb hartnäckig. »Wohin fahren wir? Ich muss Hausaufgaben erledigen. Ich brauche keine Fahrt ins Blaue.«

Der stämmige Mann verzog in lautlosem Knurren den Mund. »Wir holen deine Mutter ab«, sagte er knapp und blieb fortan still.

Seufzend fläzte Lucas sich in den Ledersitz. Der Wagen war makellos, wie unbenutzt. Er fragte sich, was sein Fahrer im Handschuhfach aufbewahrte, öffnete es und reagierte nicht auf Ballards Seitenblick. Nur eine Bedienungsanleitung für das Auto. Er schloss das Fach wieder und trommelte mit den Händen aufs Armaturenbrett. Schon wieder etwas, worüber Ballard sich garantiert ärgerte.

Lucas betrachtete nachdenklich die Geschäfte am Weg. Sie waren alle klein und verkauften Geschenkartikel für Touristen, aber nichts Nützliches.

Dass sie vor McCarrons Buchhandlung hielten, ließ Lucas interessiert hochfahren. *McCarron? Das kann kein Zufall sein. Dieses Geschäft gehört sicher Fayes Familie.*

Der Laden hatte zwei große Schaufenster und dazwischen eine altertümliche Holztür, deren Scheibe ein Rautenmuster zierte. Über der Tür hing so etwas wie ein kleiner Stoffhund an einer Schnur. Lucas erkannte, dass es sich um einen Wolf handelte, und fragte sich, warum er dort hing. Er wirkte deplatziert zwischen all den Körben immergrüner Pflanzen und blühender Weihnachtssterne.

Dann fiel ihm drinnen eine Bewegung auf. Eine Person im Laden war seine Mutter, und da er nur eine weitere Gestalt sah, handelte es sich dabei wohl um die Ladenbesitzerin. War das Fayes Mom?

Irgendwo bellte ein Hund wie wild. Das Geräusch schien aus dem Geschäft zu kommen, und er sah, wie seine Mutter sich bückte und etwas wegstieß. Dann drehte sie sich um und ging zur Tür, die andere Frau folgte ihr den ganzen Weg, war aber immer wieder kurz außer Sicht, weil sie etwas vom Boden aufheben wollte. Die Tür ging auf, und seine Mutter kam heraus … dicht gefolgt von einem kleinen, sehr wütenden, weiß-roten Hund. Er bellte, bleckte die Zähne und schnappte nach Mercys Fersen, während die versuchte, von ihm loszukommen.

Lucas ließ sein Fenster runter. »Tut mir leid«, sagte die Ladenbesitzerin gerade, während das wütende Tier weiter bellte. »Jerry ist normalerweise sehr freundlich. Ich weiß wirklich nicht, was in ihn gefahren ist.«

»Wenn Sie so eine Kreatur frei im Laden laufen lassen«, hörte er seine Mutter mit eisiger Stimme sagen, »sollten Sie sie unter Kontrolle halten. Das Tier ist ja praktisch wild.«

»Tut mir leid«, wiederholte die Frau, »wie gesagt …«

Der Hund attackierte Mercy erneut, und sie trat auf die kleine Stufe unter den Wolf und streifte die Figur mit den Haaren. Als Lucas das Schnitzwerk ansah, schien es kurz zu erstarren, bewegte sich aber gleich wieder, jetzt allerdings in Gegenrichtung. Er blinzelte, als wüsste er nicht recht, was er da gesehen hatte. Dann fuhr eine Windböe durch die Straße, brachte die Blumenampeln zum Schaukeln und ließ die kleine Figur kreisen.

Mercy trat nach dem Hund, machte auf dem Absatz kehrt, eilte zum Auto und öffnete die hintere Tür, während das kleine Tier nicht von ihr abließ. Kläffend tänzelte es rückwärts, weil es die Wagentür fast an den Kopf bekommen hätte.

Lucas drehte sich zu Mercy um, die mit tadellos manikürter Hand ein paar Strähnchen zurechtrückte.

»Was war denn das für ein Aufstand?«

Seine Mutter lächelte angespannt und zuckte mit den Achseln. »Manche Leute können ihre Hunde einfach nicht im Zaum halten. Die sollten keine Haustiere halten dürfen.«

Lucas sah sie in den Rückspiegel schauen und einen Blick mit Ballard wechseln, aus dem er nicht schlau wurde. Dann drehte sie den Kopf zum Fenster.

Er wollte sich schon ebenfalls abwenden, als ihm an seiner Mutter etwas auffiel: eine dünne, tiefschwarze Strähne, die bis zu den Wurzeln zu reichen schien.

Er war sich nicht sicher, glaubte aber, die kleine Wolfsfigur hatte ihr Haar genau an dieser Stelle berührt.

KAPITEL 25

Jimmy

Jimmy stand auf den Stufen zur Schule und beobachtete eifersüchtig, wie Lucas Morrow ins Auto stieg und davonfuhr. Der brauchte nicht mal selbst nach Hause zu fahren! Jimmy dagegen besaß kein Auto, geschweige denn einen Chauffeur. Also musste er einmal mehr den langen, kalten und nassen Marsch nach Hause antreten.

Er ließ die erste Schülerwoge die Highschool verlassen und wartete, bis Liz Wilson aus ihrer letzten Stunde kam. Wann immer er sie sah, schlug sein Herz ein wenig schneller. Aber sie hatte ihm stets eine Abfuhr erteilt, was ihn nicht überraschte … Liz war eines der hübschesten Mädchen der Schule, und er war der unumstrittene König der Streber. Aber neulich im Einkaufszentrum hatte sie tatsächlich mit ihm geredet. Sogar angelächelt hatte sie ihn. Möglicherweise hatte Faye also recht. Vielleicht musste er bei Mädchen nur etwas mutiger sein, dann würden sie ihn schon bemerken.

Darum hatte er beschlossen, noch einmal mit ihr zu reden. Sicher, er hatte ein paar Tage gebraucht, den Mut dazu aufzubringen, doch jetzt war er bereit. Er würde warten, bis sie vorbeikam, und einfach sagen …

»Hi, L-Liz! W-Wie war dein Tag?«, rief Jimmy schon aus einiger Entfernung.

Liz antwortete nicht. Sie schrieb gerade eine SMS und schob sich mit der anderen Hand eine lange, schwarze Strähne unter ihre hübsche Wollmütze. Jimmy war kurz unentschlossen. Sollte er es noch mal probieren? Vielleicht hatte sie ihn ja nicht gehört?

»He, Liz! Warte mal!«, rief jemand anderes von weiter weg. Sie drehte sich um, lächelte und winkte dem Jungen zu, der sie gerufen hatte und nun durch Gruppen von Kindern auf sie zugeschlendert kam.

Jimmy blickte finster. Es war Hart Jesson, ein Junge aus der Basketballmannschaft, groß, muskulös und gebräunt und – wie Jimmy fand – mit dem IQ eines Halbaffen. Seufzend sah er Liz und Hart die Stufen hinuntergehen und zusammen die Schule verlassen. Vermutlich würden sie sich mit anderen Schülern bei Griffin's treffen. Die beliebten Schüler gingen manchmal nach dem Unterricht dorthin, wenn sie wenig Hausaufgaben zu erledigen hatten. Jimmy war noch nie dort gewesen, obwohl Faye ihn mehrmals gefragt hatte, ob er nicht mitkommen wolle. Ihm war klar, dass er nicht zu den anderen passte. Was sollte er also dort? Er würde bloß wie ein Schwachkopf schweigend dabeisitzen oder von etwas reden, für das sich niemand interessierte, und alle zu Tode langweilen.

Jimmy setzte seinen Rucksack auf und trottete aus der Schule. Der Weg nach Hause würde elendig werden. Tagsüber hatte tatsächlich etwas die Sonne geschienen, und das war toll gewesen. Doch bei der Gelegenheit hatte es auch zu tauen begonnen, und der Schnee auf den Gehwegen war zu Matsch geworden, der seine Schuhe und Hosenbeine binnen weniger Schritte durchnässte.

An der Kreuzung wandte Jimmy sich stadtauswärts und begann den mühseligen Weg hügelan. Das Haus seiner Familie stand in einem abgeschiedenen Teil des Waldes am Rand des Grundstücks, auf dem sich das Morrow-Anwesen befand. Sein Urgroßvater hatte es ursprünglich als Bauernhaus errichtet, und es war eines der ältesten Gebäude von Winter Mill. Da es schon so lange in Familienbesitz war, würden seine Eltern es nie verlassen, doch Jimmy wünschte oft, sie würden näher an die Stadt ziehen. Es war herrlich, in diesem hinter Bäumen versteckten Haus zu wohnen, doch manchmal wenigstens wäre es schön, nicht so fernab der Welt zu leben.

Als er schon ein Stück gegangen war, hörte er hinter sich ein Auto. Er drehte sich um und stellte fest, dass es sich um denselben Wagen handelte, in den Lucas nach der Schule gestiegen war. *Seltsam*, dachte er, *sie müssen erst in die Stadt gefahren sein. Vielleicht nehmen sie mich mit.*

Doch Jimmy hatte schon wieder Pech. Statt langsamer zu werden, beschleunigte der Wagen auf der geraden, leeren Straße. Als das Auto an ihm vorbeischoss, ließen die Reifen so viel Tauwasser aufspritzen, dass Jimmy bis auf die Knochen nass wurde.

»E-echt … echt k-klasse«, stotterte er, wischte sich über das Gesicht und besah seine Sachen. Er hatte bestimmt noch zwei Kilometer zu laufen, und die Kälte setzte ihm jetzt schon zu.

Zitternd schaute Jimmy von der Straße weg in die Bäume. Er konnte eine Abkürzung nehmen. Wenn er nicht auf der Straße, sondern durch den Wald ginge, würde er mindestens eine Viertelstunde sparen. Doch es dämmerte bereits, und Sergeant Wilson hatte ihm erst vor wenigen Tagen – noch dazu in Gegenwart seiner Eltern – bis auf Weiteres verboten, in den Wald zu gehen. Der Polizist hatte ihnen von einem armen Kerl, einem Obdachlosen vermutlich, erzählt, den der Schnee überrascht hatte und der über Nacht erfroren war. Dieser Gedanke ließ Jimmy erschauern. Was für ein furchtbarer Tod.

Aber jetzt war ihm *so* kalt! Und er war kein kranker alter Obdachloser, sondern wusste, wohin er wollte. Außerdem würde niemand davon erfahren. Kaum hatte Jimmy beschlossen, die Abkürzung zu nehmen, machte er sich in den Wald auf und stellte erfreut fest, dass der Schnee im Schatten der Bäume nicht geschmolzen war.

Er war noch nicht weit gekommen, da hörte er es hinter sich rascheln. Erst glaubte er, das wäre der Abendwind, doch dann vernahm er es wieder und wieder. Plötzliche Furcht ließ ihn herumfahren, und er war froh, nichts zu erblicken.

Du hast dich nur erschrocken, sagte er sich. *Du bildest dir Geräusche ein. Mach dir keine Sorgen. Da ist nichts!*

Jimmy ging weiter, beschleunigte seine Schritte und lief, so rasch er konnte, über den unebenen Waldboden. Weiter vorn sah er das Licht am Ende ihres Gartenwegs und lächelte.

Na bitte. Zu Hause. Ich muss mir keine Sorgen machen. Ganz und gar nicht.

Doch dann ließ etwas ihn sich umschauen. Nichts, das er gehört hatte … etwas am Rand seines Gesichtsfelds.

Zwei glühende gelbe Augen starrten ihn aus der Dunkelheit an. Sie blinzelten nicht, sondern beobachteten ihn schwebend, und Jimmy starrte mit leerem Kopf zurück. Kurz stand er wie angewurzelt da. Zwar wollte er davonrennen, konnte sich aber nicht bewegen. Seine Haut war eiskalt, doch er vermochte nicht mal zu zittern. Er konnte bloß in diese schrecklichen, bösen Augen sehen und den Atem anhalten.

Dann bewegten sich die Augen und schlichen aus dem dunklen Unterholz ins fahle Halblicht. Es war ein großer, grauer Wolf mit tiefen Narben am Kopf und weit geöffnetem Maul. Speichel tropfte ihm von den scharfen, gelben Zähnen. Das Tier knurrte ihn mit gesträubtem Nackenhaar an.

Mit äußerster Anstrengung drehte Jimmy sich um und schrie: »M-Mom! *D-Dad!*«

Er wollte rennen, doch seine Füße waren wie Blei, und er schaffte nur einen Schritt, ehe das Tier zuschlug. Jimmy spürte die Krallen im Nacken, die ihn nach vorn stießen. Mit dem Kopf krachte er gegen einen Stamm und stürzte benommen zu Boden.

Der Wolf biss ihm ins Bein. Jimmy schrie und versuchte noch immer zu fliehen. Er spürte nichts, obwohl der Verstand ihm sagte, sein Bein sollte schmerzen. Das Herz hämmerte ihm in der Brust. Er war nur wenige Meter von Daheim entfernt. Er brauchte doch nur …

Das Letzte, was er sah, waren zwei schwarze Stiefel. Jemand stand neben ihm. Dann wurde ihm schwarz vor Augen.

KAPITEL 26

Hoffnungen und Ängste

Faye konnte es nicht glauben. Sie fuchtelte Liz mit dem *Miller* vor dem Gesicht herum, als die beiden in der Schulkantine zu Mittag aßen.

»Mein Artikel wurde fast völlig umgeschrieben!«, sagte sie. »Schau mal, Ms Finch hat den Teil über Mercy Morrow auf doppelte Länge ausgewalzt und dafür alles Wichtige über die Vorgänge im Wald gestrichen. Kannst du dir das vorstellen?«

»Na ja.« Liz aß einen Bissen Pasta. »Sie hat dir schließlich von Anfang an gesagt, du sollst nichts über die Dinge da oben schreiben, oder?«

»Das schon«, gab Faye zähneknirschend zu. »Aber ich weiß nicht. Ich dachte, wenn sie den Artikel liest, begreift sie, dass etwas über all diese Geschehnisse gesagt werden muss. Was wir dort oben entdeckt haben, Liz … Falls es wieder Wölfe im Wald von Winter Mill gibt, müssen die Leute das doch erfahren. Im Moment denken die Schüler, sie sollen wegen des *Wetters* nicht in den Wald, nicht weil sie vielleicht von einem gefährlichen Wolfsrudel zur Strecke gebracht werden. Und die Motorradgang wird in dem Artikel gar nicht mehr erwähnt.«

Liz ließ die Gabel sinken und runzelte die Stirn. »Weißt du, Faye, ich hab nachgedacht. Diese Pfotenabdrücke könnten doch auch von einem Hund stammen, oder?«

Faye sah ihre Freundin an. »Liz, bitte! Du hast gesehen, wie groß sie waren! Und ich hab dir erzählt, was ich gehört habe, als ich gejagt wurde.«

»Ich weiß, ich weiß«, sagte Liz nickend und verzog das Gesicht. »Und es ist ja nicht so, dass ich dir nicht glaube … Aber Faye, es war Nacht, und du warst allein im Dunkeln, im Wald. Meinst du nicht … ich weiß nicht, aber vielleicht hat deine Fantasie dir einen Streich gespielt?«

»Nein!«, rief Faye. »Liz, du hast da oben doch das Gleiche gesehen wie ich!«

Liz seufzte. »Willst du mir erzählen, was wir gesehen haben, ließe sich nicht irgendwie leicht erklären?«

Faye schüttelte den Kopf. »Liz, ich schwöre, ich habe mir das nicht eingebildet. Da geht was vor.«

»Und was? Wir wissen nur, dass es im Wald vielleicht Wölfe gibt und ein paar Biker dort im Schnee zelten, weil sie offenbar verrückt sind.«

»Da war auch noch dieses Horn«, erwiderte Faye langsam. »Hab ich dir davon nichts erzählt? Als ich in der Nacht gejagt wurde, hatte ich den Eindruck, ich höre ein Horn.«

»Was denn für ein Horn? Eine Hupe?«

»Nein. Ich weiß nicht, was es war, aber ich glaube, es hatte mit den Wölfen zu tun, die mich gejagt haben. Ich schätze, es hat ihnen Befehle gegeben.«

Liz schob sich Nudeln in den Mund und kaute nachdenklich. »Du denkst also, irgendwer hält sich Wölfe als Haustiere, oder wie?«

Faye seufzte. »Ich weiß es nicht. Vielleicht.«

»Wer würde so was tun?«

»Ich weiß es nicht, Liz, wirklich nicht.«

Liz nickte. »Was ist mit den Bikern?«

»Liz …«

»Tu nicht so, als hättest du nicht zuerst an sie gedacht! Und wenn du recht hast, müssen sie es sein. Sie zelten im Wald, und all diese seltsamen Dinge haben mit ihrem Auftauchen begonnen.«

Faye schüttelte entschieden den Kopf. »Nein. Finn hat mich vor ihnen gerettet. Warum sollte er das tun, wenn seine Gang mich gejagt hat?«

Liz zuckte mit den Achseln. »Tja, wenn du nicht glaubst, dass sie es waren, wer soll es dann gewesen sein?«

Faye hatte keine Ahnung. Liz hatte ja recht: Die Biker waren die offensichtlichste Antwort. Aber sie wollte nicht, dass sie es waren, wollte nicht, dass Finn in die Sache verwickelt war. »Ich muss in der Sache eben weiter ermitteln«, erklärte sie entschlossen.

*

Nach dem Unterricht blieben Faye und Liz in der Schule. Die Halloweenparty war noch Wochen entfernt, doch alle Schüler wollten, dass sie besser wurde als jemals zuvor, und darum begannen die Vorbereitungen früh. Die Besprechung dauerte ziemlich lange, und es war schon acht, als Liz ihre Freundin zu Hause absetzte.

Die Buchhandlung war längst geschlossen, doch als Faye die Tür aufsperrte, sah sie unten eine Lampe brennen. Tante Pam saß im kleinen Hinterzimmer des Ladens am Schreibtisch, und um sie herum lagen lauter geöffnete Bücher. Jerry sprang aus seinem Körbchen und rannte herbei, als Faye eintrat. Sie bückte sich, um den kleinen Hund zu tätscheln, und sagte ihrer Tante dabei Hallo.

»He«, sagte Pam, ohne von ihren Büchern aufzusehen. »Wie war die Schule?«

Faye setzte sich auf einen Stuhl und stützte die Ellbogen auf das alte Holz. »Nicht besonders«, erwiderte sie und beschloss, nichts Näheres zu sagen.

Pam erhob sich mit verständnisvoller Miene, kam um den Tisch herum und umarmte ihre Nichte. »Das tut mir leid«, sagte sie, »aber mach dir keine Sorgen.«

Faye entnahm diesen Worten, dass es noch immer keine Nachricht von ihrem Vater gab. »Nichts Neues von Dad?«

»Nein.«

Sie nickte enttäuscht. »Wann sollen wir denn anfangen, uns Sorgen zu machen? So geht das schon seit Wochen.«

Pam drückte sie leicht und ließ sie dann los. »Bestimmt ist alles in Ordnung. Du weißt ja, wie er ist, wenn er in einer Grabung steckt. Aber wenn du willst, rufe ich morgen beim Konsulat von Tansania an. Die können ihn sicher ausfindig machen.«

Faye lächelte. »Danke, Tante Pam. Und was ist das hier alles?«, fragte sie und wies auf die ausgebreiteten Bücher.

»Nur eine Recherche zu dieser Gegend und zur Geschichte von Winter Mill. Wusstest du«, fuhr Pam mit dem ins Unbestimmte gehenden Blick fort, den sie immer bekam, wenn sie von etwas fasziniert war, »dass die ersten Siedler hier Wölfe zähmen wollten? Sie dachten sogar, sie könnten sie zu Haustieren machen. Vermutlich wollten sie sie wie Huskys zur Arbeit abrichten.«

Bei der Erwähnung von Wölfen lief Faye ein Frösteln über den Rücken. Ob Tante Pam ihre Gedanken gelesen hatte? Warum stellte sie ausgerechnet zu diesem Thema plötzlich Nachforschungen an? Sie zwang sich, mit ruhiger Stimme zu reden, und fragte: »Aber daraus wurde nichts?«

»Natürlich nicht«, rief Pam. »Wölfe sind ganz anders als Hunde, viel unabhängiger. Und viel intelligenter. Nicht böse sein, Jerry-Schatz, fügte sie hinzu und sah über die Tischplatte ihren kleinen Jack-Russell-Terrier an. »Nein, sie pflegen ein kompliziertes Gemeinschaftsleben und ähneln darin eher Menschen. Deshalb sind die Eingeborenen ja bei Huskys geblieben. Die lassen sich viel besser handhaben.«

»Wie ist es ihnen also ergangen? Den Siedlern, die die Wölfe zähmen wollten, meine ich.«

Pam sah Faye über ihre Brille hinweg an. »Die Tiere haben einige der Leute angegriffen und zerrissen. Es dauerte weitere zehn Jahre, bis die Siedlung hier wieder florierte. Die Menschen waren danach einfach ängstlich.«

Faye schauderte. »Furchtbar!«

»Allerdings«, bestätigte ihre Tante.

Sollte Faye Pam in ihren Verdacht einweihen? Ihre Tante nahm vieles so cool. Doch sie wollte auf keinen Fall verboten bekommen, im Wald zu ermitteln, und genau das würde Pam wahrscheinlich tun, wenn sie erfuhr, dass es dort oben gefährliche Wesen gab.

»Wie bist du eigentlich auf diese Nachforschungen gekommen?«, fragte Faye.

»Ich hatte gestern diese Frau Morrow im Laden«, sagte Pam, und Faye bemerkte erstaunt, dass ihre Tante eine finstere Miene bekam. Es war ungewöhnlich für sie, jemanden nicht zu mögen, erst recht jemanden, den sie kaum kannte.

»Mercy?«

Pam schüttelte seufzend den Kopf. »Sie hat etwas Beunruhigendes. Ich weiß nicht recht, was es ist, aber Jerry spürt es auch. Dass er so auf jemanden losgegangen ist wie auf Mercy Morrow, hab ich noch nie erlebt.«

»Hast du deshalb das neue Amulett aufgehängt?«, fragte Faye und meinte den kleinen Wolf über der Ladentür. Ihre Tante begeisterte sich für Volkskunst, ganz besonders für Glücksbringer und Talismane. »Den hab ich noch nie gesehen, glaube ich.«

Pam lächelte. »Ja, um ehrlich zu sein, ist das einer der Gründe, warum ich begonnen habe, mir über Wölfe Gedanken zu machen. Finn hat ihn mir gegeben. Der junge Biker, von dem ich dir erzählt habe?«

Faye spürte sich bei seiner Erwähnung erröten. »Ja«, murmelte sie. »Ja, ich erinnere mich …«

»Er hat ihn selbst geschnitzt. Anscheinend soll er uns beschützen, aber er hat nicht gesagt, wovor. Ich finde ihn sehr schön und hab ihn darum aufgehängt. Dieser Junge ist wirklich begabt. Er sollte unsere Highschool besuchen, falls er einige Zeit bleibt. Das Amulett hat aber wohl nicht die ganze Stadt beschützt. Sonst wäre das mit dem armen Jimmy nicht passiert.«

Faye gefror das Blut in den Adern. »Wovon redest du? Was ist mit Jimmy?«

Tante Pam sah sie erstaunt an. »Nanu, Faye, weißt du noch gar nichts davon?«

Faye schluckte trocken und schüttelte den Kopf.

»Ich dachte … Es tut mir so leid, Faye! Als du sagtest, du hattest keinen guten Tag, glaubte ich, du meinst das. Jimmy ist gestern Abend nicht von der Schule nach Hause gekommen. Er wird vermisst.«

Faye schlug die Hand vor den Mund. »Vermisst?«

»Ja. Mir ist schleierhaft, wie Mitch Wilson den Fall anzugehen gedenkt. Er hätte den Morgen über in der Schule sein und mit euch allen sprechen sollen, um möglichst viel rauszufinden. Aber du hast ihn nicht mal gesehen?«

Faye schüttelte den Kopf. »Nein. Liz weiß auch nichts davon, sie hätte sonst bestimmt was gesagt. Jimmy war heute nicht in der Schule, aber ich dachte, er wäre krank.«

Tante Pams Miene verdüsterte sich noch mehr. »Die armen Paulsons. Denen ist sicher ganz schlecht vor Sorge.« Sie seufzte schwer. »In dieser Stadt geht etwas sehr Seltsames vor, Faye. Ich weiß nicht, was, aber es ist nichts Gutes.«

Ein lautes Türklopfen ließ die beiden zusammenzucken.

KAPITEL 27

Rat mal, wer zum Essen kommt

»Wer mag das sein?«, fragte Pam und sah auf ihre Uhr. »Schon fast halb neun!«

»Geh nicht hin«, sagte Faye und hielt ihre Tante, die schon aufgestanden war, am Ärmel fest.

»Ich muss. Vielleicht ist Mitch Wilson ja endlich eingefallen, dich wegen Jimmy zu befragen.«

Faye sah ein, dass Pam recht hatte, und folgte ihr aus dem Hinterzimmer zur Ladentür, Jerry dicht hinterdrein. Durchs Rautenglas erkannten sie einen großen Schatten … jemand stand draußen auf den Stufen. Schockiert sah Faye, wie ihre Tante sich umschaute und sich mit dem dicksten Buch, das sie fand, bewaffnete.

Pam verzog das Gesicht, als sie Fayes Miene sah. »Nur für den Notfall«, flüsterte sie. »Man kann nie vorsichtig genug sein.«

Faye fragte sich, ob mehr hinter der Auseinandersetzung mit Mercy Morrow steckte, als ihre Tante sie wissen ließ.

Pam holte tief Luft, schloss die Tür auf und öffnete sie mit einer schwungvollen Armbewegung.

Finn stand auf der Schwelle. Er trug seine lederne Bikermontur und gegen die Kälte ein schwarz gemustertes Halstuch und sah erst

Pam, dann Faye an, die hinter ihrer Tante stand, dann das Buch in Pams erhobener Hand.

»Tut mir leid, falls ich störe«, sagte er. »Ich wollte nur Ihre Heizung checken. Ob sie noch läuft und so. Es ist ein echt kalter Abend. Und das hier wollte ich zurückgeben.« Er hielt ihnen *Latinoamericana: Tagebuch einer Motorradreise 1951/52* von Ernesto Che Guevara entgegen. »Ich hab's gelesen, tolles Buch.«

»Ach«, sagte Pam deutlich erleichtert. »Du bist's, Finn. Rein mit dir, raus aus der Kälte.«

Finn tat, wie ihm geheißen, blickte dabei aber noch immer auf das Buch in Pams Hand. »Ich möchte wirklich keine Umstände machen.«

»Aber nicht doch, nein. Ich helfe meiner Nichte nur bei den Hausaufgaben über«, Faye sah Pam verwirrt auf den Titel des Buchs schauen, »äh, *Alte Fischertraditionen der Basken im Nordosten Spaniens*.«

Finn schien belustigt. »Gut. Sieht so aus, als hätte sich einiges verändert, seit ich zuletzt auf einer Schule war.«

»Na«, sagte Fayes Tante. »Ich tu besser mal, als hätte ich das nicht gehört. Du weißt ja, was ich über deine Schulbildung denke.«

Finn grinste. »Oh ja. Darum hören Sie es wahrscheinlich gern, dass ich heute Morgen meine Einschreibungsunterlagen für die Winter Mill Highschool abgegeben habe.«

»Finn! Das ist ja eine wunderbare Neuigkeit!«

»Du wirst Schüler bei uns?«, rief Faye überrascht.

Er sah sie lächelnd an. Faye spürte ihr Herz stocken, als er achselzuckend sagte: »Na ja, deine Tante meinte, ich soll das machen, also … fang ich nächste Woche an.«

»Das ist ja super«, sagte Faye, und ihr schwirrte der Kopf. Sie würde ihn also jeden Tag sehen. Vielleicht hätten sie sogar in einigen Fächern zusammen Unterricht …

»Warum bleibst du nicht zum Essen, Finn?«, schlug Pam vor und unterbrach Fayes Gedanken. »Ich wollte gerade den Tisch decken. Es gibt Lasagne, und wir haben viel Salat.«

Finn wirkte über diesen Vorschlag etwas überrascht, war aber offensichtlich versucht, ihn anzunehmen. Er sah rasch zu Faye, als wollte er sich vergewissern, dass sie damit einverstanden war, ehe er die Einladung annahm.

»Du solltest unbedingt bleiben«, sagte Faye und spürte sich erröten. »Tante Pam kocht am allerbesten.«

Finn lächelte erneut, und ihr Herz machte einen Sprung. »Wenn das so ist«, sagte er, »bleibe ich natürlich.«

*

Das Abendessen mit Finn war weit lockerer, als Faye erwartet hatte. Er half Tante Pam eifrig bei den Vorbereitungen, und Faye fragte sich, wann er das letzte Mal etwas Richtiges gegessen hatte, nichts mit dem Campingkocher Aufgewärmtes.

»Also«, sagte er, als sie beim Essen saßen, »ich hab überall in der Stadt Plakate für den Bandwettbewerb gesehen. Das scheint eine coole Sache zu sein.«

»Ja, ich freu mich schon sehr darauf«, sagte Faye. »Wir haben ein paar echt gute Musiker an der Highschool, dürfte ein prima Abend werden. Und mindestens vier Bands, in denen Freunde von mir mitspielen, nehmen teil.«

»Hast du einen Favoriten?«, fragte Finn. »Jemanden, von dem du dir wünschst, dass er gewinnt?«

Faye schüttelte den Kopf. »Nein. Es soll einfach nur ein schöner Abend werden.« Sie lachte. »So was gibt's bei uns ja nicht so oft. Üblicherweise ist es hier recht ruhig.«

»Im Moment allerdings nicht«, unterbrach Tante Pam sie. »Man denke an die Biker und das furchtbare Wetter, an den armen Erfrorenen und an diese Morrows … und nun auch noch an den armen Jimmy.«

Der Gedanke an ihren Schulkameraden ernüchterte Faye. Stirnrunzelnd sah Finn abwechselnd Tante und Nichte an. »Wer ist Jimmy?«, fragte er.

Faye seufzte. »Ein Freund von uns. Er arbeitet mit mir zusammen an der Schulzeitung, und er wird vermisst. Gestern Abend ist er nicht nach Hause gekommen. Niemand weiß, wo er sich aufhält.«

Finn hielt mit halb zum Mund geführter Gabel inne. »Weiß jemand, wo er zuletzt gesehen wurde?«

Faye schüttelte den Kopf. »Nein. Aber er wohnt oben an der Grenze zum Anwesen der Morrows … im Wald.«

Finn schwieg nachdenklich und lächelte dann. »Jimmy geht es sicher gut. Aber ich kann mich da oben gern umsehen. Den Wald kenn ich inzwischen ziemlich gut.«

Faye lächelte dankbar. »Das wäre toll. Die Polizei hat anscheinend nichts unternommen.« Sie schüttelte den Kopf. »In letzter Zeit ist es sehr seltsam hier. Normalerweise passiert allerdings rein gar nichts.«

Finn lächelte … wie oft an diesem Abend. Faye mochte das, so wirkte sein Gesicht weicher. Dann fiel ihr auf, dass sie schon wieder an ihn dachte, und sie blickte auf ihren fast leeren Teller, damit er sie nicht erröten sah.

»Ich mag es hier«, sagte Finn leise. »Erst war ich skeptisch, aber es ist toll. Ruhig. Die Leute kümmern sich um die Stadt und ihre Nachbarn. Und es ist wunderschön.«

Als Finn »wunderschön« sagte, sah er Faye offen an, und sie merkte, wie ihr der Atem stockte. Sprach er von ihr? Sie spürte sich knallrot werden, doch diesmal brachte sie es nicht fertig, wegzuschauen.

Pam räusperte sich und räumte die leeren Teller ab. Auch Finn wurde ein wenig rot, schlug die Augen nieder und stand rasch auf, um ihr zu helfen.

»Ich meinte den Wald«, fügte er hinzu und klang etwas verwirrt. »Der ist einfach wunderschön.«

»Oh ja, das stimmt«, pflichtete Faye ihm etwas zu rasch bei. »Du solltest ihn im Sommer sehen, wenn die Blumen blühen …«

»Nachdem ich ganz allein gekocht habe, könnt ihr zwei euch um den Abwasch kümmern«, verkündete Pam. »Ich lass euch *allein* und setze mich wieder an meine Bücher.« Sie warf ihrer Nichte ein Grinsen zu, bei dem Faye im Stillen vor Verlegenheit stöhnte. Zumal Finn es gesehen hatte!

Faye wartete, bis ihre Tante nach unten verschwunden war, ehe sie ihm wieder einen Blick zuzuwerfen wagte. »Tut mir leid«, sagte sie. »Sie ist einfach …«

»Sie ist toll«, erklärte Finn.

Faye lächelte. »Das ist sie. Und ich wüsste nicht, was ich ohne sie täte.«

Sie standen kurz wortlos da, und dann merkte Faye, dass sie sich schon wieder ansahen. Sie raffte sich auf und nahm einen Teller vom Tisch.

»Also«, sagte sie und suchte nach einem Gesprächsthema, das sie beide nicht noch mehr in Verlegenheit brachte, »du bist Biker … Wie kam es dazu?«

Finn drehte den Wasserhahn auf und beugte sich über die Spüle. »Na ja, mein Vater ist immer Motorrad gefahren. Er ist unterwegs, seit ich denken kann.«

»Und deine Mom?«

Finn zuckte mit den Achseln. »Starb, als ich noch sehr klein war. So klein, dass ich mich nicht mal an sie erinnere. Ich habe eine Zeit lang bei einer Tante gewohnt, aber die hatte ihre eigene Familie. Und ich war immer sehr schlecht in der Schule. Darum war es wohl einfach sinnvoll, meinem Vater zu folgen, sobald ich konnte. Da war ich noch sehr jung. Die meisten Biker ziehen nicht so viel herum wie die Black Dogs, aber ich habe es nie anders gekannt. Mir erscheint es normal.«

»Hat dir die Schule nicht gefallen?«, fragte Faye, nahm ein Geschirrtuch und stellte sich zum Abtrocknen neben ihn.

»Ich hab mich dort einfach nie heimisch gefühlt. Mit den Händen bin ich besser als mit dem Kopf.«

Faye schaute kurz auf seine Hände. Sie waren lang und gebräunt und sahen aus, als hätten sie schon immer hart gearbeitet. Plötzlich erinnerte sie sich daran, wie Finn ihr mit diesen Fingern übers Gesicht gestrichen hatte.

»He«, sagte er sanft und leise. »Ich wüsste gern, was du denkst.«

Sie blickte auf. Er war ihr ganz nah und sah sie mit warmen, dunklen Augen an. Ihr Herz wäre diesen Augen am liebsten entgegengesprungen. Heftig errötend, schüttelte sie den Kopf, griff nach dem nächsten Gegenstand und rieb ihn heftig rubbelnd trocken. »Ach, nichts, es ist … au!«

Finn ließ die Schüssel los, die er gerade abwusch, und griff nach ihrer Rechten, von deren Handfläche ein Tropfen Blut floss. Wonach sie da gegriffen hatte, war ein Messer gewesen. »Ich Idiot«, schimpfte Faye mit sich. »Ich bin so tollpatschig!«

»Bist du nicht.« Finn hielt ihre verletzte Hand in den seinen. »Du bist nur …« Er verstummte, und als sie aufblickte, sah sie in seine strahlenden Augen. »Na ja, vielleicht doch ein wenig.«

Sie lachte, und er öffnete erneut den Wasserhahn und zog sie näher, um die Wunde zu reinigen. Faye bemerkte, wie dicht sie bei ihm stand und dass ihre Beine sich berührten. Er drehte den Hahn wieder zu, trocknete ihre Hand, zog sein Tuch vom Hals und wickelte es ihr um die Rechte.

»Na bitte«, sagte er leise. »So gut wie neu.«

»Danke«, flüsterte Faye. Sie wollte sich nicht rühren, und als sie dastanden, schlang er ihr den Arm leicht um die Taille. Sie sah zu seinem Gesicht hoch, das nur Zentimeter über dem ihren war, und konnte kaum atmen. Finn schaute sie an und strich ihr mit dem Daumen sanft über den Rücken. Er schien kurz zu zögern, doch dann glomm tief in seinen dunklen Augen etwas auf. Er beugte sich vor, und sein Atem mischte sich mit dem ihren, als ihre Lippen sich beinahe berührten.

»He!«, rief Pam so laut vom unteren Treppenabsatz, dass sie auseinanderstoben. »Im Gefrierschrank ist Eis, wenn ihr was zum Nachtisch wollt!«

Faye sah Finn an, doch er mied ihren Blick, wandte sich ab und beugte sich schwer atmend und mit hochgezogenen Schultern über die Spüle.

Sie brauchte einen Moment, um ihre Stimme zu finden. »Äh, danke, Tante Pam!«, rief sie, so laut sie es vermochte.

Das unbehagliche Schweigen zwischen ihnen zog sich immer mehr in die Länge. Nach ein paar Augenblicken griff Finn nach einem weiteren Teller, sah sie aber nicht mehr an. Auch Faye hielt mit schwirrendem Kopf Abstand.

Nachtisch aßen sie keinen.

KAPITEL 28

Perfektes Outfit gesucht

Meinst du, es wird eher poppig oder eher rockig?«, fragte Liz und musterte ihren offenen Kleiderschrank.

Die Mädchen versuchten zu entscheiden, was sie am Abend des Bandwettbewerbs tragen sollten. Faye war früh zu Liz gekommen, um sich zurechtzumachen, doch nun wussten beide nicht, was sie anziehen sollten.

»Wohl eine Mischung aus beidem«, seufzte Faye. Liz sah auf, als Faye hochhielt, was sie mitgebracht hatte: ihre Lieblingsjeans und ein hübsches blaues T-Shirt. Sie fand, dass ihre Freundin toll aussah, aber Faye war sich nicht so sicher.

»Das steht dir super«, sagte Liz, »aber wenn du dir was von mir leihen magst, nur zu.«

»Echt?«

»Klar! Aber du musst mir sagen, was ich anziehen soll, denn mir platzt der Kopf, ehe ich das herausfinde.«

»Wie wäre es mit dem punkig bedruckten Top, das du vor einer Weile im Internet bestellt hast?«, schlug Faye vor. »Hast du das überhaupt schon mal getragen? Das ist echt cool, und niemand sonst hat so was.«

Liz klatschte in die Hände. »Oh mein Gott, Faye, du hast so recht. Genau darum sind wir so gute Freundinnen! Du weißt immer, was zu tun ist.«

Faye zog ein blassrosa Hemd hervor und hielt es sich vor die Brust. Mit einem weiteren Seufzer hängte sie es in den Schrank zurück, nahm etwas anderes und verzog das Gesicht, als sie sich damit im Spiegel betrachtete.

»Ach«, sagte Liz zu Faye, »trag doch einfach das, worin du dich wohlfühlst. Das blaue Top, das du mitgebracht hast, ist klasse.«

»Aber langweilig!«, widersprach Faye. »Die Leute sollen nicht immer denken, dass ich ein Bücherwurm bin und keine Ahnung davon habe, wie man Spaß hat!«

Liz hob die Brauen. »Denken die Leute das denn?«

»Manche, ja, glaube ich«, murmelte Faye. »Machen wir uns nichts vor. Ich hab schon was von einer langweiligen Streberin.«

»Quatsch«, rief Liz. »Hör mal, mit einer Jeans liegst du nie verkehrt, und dieses Top hat Potenzial. Du musst es nur aufpeppen.«

»Mit Accessoires?«

»Ja! Und mit Make-up.« Liz ging an ihren Schminktisch und nahm einige grellbunte Fläschchen heraus. »Die hab ich neulich gekauft, das sind die aktuellen Farben.«

Faye nahm, was sie ihr hinhielt. »Wow. Die sind toll. Der gelbe Nagellack ist klasse.«

»Der grün leuchtende Lidschatten ist auch fantastisch und ein schöner Kontrast zum Top, vor allem, wenn man ihn mit dem Finger unter den Brauen aufträgt und mit dem Eyeliner in Türkis mischt.«

Faye grinste. »So ein Make-up hab ich noch nie probiert.«

Liz zuckte mit den Achseln. »Du wolltest was Neues, also mach! Außerdem sieht das bestimmt super aus!«

Faye begann, sich die Nägel zu lackieren, und Liz besah sich wieder im Wandspiegel. Dieser Abend war ein entscheidendes Datum im Schulkalender, und sie war entschlossen, absolut umwerfend auszusehen.

»Ist dein Dad immer noch so seltsam?«, fragte Faye, während Liz hochhackige Schuhe anprobierte, die zu ihrem Outfit passten.

»Nicht nur das«, antwortete sie kopfschüttelnd. »Allmählich wird es unheimlich. Ich glaube, Mom versucht so zu tun, als wäre alles in Ordnung, vor allem, seit Poppy wieder an der Uni ist. Doch irgendwas ist eindeutig nicht in Ordnung. Heute Morgen hab ich versucht, von ihm etwas über Jimmy zu erfahren, und ich schwöre: Er hat einfach die ganze Zeit in die Luft gestarrt.«

»Er hat dir gar nichts erzählt?«

»Nein«, seufzte Liz, »ich konnte nicht das Mindeste aus ihm rausbringen. Dabei denke ich die ganze Zeit an Jimmy, Faye. Das ist schrecklich. Wie kann jemand einfach so verschwinden? Hier in Winter Mill?«

»Das frage ich mich auch. Und ich überlege, ob wir nicht irgendwie dazu beitragen können, ihn zu finden.«

»Ja«, pflichtete Liz ihr bei. »Das muss möglich sein. Vielleicht können wir Plakate machen und sie in der ganzen Stadt aufhängen? Wir dürfen zwar nicht in den Wald, aber vielleicht hat jemand irgendwo etwas gesehen? Meinst du, Ms Finch lässt uns die Druckmaschinen der Schulzeitung benutzen?«

Faye runzelte die Stirn. »Sonst ja. Aber weißt du was? Sie gehört auch zu denen, die sich in letzter Zeit seltsam verhalten. Pam sagt, mit der ganzen Stadt geht etwas vor. Und sie hatte eine Auseinandersetzung mit Mercy Morrow. Ich glaube sogar, sie hat Angst vor ihr.«

Liz schnaubte. »Manchmal denke ich, die Morrows wären besser nie aufgetaucht.«

Faye sah zu ihrer Freundin hoch. »Bist du immer noch sauer wegen Lucas?«

Liz machte eine wegwerfende Handbewegung. Sie war entschlossen, nicht auf ihn einzugehen. »Kaum noch. Aber lass uns nicht mehr von den Morrows reden. Ich möchte lieber über Jimmy sprechen.« Sie hatte viel an ihn gedacht, seit sie die Nachricht von seinem Verschwinden bekommen hatte. Es war seltsam … Wenn er da war, bemerkte sie ihn kaum, aber die Vorstellung, er könnte für immer verschwunden sein, erschien ihr verkehrt. Nicht nur, dass ihm womöglich etwas Schlimmes zugestoßen war, was zu denken allein schon schrecklich war. Jimmy gehörte zu ihrer aller Leben … und er war auch ein Teil ihres eigenen Lebens. So streberhaft er sein mochte. Es wäre einfach nicht richtig, wenn er fehlte. Sie dachte immer wieder an das kurze Gespräch mit ihm im Einkaufszentrum, das sie gleich nach ihrem Streit mit Faye gehabt hatte. Da war Jimmy so süß gewesen … Sie schüttelte sich. »Ich schätze, wir können uns heute Abend mal nach ihm umhören.«

Faye nickte und nahm sich die Fingernägel der anderen Hand vor. »Gute Idee. Und Finn hat gesagt, er sieht sich im Wald um und versucht, dort ein Lebenszeichen von ihm zu entdecken.«

»Moment mal … Finn?«, wiederholte Liz schockiert. »Der junge Biker? Wann hast du den getroffen?«

»Er, äh … er war vor ein paar Tagen zum Abendessen bei uns«, sagte Faye, und ihre Wangen verfärbten sich rosarot. »Das war nett. Er wollte nachschauen, ob die Heizung noch funktioniert. Und Pam hat ihm Bücher geliehen. Und als sie ihn gefragt hat, ob er zum Essen bleibt, ist er geblieben.«

»Meine Güte, ich hätte gedacht, sie wüsste es besser«, sagte Liz kopfschüttelnd. »Ich hätte ihn nicht mal ins Haus gelassen!« Fayes Erröten, als sie über Finn gesprochen hatte, war ihr nicht entgangen. Liz war beunruhigt. Sie wollte nicht, dass ihre beste Freundin mit der falschen Art Jungen Probleme bekam. Faye war normalerweise sehr klug, aber die Biker und die Frage, was im Wald vorging, schienen sie total in Beschlag zu nehmen. Liz machte sich Sorgen um ihre Freundin.

»Du hast ein ganz falsches Bild von Finn«, erwiderte Faye leise. »Ich finde, er ist ein anständiger Typ. Außerdem hat er gesagt, er sucht nach Jimmy, und das kann nicht verkehrt sein, oder?«

Liz zuckte widerwillig mit den Achseln. »Vermutlich nicht.«

Fayes Handy klingelte, eine SMS. »Mist«, sagte sie und hielt die frisch lackierten Nägel hoch. »Kannst du die für mich lesen?«

Liz zog das Handy aus der Tasche und sah aufs Display. »Kein Name«, sagte sie stirnrunzelnd, »nur eine Nummer, die du nicht gespeichert hast.«

»Vielleicht, weil das mein altes Handy ist. Das neue hab ich im Wald verloren. Was steht denn in der SMS?«

»*Triff dich heute Abend am Bühneneingang mit mir.* Mehr nicht.«

KAPITEL 29

Auf in den Kampf!

Der Bandwettbewerb fand in der Highschool von Winter Mill statt. Die beteiligten Schüler und Lehrer hatten die ganze Woche über für das Ereignis geprobt und die Turnhalle geschmückt, wo die Hauptbühne aufgebaut war. Alle schienen begeistert. Nach wochenlangem Dauerschnee war das eine Gelegenheit, etwas Aufregendes zu erleben und Spaß zu haben.

Faye und Liz hatten so lange überlegt, was sie anziehen sollten, dass ihre Absicht, früh hinzugehen, passé war. Stattdessen mussten sie sich sogar beeilen, um nicht den ersten Auftritt zu versäumen.

»Wir kommen zu spät«, rief Liz, als die beiden auf den Schulparkplatz bogen.

»Wir verpassen schon nichts«, erwiderte Faye und sah sich die plaudernden Scharen an, die in die Schule strömten. »Es kommen noch immer viele Leute. Bestimmt wird gewartet, bis die Turnhalle voll ist, ehe das Konzert beginnt.«

»Aber ich wollte einen guten Platz haben«, stöhnte Liz. »Stattdessen stehen wir jetzt gedrängt ganz hinten oder so.«

Faye schüttelte den Kopf und öffnete lächelnd die Wagentür. »Das wird schon. Außerdem hat es sich gelohnt, du siehst klasse aus!«

Liz stieg aus und besah sich das Outfit, für das sie sich schließlich entschieden hatte. Dann musterte sie Faye und seufzte. »Weißt du, da mach ich mir hier Gedanken, wie ich aussehe und wer den Wettbewerb gewinnt, und Jimmy hat sich da draußen verirrt … oder es ist ihm etwas zugestoßen. Das erscheint mir irgendwie nicht richtig.«

Faye kam ums Auto herum und umarmte Liz. »Ich weiß. Ich fühl mich auch schuldig. Aber wenn wir zu Hause bleiben, hilft ihm das nicht. Vielleicht können wir hier allen möglichen Leuten Fragen stellen und so etwas Hilfreiches rausfinden.«

Liz nickte. »Du hast ja recht. Ich verstehe nur nicht, warum wir anscheinend die Einzigen sind, denen sein Fehlen was ausmacht. Alle anderen verhalten sich, als wäre nichts passiert.«

Dem musste Faye beipflichten. Ringsum lachten und scherzten alle und erwarteten gespannt, was der Abend bringen würde. Und sie musste zugeben, dass das sonst fade Schulgebäude super aussah. Bunte Laserlampen sorgten für stimmungsvolle Beleuchtung, und überall flatterten Bänder in den Trockeneisschwaden, die aus kleinen Maschinen waberten.

Sie spürte, wie Liz sie am Ärmel zog, drehte sich um und sah ihre Freundin mit dem Kopf auf ein Auto in einer dunklen Ecke des Parkplatzes deuten. Darin hockte Mercy Morrows Fahrer. Ballard saß einfach da und schien sie direkt anzusehen. Und als die Mädchen zu ihm hinschauten, grinste er ihnen sein unheimliches Lächeln entgegen.

»Er beobachtet uns«, fauchte Liz schaudernd. »Das gefällt mir nicht.«

Fayes Rückenfrösteln wollte gar nicht aufhören, doch sie zwang sich zur Ruhe, als sie sich abwandten. »Er wartet wahrscheinlich auf Lucas. Kümmere dich nicht um ihn.«

»Hätten wir uns mit dem Reifen nur nicht von ihm helfen lassen«, murrte Liz. »Der soll nicht glauben, wir schulden ihm was. Ich hab immer das Gefühl, er könnte meinem Vater jederzeit davon erzählen.«

Faye drückte sie am Arm. »Das tut er nicht. Warum auch? Wie dem auch sei, denk heute Abend nicht mehr daran. Wir sind hier, um Spaß zu haben!«

»Erst müssen wir rausfinden, wer dir die geheimnisvolle SMS geschrieben hat«, mahnte Liz. »Auf zum Bühneneingang!«

Sie gingen um die Ecke und stießen auf ein paar Roadys, die noch immer schwere Geräte aus Lkws in die Schule schleppten. Es war recht dunkel, doch Faye sah im Licht des Bühneneingangs eine Silhouette an der Mauer lehnen.

»Kennst du einen der Roadys?«, fragte Liz gedämpft.

Faye schüttelte den Kopf. »Ich glaube nicht.«

Liz wies auf die Gestalt an der Wand. »Dann hat wohl der dir die SMS geschickt und um ein Treffen hier gebeten.«

Es war so dunkel, dass sich kaum erkennen ließ, wer es war. Doch als sie näher kamen, begriff Faye, dass es sich um Lucas Morrow handelte! Sie warf Liz einen angespannten Blick zu und fragte sich, was ihre Freundin dachte. Liz sollte nicht glauben, sie habe ihm ihre Handynummer gegeben.

»Lucas?«, fragte sie unsicher, als er aus dem Halbdunkel auf sie zukam.

»Hi, Faye. Ich war nicht sicher, ob du kommst. Wie geht's?«

»Gut, aber woher hast du meine Nummer? Ich wüsste nicht, dass ich sie dir gegeben habe.«

Er zuckte mit den Achseln. »Ich hab deine Tante gefragt. Sie meinte, du hast dein Handy verloren.« Er wirkte plötzlich besorgt. »Das macht dir doch nichts aus, oder?«

Faye schüttelte den Kopf, obwohl sie verwirrt war. Sie wusste nicht, warum Lucas sie so verunsicherte. Sie sollte ihn einfach ignorieren oder wie einen ganz normalen Freund behandeln, Liz zuliebe. Doch etwas an ihm brachte sie immer wieder aus der Fassung.

Liz unterbrach Fayes kleine Träumerei. »Soll ich gehen? Ich kann drinnen warten oder …«

»Nein«, sagten Faye und Lucas wie aus einem Munde und warfen sich belustigte Seitenblicke zu.

»Nein«, wiederholte Lucas und lächelte Liz an. »Ich wollte nur sicher sein, dass ihr hier seid.« Mit strahlendem Blick wandte er sich an Faye. »Vor allem du. Es ist nämlich so – und Liz weiß das schon –, dass du mich inspiriert hast, am Wettbewerb teilzunehmen, Faye. Und ich wollte unbedingt, dass du mich singen hörst.«

Faye wusste nicht, was sie sagen sollte. Sie spürte sich puterrot werden, während Lucas sie einfach nur weiter ansah. »Wow … das ist … echt toll.«

»So toll wird's nicht werden«, meinte Lucas. »Aber ich hoffe, mein Song gefällt dir. Denn ich singe ihn für dich.«

Plötzlich erklangen Schritte hinter ihnen, und alle drei drehten sich zu der Person um, die um die Ecke bog.

»Finn!«, rief Faye überrascht und rückte intuitiv einen Schritt von Lucas ab. »Was machst du denn hier?«

Finn kam auf sie zu, bis sein Gesicht im Licht war, und Faye spürte ihr Herz einen Sprung tun. Er sah Lucas an, und Argwohn trat an die Stelle seines Lächelns. Faye erinnerte sich unvermittelt an ihre letzte Begegnung. Er hatte sie in den Armen gehalten und beinahe geküsst. Doch nach Pams Zwischenruf war er still und distanziert gewesen und hatte gleich das Haus verlassen, als sie mit dem Abwasch fertig waren.

»Hallo, Faye«, sagte er leise. »Du siehst klasse aus. Du auch, Liz.«

»Was machst du hier?«, fragte Lucas schroff.

»Ja«, fügte Liz hinzu. »Schließlich gehst du hier nicht zur Schule.«

Finn lächelte grimmig. »Doch. Letzte Woche hab ich mich angemeldet. Und ab Montag gehe ich zum Unterricht.«

Lucas wirkte angeekelt. »Du machst wohl Witze? Na ja, solange ich nicht im gleichen Klassenzimmer sitze wie du.«

Finn trat näher und war offensichtlich verärgert. »Hast du ein Problem mit mir?«

Lucas zuckte mit den Achseln und grinste hämisch. »Ich weiß nicht. Ich hab nur das Gefühl, du dämpfst die Stimmung.«

Faye und Liz sahen sich an und spürten die Spannung zwischen den Jungs. »Hört mal, ihr zwei kennt euch doch gar nicht«, begann Faye. »Ich bin sicher, ihr …«

»Den brauch ich nicht kennenzulernen«, knurrte Finn und starrte Lucas noch immer an. »Ich weiß auch so, dass er Ärger bedeutet.«

»Ich bedeute Ärger?« Lucas lachte. »Dass ausgerechnet du das sagst, kann nur ein Witz sein. Lebst du nicht in einem Zelt oder so?«

Finn machte einen weiteren drohenden Schritt auf Lucas zu, doch Faye drückte ihm die Hand gegen die Brust und hielt ihn zurück. »Finn, bitte nicht …«

»Also, ich muss los«, sagte Lucas. »Der Wettbewerb fängt gleich an, und ich muss mich umziehen. Faye, ich bin als Erster dran. Verpass es nicht, ja? Bitte.«

Faye sah sich zu ihm um. »Versprochen.«

Lucas warf Finn ein triumphierendes Grinsen zu, machte auf dem Absatz kehrt und ging hinein.

»Komm, Faye«, sagte Liz. »Lass uns reingehen. Du willst doch Lucas' Auftritt nicht versäumen!«

Finn bremste Faye, bevor sie antworten konnte. »Können wir kurz reden? Ich wollte dich wirklich sehen. Bitte!«

»Lass uns gehen, Faye«, mahnte Liz. »Schließlich sollst du alle Auftritte fotografieren.«

Faye blickte zwischen ihnen hin und her. Sie hätte liebend gern mit Finn geredet, wollte Liz aber auch nicht verärgern. Von hinten war ein trockenes Husten zu hören. Alle drehten sich um und sahen Ballard im Halbdunkel stehen und sie mustern. Er hatte die Hände in den Taschen, und sein Gesicht lag im Finstern, aber Faye war sich sicher, seine Augen sehen zu können. Sie leuchteten hell wie der Tag.

»Faye«, wiederholte Finn leise. Er klang besorgt, und als sie zu ihm hochsah, fixierte er Ballard. »Ich muss mit dir reden. Es ist wichtig.«

Sie musterte ihn. Erst vor wenigen Wochen war sie ihm das erste Mal begegnet, und sie hatten kaum Zeit miteinander verbracht. Und wenn sie sich getroffen hatten, war es ihr immer schwergefallen, herauszufinden, was Finn für sie empfand. Manchmal schien es, als hätte er allein an ihr Interesse. Dann wieder konnte er plötzlich so distanziert sein, als bemerkte er ihre Anwesenheit gar nicht. Doch nun stand er vor ihr und bat sie, ihn ihrer besten Freundin vorzuziehen, und Faye wollte so gern mit ihm zusammen sein, dass es schmerzte.

Liz warf die Hände in die Luft. »Weißt du was? Wenn du lieber mit ihm gehen willst, nur zu. Aber ich werde mir wegen eines Schulverweigerers, der in einem Zelt haust, nicht wieder Ärger einhandeln. Kapiert?«

»Warte!«, rief Faye, als Liz davonzog, doch ihre Stimme ging in einer Fanfare unter, die aus dem Gebäude drang und den Beginn der Veranstaltung ankündigte. Faye wollte ihre Freundin noch vor der Treppe zur Schule erreichen, doch plötzlich waren sie von Schülern umgeben, die alle noch rechtzeitig zu Wettbewerbsbeginn ins Gebäude wollten. Faye drängte sich vorwärts, um Liz zu finden, aber jemand griff sie an der Hand und zog sie zurück. Als sie sich umdrehte, sah sie Finn hinter sich.

»Faye, warte. Ich habe Neuigkeiten. Über …«

Die Menge schluckte sie und schob sie die Treppe hoch und in die Turnhalle, ehe sie beiseitetreten konnten. Dann änderte sich die Musik, und Faye begriff, dass der Wettbewerb begonnen hatte. Eilig nahm sie ihre Kamera aus dem Gehäuse. Schließlich hatte sie Jimmy versprochen, für seinen Artikel im *Miller* gute Bilder von allen Teilnehmern zu liefern. Es erschien ihr nicht richtig, ihn im Stich zu lassen … vor allem nicht jetzt.

Die Bühne war dunkel, aber jemand stand dort oben und spielte besser Gitarre als alle in ihrem Alter, die Faye je gehört hatte. Das konnte nicht Lucas sein, oder? Falls doch, wäre er ein großartiger Musiker. Sie erkannte den Song als die Akustikversion von *Use Somebody* von den Kings of Leon. Dann entdeckte sie Liz, deren Kopf zwischen vielen anderen auf und ab wippte. Faye schob sich durch den Schülertrubel, ohne Finns Hand loszulassen.

Dann begann der Junge auf der Bühne zu singen, und die Menge wurde still.

KAPITEL 30

Flagge zeigen

Lucas' Gesang war unfassbar. Mit den ersten Worten schon füllte seine Stimme die Turnhalle, und alle waren fasziniert. Faye sah ihre Freundin den Kopf wenden und nach ihr Ausschau halten. Als ihre Blicke sich trafen, begriff sie, dass die Musik Liz so berührt hatte, dass ihr Groll verschwunden war. Faye war erleichtert, denn sie wollte sich nicht wieder mit ihrer besten Freundin streiten. Liz drängte sich zu ihr durch, und niemand protestierte. Alle waren viel zu sehr auf den Musiker auf der Bühne konzentriert.

»Das kann doch nicht Lucas sein?«, fragte Liz, als sie Faye erreichte. »Er ist umwerfend!«

Faye nickte. Liz hatte recht, der Sänger war wirklich ungemein talentiert. Doch es war zu dunkel, um Fotos zu machen, sie musste näher an die Bühne heran.

Finn flüsterte ihr ins Ohr, und Faye merkte, dass sie sich noch immer an den Händen hielten. Er hatte seine Finger um ihre geschlungen, als wollte er nicht loslassen.

»Faye.« Sein Atem strich ihr sanft übers Ohr und ließ ihr Herz einen Sprung machen. »Ich muss unbedingt mit dir reden. Es geht um deinen Freund Jimmy. Ich weiß ...«

Bei der Erwähnung von Jimmy beugte Faye sich zu ihm, um zu hören, was Finn zu sagen hatte. In diesem Moment begann Lucas mit dem Refrain, und plötzlich sprangen alle Lichter auf der Bühne an. Weiße und blaue Blitze erhellten den Hintergrund, und der Musiker stand in einer strahlenden Corona aus Licht. Die Menge schrie hingerissen, als sich im blendenden Licht zeigte, wer der Sänger war.

»Oh mein Gott«, kreischte Liz. »Faye! Schau! Und er singt das für *dich*!«

Lucas stand lässig vor dem Mikrofon, als gehörte er seit jeher auf die Bühne, und seine Stimme übertönte die Schreie aus dem Publikum. Er trug eine helle Jeans und eine alte, kunstvoll gearbeitete Lederjacke, auf deren Rücken Faye, als er sich zur Seite wandte, ein großes Emblem erblickte, das sie schon mal gesehen hatte … Aber wo? Sie blickte zu Finn, der die Gestalt auf der Bühne finster anstarrte, und plötzlich fiel es ihr ein! Es war eine Motorradjacke der Black Dogs. Damals im Einkaufszentrum hatten alle Biker Jacken mit diesem Emblem getragen.

»Finn«, rief Faye, »ist das nicht …«

Solange Lucas sang, würde Finn sie nicht verstehen. Die Menge flippte allmählich aus. Als das Lied seinen Höhepunkt erreichte, wurde das Licht noch greller und tauchte die Schüler, die begeistert mitgingen, in ein buntes Farbenmeer.

»Finn«, versuchte Faye es erneut. Sein Blick war einzig auf Lucas gerichtet, und er wirkte wütender denn je. Sie streckte die Hand nach seiner Wange aus, damit er sie ansah.

Bei ihrer Berührung zuckte Finn zusammen, und sein Kopf fuhr zu ihr herum. Sie sahen sich in die Augen, und sein Zorn verwandelte sich in etwas anderes, etwas Mächtiges und Seltenes, das ihr Inneres schmelzen ließ. Ihre Rechte lag noch immer an seiner Wange, und er drückte die Lippen in ihre Handfläche. So standen sie aneinandergedrängt in der Menge und sahen sich an, als wären sie ganz allein in der Turnhalle.

Der Song war zu Ende, und die Menge klatschte begeistert. Gerade als Faye dachte, Finn wolle sich zu ihr beugen, dröhnte Lucas' Stimme von der Bühne.

»Vielen Dank euch allen! Freut mich, dass es euch gefallen hat«, übertönte er den gellenden Beifall. »Dieses Stück war für Faye McCarron!«

Als Lucas' Stimme erklang, sah Finn erneut zur Bühne. Seine Wut kehrte zurück, und er löste sich von Faye.

»Finn«, rief sie ihm nach, während er sich zum Ausgang durchkämpfte. »Finn, warte!«

Er blieb nicht stehen. Faye folgte ihm, ehe er in der Menge verschwinden konnte.

*

Das Publikum jubelte noch immer, als Lucas die Bühne verließ und sich den Gitarrengurt über den Kopf zog. Sein Herz pochte. Wenn es sich so anfühlte, vor Publikum aufzutreten, war es kein Wunder, dass jeder ein Rockstar sein wollte! Es war umwerfend. Die Menge war verrückt nach ihm gewesen. Nach ihm! Lucas Morrow! Er lächelte in sich hinein und fuhr sich mit der Hand durchs Haar. An solche Auftritte konnte er sich gewöhnen, keine Frage! Hoffentlich hatte es auch Faye gefallen. Er hatte sie in der Menge gesucht, aber zwischen all den Zuhörern nicht entdeckt. Die Halle war brechend voll.

Lucas sah Ballard am Bühneneingang warten und hielt ihm die Gitarre hin.

»Zeit zum Aufbruch«, sagte der Fahrer und nahm das Instrument an sich.

»Noch nicht! Ich möchte meine Konkurrenten hören.« Lucas wollte sich unters Publikum mischen, doch Ballard griff ihn am Ellbogen.

»Zeit zum Aufbruch, hab ich gesagt. Deine Mutter erwartet dich.«

Lucas musterte Ballard mit zusammengekniffenen Augen, hütete sich aber, mit ihm zu diskutieren. Er blieb hinter der Bühne, während der nächste Bewerber auftrat. Durch den Vorhang sah er, dass es sich um Rachel handelte, von der Liz ihm erzählt hatte. Er lächelte in sich hinein, das war garantiert keine Konkurrenz. Im Gegenteil, sie tat ihm fast leid, weil sie gleich nach ihm auftreten musste.

Er ging nach draußen, folgte Ballard über den Parkplatz und fragte sich, was seine Mutter von ihm wollte. Wie gerne wäre er geblieben, um sich zu amüsieren. Vielleicht konnte er später zurückkommen ... Lucas hatte den Wagen fast erreicht, als er eine kräftige Hand auf der Schulter spürte. Er fuhr herum. Es war der dunkelhaarige Bikerjunge, der sein Gespräch mit Faye und Liz vor dem Konzert unterbrochen hatte ... und er blickte mordsfinster drein. Lucas hatte ihn und seine Schlägertruppe mehrmals in der Stadt gesehen. Dann sah er Faye und Liz aus der Schule kommen und die Treppe runterrennen.

»Finn!«, rief Faye beunruhigt. »Was soll denn das?«

Trieb Flash sich also noch immer mit dem Knaben herum? Eine Woge aus Zorn und Eifersucht brandete über Lucas hinweg, während er sich Finns Griff entzog.

»Was willst du?«, fragte er. »Ich hab's eilig.«

»Woher hast du die Jacke?«, wollte Finn mit wütend zusammengebissenen Zähnen wissen.

Lucas grinste höhnisch. »Ach, willst du eine kaufen? Ich weiß nicht, ob du dir die leisten kannst.«

Er drehte sich zum Wagen um, doch Finn packte ihn am Arm.

»Das ist eine Motorradjacke. Eine, wie die Black Dogs sie tragen. *Nur* die Black Dogs.«

Lucas zerrte seinen Arm frei. »Und?«

Finn trat erneut näher und stand nun direkt vor Lucas. »Und du gehörst nicht zu den Black Dogs. Also darfst du sie auch nicht tragen.«

Lucas wich einen Schritt zurück und musterte seinen Angreifer von oben bis unten. »Und was geht dich das an, Bikerboy? Hast du Angst, ich könnte deinen Platz einnehmen?«

Er sah Wut in Finns Gesicht aufblitzen, als der Biker ihn am Kragen packte und zu sich heranzerrte, bis ihre Nasen fast aneinanderstießen. Immer mehr Schüler sammelten sich um sie und warteten gespannt, ob es zu einer Prügelei käme. Lucas merkte, dass die Musik aufgehört hatte. Vermutlich, weil ein Großteil des Publikums nach draußen geeilt war und erwartungsvoll um ihn und Finn herumstand.

Aus dem Augenwinkel sah er Ballard vor dem Schultor. Neben ihm stand der Polizist, der ihrem Anwesen einen Besuch abgestattet hatte. Der Vater von Liz, Sergeant Wilson. Er stand einfach nur da, während Ballard ihm ins Ohr sprach.

Finn schüttelte Lucas kräftig. »Ich will die Jacke zurück«, knurrte er. »Zieh sie aus!«

Um sich zu befreien, holte Lucas Schwung, warf sich Finn entgegen und stieß dem anderen die Schulter gegen die Brust. Finn verlor das Gleichgewicht und stürzte zu Boden.

Schwer atmend rückte Lucas seine Jacke zurecht. »Die gehört dir nicht. Ich hab sie in unserem Haus gefunden. Warum verschwindest du nicht einfach?«

Finn war sofort wieder auf den Beinen. So schnell, dass Lucas sich nicht ganz sicher war, ob er ihn überhaupt hatte aufstehen sehen. »Du lügst«, knurrte er leise und langsam. »*Zieh sie aus!* Sonst reiß ich sie dir vom Leib.«

Mit einem verächtlichen Laut entledigte Lucas sich der Jacke. »Die willst du unbedingt haben, was? Na ja, ist schon ziemlich angegammelt, dürfte dir also gut stehen. Und dreckig ist sie auch. Hier, ich geb dir was, womit du sie sauber machen kannst.«

Er spuckte auf das ramponierte Leder und warf die Jacke auf den Boden. Ehe er zurückweichen konnte, war der Biker schon bei ihm. Finns Schlag kam aus dem Nichts, ein rascher Kinnhaken, der ihn voll traf. Seine Zähne krachten zusammen, und er taumelte rückwärts. Verblüfft knallte er gegen den Wagen. Als Finn erneut den Arm hob, stieß Lucas sich von dem Auto ab, um den nächsten Angriff abzuwehren.

Doch es geschah nichts. Lucas blinzelte. Es war, als hätte jemand die Szene schockgefroren. Finn stand mit erhobenem Arm und zur Faust geballter Hand da, neben ihm Sergeant Wilson. Blitzschnell hatte der Polizist Finns Hand mitten im Schlag gepackt. Mit angespannten Muskeln versuchte der Biker, sich zu befreien, doch Sergeant Wilson war offensichtlich stärker … so stark, dass Finns Gegenwehr zum Scheitern verurteilt war. Es war seltsam, wie der Polizist dastand. Sein Körper wirkte völlig entspannt, als würde er schlafen. Seine Miene war ruhig, ja, leer. Er sah Finn mit ausdruckslosen Augen an. Dann drehte er dem Jungen ohne jede Vorwarnung den Arm auf den Rücken und warf ihn krachend und so lässig gegen den Wagen, wie man einem Hund einen Ball zuwirft. Finn verzog vor Schmerz das Gesicht.

»Dad!«, schrie Liz in offensichtlichem Entsetzen.

Der Polizist schien nichts zu hören, stützte sich schwer auf Finn, zog seine Handschellen und legte sie dem Jungen an. Lucas betrachtete Sergeant Wilsons Gesicht und spürte kalte Angst in den Adern.

Die Augen des Polizisten wirkten gefühllos, ja, leblos. Ihm war, als schaute er in einen tiefen, reglosen Teich … leer und unergründlich.

»Sergeant Wilson«, begann Faye. »Bitte verhaften Sie Finn nicht, er hat bloß …«

Wilson hörte nicht zu und sagte auch nichts. Er führte Finn durch die versammelte Menge ab. Liz folgte ihnen und zog ihren Vater am Ärmel, um ihn zum Einhalten zu bringen. Der Polizist schüttelte seine Tochter mit solcher Wucht ab, dass sie mit Faye zusammenstieß.

Sie waren schon fast beim Streifenwagen, als Finn sich umdrehte und Faye etwas zurief.

»Ich weiß, wo dein Freund ist«, schrie er. »Faye, ich weiß, wo Jimmy ist!«

KAPITEL 31

Die Alte Mühle

Faye half Liz auf. Ihre Freundin bebte, und auch sie selbst zitterte. So hatte sie Sergeant Wilson noch nicht erlebt. Er war nie gewalttätig … das brauchte er gar nicht zu sein. Dafür war er ein zu guter Polizist. Ringsum gingen die Schüler wieder in die Turnhalle, um den Bandwettbewerb weiterzuverfolgen, und sprachen über das, was sich eben zugetragen hatte. Faye sah die Jacke, wegen der es zum Streit gekommen war, noch immer auf dem Boden liegen und hob sie auf.

»Wir müssen ihnen folgen«, sagte Liz mit rauer Stimme.

»Ich weiß nicht, ob das eine gute Idee ist«, wandte Faye ein.

»Wenn wir erst auf dem Revier sind, wird Dad schon mit mir reden«, beharrte Liz, klang aber, als müsste sie sich davon so überzeugen wie jeden anderen. »Und hat Finn nicht gesagt, er weiß etwas über Jimmy? Wenn er rausgefunden hat, wo er ist, sollten wir davon erfahren. Oder etwa nicht?«

Dem hatte Faye nichts entgegenzusetzen. Sie gingen zu Liz' Wagen. Lucas stand da und massierte seinen Kiefer, und Faye fiel auf, dass Ballard verschwunden war. Sie hatte das Gefühl, ihn nicht einfach dort stehen lassen zu dürfen.

»Alles in Ordnung?«, fragte sie.

Lucas musterte sie misstrauisch. »Wird schon wieder. Feine Freunde hast du, Flash.«

Faye ging nicht auf diese Bemerkung ein. »Wo ist dein Fahrer, Ballard?«

Er zuckte mit den Achseln. »Keine Ahnung. Ihr könnt mich nicht nach Hause fahren, was? Ich will meine Mutter nicht anrufen …«

Faye sah Liz bereits ausparken und schüttelte den Kopf. »Hör mal, tut mir leid, aber ich muss Finn helfen.«

Lucas wirkte gekränkt. »Gut«, erklärte er.

»Er sagt, er weiß, wo Jimmy ist«, setzte Faye hinzu, um ihre Entscheidung zu erklären. »Und …«

»Mach dir keine Gedanken«, unterbrach Lucas sie, offenkundig verletzt.

»Lucas? Alles in Ordnung?« Die Stimme kam von hinten. Dort standen noch viele Schüler herum und redeten über den Vorfall. Rachel Hogan hatte sich da erkundigt, und sie wirkte besorgt. »Hör mal, ich kann dich nach Hause bringen, ich bin mit dem Auto hier.«

Faye sah die Überraschung in Lucas' Miene. »Das wäre klasse. Danke.«

Liz hielt hupend neben ihnen. »Los, Faye! Auf geht's!«

»Tut mir echt leid, Lucas«, rief Faye, als sie um das Auto herum zur Beifahrertür eilte, doch er zog schon mit Rachel davon.

Faye knallte die Tür zu, und Liz raste vom Parkplatz, um dem Streifenwagen ihres Vaters zu folgen. Sie fuhren zum Revier an der Hauptstraße. Gehsteige und Fahrbahnen waren leer, niemand schien unterwegs, obwohl es nicht sehr spät war. Winter Mill wirkte verlassen und unheimlich. Tante Pam hatte recht. In ihrer Stadt ging etwas Seltsames vor.

»Sieh mal«, sagte Liz und riss Faye aus ihren unfrohen Gedanken. »Ballard folgt meinem Vater!« Die beiden Autos vor ihnen durchquerten die Stadt. »Dad hält nicht am Revier«, stellte sie stirnrunzelnd fest. »Wo fährt er hin?«

Sie folgten Sergeant Wilson über die Kreuzungen im Zentrum in den alten Teil der Stadt.

Faye nahm an, sie würden vor einem der Häuser halten, doch sie fuhren immer weiter, bis zur Stadtgrenze, bogen dann scharf nach links ab und jagten hügelan in den dichten Kiefernwald, der Winter Mill umgab.

»Ich schätze, Dad fährt zur Alten Mühle hoch«, raunte Liz, als die beiden Wagen vor ihnen erneut abbogen.

»Aber warum?«, fragte Faye. »Da oben ist nichts. Die Mühle ist seit Jahrzehnten außer Betrieb! Warum sollte er Finn dorthin bringen und nicht aufs Revier?«

»Ich weiß es nicht«, entgegnete Liz ratlos. »Ich hab null Ahnung, warum all das passiert. Das ist echt verrückt. Die Biker! Die Dinge, die im Wald vor sich gehen! Jimmys Verschwinden … und jetzt das! Faye, was geschieht hier nur? Und mein Dad? Sein Auftritt vorhin … ich hab ihn noch nie so erlebt. Er wirkte so merkwürdig. Wie er Finn behandelt hat … und nun bringt er ihn nicht aufs Revier. Was geht da vor?«

Faye hatte keine Antwort. Sie fuhren schweigend weiter. Als der Weg noch schmaler wurde, drosselte Liz das Tempo erneut und schaltete die Scheinwerfer aus.

»Liz, was soll das?«

»Damit sie uns nicht kommen sehen.«

»Aber so sehen wir nichts und bauen einen Unfall! Halt an. Wir gehen das letzte Stück zu Fuß, dann können sie uns nicht mal hören.«

Liz nickte und hielt an einer etwas breiteren Stelle, die früher vielleicht als Ausweichbucht gedient hatte. Der Schnee reichte bis über die Motorhaube. Möglichst leise stiegen die Mädchen aus und liefen in den Reifenspuren von Sergeant Wilson und Ballard.

Vor ihnen ragte die Alte Mühle im Dunkeln auf, und ihr Turm ließ sie wie eine Burg aus grauer Vorzeit wirken. Faye fröstelte. Sie hatte diesen Ort nie gemocht. Ihr Vater hatte sie mal bei einer seiner lokalhistorischen Touren hierher mitgenommen. Als sie noch klein war, hatte er sie gern an angebliche Grabungsstellen rings um Winter Mill geführt und ihr etwas über die Geschichte der Gegend erzählt. Faye hatte das geliebt. Zu erfahren, wie man zerbrechliche Artefakte ausgrub, hatte Spaß gemacht, obwohl sie gewöhnlich nur Tellerscherben gefunden hatte. Beim Gedanken an ihren Vater hatte Faye plötzlich einen Kloß im Hals und musste schlucken. Sie wünschte, er wäre jetzt für sie da und nicht so weit weg, dass er nicht mal anrufen konnte.

Doch an *diesem* Ort hatte Faye, kaum dass sie ihn sah, eine schreckliche Vorahnung beschlichen. Ihr Vater hatte ihr gesagt, die Mühle sei einer der ältesten Bauten im ganzen Bezirk. Anfangs hatte sie als Unterkunft für Holzfäller gedient, und erst später, als die Stadt größer war, wurde hier das Getreide für alle Menschen im Umkreis gemahlen. Doch nun war die Mühle leer und heruntergekommen und ihr Turm eine halbe Ruine. Faye verstand nicht, warum das hässliche Gemäuer nicht einfach abgerissen wurde.

Näher gekommen, verließen sie den Weg und schlichen durch die Bäume, wobei ihnen die kleine Taschenlampe an Liz' Schlüsselring und das Mondlicht auf dem Schnee gute Dienste leisteten. Von den beiden Autos war nichts zu sehen, und Faye schloss daraus, dass Ballard und Sergeant Wilson direkt in die Mühle gefahren sein mussten. Sie hatte Liz zunächst nichts davon sagen wollen, doch sie hätte schwören können, dass Ballard dem Polizisten während des Kampfs zwischen Lucas und Finn gesagt hatte, was er zu tun habe. Faye mochte den Gedanken nicht, Mitch Wilson könnte auf der falschen Seite des Gesetzes stehen. Schließlich war er, seit sie ein kleines Kind war, wie ein zweiter Vater zu ihr gewesen. Doch die Dinge sahen nicht gut aus.

»Was machen wir jetzt?«, fragte Liz und bewegte dabei fast lautlos die Lippen. »Wir können da nicht einfach rein.«

Faye sah sich um. Im Halbdunkel konnte sie ein Loch in den Holzwänden der Mühle erkennen, das knapp aus dem Schnee ragte. Sie müssten also in den Tiefschnee, um etwas zu sehen, doch die einzige Alternative war, zu einem der zerbrochenen Fenster hochzuklettern, und das würde viel zu viel Lärm machen. Faye wies auf das Loch, und Liz nickte. Zusammen schlichen sie zu der Öffnung und knieten nieder, um zu sehen, was dort vorging.

In der Mühle war es trocken, aber dunkel. Faye konnte mit knapper Not zwei nebeneinander geparkte Autos erkennen. Plötzlich knackte es laut, und Licht ging an. Die Mädchen fuhren zusammen und klammerten sich aneinander. Im nächsten Moment war Liz klar, worum es sich handelte.

»Das ist eine Fackel«, flüsterte sie Faye ins Ohr. »Dad hat eine Fackel angezündet.«

Das strahlende Grün erleuchtete den großen Innenraum. Er war leer, von einigen Holzstapeln und ein paar alten, kaputten Kisten abgesehen. Ballard hatte ein dickes Seil in der Hand und schob einen Stuhl in die Mitte des Raums. Sergeant Wilson öffnete die hintere Tür des Streifenwagens und zwang Finn, auszusteigen. Faye zog ihre Kamera unter der Jacke hervor, setzte sie ans Auge und bemühte sich, das, was dort unten geschah, klar in den Sucher zu bekommen.

»Was machst du da?«, zischte Liz.

»Könnte ja sein, dass wir Beweise brauchen«, flüsterte Faye, vergewisserte sich, dass das Blitzlicht ausgeschaltet war, und machte ein paar Bilder.

»Beweise? Wofür?«, fragte Liz.

Darüber wollte Faye nicht nachdenken.

KAPITEL 32

Gefesselt

Die Mädchen beobachteten, wie Sergeant Wilson und Ballard Finn an den Stuhl banden. Der Junge wehrte sich und schrie, doch er war den beiden Männern nicht gewachsen, auch nicht, als Wilson ihm die Handschellen abnahm. Ballard fesselte Finn an Händen und Füßen, schlang ihm das Seil so um den Hals, dass der Junge den Kopf in den Nacken legen musste, und band das Ende am Stuhl fest.

Dann sagte er zu Wilson: »Verschwinde. *Sofort.*«

Liz' Dad zögerte nicht eine Sekunde. Er ging zu seinem Wagen, ließ den Motor an und setzte rückwärts aus der Mühle.

»Das versteh ich nicht«, sagte Liz. »Warum lässt Dad sich von diesem schrecklichen Kerl Vorschriften machen? Was ist mit ihm los? Wir sollten ihm nach!«

Faye drückte ihren Arm, während sie den Streifenwagen auf der schmalen Straße verschwinden sahen. »Wir müssen bleiben. Wir dürfen Finn nicht mit Ballard allein lassen.«

Liz wirkte elend, nickte aber. Durch das Loch sahen sie Ballard die Hand heben und Finn eine saftige Ohrfeige geben. Der Kopf des Jungen knallte gegen die Stuhllehne, und sie hörten ihn stöhnen.

»Du meinst also, du kannst unsere Pläne behindern, ja, Finn?«, fragte Ballard, und seine unheildrohende Stimme klang amüsiert. »Wie lange brauchen du und deine Sippe noch, um zu begreifen, dass ihr niemals siegen werdet?«

Finn hob den Kopf und drehte ihn von einer Seite zur anderen, um das Seil zu lockern. Er hustete, und erschrocken sah Faye Blut auf seinen Lippen.

»Wir haben noch nicht verloren«, stieß er hervor. »Und du weißt, dass wir nicht kampflos aufgeben. Ich habe Schlimmere kommen und gehen sehen als dich.«

Ballard umkreiste Finn wie ein Raubtier seine Beute. »Aber du wirst verlieren, Junge. Schau dich doch an. Wie lange geht dieser Kampf nun schon? Ihr ändert euch nicht. Und ihr lernt einfach *nie* dazu. Ich habe darauf gewartet, dass einer von euch mal einen Fehler begeht und etwas Dummes macht. Und was du auf dem Schulhof getan hast, war saublöd. Damit hast du die Aufmerksamkeit auf dich gezogen. Auf uns alle.«

Finn hustete. »Was willst du?«, krächzte er, und das Atmen schien ihm schwerzufallen. »Hör auf mit diesen Spielchen. Ich habe Besseres zu tun.«

»Ich lasse dir eine Wahl«, sagte Ballard. Bei diesen Worten hatte er sich über Finn gebeugt, und seine Stimme hallte durch die unheimliche Leere der Alten Mühle. »Denn so kann ich großzügig sein und zugleich eine Botschaft senden. Deine Sippe mag uns bisher behindert haben, doch das wird nicht mehr geschehen. Also, Finn … du kannst dich uns anschließen. Oder ich kann dich töten, hier und jetzt. Ich kann dein armseliges kleines Leben ein für alle Mal beenden, weil ich deine Überheblichkeit leid bin.« Ballard richtete sich langsam auf. »Ich gebe dir fünf Minuten, um deine Entscheidung allein und in Ruhe zu treffen. Und wähle das Richtige, sonst ist dein langes Leben ganz plötzlich zu Ende.« Ballard ging weg und lachte dabei grausam. Unter den Augen der Mädchen schob er die riesigen Haupttüren der Mühle auf, trat nach draußen und schloss sie wieder.

Faye wandte sich an Liz, und das lange Kauern im kalten Schnee ließ ihre Zähne klappern: »Wir müssen Finn da rausholen, und zwar sofort.«

»Auf eigene Faust dürfen wir das nicht!«, widersprach Liz. »Lass uns zurück in die Stadt fahren und Hilfe holen.«

»Und wenn Ballard ihn umbringt, bevor wir zurück sind? Egal, wen wir um Hilfe bitten, alle werden nur die Polizei rufen, und du weißt, dass das keine Hilfe bedeutet! Dein Vater ist der einzige Polizist, der gerade Dienst hat, und er hat Finn hergebracht! Komm schon, wir müssen es versuchen!«

Liz schüttelte den Kopf, ehe sie ratlos mit den Achseln zuckte. »Also gut. Aber wir müssen uns beeilen, Ballard kommt sicher gleich zurück.«

Faye sah sich das Loch genauer an, durch das sie alles beobachtet hatten. Sie müssten beide durchpassen, wenn sie beim Klettern etwas Schnee wegschoben. Doch hoffentlich lauerten keine rostigen Nägel oder fiese Holzsplitter auf sie. »Ich geh als Erste. Sei einfach vorsichtig.«

Sie begann, sich durch das Loch zu zwängen, und wand die Schultern, um durch die Öffnung zu passen. Binnen Sekunden stand sie drinnen auf dem Boden. »Los«, wisperte sie der noch immer zögernden Liz zu. »Beeil dich!«

Ihr Flüstern ließ Finn rüberschauen, und Faye sah, dass er offenkundig erschrocken war, sie hier zu sehen. Sie rannte zu ihm und kniete hinter dem Stuhl nieder, um ihm zu helfen, sich von den Fesseln zu befreien.

»Faye, du solltest nicht hier sein«, sagte er. »Du musst verschwinden, bevor Ballard zurückkommt! Er ist gefährlich. Bitte, Faye …«

»Ich geh nicht ohne dich«, sagte sie und kämpfte mit vor Kälte tauben Fingern gegen die festen Knoten. Als sie sich umsah, stellte sie fest, dass auch Liz sich durch das Loch wand. »Schnell!«, rief sie ihr zu. »Hilf mir hier.«

Sie schafften es, Finns Beine loszubinden, doch die Handfesseln konnten sie nicht lösen.

»Das machen wir später«, sagte Liz dringlich. »Lasst uns bloß hier verschwinden.«

Finn warf einen kurzen Blick auf das Loch, durch das sie sich gezwängt hatten. »Da komm ich mit gefesselten Händen nicht durch. Und wenn ich die Arme nicht frei habe, kann ich auch nicht schnell genug rennen.«

Faye fasste die Mühlentüren ins Auge. Von Ballard war noch keine Spur zu sehen, und welche Alternative blieb ihnen sonst? »Ich brauch was zum Durchschneiden. Hast du ein Taschenmesser?«, fragte sie Finn, doch er schüttelte den Kopf.

»Wartet!«, sagte Liz. »Ich hab eins. Jedenfalls so eine Art Taschenmesser.« Sie wühlte in ihrer Tasche und zog einen kleinen silbernen Brieföffner hervor. »Ich denke, eine Seite ist scharf genug.«

Faye wollte danach greifen, zögerte aber plötzlich und sah mit bleichem Gesicht auf das silberne Messer. Sie kannte es. »Woher hast du den?«

Liz zuckte mit den Achseln. »Gefunden, an dem Abend, als wir in den Wald gegangen sind und die Wolfsspuren und so entdeckt haben. Er lag einfach schmutzig im Schnee. Warum?«

Faye nahm den Brieföffner und wog ihn in der Hand. »Der gehört meinem Dad«, flüsterte sie. »Er hat ihn immer dabei. Er hat mal meinem Urgroßvater gehört.«

»Was? Das kann doch nicht sein.«

»Es ist aber so. Er hat einen Riss im Griff. Den würde ich immer erkennen. Warum hast du mir nicht davon erzählt, Liz? Warum hast du ihn mir nicht gezeigt?«

»Ich … das hatte ich ganz vergessen. Wir waren spät dran, und dann hörten wir die Motorradfahrer, und dann hatten wir die Reifenpanne, und …«

»Sagt mal«, unterbrach sie Finn, »können wir das bitte später klären?«

Faye sammelte sich. »Richtig … Warte.« Sie wollte das Seil mit dem Brieföffner durchschneiden, doch Finn wich zurück.

»Ist das Silber?«, fragte er und musterte das kleine Werkzeug misstrauisch.

»Ja … warum?«

»Berühre mich bitte nicht damit, ja? Ich bin dagegen allergisch … ziemlich schlimm sogar!«

Faye nickte. Finn hielt ihr die Handgelenke hin, und sie schob die Finger zwischen seine Haut und den Knoten. Finn war warm, und sie spürte seinen Puls an ihrer Hand klopfen. Als sie sich vorbeugte, strich sein Atem ihr über den Nacken und jagte ihr Schauer über den Rücken. Ohne sich durch seine Nähe ablenken zu lassen, setzte sie den Brieföffner an und säbelte am Seil.

»Das dauert zu lange«, zischte Liz mit Blick auf die Tür. »Beeil dich!«

Faye zerrte am Seil, das immer mehr ausfranste. Noch ein klein wenig, dann …

»Ei, ei, ei«, sagte eine mürrische Stimme hinter ihnen.

Alle drei fuhren herum und sahen, dass Ballard sie mit böser Miene beobachtete. »*Erstaunlich*, was die Katze da ins Haus geschleppt hat.«

KAPITEL 33

Glühende Augen

Finn entzog Faye die Hände und zerrte am halb zerschnittenen Seil. Seine Armmuskeln spannten sich, und die Fäden gruben sich in seine Haut. Plötzlich riss das Seil, und Finn war frei. Er stand vor den Mädchen und breitete die Arme aus, um die beiden vor Ballard zu schützen. Die Hände hinterm Rücken, schritt der ältere Mann langsam auf sie zu und lächelte unfreundlich.

»Lass sie gehen!«, sagte Finn. »Du brauchst sie nicht. Du willst mich.«

Ballard öffnete seinen grausamen Mund und lachte gedehnt. Dann zog er die Arme hinterm Rücken hervor. An den Fingern beider Hände trug er schwere silberne Schlagringe, die er aus dem Wagen geholt haben musste.

»Aber Finn«, sagte er sehr leise und kam dabei weiter langsam auf sie zu. »Wo bliebe da denn der Spaß?«

Finn stürzte sich in der Hoffnung, ihn zu überrumpeln, auf Ballard, doch der war vorbereitet. Als Finn seine Beine attackierte, trat er einen Schritt zurück und straffte sich, um den Angriff des Gegners abzufangen. Kaum hatte Finn ihn erreicht, legte Ballard ihm die Hände auf die Schultern, stieß ihn rückwärts und ließ ihn der Länge nach in einen Stapel alter Kisten krachen, die splitternd unter ihm zerbarsten. Finn hörte die Mädchen kreischen, schluckte den Schmerz aber herunter, entschlossen, Ballard nicht das Gefühl zu geben, die Oberhand gewonnen zu haben.

»Los doch, Junge!«, höhnte der. »Bringst du nichts Besseres zuwege?«

Wegen Faye und Liz beunruhigt, sprang Finn auf die Beine und stieß die beiden in eine Ecke, wo ein schwerer Balken sie wenigstens teilweise schützte. Außerdem konnte er Ballard so besser von ihnen abhalten. Als der sich auf ihn stürzte, wandte Finn sich wieder um und verpasste ihm einen Faustschlag gegen die Schulter, der ihn herumwirbeln ließ. Finn schickte einen Tritt hinterher, der Ballard zu Boden zwang, doch ehe der Junge einen weiteren Tritt landen konnte, war er wieder auf den Beinen, schnappte sich Finns Fuß, drehte ihn rasch herum und schleuderte den Biker durch die Luft. Finn verrenkte sich beinahe, um wieder auf den Beinen zu landen, und griff Ballard erneut an, wobei er ihm einen Schwinger gegen den Brustkorb verpasste, den der andere gar nicht zu spüren schien. Ballard schlug zurück und landete einen solchen Hieb an Finns Kehle, dass der Junge nach Atem rang.

Ehe er sich wappnen konnte, hob Ballard ihn in die Luft, pfefferte Finn knurrend gegen die Holzwand und drückte ihm einen silbernen Schlagring an den Adamsapfel. Brennendes Fleisch zischte, und von Finns Haut stieg eine Dampfwolke auf. Der Junge schrie, als das Silber ihn versengte. Ein schreckliches Geräusch, das allmählich in ein langes, klagendes Heulen überging.

Durch seinen Schmerz hindurch hörte er Faye schreien und begriff, dass sie in wenigen Sekunden wissen würde, *was* er war. Wut stieg in ihm auf und erfüllte ihn mit einem Zorn, der bis in die Tiefen seiner Seele reichte. Wut auf Ballard, weil der ihn gezwungen hatte, sich zu erkennen zu geben. Wut auf die Frau, die ihn zu dem gemacht hatte, was er war. Wut auf die Welt. Er hatte diesen Teil seines Wesens vor dem Mädchen verstecken wollen. Sie hätte ihn für gesund und normal halten und nicht erfahren sollen, was er wirklich war und in was er sich verwandeln konnte … War das zu viel verlangt?

Finn wehrte sich gegen Ballard, konnte sich aber nicht befreien, denn das Silber raubte ihm die Kraft, obwohl seine Wut ständig wuchs. Er blickte sich nach den Mädchen um, obwohl er wusste, dass Faye, sobald sie ihm in die Augen sah, begreifen würde, dass er nicht der war, den sie zu kennen glaubte. Finn sah sie dennoch an und bemerkte trotz seiner Schmerzen und trotz des Blutes, das ihm in den Ohren rauschte, wie schockiert sie war.

»Haut ab!«, krächzte er, und obwohl er sich quälte, waren seine Worte gut zu verstehen. »*Sofort*!«

*

Seine Augen waren gelb! Blanke Angst flutete durch Faye, als sie Finn sich krümmen sah. Sie hörte Schreie, und erst als Liz sie am Arm griff, merkte sie, dass sie selbst es war, die da schrie.

»Wir müssen hier raus!«, brüllte Liz ihr ins Ohr. »Wir müssen …«

Faye ergriff Liz' Hand, und zusammen duckten sie sich aus ihrer Ecke und schlichen zur Tür. Faye zitterte so sehr, dass sie strauchelte und beinahe auch Liz zu Boden gerissen hätte. Sie hörte Finn – oder was auch immer er wirklich sein mochte – erneut schreien, ein widerhallendes, animalisches Geräusch. Fast hatten sie es zur Tür geschafft, da stolperte Faye über etwas und fiel auf die Knie. Liz wollte sie auf die Beine ziehen, doch als Faye sich umdrehte, erstarrte sie vor Schreck.

Ballard hatte Finn losgelassen, und der Biker kniete auf allen vieren, schüttelte sich wie ein Hund, öffnete den Mund und heulte. Dann warf er den Kopf in den Nacken, und Faye sah, wo Ballard ihn mit dem Schlagring verletzt hatte. Doch es war keine Wunde, sondern sah aus wie ein Riss, als hätte das Silber Finn gespalten. Und der Riss wurde breiter und länger. Er lief den Hals hinab bis auf die Brust und hinauf ins Haar. Faye beobachtete, wie Finn sich das Hemd vom Leib zog, sah die Wunde immer größer werden, Brust, Rücken, Arme bedecken und sich vervielfachen. Finns Haut schien zu schmelzen, während darunter dichtes, graues Fell zum Vorschein kam.

Er heulte erneut, und Faye sah, dass sich nun auch sein Gesicht veränderte. Anstelle seiner braunen Augen hatte er jetzt leuchtende, stechend gelbe Scheiben. Mund und Nase streckten sich und verwandelten sich in eine Hundeschnauze, aus der ebenfalls dickes Fell wuchs. Faye sah lange, bösartige Zähne, von denen der Speichel tropfte, und spürte, wie ihre Haut vor blankem Entsetzen kribbelte. Das konnte doch nicht Finn sein, oder? Unmöglich!

Sie schaute Liz an, die noch immer ihre Hand hielt, und sah, dass der Mund ihrer Freundin zu einem fassungslosen O aufgerissen war.

Der Finn, den sie kannte, war fast völlig verschwunden. An seine Stelle war ein riesiger, grauer Wolf getreten, der den Kopf schüttelte und dabei nach links und rechts Speichel fliegen ließ. Er spannte die Muskeln seiner langen Läufe, bereit zum Angriff, und knurrte böse. Als er die furchterregenden Zähne bleckte, verzog seine Nase sich vor Zorn. Selbst Ballard wich vor ihm zurück. Doch ehe der Wolf lossprang, wandte er den Kopf zur Seite und sah Faye direkt an. Sie hätte beinahe erneut geschrien, begriff dann aber, dass das Tier ihr etwas sagen wollte. Dass Finn ihr etwas sagen wollte. Der Wolf sah sie an, doch für den Bruchteil einer Sekunde hatte Faye das Gefühl, in Finns Augen zu schauen, und sie hörte seine Stimme so deutlich wie damals, als er sie im Wald gerettet hatte.

»*Du brauchst keine Angst zu haben*«, hörte sie ihn sagen. »*Nicht, solange ich da bin.*« Dann sah der Wolf weg und fasste Ballard ins Auge.

Doch Faye wusste nicht, ob sie ihm glauben konnte. Damals abends im Wald ... war das Finn gewesen? Hatte Finn sie gejagt? Sie raffte sich auf und zerrte Liz mit sich. Als sie die Tür erreichten, hörten sie einen menschlichen Schrei hinter sich, doch Faye wagte nicht, sich umzudrehen. Die beiden Mädchen stürzten in den Schnee hinaus und rannten mühsam los. Jede Sekunde rechnete Faye damit, ein weiteres Heulen hinter ihnen zu hören ... oder das Geräusch mächtiger Pfoten im Schnee. Sie fühlte sich in die Verfolgung im Wald zurückversetzt, als sie überzeugt gewesen war, sich in Lebensgefahr zu befinden. Nun begriff sie, dass sie recht gehabt hatte, und ein dicker Knoten nackter Angst schnürte sich fest um ihren Magen.

»Da!«, schrie Liz keuchend. »Da! Mein Auto!«

Als sie den Schlüssel aus der Tasche zog, zitterten ihre Finger so sehr, dass sie ihn nicht ins Schloss bekam. Faye legte ihre Hände beruhigend auf die der Freundin, und gleich darauf konnte Liz die Tür öffnen. Schwer atmend schwangen sie sich in den Wagen. Liz verschloss alle Türen, startete den Motor und gab so viel Gas, dass die Räder im Schnee durchdrehten. Rutschend und schlingernd rasten sie den Weg hinab, so entschlossen abzuhauen, dass ihnen gar nicht in den Sinn kam, vorsichtig zu fahren.

»Ein Werwolf«, stammelte Liz mit heftig klappernden Zähnen. »Dieses ... dieses *Ding* ... ist ein *Werwolf.*«

Faye schüttelte den Kopf und wollte leugnen, was sie gesehen hatte, konnte aber keine Worte finden. Sie bebte am ganzen Leib und schloss die Augen, vermochte das Bild von Finns wie Papier zerreißender Haut aber nicht loszuwerden.

»Was machen wir?«, flüsterte Liz schroff und entsetzt. »Faye, was sollen wir *machen*? Die Polizei können wir nicht rufen. Nach Hause kann ich auch nicht. Dad«, sie schluchzte und holte tief Luft, »Dad gehört auch dazu. Ich weiß nicht, warum, aber es ist so. Ich kann nicht … ich kann unmöglich zurück.«

Faye nahm ihre Hand und hielt sie fest. So saßen sie ein paar Minuten lang da und versuchten, sich zu beruhigen.

»Was ist mit Jimmy?«, fragte Liz plötzlich. »Hat Finn nicht etwas über ihn gesagt?«

»Ja«, bestätigte Faye nickend. »Dass er weiß, wo er ist.«

Liz zog die Hand weg und umklammerte das Lenkrad. »Meinst du, sie haben ihn sich geschnappt? Die da? Finns Bande? Die Biker … oder Werwölfe, wie auch immer? Haben die Jimmy in ihrer Gewalt?«

Faye nickte und schloss die Augen. »Vermutlich. Du hattest recht, was Finn angeht, völlig recht …«

Liz hielt an der Kreuzung, an der es in die Stadt ging. Sie zitterte immer noch, doch als sie redete, war ihre Stimme ruhig. »Wir müssen ihn holen. Wir müssen Jimmy befreien.«

»Ich weiß nicht …«, begann Faye.

Liz schaute sie an und blickte nicht länger furchtsam, sondern wirkte entschlossen. »Diesen Ungeheuern werde ich ihn nicht überlassen, Faye. Nur wir beide wissen, was das für Wesen sind. Nur wir können etwas gegen sie tun. Wir müssen ihn retten.«

KAPITEL 34

Familie

»Weißt du was?«, murmelte Liz, als sie mit dem Wagen die Straße zur Hütte der Mathesons hochfuhr. »Langsam hab ich es echt satt, nachts in diesem Wald unterwegs zu sein.«

Faye nickte. »Ich auch.«

Liz hielt, bevor sie die Zufahrt zur Hütte erreichten, holte Luft und beugte sich übers Lenkrad. Faye sah ihre Freundin mehrmals tief durchatmen. Auch ihr selbst war noch immer eiskalt von dem furchtbaren Schreck. Sie spähte in den Wald, und ihr wurde bei dem Gedanken übel, dass sie nach allem, was sie gesehen hatten, in dieses Dunkel mussten. Plötzlich hatte sie wieder Finns berstende Haut und seine speicheltropfenden Zähne vor Augen. Es schauderte sie.

»Gut«, sagte Liz. »Meinst du, du kriegst raus, wo das Camp der Biker ist?«

»Na ja, ich bin nie dort gewesen, aber es muss hier irgendwo sein. Nach der Party hat Finn mich nicht weit weg von der Hütte der Mathesons aufgelesen, und Jimmys Haus liegt auch an dieser Straße.«

Liz nickte. »Ich schätze, es gibt nur einen Weg, das rauszufinden.«

Faye schüttelte den Kopf. »Willst du das wirklich tun?«

»Nein«, antwortete Liz ehrlich, »aber wir müssen das machen.«

Trotz allem lächelte Faye. Liz schien irgendwo einen verborgenen Mutvorrat entdeckt zu haben. Faye überlegte, wie viel das damit zu tun hatte, dass Jimmy in Gefahr war, hielt es aber für besser, diese Frage nicht zu stellen.

Sie hatten bei Liz einen Zwischenhalt eingelegt, um Taschenlampen und dunkle Jacken mitzunehmen. Das Haus war finster und still gewesen, und nirgendwo hatte Sergeant Wilsons Streifenwagen gestanden. Nun ging Liz in den kalten, verschneiten Wald voraus und richtete die Lampe auf den Boden, um ihnen zu leuchten. Beide redeten beim Gehen kaum ein Wort. Faye dachte noch immer an den Moment, als Finn … als der *Wolf* sie angesehen hatte. Sie wollte es nicht glauben, doch die Wahrheit ließ sich nicht leugnen: Finn war ein Werwolf und aller Wahrscheinlichkeit nach für die Ereignisse verantwortlich, die über die Stadt hereingebrochen waren.

Ein Werwolf. In Winter Mill. Es schien unfassbar, und doch hatte Faye es mit eigenen Augen gesehen. Plötzlich erinnerte sie sich daran, dass Tante Pam ihr erzählt hatte, einige der ersten Siedler hier seien von Wölfen zerrissen worden, und es fröstelte sie.

»Alles okay?«, flüsterte Liz.

»Ja«, gab Faye zurück. »Ich versuche nur gerade, das Ganze zu verarbeiten. Das alles kommt mir total irrsinnig vor.«

»Es *ist* total irrsinnig!«, erwiderte Liz und schwenkte die Taschenlampe nach rechts und links. »Vielleicht verhält mein Vater sich deshalb ja so seltsam. Vielleicht ist Ballard ein Geheimagent oder so, und sie arbeiten zusammen, um die Biker loszuwerden.«

Faye schüttelte den Kopf. »Ballard wirkt nicht gerade wie einer von den Guten.«

Liz zuckte mit den Achseln. »Man muss sich bestimmt richtig schmutziger Methoden bedienen, wenn man Werwölfe bekämpft. Warum sonst würde Dad sich so verhalten?«

»Möglich. Aber …«

Liz blieb stehen, hob die freie Hand und schaltete ihre Taschenlampe aus. Vor ihnen drang schwacher Feuerschein durch den Wald, und die Mädchen hörten Stimmengemurmel.

Sie schlichen langsam weiter, bis sie das Camp sahen. Aus der Deckung eines schneebedeckten Strauchs beobachteten sie, wie sich die Biker im Lager bewegten. Sie hatten sich eine kleine Lichtung gesucht. Ringsum war das Camp von dichtem Wald umgeben, und wie überall lag Schnee. Doch die Biker hatten ihn zum Großteil weggefegt, ehe sie ihre Zelte aufschlugen, und rings um das Lager Schneewälle aufgehäuft. In der Mitte prasselte ein großes Feuer. Drumherum standen kleine Zelte, die mit zwischen den Bäumen gespannten Planen zusätzlich vor den Elementen geschützt waren. Eine weitere Plane war über die Motorräder gespannt, die am anderen Ende des Lagers standen. Faye zählte fünf Bikes, Finns Maschine war nirgendwo zu sehen.

Die Klappe des am nächsten beim Feuer errichteten Zelts ging auf, und ein Biker kam heraus. Durch die Öffnung sah Faye eine Gestalt auf einem niedrigen Feldbett liegen.

»Sieh mal«, flüsterte Liz. »Das ist Jimmy!«

In eine schwere Wolldecke gehüllt, lag Jimmy reglos und mit geschlossenen Augen da. Selbst von ihrem Beobachtungsort aus sah Faye, dass er nur flach atmete und sehr bleich war.

»Was sollen wir tun?«, fragte sie. »Wir können nicht einfach da rein und ihn mitnehmen. Er sieht nicht gut aus … wahrscheinlich kann er gar nicht ohne Hilfe gehen!«

Liz blickte düster. »Vielleicht könntest du die Biker ablenken? Schließlich bist du ihnen schon mal entkommen. Du könntest, was weiß ich, einen Stein werfen und abhauen. Dann folgen sie dir, und ich geh ins Lager und hol Jimmy da raus.«

»Ich weiß nicht«, erwiderte Faye, ganz und gar nicht begeistert von dem Gedanken, erneut gejagt zu werden. Vor allem, weil sie nun wusste, wer ihr auf den Fersen war. »Ich hab solche Angst, Liz. Und vielleicht schaffe ich das ja gar nicht. Wir könnten doch warten, bis sie schlafen.«

»Haben die keinen übermenschlich guten Geruchssinn?«, wandte Liz ein. »Sie sind doch wie Hunde und wittern unser Kommen. Aber warte mal!« Ihre Miene hellte sich auf. »Das Silber hat Finn richtig verletzt, oder? Sieh mal!« Liz wies auf ihre Ohren, in denen silberne Knöpfchen steckten. »Die kann ich werfen! Die wirken wie … kleine Granaten!«

Faye schüttelte den Kopf. »Das ist doch lächerlich, Liz. Hat dein Vater dir kein Pfefferspray oder so was mitgegeben?«

»Oh.« Liz sah verlegen drein. »Hat er … Du hast recht. Das könnte besser funktionieren.«

»Meinst du?«

»Bestimmt«, sagte eine tiefe Stimme hinter ihnen. »Ihr könntet uns allerdings auch einfach fragen, ob ihr euren Freund besuchen dürft.«

Beide Mädchen sprangen auf, fuhren herum und standen dem Anführer der Biker – Joe Crowley, dem Vater von Finn – gegenüber. Dann sahen sie weitere Motorradfahrer aus dem Wald auftauchen. Faye sah sich um und stellte fest, dass sie umzingelt waren.

Liz griff in ihre Tasche. »Bleibt uns vom Leib!«, keuchte sie und wühlte darin. »Ich bin bewaffnet! Ich werde uns verteidigen! Ich hab … ich hab Pfefferspray!« Sie zog etwas hervor und hielt es vor sich: eine Haarbürste. Faye spürte Eiseskälte in sich aufsteigen, als die Männer sich weiter näherten.

Joe lachte dröhnend, und die anderen stimmten ein. »Meine Liebe, ich weiß, wir sind eine ziemlich zottelige Bande, aber ihr müsst uns mit der Aussicht, uns zu striegeln, nicht gleich zu Tode erschrecken.«

»Bleibt einfach von uns weg!«, sagte Liz und schluchzte beinahe, während sie weiter nach dem Spray suchte.

»Aber ihr habt uns aufgesucht«, erklärte Joe. »Dafür muss es doch einen Grund geben.«

»Jimmy«, stieß Liz hervor. »Ihr habt unseren Freund Jimmy. Was habt ihr ihm angetan?«

Der stämmige Biker nahm ihre zitternden Hände und legte ihr den Arm um die Schultern. Dabei sah er Faye an. »Jimmy geht es gut. Er war krank, darum haben wir uns um ihn gekümmert.«

»Ist er …? Habt ihr ihn zu einem von euch gemacht?«, fragte Faye, die endlich ihre Stimme wiedergefunden hatte. »Ist er … ist er ein Werwolf?«

Joe lächelte. »Warum seht ihr euch das nicht selbst an?«

*

Jimmy hörte Geräusche, doch sie schienen weit entfernt. Er wandte den Kopf und spürte etwas Weiches im Gesicht. Seine Kehle war trocken, und er bemerkte, dass er am Verdursten war… Ihm war heiß. Er öffnete die Augen und blinzelte, um etwas zu erkennen. Er lag in einem Zelt an einem prasselnden Feuer, und die Flammen loderten schemenhaft durch die Zeltwand. Etwas tauchte auf und blieb schwebend über ihm. Er sah auf und begriff, dass es Liz war. Sie sah besorgt aus … und wunderschön. Jimmy fragte sich, ob er träumte. Er wollte sprechen, ihren Namen sagen, doch sein Mund war so trocken, dass er nur ein Knurren hervorbrachte.

*

Liz sprang zurück, als Jimmy knurrte, und schlug die Hände vor den Mund. »Oh mein Gott! Er ist ein Hund! Sie haben ihn in einen von ihnen verwandelt!«

Joe Crowley lachte rau. »Der braucht nur Wasser. Hol jemand dem Jungen was zu trinken!«

»Wir wollen nichts mit Ihnen zu tun haben«, sagte Liz ängstlich, aber dreist. »Wir bringen ihn sofort ins Krankenhaus.«

Joe schüttelte den Kopf und nahm den Becher, den ihm einer der Biker hinhielt. Er ging neben Jimmy in die Hocke, hob mit der einen Hand seinen Kopf, hielt ihm mit der anderen den Becher an die Lippen und half ihm trinken.

»Langsam, Jimmy«, sagte er. »Stürz es nicht so runter, Junge, sonst verschluckst du dich.«

Stirnrunzelnd sah Liz Jimmy beim Trinken zu. Er schien keinerlei Angst vor Joe zu haben … und Joe war auch nicht sonderlich beängstigend. Eigentlich war er sogar sehr nett. Das erinnerte sie daran, wie ihr Vater sich um sie gekümmert hatte, wenn sie als kleines Kind krank gewesen war. Tränen kribbelten ihr in den Augen, als sie an ihren Vater dachte. Würde er je wieder so nett sein?

Joe sah zu Liz hoch und wies mit dem Kopf auf die Decke, die Jimmys Bein verhüllte. »Überzeug dich selbst. Kein Arzt wird wissen, was er dagegen unternehmen soll.«

Liz zögerte, bevor sie erneut näher trat und die Decke aufschlug. Sie schnappte nach Luft. Die Wunde klaffte offen, große Zahnspuren waren zu sehen, aus denen dunkler Eiter sickerte. Nur mit knapper Not schaffte sie es, sich nicht zu übergeben.

»Was ist mit ihm passiert?«, fragte Liz, schluckte die Galle herunter und legte die Decke wieder vorsichtig auf das Bein.

Joe musterte den Jungen mit finsterem Blick. »Etwas hat ihn gebissen.«

Liz schnappte nach Luft. »Ihr seid das gewesen! Sie selbst oder einer von Ihren Leuten. Wir … Sie …«

»Wir waren das nicht«, erwiderte Joe ruhig.

»Aber Sie sind …«

»Wir haben das, was ihn angegriffen hat, vertrieben«, sagte der Biker, richtete sich auf und stellte den Becher in Jimmys Reichweite. »Und jetzt versuchen wir, ihm zu helfen.«

»Er ist krank«, flüsterte Faye. »Sogar sehr krank, wie es aussieht. Wir müssen Hilfe holen. Ich ruf einen Krankenwagen!«

Auf diese Worte hin versuchte Jimmy, sich aufzusetzen. Liz legte ihm die Hand auf die Schulter, damit er sich wieder beruhigte. »N-nein … nein …«, murmelte er schwach und mit noch immer heiserer Stimme. »D-Das d-dürft ihr nicht … J-Jeder in der Stadt k-kann i-ihr inzwischen g-gehören. Es gibt k-keinen … k-keinen, dem ihr trauen k-könnt …«

Joe nickte matt. »Er hat recht. Das dürft ihr nicht.«

»Jimmy?«, fragte Liz. »Wie meinst du das? Ich verstehe nicht. Ich versteh rein gar nichts. Was willst du damit …«

Plötzlich raschelte es im Unterholz, und Finn stolperte in den Lichtkreis des Lagerfeuers. Er hatte kein Hemd an und schlotterte vor Kälte. Blaurote Prellungen bedeckten Gesicht und Oberkörper, und Blut floss ihm aus Schnitten an den Armen und im Gesicht. Die Verbrennung an seinem Hals war eine entzündete, offene Wunde. Die Biker liefen ihm entgegen, während er zum Feuer stolperte. Liz sah Ärger über Joe Crowleys Gesicht huschen, als er auf seinen Sohn zuschritt.

»Finn? Was ist passiert? Wer hat dir das angetan?«

»Ballard«, stieß Finn hervor und sackte zusammen. »Das war Ballard.« Er blickte hoch, und Liz sah ihn zu ihrer Freundin schauen, die neben dem Zelteingang stand. »Faye«, sagte er, »Faye, bist du …«

Seine Frage ging im Lärm der Biker unter, die sich um ihn sammelten und wild durcheinanderredeten. Alle waren wütend und verlangten zu wissen, was geschehen war.

»Warum hat er das getan?«, fragte Joe. »Was wollte er?«

Finn schüttelte den Kopf. »Er hat mich vor die Wahl gestellt, ihnen beizutreten oder zu sterben. Diesmal ist es anders, Dad. Diesmal sind wir vielleicht nicht in der Lage, sie aufzuhalten.«

Joe wandte sich der übrigen Gang zu. »Zieht los und findet ihn! Wir brauchen mehr Informationen. Bringt ihn hier her, aber lebendig.«

Binnen Sekunden war die Lichtung von furchtbarem Heulen erfüllt. Liz sah ängstlich zu, wie sich draußen alle bis auf Finn und Joe zu verwandeln begannen, was durch die Zeltwand bloß in Umrissen zu sehen war. Faye stolperte rückwärts und kroch ins Zelt, um nur schnell wegzukommen, während überall zerreißende Haut und Zähneknirschen zu hören war.

Liz schrie und wollte vor dem Anblick fliehen, der sich ihr bot. Sie würden in Fetzen gerissen werden … dessen war sie sich gewiss. Genau wie sie es mit Jimmy versucht hatten. Sie schloss die Augen und schrie und schrie, bis sie etwas ihre Hand streifen spürte. Als sie runterschaute, sah sie, dass Jimmy seine Finger um die ihren geschlungen hatte und sie aus blauen Augen sanft anblickte.

»Hab k-keine A-Angst«, flüsterte er unter großer Anstrengung. »Es ist g-gut. A-Alles wird g-gut.«

Die Werwölfe rannten in den Wald, und kaum waren sie verschwunden, herrschte eine seltsam friedliche Atmosphäre auf der Lichtung. Während Joe sich daran machte, Finn zu verarzten, beugte Liz sich tief über Jimmy, der die Augen wieder geschlossen hatte, ihre Hand aber noch immer hielt. Faye kauerte bleich und zitternd neben den beiden.

»Jimmy«, sagte sie und rüttelte ihn sanft. »Wir müssen gehen, Jimmy. Wir sind hier nicht sicher und müssen weg.«

»Wenn ihr ihn mitnehmt, stirbt er«, sagte Joe über die Schulter und wischte Finn dabei das Blut von den Wunden.

»Bleibt uns bloß vom Leib!«, sagte Faye mit bebender Stimme. »Wir kämpfen, wenn es sein muss.«

Joe sah zu ihr hoch und schüttelte den Kopf. »Wir sind hier nicht die Bösen. Es gibt jemand viel Schlimmeren, wegen dem du dir Sorgen machen solltest, Faye McCarron. Glaub mir.«

KAPITEL 35

Mitternacht

Lucas schrak hoch. Es war tiefe Nacht und sein Zimmer eiskalt. Als er sich zitternd aufsetzte, sah er seinen Atem kleine Wölkchen bilden.

Er schlang sich eine Decke um den Leib und sprang aus dem Bett. Im Haus war es still, nein, nicht einfach still, sondern leer. Tot … wie die finsteren Räume hinter einer unbekannten Tür in einem unbekannten Haus. Ihn schauderte.

Lucas öffnete die Tür und spähte hinaus. Der Flur verschwand links und rechts in tiefer Schwärze, die nur durch das Licht aus seinem Zimmer ein wenig erhellt wurde. Leise schlüpfte er auf den Korridor.

Er hatte vermutet, nur sein Zimmer wäre ausgekühlt, doch auch im übrigen Haus war es bitterkalt.

Lucas ging zur Empore über dem großen Treppenhaus und spürte die Zehen mit jedem Schritt kälter werden. Die Heizung musste ausgefallen sein, vielleicht auch der Strom. Das würde erklären, warum es stockfinster war. Ballard ließ normalerweise in jedem Flur mindestens eine Lampe brennen. Lucas schlich weiter und spürte ein schmerzhaftes Stechen in der Schulter. Der Bluterguss, den er im Kampf mit Finn kassiert hatte. Langsam ließ er den Arm kreisen, um die Muskeln zu lockern.

Er kam zur Empore, blickte über die Brüstung und sah einen Lichtschimmer aus der halb geöffneten Wohnzimmertür. Vielleicht hatte seine Mutter Ballard angewiesen, ein Feuer zu machen. Sie hatte einen leichten Schlaf, und die Kälte hatte wahrscheinlich auch sie geweckt.

Lucas war hin- und hergerissen. Ihm gefiel die Vorstellung, jetzt vor einem prasselnden Feuer zu sitzen, doch wenn er dazu im gleichen Zimmer wie seine Mutter und vielleicht auch Ballard sein müsste … Allerdings hatte er schon den ganzen Abend mit ihm reden wollen. Zunächst mal, um zu erfahren, wohin Ballard so rasch gefahren und warum er nicht geblieben war, um sich zu vergewissern, dass er, Lucas, wohlauf war. Und er wollte seine Gitarre zurück, die er ihn in den Wagen hatte tragen sehen. Doch er hatte Stunden gewartet, ohne dass es irgendein Anzeichen für Ballards Rückkehr gegeben hatte.

Falls die beiden nun dort unten waren, hatte Ballard seiner Mutter sicher schon von dem abendlichen Vorfall in der Schule erzählt. Sie hasste es, wenn er Aufmerksamkeit auf sie drei zog, obwohl sie selbst ständig in allen Klatschblättern auftauchte. Vermutlich wollte sie die Öffentlichkeit einfach darüber im Unklaren lassen, dass sie schon alt genug war, einen Sohn zu haben. Manchmal dachte Lucas, Mercy wäre lieber kinderlos.

Andererseits schmerzten die Füße ihm langsam vor Kälte, und die Wärme täte auch seiner Schulter gut …

Auf halbem Weg die Treppe hinunter hörte er einen gedämpften, aber schrecklichen Schrei aus dem Wohnzimmer. Lucas blieb stehen und hielt sich am Geländer fest. Dann war eine laute, zornige Stimme zu hören … die seiner Mutter.

»Wie konntest du es wagen?«, fauchte Mercy. »Du elender Dummkopf. Alles hättest du zerstören können! Weißt du, wie lange es gedauert hat, all das zu planen und durchzuführen? Weißt du das? *Ja?*«

Ein neuer Schrei erklang, als bereiteten ihre Worte jemandem körperlich Schmerz. So beklommen ihm war, schlich Lucas die Stufen doch weiter hinunter, weil es ihn zu sehen trieb, was dort vorging. Es wurde noch kälter, und als er durch die Eingangshalle schlich, war es eisig.

»Das ist unannehmbar«, tobte Mercy. »Das war ein Fehler zu viel!«

Lucas hatte sie schon wütend erlebt, aber nie so wie jetzt. Ihr Zorn ließ ihm das Blut in den Adern gefrieren. Er wollte wissen, wen sie anschrie, doch die Wohnzimmertür war nur einen Spalt weit geöffnet. Um sie weiter aufzudrücken, hatte er die Finger schon an der Klinke, zuckte aber plötzlich zurück. Sie war eiskalt, nein, noch kälter … so kalt, dass die Berührung wehtat. Er betrachtete seine Hand und sah erschrocken, dass das gefrorene Metall ihm Hautfetzen von den Fingern gerissen hatte.

»Hast du dazu etwas zu sagen?«, bellte seine Mutter, und Lucas ging hinter der Tür in die Hocke. Ob sie ihn bemerkt hatte? Durchs Schlüsselloch sah er eine vertraute Gestalt vor Mercy am Boden knien und die zitternden Hände ringen.

»Bitte, Mylady, es tut mir leid. Es kommt nie mehr vor. Es war nur … der Junge, Finn … ich dachte, diesmal wäre er entschlossen. Das Mädchen, sie ist ihr zu ähnlich. Würde er sich uns freiwillig anschließen …«

Es war Ballard. Er lag zu ihren Füßen. Lucas spürte, wie ihm vor Überraschung die Kinnlade herunterklappte. *Was hatte der Bikerjunge mit Ballard und seiner Mutter zu tun?*

»Ruhe!«, schrie Mercy und hob die Hand.

Ballard fuhr hoch wie an einem unsichtbaren Seil, und seine Zähne klapperten, als ihm der Kopf in den Nacken fuhr. Er wimmerte vor Schmerz.

»Elender, widerlicher Wurm«, höhnte Mercy. »Ich habe dir *erlaubt*, mein Diener zu sein, und das ist dein Dank? Du hättest alles zerstören können, worauf ich hingearbeitet habe.«

»Bitte, Mylady«, flehte Ballard erneut. »Ich dachte …«

»Schluss!«, brüllte sie. »Das Mädchen ist gezeichnet, genau wie Finn. Das wusstest du. Und mehr brauchtest du nicht zu wissen!« Mercy machte beim Reden eine Handbewegung, und Lucas sah, wie Ballard sich unter Qualen wand. »Jetzt wirst du für deine Dummheit büßen.«

»Nein«, flehte der Diener. »Ich habe meine Lektion gelernt. Bitte tut mir nicht …«

»Hör auf zu heulen, Ballard! Sei froh, dass du mir weiter dienen darfst.«

Mercy klatschte in die Hände, und der Diener sackte zusammen. Er schrie auf, nur noch ein erbärmlich wimmerndes und schluchzendes Bündel. Lucas sah seine Mutter einen Schritt zurücktreten und die Hände heben, deren Anblick ihn mit blankem Entsetzen erfüllte.

Mercys Finger … *wuchsen*. Er hörte ihre Gelenke knacken, während sie die doppelte Länge bekamen. Ihre Nägel wurden zu grausigen, scharfen Krallen.

Während Ballard stöhnend auf dem Teppich vor dem Kamin lag, begann Mercy zu singen.

To-than-dek, par-than-dek, kan-than-dek …

Diese Sprache hatte er noch nie gehört, doch die Worte ließen ihn frösteln. Er hatte solche Angst, dass er sich nicht rühren konnte, sondern hinter der Tür hocken blieb und weiter durchs Schlüsselloch sah. Mercy wiederholte die Worte immer wieder, und ihre Stimme wurde stets lauter. Langsam hob sie dabei die Krallenhände bis hoch über den Kopf. Ballard krümmte sich unterdessen schreiend auf dem Teppich und hielt sich die Ohren zu. Lucas spürte, wie der Boden unter seinen Füßen zu zittern begann. Er wollte wegrennen, doch etwas ließ ihn bleiben. Falls seine Mutter ihn jetzt sah oder wegrennen hörte …

Die Möbel in der Eingangshalle begannen zu poltern, als bebte die Erde unter dem Anwesen. Lucas spürte das Zittern tief in der Brust.

Er hörte ein Geräusch hinter sich und blickte sich um, doch da ertönte ein so gewaltiger, völlig verängstigter Schrei, dass ihm vor Furcht beinahe schlecht wurde. Die Wohnzimmertür schlug zu, doch er hörte den Schrei noch immer. Er schien ewig andauern zu wollen, hörte aber so plötzlich auf, wie er begonnen hatte. Im gleichen Moment endete auch das Beben, und es wurde ganz still.

Lucas atmete tief durch, um sein rasend pochendes Herz zu beruhigen. Aus dem Wohnzimmer drangen Schritte. Er rappelte sich auf und sprang hinter einen der großen Sessel in der Eingangshalle. Mercy riss die Tür auf. Ihre Lippen waren strichdünn, und ihre Augen funkelten noch immer vor Wut. Sie segelte zur Haustür, schwang sie auf und trat in die kalte Nacht. Mit lautem Knall fiel die Tür hinter ihr ins Schloss.

Als die Luft rein schien, verließ Lucas sein Versteck und schlich ins Wohnzimmer. Es war leer. Ballard war nirgendwo zu erblicken. Der Raum hatte keinen anderen Ausgang, und Lucas hatte den Diener nicht gehen sehen. Ansonsten wirkte alles wie immer. Nichts hatte sich bewegt, und dank des friedlich im Kamin prasselnden Feuers stieg auch die Temperatur wieder.

Lucas durchquerte das Zimmer, blickte in die Flammen und versuchte zu begreifen, was passiert war. Etwas ließ ihn hochschauen. Auf dem Glas des alten Spiegels waren zwei große Handabdrücke zurückgeblieben.

KAPITEL 36

Die Wahrheit

Faye musterte Joe Crowley schockiert. Mit Liz saß sie am prasselnden Lagerfeuer, und ihre Freundin hielt Jimmy besorgt die Hand.

»Mercy Morrow?«, wiederholte sie. »Das ist doch völlig unmöglich.«

Joe nickte. »Es ist wahr. Wegen ihr sind wir hier. Und *sie* richtet in Winter Mill Chaos an, nicht die Biker.«

»Aber ihr seid Werwölfe«, erklärte Faye dreist. Ihre Angst hatte nachgelassen, hier am Feuer fühlte sie sich fast sicher. Joe hatte etwas Beruhigendes, nichts Unheimliches. Und was Finn betraf … Faye sah ihn an und konnte sich nicht vorstellen, je Angst vor ihm gehabt zu haben.

Joe nahm ein sauberes Handtuch und eine Schüssel, in die er aus einem Topf, der überm Feuer gehangen hatte, heißes Wasser schüttete.

Faye sah zu, wie er sich vorbereitete, die Wunden seines Sohns zu versorgen, und etwas in ihr bebte, als Finn vor Schmerz zuckte. Sie dachte an den Moment in der Alten Mühle, als sie zu wissen geglaubt hatte, was er dachte … obwohl er ein Wolf gewesen war.

»Ich kann das übernehmen«, sagte sie zu ihrer eigenen Überraschung und stand auf. »Sie können uns währenddessen Ihre Geschichte erzählen.«

Joe sah kurz zu ihr hoch, dann wieder zu Finn, augenscheinlich widerwillig. Schließlich erhob er sich jedoch und hielt ihr Schüssel und Handtuch hin.

»Bist du sicher, dass du sie hören willst?«, fragte der stämmige Biker. »Sie ist nicht sehr schön, und es wird dir nicht leichtfallen, sie zu verdauen. Aber egal, was Mercy vorhat, wir brauchen jede Hilfe, die wir bekommen können.« Joe sah Jimmy und Liz über Fayes Schulter hin an. »Und langsam glaube ich, damit seid ihr wohl alle drei gemeint.«

Faye drehte sich zu Liz, die noch immer Jimmys Hand hielt. Ihre Freundin zuckte mit den Achseln. »Vielleicht können wir Jimmy helfen, wenn wir wissen, was vorgeht.«

»Wir wollen es wissen«, sagte Faye zu Joe. »Nach allem, was vorgefallen ist und was wir gesehen haben … Wir müssen es erfahren.«

Der Biker betrachtete sie kurz und nickte dann bedächtig. »Gut. Dann koch ich uns jetzt Kaffee und hol euch ein paar Decken. Ihr dürftet beides brauchen.«

Joe verschwand in ein Zelt, und Faye kniete sich neben Finn. Er hatte überall blaue Flecke und blutende Wunden, und ein fieser Schnitt verlief von der Schulter zur Brust.

»Hast du keine Angst vor mir?«, fragte er nach einem Moment schroff.

Faye schüttelte den Kopf, merkte aber, dass sie es nicht fertigbrachte, ihm in die Augen zu sehen. »Vorhin schon, ein wenig«, gab sie zu. »Aber an dem Abend im Wald hast du mir gesagt, ich bräuchte keine Angst zu haben, solange du in der Nähe bist. Und ich glaube dir noch immer.«

Wo Ballard ihm den silbernen Schlagring an den Hals gedrückt hatte, war noch die Verbrennung zu sehen. Faye strich mit den Fingern über die Wundränder. Finn zuckte etwas zusammen, sie erschrak und zog die Hand zurück.

»Entschuldige«, flüsterte sie, »ich …«

Er nahm ihre Hand und hielt sie fest. Faye sah ihn zum ersten Mal wieder richtig an, und der Schmerz in seinen dunklen Augen ließ ihr Herz stocken.

»Das muss dir nicht leidtun«, erwiderte er leise. »Faye, ich …« Er verstummte und setzte neu an. »Du bist mir nachgekommen. Ich kann gar nicht glauben, dass du das getan hast. Es war so gefährlich, aber … danke.«

Faye sah auf ihre Finger, die mit seinen verschlungen waren. Konnte wirklich geschehen sein, was sie in dem alten Gebäude gesehen hatte? Der Junge vor ihr war so perfekt, ja, wunderschön! Wie konnte er ein so furchterregendes Geschöpf in sich tragen, das jeden Moment zum Vorschein kommen konnte?

Sie zog die Finger vorsichtig weg, tunkte das Handtuch ins warme Wasser, drückte es ihm sanft auf die Schnittwunde und konzentrierte sich auf das, was sie tat. Beide schwiegen, doch sie spürte Finns glühenden Blick im Gesicht.

»Warum hast du mir nichts davon erzählt?«, fragte sie schließlich. »Davon, was du bist.«

Finn schüttelte den Kopf. »Wie hätte das gehen sollen? Solche Dinge kommen in einer normalen Unterhaltung nicht zur Sprache. Und …«

Er unterbrach sich. Sie sah ihn an. »Und was?«

Nun war es an Finn, die Hände auszustrecken, und Faye hielt den Atem an, als er mit einem Finger sanft ihr Kinn entlangstrich. Er schüttelte erneut den Kopf. »Ich wollte nicht, dass du davon erfährst. Mit dir wollte ich bloß als *Mensch* zusammen sein. Nicht als schreckliches Geschöpf, vor dem du dich gruselst oder sogar ekelst.« Er ließ die Hand sinken und wandte den Kopf stirnrunzelnd ab. »Es tut mir leid.«

Faye sah die Trauer in seiner Miene und spürte Tränen in den Augen. Sie blinzelte und fuhr ihm mit der Hand über die Brust. Finn blickte sie wieder an, und sie versuchte zu lächeln.

»Ich bin nicht angeekelt«, flüsterte sie. »Ich muss mich bloß erst ein wenig daran gewöhnen …«

Finns Augen wurden noch dunkler, und Faye glaubte kurz, er würde noch etwas sagen. Doch dann meldeten knirschende Schritte die Rückkehr seines Vaters.

Joe verteilte dicke Wolldecken, schenkte allen Kaffee ein und setzte sich zu ihnen. Dann holte er tief Luft und fing langsam an zu erzählen.

»Meine Geschichte beginnt vor etwa dreihundert Jahren«, sagte er und blickte dabei ins Feuer. »Die Mitglieder meiner Familie waren rumänische Zigeuner. Wir waren ständig auf Achse und zogen von Ort zu Ort. Ich bin immer ein Fachmann für Holz gewesen. Ich kann es schnitzen, aber auch zu Kaminholz machen oder Bauten daraus errichten.« Er sah seinen Sohn an. »Das ist eine der guten Sachen, die Finn von mir geerbt hat. Damals liefen die Städter, wohin wir auch kamen, in Scharen herbei, um meine Möbel zu kaufen oder mich zu bitten, ihre Häuser für den Winter auszubessern. So habe ich Mercy Morrow kennengelernt. Sie ist zu meinem Wohnwagen gekommen. Sie hatte gehört, ich könne jedes Tier naturgetreu schnitzen, und sie wollte eine Wolfsfigur.« Joe sah auf seine schwarzen Stiefel. »Sie war die schönste Frau, die ich je gesehen hatte. Und das ist sie noch immer. Und ihre Schönheit ist für die Menschen ein Fluch.«

Faye musterte ihn ungläubig. »Vor dreihundert Jahren?« Sie sah Finn an, der ihrem Blick auswich. Falls sein Vater dreihundert Jahre alt war, wie alt mochte dann er sein? Faye wandte sich wieder Joe zu und wusste nicht, ob sie ihm glauben sollte. Sicher, sein Gesicht war faltig, doch er wirkte nicht viel älter als ihr Vater. Die Augen dagegen … nun, da Faye sie ansah, erschienen sie ihr irgendwie älter als das übrige Gesicht. Sie wirkten, als hätten sie viel erlebt, aber nichts verraten.

»Ich habe mich in sie verliebt«, fuhr Joe langsam fort. »An Ort und Stelle. Das war mein erster Fehler. Mein zweiter Fehler war es, ihr zu folgen und ihr Haus zu betreten.«

»Was ist geschehen?«, fragte Liz mit großen Augen.

Der Biker lächelte grimmig. »Sie hat mich verzaubert. Nicht mich allein, sondern meine ganze Familie. Mercy Morrow hat uns versklavt und Teile unseres menschlichen Daseins geraubt und durch Wölfisches ersetzt. So wurden wir halb Mensch, halb Tier und waren gezwungen, ihr zu dienen und zu tun, was sie befahl. Das waren furchtbare Jahre voller Blutvergießen, Hunger und Qual.«

»Das verstehe ich nicht«, sagte Liz. »Warum hat Mercy euch zu Werwölfen gemacht? Was solltet ihr tun?«

»Wir haben für sie gejagt«, seufzte Joe. »Wir gehörten zu ihrem Wolfsrudel, ich war sogar sein Anführer. Weißt du, Mercy Morrow ist viel älter als das Älteste, was du dir vorstellen kannst. Seit Jahrtausenden pirscht sie durch alle Länder der Erde, ohne je ihre herrliche Menschengestalt zu verlieren, und sie hat nicht die Absicht, das Zeitliche zu segnen. Sie und ihresgleichen verbringen all ihre Zeit damit, dem Tod immer wieder ein Schnippchen zu schlagen und sich ihre Jugend und Schönheit zu bewahren.«

»Aber wieso schafft sie das, indem sie Menschen in Wölfe verwandelt?«, fragte Faye. Sie sah zu Jimmy rüber, der versuchte, wach zu bleiben und Joes Geschichte zu hören. »Haben sie das auch bei Jimmy versucht?«

»Es gibt eine Unterwelt«, erklärte Joe. »Sie heißt Annwn und steckt voll von dem, wovor man sich am meisten fürchtet, voller alter, ewiger und grausamer Geschöpfe. Nichts kann diese Wesen besiegen. Wir können nur hoffen, dass niemand von uns und von denen, die wir lieben, in ihrem Herrschaftsbereich endet. Hier auf der Erde haben wir Glück, denn sie können in unserer Welt nicht überleben. Doch in Annwn sind sie unglaublich mächtig. Und Mercy und ihresgleichen haben einen Weg gefunden, sich mit ihnen auszutauschen.«

»Aber warum?«, fragte Faye.

»Weil sie wussten, dass sie Annwns Bewohnern das geben können, was diese Kreaturen wollen: menschliche Gefühle, menschliches Leben. Stell dir vor, du hättest noch nie etwas gegessen und würdest nun erstmals etwas schmecken. Würdest du da nicht mehr haben wollen?«, fragte Joe. »Und Mercys Leute haben die bösen Geister von Annwn mit dem Geschmack menschlicher Empfindungen bekannt gemacht, und diese Geister haben mehr davon verlangt. So viel mehr, dass sie alles nehmen, was sie bekommen können, wobei sie desto mehr *zahlen*, je reiner und ursprünglicher die Gefühle sind. Sie weiden sich an der Angst. Darum die Jagd, die die Beute so sehr in Schrecken versetzt. Aber Liebe, wahre, ewige und selbstlose Liebe ist eines der seltensten Gefühle, die es gibt. Man kann es nicht simulieren. Keiner kann jemanden dazu bringen, einen anderen zu lieben, weder mit Zaubertränken noch mit stärkster Magie. Wahre, echte Liebe tritt plötzlich auf, ungebeten und unerwartet. Und dieses Gefühl«, setzte der Biker leise hinzu, »hat Mercy mir geraubt. Und dafür lässt Annwn sie zur Belohnung für immer jung und schön bleiben.«

Faye blickte ins Feuer und versuchte, all das zu begreifen. Es schien zu abstrus, um wahr zu sein, und doch wirkte Finns Vater absolut ernst. Sie wusch dem Jungen das restliche Blut von der Brust, nahm ihren Blechbecher mit Kaffee und wärmte nachdenklich die Finger daran.

»Aber nun stehen Sie nicht mehr unter ihrem Zauber?« Faye runzelte die Stirn und fragte sich, ob sie Joe trauen konnten. Er schien eine ehrliche Haut zu sein, und sie wollte ihm glauben, doch er war immerhin ein Werwolf. Aber das war Finn auch, und Faye wusste inzwischen, dass sie ihm ihr Leben anvertrauen konnte, wenn es nötig war. Und das musste Finn ja von irgendwem haben, oder?

Joe nahm einen Schluck Kaffee und schüttelte den Kopf. »Einige meiner Brüder haben die Jagd geliebt und sich gern in einen Wolf verwandelt. Ich nicht. Ich habe es gehasst, anderen Angst zu machen, und vielleicht hat mir das erlaubt, mir ein wenig Menschlichkeit zu bewahren. Das und die Tatsache, dass Mercy erstmals seit langer, langer Zeit Zuneigung für jemand anderen als sich selbst verspürte. Für mich.«

»Mercy war in Sie verliebt?«, fragte Liz.

Joe nickte und sah weg. »Ich weiß nicht, warum, aber es war so. Ich war mehr für sie als nur ein weiterer Mensch, den sie missbrauchen konnte. Sie vertraute mir. Und dann … hat sich etwas verändert. Ich konnte etwas gegen sie ausrichten, wenn auch nur wenig. Ich vermute, die Liebe, die sie für mich empfand, lockerte ihren Zugriff auf meine Seele. Echte Liebe kann letztlich nicht anders als selbstlos sein. Also begann ich möglichst viel über ihre Magie zu lernen und darüber, wie sie mit Annwn verhandelte.«

»Warum?«, fragte Liz. »Was hat Ihnen das gebracht?«

»Dass ich wusste, was ich den Bewohnern dort anbieten konnte. Etwas Größeres als das, was Mercy und ihresgleichen je mit ihnen getauscht hat. Das reichte, um mich und alle, die mit mir kommen wollten, von dem Fluch zu befreien.« Er seufzte. »Wir wussten, dass es schwer würde, aber wir hatten uns so nach Freiheit und danach gesehnt, unser Leben weitestmöglich in die eigenen Hände zu nehmen, obwohl Mercy uns zu ihren Kreaturen gemacht hatte. Und wir hatten uns gewünscht, Unschuldigen nichts Schlimmes mehr zuzufügen.«

Ein kalter Schauer lief Faye das Rückgrat hinunter. »Was haben Sie ihnen gegeben?«, fragte sie und musterte dabei Joes Gesicht. »Was haben Sie Annwn überlassen?«

Joe lächelte grimmig. »Mercys gesamte Verwandtschaft«, sagte er leise. »Ich habe eine ihrer Vereinbarungen mit Annwn nur ein wenig verändert, und schon haben sich die bösen Geister so viele von ihrer Familie geschnappt, wie sie konnten, und sie hinab nach Annwn verschleppt. Ich habe mich verborgen und sie schreien hören. Es war das entsetzlichste Gebrüll, das man sich denken kann. Nur Mercy hat überlebt. Und zur Belohnung hat Annwn mich von ihrer Macht befreit. Doch mein Werwolf-Dasein bin ich auf diese Weise nicht losgeworden. So wenig wie alle meine Verwandten.«

»Dann ist Mercy die letzte noch lebende Vertreterin ihrer Art?«, fragte Faye.

»Ja«, sagte diesmal Finn, und die Flammen warfen lange Schatten über sein Gesicht. »Aber sie ist entschlossen, ihre Familie zurückzugewinnen.«

»Sie versucht es jedenfalls immerfort«, pflichtete Joe ihm bei. »Immer wieder heckt sie neue Vereinbarungen mit Annwn aus. Deshalb folgen wir ihr, wohin sie auch geht, um möglichst viele Unschuldige zu retten.«

»Eines Tages finden wir einen Weg, ihr ein für alle Mal das Handwerk zu legen«, murmelte Finn.

»Ja«, sagte Joe ernst. »Und dieser Tag ist nah. Sie plant etwas … etwas Größeres als je zuvor. Wir müssen sie aufhalten, oder wir alle müssen dafür zahlen.«

KAPITEL 37

Gefangen im Spiegel

Lucas musterte die Handabdrücke auf dem Spiegel und erkannte mit kaltem Schrecken, dass sie von innen ans Glas gepresst waren, nicht von außen. Sie waren zu groß, um von Mercy stammen zu können. Viel wahrscheinlicher waren es Ballards. Doch der war nirgendwo zu entdecken. Das Zimmer war leer und das Haus, vom Prasseln des Kaminfeuers abgesehen, vollkommen still.

Er trat näher an den Spiegel und sah hinein. Einen Moment lang hatte er das Gefühl, aus großer Höhe zu stürzen, tief und immer tiefer in den Raum jenseits des Glases. Um nicht das Gleichgewicht zu verlieren, griff er mit beiden Händen nach dem alten Rahmen. Die Kälte des Metalls riss ihn wieder auf die Erde zurück, und er blinzelte verwirrt. Am Rand des Spiegels sah er etwas spinnengleich dahinhuschen. Eine Bewegung, die ihm Gänsehaut verursachte.

Plötzlich war Ballards Gesicht vor ihm. Bestürzt sprang Lucas zurück. Ballard war *im* Spiegel. Sein Blick war böse, zugleich aber entsetzt. Er sah nach links und rechts und suchte nach etwas.

»Hilf mir!«, flehte er mit seltsam ferner Stimme und blickte Lucas nun in die Augen. »Bitte. Lass mich raus. Lass mich raus!«

»Das will ich nicht und kann es auch nicht«, stammelte Lucas zitternd.

»Bitte!«, flehte Ballard erneut. »Es ist so kalt, so kalt! Ich habe meine Lektion gelernt. Ich bin schon so lange hier drin, zu lange. Es fühlt sich an wie eine Ewigkeit.«

»Ballard«, erwiderte Lucas und versuchte, seine Angst abzuschütteln, »ich weiß nicht, wie ich dir helfen kann. Ich weiß nicht, was vorgeht.«

»Mercy«, flüsterte Ballard, und seine Gestalt begann zu verschwimmen. »Mylady kann mir helfen. Sie kann mich befreien. Bitte! Es ist kalt. So …«

Seine Worte gingen in einen gespenstischen Schrei über, der Mund öffnete sich vor Angst weit. Lucas taumelte rückwärts, als im Spiegelhintergrund ein knorriger Arm aus der Schwärze zum Vorschein kam. Die knochigen Finger packten Ballard, der wie am Spieß schrie, während er sich dem Griff zu entwinden suchte.

Lucas sah entsetzt mit an, wie der Arm Ballard in die tiefsten Tiefen des Spiegels zerrte, in eine konturlose, wirbelnde Leere. Ballard schrumpfte, bis er nur noch eine winzige, sich krümmende Gestalt war. Und dann war er mit einem letzten, hallenden Schrei verschwunden.

Lucas stand schwer atmend da und starrte in den leeren Spiegel, aus dem ihm nun sein zitterndes Gesicht bleich und mit weit aufgerissenen Augen entgegensah.

Dann fasste er einen Entschluss. Egal, was seine Mutter war und was sie getan hatte … er musste es erfahren. Lucas wusste nicht, wann sie zurückkehren würde, aber im Moment war das Haus leer. Wenn er handeln sollte, dann jetzt.

Die Tür zum Schlafzimmer seiner Mutter war nicht abgesperrt. Das wusste er. Mercy schloss nie ab. Sie hielt das nicht für nötig, und bis jetzt wäre Lucas nicht mal im Traum auf die Idee gekommen, die Privaträume seiner Mutter zu durchwühlen. Nun aber waren Wut und ein verzweifelter Wille, zu erfahren, was hier vor sich ging, an die Stelle seiner Angst getreten. Lucas war mit einem Mal klar, dass er der Wahrheit über sein Leben nie so nahe gewesen war. Das ständige Reisen von Ort zu Ort, die vielen seltsamen Begleiter, das unaufhörlich sprudelnde Geld, das Mercy gar nicht zu erwerben schien …

Er drückte die Tür auf. Das Zimmer seiner Mutter war opulent eingerichtet und mit prächtigen Farben und teuren Stoffen geschmückt. Auf dem riesigen Himmelbett und auf dem Boden lagen echt aussehende Pelze.

In der Fensternische stand ein alter Schreibtisch, noch ein Möbelstück, an das Lucas sich aus der Kindheit erinnerte. Wie der Spiegel hatte er sie auf allen Reisen begleitet, doch Lucas entsann sich nicht, ihn je geöffnet zu haben. Die große Tischplatte bestand aus kräftig gemasertem Holz. Darunter befanden sich vier Schubladen mit verzierten, wenn auch abgenutzten Griffen. Lucas probierte sie nacheinander, doch alle waren abgeschlossen.

Er stöberte in den Papieren auf dem Tisch, fand aber keinen Schlüssel. An der Wand gegenüber stand der Schminktisch seiner Mutter. Lucas brauchte eine Nagelfeile, und von denen hatte Mercy sicher mehrere.

Er schob das dünne Metallblatt ins erste Schloss und drehte es kraftvoll. Die Zunge gab mit leisem Klicken nach, und die Lade sprang auf. Er zog sie heraus und sichtete, was seine Mutter weggesperrt hatte: anscheinend nur ein paar getrocknete Blumen, eine Locke und zwei alte Bücher. Lucas blätterte sie rasch durch, fand aber nichts Interessantes darin. Sie waren alt, brüchig und eher schlecht in einer ihm unbekannten Sprache gedruckt. Und jemand hatte sie auf dem Vorsatzpapier signiert. Er wandte sich der zweiten Lade zu, in der er auf Ähnliches stieß, dann der dritten.

Dort entdeckte er einen alten, vergilbten Umschlag voller Fotos, zog sie heraus, ließ sich auf der Kante des Schreibtischstuhls nieder und legte eins neben das andere auf die Platte. Alle Aufnahmen waren alt, einige wirkten wie aus den Kindertagen der Fotografie. Die Menschen auf den Bildern trugen herrlich geschneiderte Kleider und Anzüge, Fliegen und Zylinder. Einige Abzüge waren so unscharf, dass sich die Gesichter kaum erkennen ließen. Lucas beugte sich vor und ließ den Blick über die bräunlichen Aufnahmen schweifen. Ob das Verwandte von ihm waren? Eine Art fotografierter Familienstammbaum? Dann ging ihm etwas auf …

Er hätte schwören können, dass seine Mutter auf jedem Bild zu sehen war.

Ihr Gesicht blickte heiter aus allen Aufnahmen. Mal war sie mit nur einer weiteren Person zu sehen, meist mit einem gut aussehenden Mann, mal mit einer Gruppe von Leuten abgebildet, die sie stets bewundernd anschauten.

Lucas lehnte sich mit klopfendem Herzen und heftig arbeitendem Verstand zurück. Wie konnten diese alten Fotos seine Mutter zeigen, die doch unmöglich älter als vierzig war? Auf jedem Bild sah sie genau gleich aus. Das war einfach unmöglich. Und warum besaß sie diese Aufnahmen überhaupt? Er dachte an das zerknitterte Bild von Faye, das er in der alten Bikerjacke gefunden hatte.

»Das müssen Fälschungen sein«, sagte Lucas halblaut zu sich. »Spielereien mit Photoshop. Vielleicht stammen sie von einem Volksfest, auf dem man sich verkleiden kann.«

Doch schon als er das sagte, glaubte er nicht daran. Jedes Bild hatte etwas erschreckend Wirkliches … von den verblichenen Farben bis zu den ausgefransten, eselsohrigen Rändern. Er zog noch ein Foto heraus und hielt es ins Licht. Seine Mutter befand sich im Hintergrund, und in ihrem harten, aber wunderschönen Gesicht stand ein kaltes, starres Lächeln. Doch nicht sie hatte seine Aufmerksamkeit erregt. Neben ihr stand ruhig und ebenso schön ein weiteres Mädchen. Er hatte sie schon oft gesehen und noch öfter an sie gedacht …

Es war Faye McCarron. Sie musste es sein, eine andere kam nicht infrage. Doch auch sie war in alte Gewänder gehüllt und trug einen hochgeschlossenen Spitzenkragen und ein dunkles, bodenlanges Kleid, und die Aufnahme war so alt wie die anderen. Und sie stand da mit seiner Mutter.

Lucas sah das Bild an, und ihm wurde immer kälter. All das ergab keinen Sinn, doch jetzt wusste er wenigstens, wer ihm helfen konnte. Er schob die übrigen Fotos wieder in die Lade und stieß sie zu.

Wenn Faye mit auf dem Foto war, musste sie wissen, was hier vorging.

KAPITEL 38

Geheimnisse

Aber wie funktioniert das?«, fragte Liz, sah dabei in Jimmys bleiches Gesicht und hielt seine Hand. »Das mit dem Handel hab ich begriffen. Aber wie nimmt Mercy Kontakt mit Annwn auf, ohne sich dorthin begeben zu müssen?«

Joe stand auf, streckte sich und trank seinen Kaffee aus. »Sie besitzt den Schwarzen Spiegel, den ältesten der Welt. Seit Jahrhunderten schon. Er stammt aus einem alten Schloss ganz im Osten Rumäniens. Mercy hat entdeckt, dass er eine Verbindung nach Annwn darstellt, einen Durchgang von der einen Welt in die andere.«

»Deshalb ist es hier in Winter Mill seit ihrer Ankunft so kalt«, ergänzte Finn leise. »Der Schwarze Spiegel saugt nicht nur alles ein, was Mercy ihm anbietet. Er nimmt auch, was er an Energie bekommen kann. Er ist wie ein riesiger Krater, der nach Annwn führt. Und gegenwärtig zieht Mercy mehr Energie als je zuvor. So schlimm war es noch nie.«

»Ist das Ganze dann nicht unglaublich gefährlich?«, fragte Faye.

»Oh ja«, sagte Joe. »Nicht mal Mercy kann den Schwarzen Spiegel beherrschen. Sie vermag ihn lediglich zu nutzen. Vor langer Zeit haben ihre Verwandten komplizierte Methoden entwickelt, um den direkten Kontakt sowohl mit den Opfern als auch mit dem Spiegel möglichst gering zu halten.«

Liz fröstelte. Erst vor ein paar Tagen hatte sie gedacht, Mercy und Lucas Morrow seien die zwei vollkommensten Menschen, die sie je gesehen hatte. Wenn sie nun dagegen an einen der beiden dachte, fühlte sich das an, als ginge jemand über ihr künftiges Grab.

»Was sollen wir tun?«, fragte sie. »Wenn sie so mächtig ist, wie können wir ihr das Handwerk legen?«

Joe lächelte. »Wir arbeiten daran. Es gibt sicher einen Weg, und wir werden ihn finden.«

Sie nickte, sah zu Jimmy und biss sich auf die Lippe. Wie bleich er war! »Und Jimmy? Was ist ihm passiert?«

»Er wurde bei einer ihrer Jagden verletzt«, erklärte Joe. »Ich hoffe, wir konnten sie rechtzeitig aufhalten.«

»Rechtzeitig?«

Joe seufzte. »Wenn sie angreifen, dann meist aus Hunger oder um neue Mitglieder zu rekrutieren. Dass sie sich an Jimmy gütlich tun, konnten wir verhindern, aber …«

Liz schlug entsetzt die Hand vor den Mund. »Oh mein Gott. Also wird er sich tatsächlich in einen Werwolf verwandeln?«

»Genau das versuchen wir zu verhindern«, sagte Finn freundlich zu ihr. »Bisher sieht es gut aus, aber er hat noch immer etwas Wolf in sich. Darum geht es ihm so schlecht.«

Liz spürte, wie ihr bei Jimmys Anblick die Tränen kamen. »Und wir sollen ihn wirklich nicht ins Krankenhaus bringen? Was hat er gemeint, als er sagte, *sie* könnten inzwischen alle ihr gehören?«

»Mercy bemächtigt sich ihrer Opfer nicht nur«, erklärte Finn, »sondern nutzt die eigenen Kräfte auch, um sie zu beherrschen. Sie bezaubert Menschen und kontrolliert sie, indem sie deren Geist und Urteilsvermögen beeinflusst. Dann kann sie andere, normale

Spiegel nutzen, um ihnen Befehle zu geben oder ihr Denken in die Richtung zu lenken, die ihr passt.« Er zuckte mit den Achseln. »Es ist erstaunlich, in wie viele Spiegel man täglich schaut, ohne es zu merken.«

Liz sah Faye an. Ihre Freundin schüttelte den Kopf, und Liz wusste genau, was sie dachte … dass dies alles total verrückt und unglaublich war. Doch wie sollte es nach dem, was sie in jüngster Zeit erlebt hatten, nicht wahr sein? Sie erinnerte sich an den Abend auf Candis Party. War Liz da sie selbst gewesen? Sie berührte Faye an der Hand, und Faye sah sie an, schlang ihre Finger um die von Liz und drückte ihre Hand sanft.

»Ganz schön wild, was?«, fragte Liz.

Faye nickte. »Aber hallo.«

»Was wirst du jetzt machen?«

»Ich werde ihnen helfen«, erklärte Faye entschieden. »Mercy muss man das Handwerk legen, und wenn es sonst keiner tut, dann …«

Liz nickte. »Du hast recht. Wir müssen ihnen helfen.« Sie sah Joe an. »Sie kümmern sich weiter um Jimmy, oder?«

Der stämmige Biker nickte. »Natürlich machen wir das. Und um dich auch, Liz.«

»Um mich?«

Joe warf Finn einen Blick zu, und der nickte. »Dein Dad, Sergeant Wilson, könnte unter Mercys Bann stehen«, erklärte Joe ihr ruhig. »Sie nimmt sich in den Städten, in die sie kommt, immer zuerst die wichtigsten Leute vor. Es tut mir leid. Es dürfte sicherer sein, wenn du hier bei uns bleibst, wenigstens vorläufig.«

»Aber was ist mit meiner Mom?«, fragte Liz flüsternd. »Sie leben doch zusammen …«

Joe nickte. »Keine Sorge. Sie ist für Mercy keine Bedrohung und deshalb auch nicht in Gefahr. Doch Mercy weiß inzwischen bestimmt, dass du Finn geholfen hast, Liz. Das macht dich zu einem Ziel. Tatsächlich ist es sicherer für deine Mutter, wenn du erst mal nicht zu Hause auftauchst.«

Liz nickte und bemerkte, wie sich vom Herzen her Taubheit in ihrer ganzen Brust ausbreitete. Sie blinzelte, und Tränen ließen ihren Blick verschwimmen. »Dad hat sich in letzter Zeit sehr seltsam verhalten. Und … wir haben diesen großen Spiegel. Im Wohnzimmer. Ich habe ihn vor etwa einer Woche einfach davor stehen und hineinstarren sehen.«

Joe seufzte. »War er davor bei Mercy?«

Liz spürte Tränen über ihre Wangen laufen und nickte erneut. »Ja. Er hatte sie am Vormittag besucht.«

Jimmys Hand bewegte sich, und als sie runtersah, waren seine Augen geöffnet. Er beobachtete sie beunruhigt und lächelte. »Mach dir keine Sorgen«, sagte er heiser. »Sie werden ihm helfen, wenn sie können. Und ich pass auf dich auf, solange du hier bist. Versprochen.«

Liz lächelte nickend zurück und versuchte, tapfer zu sein. »Gut«, flüsterte sie. »Gut, Jimmy, ich bleibe hier.«

*

Faye musterte Liz und Jimmy. Für einen Moment schienen die beiden alles um sich herum vergessen zu haben, und sie fühlte sich plötzlich sehr allein. Hätte sie doch auch so jemanden … jemanden, der die übrige Welt und all ihre Sorgen wenigstens für kurze Zeit verblassen ließ.

»Du solltest nach Hause fahren, Faye«, erklang Finns sanfte Stimme hinter ihr. »Pam wird sich Sorgen machen.«

Faye riss den Blick von ihren Freunden los, stand auf und nickte. »Ja, du hast recht.«

»Ich bring dich«, sagte Joe und erhob sich. »Es dauert nicht lange.«

»Nein, Dad, das mach ich schon.« Auch Finn stand auf. Er wirkte etwas steif, ansonsten aber in guter Verfassung.

Joe schüttelte den Kopf. »Ich halte das nicht für eine gute Idee, Finn. Du musst dich erholen, du hast eine ordentliche Abreibung bekommen.«

»Mir geht's gut. Das waren nur ein paar Kratzer.«

»Trotzdem, ich finde nicht, dass …«

»Dad«, unterbrach ihn sein Sohn. Er sprach ruhig und leise, duldete aber keinen Widerspruch. »Ich bringe Faye nach Hause. Es dauert nicht lange.«

Joe kniff die Augen zusammen und nickte dann. »Gut. Aber sei vorsichtig. Verstanden?«

So wie Joe seinen Sohn dabei ansah, erschien es Faye, dass er über mehr als nur über die Fahrt in die Stadt sprach, doch sie wusste nicht, was sein Blick bedeuten sollte.

Sie ging zu Liz, und die beiden Mädchen umarmten einander fest. Faye gefiel die Vorstellung noch immer nicht, ihre beste Freundin allein bei diesen *Werwölfen* zu lassen. Und doch konnte sie kaum glauben, dieses Wort auch nur zu denken!

»Bist du sicher, dass es dir nichts ausmacht, hier oben zu bleiben?«, fragte Faye ihre Freundin leise.

Liz nickte. »Wirklich, Faye … wir müssen ihnen trauen. Und bei Joe fühle ich mich beschützt. Geht es dir mit Finn nicht auch so?«

Faye lächelte. »Doch. Doch, ja.«

Sie kniete nieder und umarmte Jimmy vorsichtig, während Finn ihr einen Helm besorgte.

Ihr Freund wirkte noch schwach, aber weniger bleich als noch vor Stunden. Das mochte damit zu tun haben, dass Liz darauf bestand, seine Hand zu halten.

»Ich verlass mich darauf, dass du auf sie achtgibst, weißt du«, flüsterte sie, und Jimmy grinste nickend zurück.

Faye war müde, doch kaum saß sie hinter Finn auf dem Motorrad und hatte die Arme um seine Taille geschlungen, da überkam sie reines Glücksgefühl. Sie rasten durch die Wälder und streiften mitunter in den Kurven sanft den Asphalt. Unter ihnen strahlten die Lichter von Winter Mill, und Faye fragte sich, wie so etwas Schreckliches hier in ihrer friedlichen kleinen Stadt geschehen konnte.

Als sie das Zentrum erreichten, drosselte Finn das Tempo, um auf dem Weg zu McCarrons Buchhandlung niemanden im Ort zu wecken. Faye sah im Obergeschoss eine Lampe brennen. Hoffentlich war Tante Pam nicht aufgeblieben, hatte nicht auf sie gewartet und sich keine Sorgen gemacht.

Sie kamen schlitternd und im Leerlauf zum Stehen. Faye schwang sich vom Bike und sprang ab. Finn sah zu, wie sie den Sturzhelm absetzte, nahm ihn ihr aber nicht ab, sondern starrte nur, wie er sie bei ihrer ersten Begegnung im Einkaufszentrum angestarrt hatte. Und eigentlich auch jedes Mal danach. Das Herz schlug ihr vor Aufregung im Hals und tat ihr zugleich weh. Finns Blick war so herzergreifend traurig! Und das machte die Einsamkeit, die Faye empfand, nur schlimmer. Er hatte sie bisher nicht küssen wollen, und es sah nicht so aus, als würde er das noch versuchen. Er sah sie bloß an, als wollte er sich jede Einzelheit ihres Gesichts ganz tief ins Gedächtnis prägen. Faye spürte, wie etwas in ihr sie zu ihm hinzog, eine Verbindung, die sie nicht allein durchtrennen konnte.

»Nicht«, flüsterte sie. »Bitte.«

»Was denn?«

»Sieh mich nicht so an. Du guckst immer, als würdest du, ich weiß nicht, als würdest du mehr sehen als bloß mich. Ich kann nicht …«

Finn wandte sich brüsk ab. »Es tut mir leid. Es ist nur … es ist schwierig. Jedes Mal, wenn ich dich anschaue …« Er verstummte und schüttelte den Kopf. »Egal.«

»Nein, ich möchte es wissen. Sag es mir.«

Er schüttelte wieder den Kopf, als suche er nach Worten. »Immer wenn ich dich anschaue, habe ich das Gefühl, das Bild eines Menschen vor mir zu haben, den ich schon sehr, sehr lange nicht mehr gesehen habe«, sagte er so leise, dass Faye sich vorbeugen musste, um ihn zu verstehen. Ihre Köpfe waren ganz nah beieinander, und sein Atem strich ihr beim Sprechen über die Wange. »Aber du bist nicht bloß ein Bild. Du bist wirklich, Faye, du stehst hier vor mir, und doch ähnelst du so sehr …«

Faye merkte, dass sie bei seinen Worten den Atem angehalten hatte. Ihre Münder berührten sich fast, und sie hätte sich seinen Lippen nur etwas nähern müssen … »Wem?«, flüsterte sie halbherzig, denn eigentlich wäre es ihr lieber gewesen, er würde schweigen und sie endlich küssen.

Finn zögerte. »Jemandem, den ich … gern hatte. Sehr gern. Sie …« Er schwieg erneut, lehnte sich plötzlich zurück und straffte die Schultern. »Entschuldige. Ich wollte nicht … Du solltest reingehen, ins Warme.«

Ehe Faye etwas antworten konnte, legte er den Gang ein und raste mit heulendem Motor durch die stille Nacht davon.

»Warte!«, rief sie ihm nach. »Warte, ich …«

Doch das nützte nichts. Er war bereits verschwunden. Faye sah ihm ein Weilchen nach. Der Adrenalinrausch der Motorradfahrt und ihres angefangenen Gesprächs war plötzlich verpufft und ließ sie erschöpft zurück. Sie zog die Schlüssel aus der Tasche, sperrte die Ladentür auf und fuhr sich beim Eintreten mit der Hand über die müden Augen.

Doch als sie die Tür hinter sich schließen wollte, stieß ein Fuß in den Spalt und drückte sie auf.

KAPITEL 39

Übernachten bei Freunden

Es war Lucas. Er atmete schwer, als wäre er gerannt, und wirkte verängstigt. Faye versuchte, die Tür zuzustoßen, doch er wich keinen Millimeter zurück. Sie war völlig verängstigt, schließlich hatte sie gerade viel über seine Familie und darüber erfahren, wie gefährlich seine Mutter war. Und jetzt war er hier.

»Hau ab!«, fauchte sie und blickte sich verzweifelt nach etwas um, das ihr als Waffe dienen konnte.

»Ich muss mit dir reden!«, flehte Lucas. »Bitte, Faye ... lass mich rein.«

»Ich will nicht mit dir reden«, erwiderte sie und versuchte erneut, die Tür zu schließen.

»Faye, nicht ...«

Sie kämpften mit der Tür zwischen sich, doch Lucas war viel stärker und drängte Faye so weit zurück, bis der Spalt breit genug war, sich durchzuzwängen. Die Tür krachte hinter ihm zu. Faye wich zurück, um von Lucas Abstand zu gewinnen.

»Raus!«, sagte sie nahezu gelähmt und wünschte sich verzweifelt, ihr Dad wäre da und würde ihr helfen. »Du bist hier unerwünscht. Du ... was immer du bist.«

Verwirrung huschte über Lucas' Gesicht, gefolgt von aufblitzender Wut. »Was soll das heißen?«, fragte er.

»Ich weiß, was du bist«, entgegnete Faye und gab sich alle Mühe, dass ihre Stimme nicht bebte. »Du und deine teuflische Mutter. Ich weiß, was ihr den Menschen antut. Was ihr getan habt.«

»Was weißt du über meine Mutter? Oder vielleicht sollte ich besser fragen, wie lange du sie schon kennst.«

Nun war es an an Faye, verwirrt zu sein. »Was redest du da?« Plötzlich merkte sie, wie bleich Lucas war. Er wirkte verschreckt, und seine Hände zitterten ein wenig.

Er zog etwas aus der Tasche und hielt es ihr hin, ein altes, knittriges Foto.

»Das bist du«, sagte er vorwurfsvoll. »Und ich möchte wissen, wer du bist und was diese Aufnahme im Schreibtisch meiner Mutter zu suchen hatte.«

Faye musterte das Bild in Lucas' zitternder Hand. Sie spürte die Farbe aus ihrem Gesicht weichen, als würde eine Flasche entleert. Das war nicht sie. Das konnte sie nicht sein. Und doch sah dieses Mädchen ihr ähnlich. Nein, *es sah aus wie sie*. Verständnislos schüttelte sie den Kopf.

»Das bist du«, wiederholte Lucas und trat einen Schritt auf sie zu. »Ich weiß es. Und du beschäftigst dich offenbar mit den gleichen Dingen wie meine Mutter. Also erklär mir, was hier vorgeht. Was hat es mit der Spiegelsache auf sich?«

Die Erwähnung des Spiegels katapultierte Faye in die Gegenwart zurück. Schockiert sah sie Lucas an. »Ich habe nichts mit deiner Mutter zu schaffen! Wie kannst du so etwas denken? Wie kannst du annehmen, ich würde Menschen so was antun?«, stieß sie so zornig wie erschrocken hervor. »Wie kannst du mich für so böse halten?«

Sie musterten sich einen Moment lang schweigend. Dann bröckelte etwas in Lucas' Blick. Er blinzelte, sah weg und fuhr sich mit der Hand durchs Gesicht.

»Das ist ein Albtraum«, murmelte er. »Ich weiß nicht, wohin. Ich hab niemanden, dem ich trauen kann. Ich hab keine Ahnung, was vorgeht. Alles zerbricht … und ich weiß nicht, warum.«

Faye beobachtete ihn finster. Er verhielt sich nicht wie jemand, der über uralte, unbegrenzte Macht verfügte. Lucas schien verloren und seiner selbst nicht sicher.

Ihr Schweigen ließ ihn den Kopf schütteln. Er wandte sich ihr wieder zu, sah ihr aber nicht in die Augen. »Hör mal«, sagte er, »ich dachte, wir sind dabei, Freunde zu werden. So ist es doch, oder? Und ich muss rausfinden, was vorgeht. Meine Mutter … sie heckt irgendwas aus. Ich habe keine Ahnung, was, aber ich denke, wir sind deshalb hierher gekommen, und ich weiß, es ist nichts Gutes. Und das ist schon das zweite Bild von dir, Faye, das ich in unserem Haus gefunden habe. Das muss doch was zu bedeuten haben!«

Faye schwieg noch immer. War das ein Trick? Hatte Mercy ihn geschickt? Oder war Lucas aufrichtig und hatte keine Vorstellung davon, was hier passierte?

»Ich mag dich, Flash«, fuhr er ruhiger fort. »Du bist die Einzige, die sich nicht für unser Geld oder meine Mutter interessiert hat … und du bist hübsch.«

Bei diesen Worten spürte Faye die Farbe mit Macht in ihre Wangen zurückkehren. Sie sah weg, während Lucas weiterredete, und spürte ihr Herz so stocken wie neulich, als er ihr geholfen hatte, die am Boden verstreuten Bücher aufzuheben, und ihre Hände sich dabei berührt hatten. Faye hatte keine Ahnung, warum er diese Wirkung auf sie ausübte, wusste nur, dass es schön war, wenn mal jemand ehrlich über seine Gefühle sprach. Anders als Finn, der jede

Faser ihres Körpers in Erregung versetzte, sie damit aber immer allein im Regen stehen zu lassen schien …

»Wenn du weißt, was vorgeht, sag es mir bitte«, flehte er. »Ich habe sonst niemanden, den ich fragen könnte, Faye. Ich weiß nicht einmal, wo ich sonst hingehen soll.«

Sie musterte ihn noch einmal kurz und nickte dann. »Ja«, sagte sie mit dem Anflug eines Lächelns, »du wirst auch kaum glauben, was ich für einen Tag hinter mir habe. Lass uns heiße Schokolade machen und miteinander reden, okay?«

*

Lucas saß bei McCarrons am Küchentisch und versuchte, all das zu verarbeiten, was Faye ihm erzählt hatte. Er schaute auf den Becher in seiner Hand und sah die sämige Schokolade ruhig darin kreisen. Wäre sie doch noch heiß genug, um sich daran die Zunge zu verbrennen … dann wäre er wenigstens von dem abgelenkt, was er gerade gehört hatte.

Faye saß ihm am Tisch gegenüber, und er spürte ihren Blick auf sich ruhen. »Ich weiß, das ist kaum zu glauben«, sagte sie leise. »Und es tut mir leid. Doch ich schwöre, dass es wahr ist, Lucas.«

Er nickte und nahm wieder einen Schluck, obwohl die süße Schokolade ihm im Mund bitter wurde.

»Es ist gar nicht so schwer zu glauben«, murmelte er. »Ich will es bloß nicht. Denn sie ist meine Mutter. Sie …«

Er verstummte und war überrascht, als Fayes Finger über seine strichen. Ihr Blick war voller Mitgefühl, und er dachte einmal mehr, dass sie ungemein schön war.

»Es tut mir leid«, sagte er.

»Was?« Sie nahm die Hand weg.

Er zuckte mit den Achseln. »Dass ich eine schreckliche Mutter habe. Dass ich das nicht früher erkannt habe … Und wohl auch, dass ich heute Abend auf Finn losgegangen bin. Vorausgesetzt natürlich, dass er in der ganzen Sache auf Seiten der Guten steht. Trotz dieser seltsamen Werwolf-Geschichte.«

Faye lächelte. »Na, die ersten beiden Punkte sind echt nicht deine Schuld. Und was den dritten Punkt angeht … schwer zu sagen, was Finn denkt. Er redet nicht viel. Und die Biker glauben alle, du gehörst zu Mercys Kreis. Deshalb wart ihr beide so heiß darauf, miteinander zu streiten. Dafür brauchst du dich also nicht zu entschuldigen, finde ich. Übrigens warst du fantastisch.«

Lucas sah auf und verstand nicht, wovon sie sprach.

»Beim Bandwettbewerb, meine ich«, erläuterte Faye. »Wie du gesungen und Gitarre gespielt hast … du hast sehr viel Talent, Lucas.«

Er lächelte. »Danke. Musik bedeutet mir viel. Und ich hatte jede Menge Zeit zum Üben. Obwohl Mom mich ständig irgendwohin mitnahm, hab ich trotzdem viele Stunden allein verbracht.«

Faye nickte. »Das tut mir leid.«

Lucas lachte, und es klang schroffer als beabsichtigt. »Aber nein … hätte sie sich mehr für mich interessiert, wäre ich jetzt womöglich so böse wie sie.«

»Das glaube ich nicht«, erwiderte Faye leise. »Du bist anständig, Lucas. Hilfst du uns?«

»Wobei?«

»Ich weiß es nicht«, gab Faye seufzend zu. »Joe will unbedingt durchkreuzen, was immer Mercy gerade plant. Und ich glaube, wir und die Biker brauchen alle Hilfe, die wir kriegen können. Egal, in welcher Form.«

Lucas lächelte schwach. »Wenn es dir aus der Klemme hilft, Flash, ich tu alles für dich, okay?«

Er freute sich, sie erneut ein wenig erröten zu sehen, und musste sich verkneifen, ihr die Haare aus der Stirn zu streichen. Sie hatte einfach das gewisse Etwas …

»Willst du heute Nacht hier bleiben?«

Er blinzelte. »Äh …« Lucas war überrascht und zögerte. Nicht, weil er nicht hätte bleiben wollen, sondern weil er plötzlich fürchtete, was seine Mutter tun würde, wenn sie herausfände, wo er war.

»Unten steht ein Sofa«, fügte Faye hastig hinzu und errötete noch stärker. »Es ist alt, aber bequem. Morgen können wir dann planen, was wir tun. Wahrscheinlich solltest du Joe und die anderen kennenlernen.«

Lucas gewann rasch die Fassung zurück. »Gut. Verstehe. Ja, danke. Das Sofa wäre klasse.«

Er spülte ihre Becher leise aus, während Faye Bettzeug holte. Sie zeigte ihm das Sofa und bemühte sich, es ihm so gemütlich wie möglich zu machen. Lucas lächelte. Er konnte sich nicht erinnern, wann er sich zuletzt … so umsorgt gefühlt hatte. Es war ein gutes Gefühl.

»Danke«, wiederholte er, als sie mit den Vorbereitungen fertig war. »Für alles, Faye. Ehrlich. Ohne dich …«

Sie standen sehr nah zusammen. Sie schüttelte den Kopf. »Gern geschehen. Tut mir leid … wegen allem.«

Lucas nickte und wusste nicht recht, was er sagen sollte. Sie sahen sich noch einen Moment lang an, bis er nicht anders konnte und ihr doch eine Strähne aus den Augen strich und mit den Fingerspitzen über Stirn und Wange glitt. Ihre Haut war warm …

Faye zuckte bei seiner Berührung zusammen und schnappte nach Luft. »Ich … ich sag dann mal Gute Nacht.«

Er lächelte. »Gute Nacht dann mal.«

Lucas beobachtete, wie Faye zur Tür flüchtete. Bevor sie die Treppe hochging, blickte sie sich noch mal kurz zu ihm um.

*

Vor McCarrons Buchhandlung war es dunkel, und die Straße lag in tiefer Nacht. Auf dem Gehsteig gegenüber stand Mercy Morrow und beobachtete durch das erleuchtete Fenster, wie ihr Sohn die Jalousien des Ladens herunterließ. Ihr Gesicht war wutverzerrt, ihr Blick voll Zorn. Sie streckte die Hand nach dem Geländer hinter sich aus. Ihre Finger waren beißend kalt, als sie es fester und fester umklammerte …

Es kreischte metallisch und knackte laut, als das Geländer zu Eis erstarrte.

KAPITEL 40

Heilung

Finn fuhr zurück zum Zeltlager und ärgerte sich dabei heftig über sich. Sein Vater hatte recht, er sollte nicht mit Faye allein sein. Denn wenn er es war, hatte er nur Augen für sie und begehrte nur sie. Aber so einfach war es nicht. Für ihn würde es niemals so einfach sein, und Zeit mit ihr zu verbringen, machte alles nur schlimmer. Sein Herz schlug schnell und schmerzlich, als er daran dachte, wie nah sie einander gewesen waren und wie warm ihr Atem über seine Wange gestrichen war. Und trotz seiner besten Vorsätze hörte er weiter eine leise, aber hartnäckige Stimme im Hinterkopf.

Sie weiß es, flüsterte diese Stimme, die er vergeblich zum Schweigen zu bringen versuchte. *Sie weiß, was du bist, und dennoch …*

Finn schüttelte den Kopf und schob den Gedanken weg.

Die anderen Biker waren auf Patrouille, als er ins Lager kam. Sie hatten nur kurz vorbeigesehen und berichtet, von Ballard sei nirgendwo eine Spur zu entdecken. Er musste zum Anwesen der Morrows zurückgekehrt sein, ehe sie ihn hatten fassen können. Doch wahrscheinlich werde es eine weitere Jagd geben, deshalb mussten sie wachsam bleiben.

»Ich fahre jetzt los und schließe mich ihnen an«, sagte sein Vater leise am Lagerfeuer zu ihm. »Ich habe bloß deine Rückkehr abgewartet, denn ich möchte die beiden nicht allein lassen.«

Finn sah über die Schulter seines Vaters zu dem Zelt, in dem Jimmy noch immer lag … neben ihm Liz, in eine dicke Decke gerollt. Beide schliefen fest, das Mädchen hatte den Arm um Jimmys Brust gelegt.

»Wie geht es ihm?«, fragte Finn leise. »Meinst du, wir haben noch rechtzeitig eingegriffen?«

Joe zuckte mit den Achseln. »Ich bin optimistisch. Er ist ein zäherer Bursche, als man meinen könnte. Vielleicht trägt er dauerhafte Nebenwirkungen davon, aber ich denke nicht, dass ein richtiger Wolf in ihm heranwachsen wird.«

Finn war erleichtert. Er kannte die Menschen hier erst seit Kurzem, doch sie lagen ihm am Herzen. Was sich in Winter Mill gerade zutrug, hatten sie nicht zu verantworten, und er wollte alles tun, um für ihre Sicherheit zu sorgen.

»Kommst du allein klar?«, fragte Joe und zog seine Jacke an, um auch auf Patrouille zu gehen.

Finn nickte. »Sicher. Auf, auf.«

In Wirklichkeit war er froh, dass sein Vater das Lager verließ. Nach der Fahrt mit Faye brauchte er etwas Zeit für sich. Er hörte Joe mit dem Bike davondröhnen, zog einen der alten Klappstühle, den sie mitgebracht hatten, ans Feuer, schenkte sich einen Kaffee aus der Kanne ein, die die Biker immer am Köcheln hielten, setzte sich, blickte in die Flammen und versuchte, seine chaotischen Gefühle zu glätten und rauszufinden, was er tun sollte. Finn war stolz darauf, stets das Richtige zu tun … oder es wenigstens zu probieren. Er hatte erlebt, welchen Schaden mächtige Leute anrichten können, wenn sie ihre Macht auf falsche Weise einsetzen. So hatte er nie sein wollen. Er wollte niemanden verletzen, vor allem keinen Menschen wie Faye.

Er fuhr sich mit der Hand durchs Gesicht. Leider endeten seine Bemühungen, keinen zu verletzen, meist damit, dass er der Verletzte war. Und sich gerade jetzt von Faye getrennt zu haben, mochte richtig gehandelt gewesen sein, doch es setzte ihm zugleich mehr zu als alles, was er seit Langem erlebt hatte.

»Denkst du an Faye?«

Die leise Stimme ließ Finn zusammenzucken. Er blickte auf und sah Jimmy neben sich stehen. Er wirkte reichlich unsicher auf den Beinen.

»He!«, sagte er und erhob sich ebenfalls, »du solltest besser liegen blieben!«

Jimmy tat seine Sorgen mit einer Handbewegung ab. »Mir geht's gut. Ich fühl mich immer besser.«

Finn zog einen weiteren Klappstuhl heran, und Jimmy ließ sich dankbar darauf nieder. »Ich hab gesehen, wie du sie anschaust«, fuhr er ruhig fort, als auch Finn sich wieder gesetzt hatte. »Hast du es ihr gesagt?«

Finn rückte unbehaglich auf seinem Stuhl herum. »Was?«

Jimmy hob eine wissende Braue. »Du weißt, was ich meine.«

Finn trank einen Schluck Kaffee. »So einfach ist das nicht«, brummte er.

Jimmy nickte. »Diese jahrhundertealte Werwolf-Sache ist echt ein Klotz am Bein.«

Finn lachte leise. »So kann man das auch sagen.«

»Ich kenne Faye schon lange«, erwiderte Jimmy. »Sie hat viel durchmachen müssen, den Tod ihrer Mutter, die langen Reisen ihres Vaters. Und sie ist immer damit klargekommen. Auch mit diesen Dingen wird sie zurechtkommen. Und damit, was du bist.«

Finn trank seinen Kaffee aus, stellte den Becher auf den Boden, beugte sich vor und stützte die Ellbogen auf die Knie. »Mag sein«, sagte er leise. »Aber sie hat was Besseres verdient.«

Jimmy blickte kurz zu Liz zurück, die noch immer fest schlief. »Seltsam«, murmelte er. »So was hab ich vorhin auch gedacht.«

»Weißt du was?«, fragte Finn, da ihm etwas aufgefallen war. »Du hast jetzt die ganze Zeit nicht gestottert.«

Jimmy sah ihn erstaunt an. »Stimmt. Und ich habe nicht mal das Gefühl, ich würde gleich wieder anfangen.«

»Und wie geht's dir sonst?«

»Gut.« Jimmy zuckte mit den Achseln. »Nur etwas schwach.«

Finn nahm seinen Blechbecher und spielte kurz damit. Dann warf er ihn dem Jungen ohne Vorwarnung ins Gesicht. Blitzschnell hob Jimmy die Hand und traf den Becher mit voller Wucht. Finn fing ihn auf, ehe er in die Flammen fiel, inspizierte ihn und hielt ihn Jimmy lächelnd hin. Das Metall hatte eine Delle, wo sein Fingerknöchel ihn getroffen hatte.

»Lass mich dein Bein anschauen«, sagte er und wusste längst, was er finden würde. Jimmy wickelte den Verband ab, um die Wunde zu zeigen, die bereits heilte. Die Entzündung ging zurück, und an ihre Stelle trat neues, rosiges Fleisch. Finn grinste. »Ich schätze, du wirst wieder gesund. Sieht so aus, als hättest du nur die nützlichen Folgen eines Wolfsbisses abbekommen.«

Jimmy verband sein Bein wieder und lächelte, bekam dann aber eine ernste Miene. »Und was ist mit dir?«

Finn blickte ins Feuer. »Mir geht's gut«, erwiderte er. »Mir geht's immer gut.«

KAPITEL 41

Teamarbeit

Faye ging am Montagmorgen zu Fuß in die Schule. Sie hatte mit Liz telefoniert, und ihre Freundin hatte gesagt, sie würde zu Hause ihre Sachen wechseln und sich in der Highschool mit ihr treffen. Faye hatte Liz' Stimme zittern hören, als ihre Freundin davon sprach, erst mal nach Hause zu fahren, doch sie wollte sich partout nicht dorthin begleiten lassen.

»Es geht schneller, wenn ich das allein erledige«, hatte sie gesagt. »Ich geh nur kurz rein und bin gleich wieder draußen. Mit etwas Glück merken sie das nicht mal. Für Mom hab ich gestern Abend bei dir übernachtet.«

Dennoch war Faye erleichtert, als sie aufs Schulgelände kam und Liz am anderen Ende des belebten Parkplatzes sah. Ihre Freundin kam auf sie zu, blieb aber plötzlich stehen. Faye fragte sich, warum, und begriff, dass sie wohl wegen Lucas Morrow angehalten hatte, der stolz neben ihr herstolzierte.

»Was, um Himmels willen, treibst du dich mit dem herum, Faye?«, flüsterte Liz und warf Lucas einen bestürzten Blick zu.

Faye schaute Lucas an, der betroffen aussah. Sie hatte sich am Vorabend seinetwegen Sorgen gemacht. Er war ängstlich und beunruhigt gewesen, obwohl er ihnen Hilfe versprochen hatte. Am Morgen schien es ihm etwas besser zu gehen. Nicht, dass er fröhlicher gewesen wäre, doch er hatte etwas beherrschter gewirkt. Das Einzige, was ihm zuzusetzen schien, war die Tweedhose ihres Vaters, die Tante Pam ihm fürsorglich rausgelegt hatte. Die war ganz und gar nicht nach seinem Geschmack. Liz' Reaktion konnte er also wirklich nicht brauchen.

»Keine Sorge«, sagte Faye, als ihre Freundin zu ihnen trat.

Liz griff sie am Ärmel und zog sie beiseite. »Was soll das heißen, *keine Sorge*? Hast du schon vergessen, was wir gestern Abend herausgefunden haben? Lucas … er ist … er hat …«

»Nichts mit den Plänen seiner Mutter zu tun«, beendete Faye ihren Satz mit fester Stimme.

»Und woher weißt du das?«, fragte Liz. »Ah, lass mich raten! Er hat es dir gesagt.«

»Liz, lass das.«

»Ach ja? Bist du jetzt komplett verrückt geworden? Nach allem, was wir gestern gesehen und erfahren haben?«

Faye seufzte. »Liz, hör mir einfach mal zu. Bitte. Nur für einen Moment.«

Liz schüttelte den Kopf und verschränkte die Arme, spitzte dabei aber die Lippen und hob erwartungsvoll eine Braue.

»Traust du mir?«, fragte Faye und sah ihr in die Augen.

»Was?«

»Komm schon, Liz! Wir beide kennen uns von Kind auf. Traust du mir?«

Liz seufzte. »Das weißt du doch.«

»Dann trau mir auch jetzt. Ich sage dir, Lucas ist okay, alles klar?«

Sie tauschten einen Blick, und Liz verdrehte achselzuckend die Augen. »Na gut. Aber …«

»Hör mal, wir erklären es dir. Versprochen«, unterbrach Faye sie. »Doch das muss bis zur Pause warten, sonst kommen wir zu spät zum Unterricht. Gerade jetzt dürfen wir nichts Auffälliges tun.«

Liz schüttelte den Kopf. »Vergiss die Schule. Schau dich mal um! Na, was fällt dir auf?«

Faye sah sich die Schüler auf dem Parkplatz an und begriff, was Liz meinte. Keiner redete. Alle liefen wortlos herum. Sie sahen aus wie Schlafwandler, hatten aber die Augen geöffnet. Das war unheimlich und ließ Faye an den merkwürdigen Augenblick mit Ms Finch im Büro des *Miller* denken. Außerdem war es eisig, noch kälter als bis vor wenigen Tagen. Es schauderte sie.

»Was geht hier vor?«, fragte Faye. Die Glocke läutete, und alle Schüler wandten sich sofort dem Haupteingang zu.

»Die wirken wie hypnotisiert«, flüsterte Lucas.

»Ich denke, das sind sie auch«, wisperte Liz zurück. »Mein Dad ist auch so. Ich meine, er redet zwar, aber er ist nicht normal. Und meine Mom sitzt bloß da und starrt in den Spiegel. Es ist genau, wie Joe gesagt hat. Faye, ich hab Angst. Was sollen wir machen?«

Faye sah die letzten Schüler im Gebäude verschwinden. Nur sie drei standen noch auf dem Hof. »Wir können hier nicht bleiben«, beschloss sie. »Kommt, wir müssen gehen.«

*

Lucas blickte sich um, als sie durch die Straßen von Winter Mill gingen. Ganz offensichtlich waren nicht nur ihre Mitschüler betroffen. Alle, denen sie begegneten, schienen sich genauso zu verhalten.

»Das ist ja schrecklich«, murmelte er, als eine junge Frau mechanisch einen Buggy durch die verschneite Straße schob. »Was ist bloß mit den Leuten los?«

»Dahinter steckt deine Mom!«, erklärte Liz ihm knapp.

»Bist du sicher?«, fragte Lucas verwirrt. »Ich meine, sieh sie dir an. Es betrifft die ganze Stadt! Wie soll sie das geschafft haben?«

»Sie beherrscht die Leute durch die Spiegel«, erwiderte Faye ruhig.

»Spiegel?«, wiederholte Lucas leise und dachte an Ballard, der im Lieblingsspiegel seiner Mutter gefangen war.

»Ja. Joe sagt, es gibt einen ganz alten, durch den sie mit Annwn Verbindung hält, den Schwarzen Spiegel.«

Lucas blieb so plötzlich stehen, dass die Mädchen erst nach einigen Schritten merkten, dass er nicht mehr neben ihnen ging.

Faye drehte sich stirnrunzelnd um. »Lucas? Was ist?«

»Der Schwarze Spiegel?«

»Ja. So heißt er. Er ist Jahrhunderte alt.«

Lucas nickte. »Den hab ich gesehen, glaube ich. Er hängt bei uns. Das ist echt seltsam. Aber ich wusste ja nicht …« Er schüttelte den Kopf. »Letzte Nacht hab ich euch geglaubt, hatte aber immer noch Hoffnung, versteht ihr? Und jetzt …« Er wies auf einen weiteren Stadtbewohner, der geistesabwesend vorbeikam. »Jetzt wirkt es … so wirklich. Und das will ich nicht.«

Faye ging zu ihm und legte ihm die Hand auf den Arm. »Das weiß ich, Lucas, das weiß ich doch.«

Liz kam auch zu ihm und musterte ihn ernst. »Und du hast nichts von alldem gewusst? Davon, wer deine Mutter tatsächlich ist?«

Lucas schüttelte den Kopf. »Das schwöre ich.«

»Und du wirst uns helfen? Egal, was passiert?«

Lucas nickte. »Versprochen.«

Liz holte tief Luft. »Gut. Dann hilf uns jetzt, bei uns zu Hause ins Arbeitszimmer meines Vaters zu kommen.«

*

Das Haus, in dem Liz mit ihren Eltern lebte, sah genauso aus, wie sie es kurz zuvor verlassen hatte. Die Fenster waren dunkel, die Vorhänge noch immer ungeöffnet. Als sie die Eingangstür aufschloss, war alles still. Die Stiefel ihres Vaters standen nicht an ihrem Platz. Gut, also war er nicht daheim.

Von ihrer Mutter war auch nichts zu bemerken. Liz ging das ganze Haus ab, entdeckte sie aber nirgendwo.

»Bestimmt ist sie zur Arbeit«, flüsterte Liz und winkte Faye und Lucas herein. »Los, wir beeilen uns besser.«

»Wie sollen wir denn da reinkommen?«, fragte Faye vor der soliden Bürotür. »Wir können ja nicht einfach einbrechen, sonst weiß er sofort Bescheid.«

»Ich hab ein Taschenmesser«, sagte Lucas. »Damit bekomm ich das Schloss wahrscheinlich auf.«

»Du kannst Türen knacken?«, fragte Liz schockiert.

Lucas nickte und brachte ein schwaches Lächeln zustande. »Als Kind haben Moms Leibwächter mich über Nacht immer in meinem Zimmer eingeschlossen. Aber nicht weitersagen, okay?«

Tatsächlich machte Lucas mit dem Schloss ziemlich kurzen Prozess, und es ging mit einem lauten Klicken auf. Alle drei blickten sich nervös um, als könnte Mitch Wilson sich angeschlichen haben, während sie dem Flur den Rücken zugewandt hatten, doch sie waren noch immer allein. Lucas trat einen Schritt zurück und ließ Liz die Tür aufdrücken.

»Gut«, sagte Faye und sah sich in dem sehr ordentlichen Zimmer um. Es gab einen Schreibtisch mit Schubladen, zwei Aktenschränke und ein Bücherregal. »Wo fangen wir an?«

Lucas und Faye nahmen sich jeweils einen Aktenschrank vor und überließen Liz den Schreibtisch. Schweigend suchten sie einige Minuten lang, und man hörte nur Papier rascheln.

»Wonach suchen wir eigentlich genau?«, fragte Lucas. »Ich entdecke nur Rechnungen und Belege.«

»Bei mir ist es ähnlich«, sagte Faye. »Lauter Notizen von alten Fällen.«

»Ich schätze, wir wissen, was wir suchen, wenn wir es vor uns haben«, vermutete Liz leise. »Es ist sicher etwas Ungewöhnliches. Vielleicht etwas, das Aufschluss über die Dinge gibt, die in dieser Gegend in letzter Zeit passiert sind. Alles hat ja mit der Leiche im Wald begonnen, also ist es womöglich etwas darüber. Oder etwas über seinen Besuch bei Mercy? Vielleicht hat er Notizen dazu gemacht, und die geben uns Aufschluss darüber, wie sie …«

Sie verstummte, und ihre Freunde sahen auf. »Was ist?«, fragte Faye.

Liz, die über eine Schublade gebeugt gewesen war, richtete sich auf und drehte sich langsam um. In den Händen hielt sie ein silbernes, kunstvoll graviertes Kistchen.

»Hast du das schon mal gesehen?«, fragte Lucas.

Sie schüttelte den Kopf.

Faye atmete tief durch. »Dann lass uns reinschauen.«

Kaum hatten sie den Deckel geöffnet, war ihnen klar, dass sie gefunden hatten, wonach sie suchten. In der kleinen Kiste lag ein vergilbtes Stück Papier, sauber aufgerollt und mit einem roten Band umwickelt. Als Liz das Band wegschob und das Papier vorsichtig glattstrich, kam eine enge Schrift in einer Sprache zum Vorschein, die keiner von ihnen je gesehen hatte.

»Was meint ihr, was das ist?«, fragte Lucas.

Liz schüttelte den Kopf. »Keine Ahnung. Es sieht alt aus. Was denkst du, Faye?«

Lucas und Liz blickten hoch und sahen Faye in das Kistchen schauen. Da war noch etwas, unter der Schriftrolle: ein graviertes

Medaillon an einer fein gearbeiteten Kette. Faye griff langsam danach, hielt das Medaillon ins Licht und ließ die Kette durch die Finger gleiten.

»Faye?«, fragte Liz. »Was ist los?«

»Das kenn ich«, flüsterte sie. »Ich glaube, das gehörte meiner Mutter. Mein Vater hat es nach ihrem Tod aufbewahrt. Ich weiß noch, dass er es manchmal angesehen hat, als ich noch sehr klein war …«

Sie öffnete das Medaillon behutsam in ihrer Hand. Lucas und Liz kamen näher, um mit ihr hineinsehen zu können.

»Oh mein Gott!«, sagte Liz. »Das bist ja du!«

Faye nickte mit Tränen in den Augen. »An meinem fünfzehnten Geburtstag. Mein Vater hat das Bild aufgenommen, ich hab mich immer gefragt, wo es geblieben ist. Er muss es in das Medaillon getan haben … Aber wie kommt es in den Schreibtisch deines Vaters?«

Liz schüttelte den Kopf. »Ich weiß es nicht, Faye. Aber ich denke, wir sollten das und die Schriftrolle zu Joe bringen. Und zwar sofort.«

KAPITEL 42

Für welche Seite entscheidest du dich?

»Hältst du diese Idee für gut?«, fragte Lucas, als Liz ihren Wagen im verschneiten Wald parkte. »Ich meine, nach allem, was du mir erzählt hast, bin ich für sie eine Ausgeburt der Hölle. Da sind sie doch garantiert wenig erfreut, wenn ich unangekündigt auftauche.«

»Genau genommen«, erwiderte Liz und zog eine warme Jacke an, »bist du ja auch eine Ausgeburt der Hölle …«

Lucas sah sie an und wusste nicht recht, ob sie scherzte. »Oha, vielen Dank.«

»Liz!«, fauchte Faye, »sag so was nicht!«

»Aber Faye und ich nehmen dir das nicht krumm«, fügte Liz schnell hinzu. »Nicht so sehr. Nicht mehr jedenfalls. Ich bin sicher, die Biker sehen das genauso. Vor allem, wenn du uns helfen willst.«

»Das hab ich ja schon gesagt«, murmelte Lucas und stapfte durch den Schnee.

»Na also.«

Seufzend folgte er den beiden Mädchen durch den Wald. Liz hielt tatsächlich Wort und traute Faye, war sich aber offenkundig nicht sicher, was Lucas anging. Das konnte er ihr nicht zum Vorwurf machen. Im umgekehrten Fall wäre er auch nicht glücklich darüber gewesen, es mit jemandem zu tun zu haben, von dem er erst vor Stunden gesagt bekommen hatte, er sei das reine Böse. Lucas schloss wieder zu Faye auf und stupste sie an, eine Geste, die sie hoffentlich als freundschaftlich empfand.

»Ihr habt Jimmy also gefunden?«, fragte er. »Das ist der Streber, nicht?«

»So streberhaft ist er gar nicht«, erklärte Liz.

»Aber ein bisschen schon.«

Liz mühte sich vergeblich, ein Grinsen zu unterdrücken. »Du hast recht, etwas streberhaft ist er schon.«

»Ich hab noch nie mit ihm geredet«, fuhr Lucas neckend fort. »Ihr müsst also wahrscheinlich übersetzen. Ich spreche kein Streberlatein.«

Liz schüttelte den Kopf. »Das war *fies*. Und du willst mich davon überzeugen, keine Ausgeburt der Hölle zu sein?«

»Wie schlag ich mich denn bisher?«

Sie streckte ihm die Zunge heraus, und ihre Augen blitzten. »Das letzte Wort ist noch nicht gesprochen.«

Im Zeltlager war niemand außer Jimmy. Lucas sah, wie er sich bei ihrem Kommen aufrappelte und Liz anlächelte.

»Du bist ja auf den Beinen«, rief sie und rannte zu ihm. »Bist du nicht noch zu schwach, um herumzulaufen?«

»Mir geht's gut. Und Joe sagt, ich soll das Bein bewegen. Die anderen sind alle auf Patrouille. Na ja, alle bis auf Finn. Er ist zur Highschool gefahren. Habt ihr ihn dort nicht getroffen?«

»Wir waren nur kurz in der Schule«, erwiderte Lucas.

Jimmy musterte ihn argwöhnisch. »Was machst *du* denn hier?«

»Das ist schon in Ordnung«, begann Faye. »Er hilft uns. Weißt du, wir …«

Plötzlich teilten sich die Äste hinter ihnen raschelnd, und Finn kam auf die Lichtung.

»Du?«, fragte er verärgert, als er Lucas sah. »Wie hast du hierher gefunden?«

»Finn, das ist schon in Ordnung«, sagte Faye und hob die Hände, da es schien, als wollte er Lucas angreifen. »Er ist auf unserer Seite.«

»Auf eurer Seite? Was soll das heißen?«

»Wir haben ihn hergebracht. Er hat …«

Finn fuhr zu ihr herum. »Ihr habt ihn *hergebracht*? Nach allem, was wir euch erzählt haben?«

»Finn, er ist nicht wie Mercy«, versuchte Faye zu erklären. »Er wird uns helfen. Hör mal, wir müssen mit Joe sprechen. Wir …«

»*Uns helfen?*«, wiederholte Finn ungläubig. »Der ist nicht hier, um uns zu helfen. Er hat euch reingelegt, Faye. Er ist ein Spion. Täuschung, das ist es, was seine Mutter so gut beherrscht.«

»Woher willst du das denn wissen?«, erwiderte Lucas ebenso verärgert. »Oder glaubst du, du kannst das mit deiner Supernase erschnüffeln?«

Finn kniff die Augen zusammen. »Was hast du gesagt?«

»Du hast mich verstanden. Die Mädchen haben mir erzählt, was du bist. Das passt. In deiner Nähe hatte ich immer das Gefühl, es riecht nach nassem Hund.«

Finn knurrte, und dieses Geräusch kam tiefer aus seiner Kehle als irgendein Laut, den ein Mensch machen konnte. Er kam näher, und Lucas sah, dass seine Augen sich gelblich verfärbten.

»Und was ist mit dir, du Mischwesen?«, knurrte Finn mit gebleckten Zähnen. »Machen wir uns nichts vor! Bei einer Mutter wie deiner weiß niemand, was *du* eigentlich bist.«

Lucas wich nicht zurück. Er durfte nicht klein beigeben, doch er hatte Angst. Die Wut umgab Finn wie ein schwaches Leuchten, das

Haar stand ihm senkrecht vom Kopf, und all seine Muskeln waren trotz der Blutergüsse an den Schultern gespannt.

»Finn«, sagte Faye. »Bitte beruhige dich! Lucas ist nicht, wofür du ihn hältst, versprochen. Er steht auf unserer Seite.«

Erneut zeigte Finn knurrend das Gebiss, und Lucas sah gewaltige, scharfe Eckzähne, die ständig wuchsen. Dann bemerkte er ein Blitzen in Finns bernsteinfarbenen Augen.

»Du hast Angst, stimmt's?«, knurrte der Halbwolf so leise, dass nur Lucas es hören konnte. »Und weißt du was? Du hast noch gar nichts gesehen.«

Plötzlich schubste jemand Lucas kräftig gegen die Schulter, und er stürzte vor Finns Füße. An seiner Stelle stand nun ein anderer Biker, Joe, der Anführer, von dem Liz und Faye ihm erzählt hatten. Trotz des Schnees waren seine Arme nackt, und seine Nackenhaare sträubten sich.

Joe stand Finn so nah gegenüber, dass ihre Nasen sich fast berührten. »Beherrsch dich, Junge!«

Lucas rappelte sich auf und stellte erschrocken fest, dass auch Joes Augen gelb und wild glühten. Vater und Sohn standen mit gestrafften Schultern kampfbereit da, und es sah aus, als würden sie im nächsten Moment auf einander losgehen. Langsam wich Lucas zurück.

»Er gehört zu Mercys Sippe«, sagte Finn. »Also ist er ein Feind.«

»Mercy hätte ihn niemals allein herkommen lassen«, knurrte Joe. »Benutz deinen Verstand. Wenn er hier ist, hat das einen Grund.«

Lucas hörte Faye neben sich mit zitternder Stimme sagen: »Es gibt einen Grund. Wir haben diese Schriftrolle gefunden, können sie aber nicht lesen. Wir dachten, Sie wüssten vielleicht, was das ist.«

Joe streckte die Hand nach dem Papier, sah Finn dabei aber weiter in die Augen. Von beiden Männern ging kalte Wut aus. Faye sprang vor und gab dem Biker den alten Text in die Hand. Er entrollte ihn und musterte ihn kurz. Kaum blickten Vater und Sohn sich nicht mehr in die Augen, schaute Finn Faye an, und Lucas spürte nahezu, wie es zwischen ihnen funkte.

»Woher habt ihr das?«, fragte Joe.

»Das hab ich im Büro meines Vaters gefunden«, erwiderte Liz nervös. »Er hatte es weggesperrt. Es steckte in einer Kiste, zusammen mit einem Foto von Faye in einem Medaillon.«

Joe schwieg kurz und betrachtete die Schriftrolle. Dann legte er die Hand auf die Brust seines Sohnes.

»Lucas Morrow gehört nicht zu unseren Feinden, Finn.«

»Wie kommst du darauf?«

»Weil das die Sprache von Annwn ist. So was würde Mercy nie freiwillig hergeben. Vor allem ließe sie es nicht in die Hände ihrer Feinde fallen.«

»Das könnte ein Trick sein!«

»Das ist kein Trick.«

»Wirklich nicht«, sagte Lucas in dem Gefühl, er sollte sich zu Wort melden. »Das schwöre ich.«

Finn wandte sich ihm mit noch immer gebleckten Zähnen zu. »Und wie kommst du darauf, ich würde dir trauen?«

»Finn«, sagte Joe ruhig, »das wirst du wohl müssen.«

»Warum? Was macht ihn plötzlich so vertrauenswürdig? Vielleicht hat er euch alle getäuscht, aber nicht mich. Er ist eine im Gras lauernde Schlange, mehr nicht.«

Joe schüttelte den Kopf. »Das stimmt nicht. Finn, ich hätte es dir schon vor Jahren sagen sollen. Lucas … ist dein Bruder.«

KAPITEL 43

Verrat

Joes Worte trafen Finn wie ein Vorschlaghammer. Er blinzelte, sah abwechselnd seinen Vater und Lucas an und schüttelte ungläubig den Kopf.

»Was sagst du da?«

»Ich habe dir erzählt, deine Mutter wäre eine von Mercys menschlichen Dienerinnen gewesen, und wir Werwölfe hätten sie mitgenommen, als wir Mercys Macht entkamen.«

»Ja«, bestätigte Finn. »Du sagtest, ihr zwei habt euch verliebt, als ihr von Mercys Fesseln frei wart, und wolltet mit mir ein neues Leben beginnen …«

Joe nickte. »Aber das dauernde Umherziehen sei sehr schwer gewesen für alle, besonders damals, und deine Mutter sei krank geworden und gestorben, noch ehe du alt genug warst, um ohne Hilfe zu sitzen.«

»Und?« Finn spürte den Boden seiner Identität ins Rutschen geraten. »Was willst du damit sagen, Dad?«

»Dass ich gelogen habe, Finn. Diese ganze Geschichte ist eine Lüge. Es tut mir leid. Es gab kein Dienstmädchen. Damals hatte Mercy noch keine menschlichen Diener.«

»Wer war meine Mutter dann?«, flüsterte Finn und warf Lucas einen kurzen Blick zu. »Du sagst doch wohl nicht …«

»Mercy.«

Finn schloss die Augen. »Nein, das glaube ich nicht.« Er wandte sich ab, und seine Nerven lagen plötzlich blank. Alle sahen ihn an, und er wollte rennen, fliehen. Wie konnte das wahr sein? Wie hatte sein Vater ihn so belügen können? Sein Vater, dem er in jeder Hinsicht völlig vertraut hatte? Und in einer so wichtigen Sache?

»Es tut mir leid, Finn«, sagte sein Vater leise und trat einen Schritt auf ihn zu. »Ich wollte es dir so oft sagen, aber es schien nie der richtige Zeitpunkt zu sein.«

Finn öffnete die Augen und sah Joe in einem neuen Licht. »Das verstehe ich nicht. Ich verstehe einfach nicht, wie …«

»Sie hätte dich ebenso versklavt, wie sie uns Übrige in eine Falle gelockt hat«, sagte Joe. »Darum hab ich dich bei unserer Flucht mitgenommen. Du warst noch ganz klein, aber ich konnte dich nicht bei ihr lassen, Finn. Das konnte ich nicht.«

Finn spürte den Wolf in den Adern, knapp unter der Oberfläche seines menschlichen Selbst. Er wollte rennen, bis kein Finn mehr übrig war und es nur noch den Wolf gab. Er wollte etwas jagen … egal was.

»Wie konntest du mir das verschweigen?«, fragte er Joe. »Wie konntest du mit mir durch die ganze Welt ziehen, ohne mir davon zu erzählen?«

Joe schüttelte den Kopf. »Es tut mir leid. Als du jünger warst, dachte ich, es wäre besser – leichter! –, wenn du die Wahrheit nicht weißt. Dann sind die Jahre vergangen, die Jahrhunderte, und es gab keinen Weg, es dir zu sagen.«

»Natürlich gab es den«, erwiderte Finn so schroff, dass es ihn in der Kehle schmerzte. »Aber du hast die Lüge vorgezogen.«

Er sah sich um. Alle sahen ihn an, Faye, Liz, Jimmy ... und Lucas. Wie jung und ahnungslos sie waren! Wie sollten sie das verstehen? Es galt, eine Schlacht zu schlagen, die Entscheidungsschlacht, und jetzt ...

Finn musste weg, musste woanders sein, egal wo. Er drehte sich um und ging zu seinem Bike. Sein Vater schrie ihm etwas nach, doch er hörte nicht hin, sondern schwang sich auf den Sitz, warf den Motor an und schlitterte aus dem Lager.

Das Letzte, was er hörte, war Faye, die ihm nachrief, er solle anhalten. Dann riss der Fahrtwind alle Geräusche davon.

*

Faye rannte ihm nach, als Finn zu seinem Motorrad ging. »Warte!«

Er blieb nicht stehen, und das Bike verschwand rasch zwischen den Bäumen, während der Motorlärm noch längere Zeit zu hören war. Faye spürte eine kräftige Hand am Arm.

»Lass ihn«, sagte Joe mit müdem Gesicht. »Er braucht Zeit.« Dann hob er die Schriftrolle. »Gute Arbeit. Die könnte genau das sein, was wir brauchen.« Joe ließ ihren Arm los, setzte sich und studierte das alte Blatt.

Faye wandte sich den anderen zu, die bestürzt dastanden. Jimmys Gesicht hatte die kaum zurückgewonnene Farbe wieder verloren. »Alles in Ordnung?«, fragte ihn Faye.

»Ja«, sagte er schwach und versuchte zu lächeln. »Mir ist nur ... vielleicht sollte ich mich ein Weilchen setzen.«

Liz hakte sich bei Jimmy unter. »Komm, hier draußen ist es sowieso zu kalt. Du gehörst ins Zelt.«

»Mir geht's gut«, protestierte Jimmy. »Ich bin bloß etwas müde.«

»Ich komm mit«, erklärte Liz. »Mir ist hier draußen nämlich kalt.«

Jimmys Gesicht bekam kurz einen besorgten Ausdruck, und er legte ihr den Arm um die Schultern. »Ich hab noch eine Decke übrig.«

Faye sah ihre beiden Freunde langsam zu Jimmys Zelt gehen und darin verschwinden. Sie musste lächeln. Ein Gutes hatte dieses Durcheinander jedenfalls. Jimmy tat Liz gut, doch Faye fand, dass auch ihre beste Freundin Jimmy sehr guttat. Sie waren ein hübsches Paar, und ihr war klar, dass er sein Glück kaum fassen konnte. Seit Langem hatte er Liz aus der Ferne bewundert, und nun waren sie zusammen. Jimmy hatte sich verändert, er war stärker geworden, als hätte dieses Erlebnis ihn gezwungen, auf eigenen Beinen zu stehen, und es schien, als würde er dieses Gefühl genießen.

Sie sah sich nach Lucas um, doch der war verschwunden. Eben hatte er noch reglos beobachtet, was sich vor seinen Augen auf der Lichtung zutrug, und nun war er weg. Faye sah Fußspuren von da, wo er gestanden hatte, in den unberührten Schnee des Waldes führen.

Sie folgte ihm und fand ihn neben einer großen Zeder auf einem Hügelkamm. Vor ihm lag ein steiler Abgrund. Lucas hatte sich der Kälte wegen die Arme um den Leib geschlungen und sah auf das Meer verschneiter Bäume runter. Faye spürte, dass sie ihn ins Herz geschlossen hatte. In den letzten Tagen hatte er einige schwierige Dinge über seine Familie erfahren, das musste hart sein.

»Lucas?« Faye blieb ein paar Meter entfernt stehen und begriff plötzlich, dass er vermutlich allein sein wollte. Er bewegte sich nicht und schwieg. Sie trat neben ihn und sah in die öde Landschaft. Wieder waren dicke Schneewolken aufgezogen.

»Seltsam«, sagte Lucas nach kurzem Schweigen. »Ich habe mich immer gefragt, wie es wäre, einen Bruder zu haben. Und dann ist es ein Trottel wie Finn!«

Faye lächelte unwillkürlich. »Er ist ein anständiger Kerl, Lucas. Er ist bloß … temperamentvoll.«

Lucas wandte ihr den Kopf zu. »Du verteidigst ihn dauernd, weißt du das eigentlich?«

Faye zuckte mit den Achseln. »Er hat mir das Leben gerettet.«

Lucas lachte trocken. »Stimmt. Mein Bruder ist also der Held. Und was bin ich dann? Der Versager der Familie?«

Faye streckte die Hand aus und zog Lucas zu sich herum. »Ich weiß, das ist sehr schwer, aber …«

Lucas schüttelte den Kopf, und sie verstummte. »Schwer ist das nicht. Scheidung ist schwer. Das hier ist … unmöglich! Noch letzte Woche war ich ein normaler Teenager, bloß etwas reicher als die meisten. Und jetzt weiß ich nicht mal mehr, wer ich bin. Allerdings war ich mir dessen nie so sicher.« Er lachte erneut, ein knappes, unfrohes Lachen. »Weißt du was? Als Joe zu Finn sagte, ich sei sein Bruder, dachte ich, er sei mein Vater. Einen Moment lang dachte ich …« Er schüttelte den Kopf und sah zu Boden. »Das wäre mir recht gewesen. Sogar richtig glücklich hätte es mich gemacht. Aber nein, ich habe den Kürzeren gezogen. Die Große Böse Mercy ist noch immer meine Mutter, und mein Vater ist weiter irgendein namenloser Depp.«

Faye wusste nicht, was sie antworten sollte. Sie konnte dazu nichts sagen. Stattdessen zog sie Lucas an sich. Sie spürte, wie fest er sie hielt, spürte seine Wange an ihrem Haar. So standen sie einige Minuten lang schweigend.

»Jetzt bist du bei uns«, sagte sie schließlich in die Stille hinein. »Wir sind für dich da.«

Sie spürte, wie Lucas etwas von ihr abrückte, um ihr Gesicht in die Hände zu nehmen. Schmerz stand in den blauen Augen, und doch lächelte er leicht. »Wirklich, Flash? Bist du für mich da?«

Als sie ihm in die Augen sah, bekam sie Schmetterlinge im Bauch. Sie hatte die Arme noch immer um seine Taille geschlungen, und er drückte sich eng an sie. Er schaute sie an, als gäbe es nur sie auf der Welt. Plötzlich dachte sie an Finn und wusste, dass sie Lucas wegschieben sollte, doch das konnte sie nicht. Sie fühlte sich hilflos zu ihm hingezogen, und es war ein großartiges Gefühl. Lucas beugte sich langsam zu ihr herunter, seine Lippen strichen über ihre.

»Faye?« Joes laute, nahe Stimme zerstörte die Stille des Waldes. »Faye? Lucas? Seid ihr hier irgendwo?«

Lucas sah weg, und Faye löste sich bebend aus seiner Umarmung. »Ja, Joe, wir sind hier!«, rief sie zurück.

Der Biker tauchte hinter ihnen auf. »Laut Patrouille ist die Stadt eingeschneit. Mercy hat das Endspiel eröffnet.« Joe hielt die Schriftrolle in die Höhe. »Ich denke, wir müssen mit deiner Tante reden, Faye.«

KAPITEL 44

Lügen und noch mehr Geheimnisse

Der Wolf loderte in Finn, während der kalte Wind durch die Ledermontur pfiff. Anfangs raste der Junge durch den Wald, dann runter zur Straße. Zunächst hatte er keine Vorstellung, wohin er fuhr, und dachte, er sollte vielleicht die Stadt verlassen und nie mehr zurückkehren. Dann sah er Schilder, denen zufolge Winter Mill eingeschneit war, und ihm war klar, dass er mit allen anderen in der Falle saß.

Finn war noch nie so wütend gewesen, am wenigsten auf seinen Vater. Das ganze Leben lang hatte er zu Joe Crowley, dem Anführer der Black Dogs, aufgeschaut. Stets war er davon überzeugt gewesen, dass sein Vater ein anständiger Mann war, der seinen Sohn dazu erzogen hatte, irgendwann in seine Fußstapfen zu treten. Aber jetzt? Jetzt schien Finns ganzes Leben auf einer Lüge errichtet zu sein. Mercy Morrow, der zu folgen und das Handwerk zu legen er sein Leben gewidmet hatte, war seine Mutter!

Eine Zeit lang raste Finn ziellos durch den Wind und die fallenden Flocken, merkte dann aber, dass er sich auf der Straße zum Morrow-Anwesen befand, tief im Wald, aber noch innerhalb der Stadtgrenzen. Nun wusste er, wohin er zu fahren hatte.

Er hatte Mercy nie aus der Nähe gesehen. Natürlich kannte er Fotos von ihr und hatte ihr aus einiger Entfernung nachspioniert. Meist, wenn es den Bikern mal wieder nicht gelungen war, ihren Handel mit Annwn zu verhindern. Doch er hatte sich immer im Hintergrund gehalten und nie Gelegenheit gehabt, ihrer großen Gegenspielerin einmal wirklich zu begegnen. Nun verstand er, wie sorgfältig sein Vater das eingefädelt hatte. Natürlich hatte Joe nicht gewollt, dass er sie traf, denn dann hätte sie seine Lüge auffliegen lassen.

Finn zweifelte nicht daran, dass Mercy böse war. Mit eigenen Augen hatte er gesehen, welche Grausamkeiten sie seit Jahrhunderten an der Menschheit beging. Doch sie war seine Mutter. Und nun, da er das wusste, konnte er es nicht einfach ignorieren. So wenig wie den Umstand, dass er eben von seinem Bruder erfahren hatte. Finn dachte an Lucas und schüttelte den Kopf. Darum würde er sich später kümmern müssen. Er hatte nie auch nur an die Möglichkeit gedacht, einen Bruder zu haben, und es würde ihm sicher nicht leichtfallen, sich daran zu gewöhnen.

Er drosselte sein Tempo, als er das Haupttor des Anwesens erreichte. Obwohl es weit geöffnet war, zögerte er und malte sich aus, was sein Vater sagen würde, wenn er wüsste, dass sein Sohn Mercy allein gegenüberzutreten erwog. Ihm war klar, dass dieses Vorhaben dumm war und er es besser wissen sollte, doch nachdem, was er erfahren hatte, musste er Auge in Auge mit ihr sprechen. Joe würde ihm eine Gardinenpredigt halten, wie Mercys Worte ihn bannen und ihr Gesicht bezaubern konnten, und ihm sagen, sie bestehe nur aus Täuschung und ziele auf völlige Zerstörung und wer ihr zuhöre, den erwarte ein grausames Schicksal.

Tatsächlich hatte er ihr einmal zugehört, und das hatte zum Tod des Menschen geführt, den er auf Erden am meisten geliebt hatte.

Doch je länger Finn das große Haus musterte, desto klarer wurde ihm, dass er seinen Entschluss nicht beiseiteschieben konnte. Er wollte sie sehen. Er wollte Mercy Morrow in die Augen blicken, und sie sollte ihm bestätigen, dass sie seine Mutter war.

Finn beschloss, nicht die Einfahrt zu nehmen, verbarg sein Bike stattdessen im dichten Gebüsch neben dem Haupttor, schwang sich über die Mauer und landete auf der Gartenseite im Schnee. Die Zufahrt zu nehmen, würde seine Möglichkeiten nur verringern und ihm den Vorteil der Überraschung rauben. Finn wollte seine Mutter treffen, doch er war nicht dumm. Er würde Mercy keinen Vorteil gönnen, den sie gegen ihn einsetzen konnte.

Er hielt auf die Souterrainzimmer zu, in denen früher wohl die Dienstboten gewohnt hatten. Die kleine Außentür war abgeschlossen, doch die Fenster links und rechts waren aus altem Glas, das sich leicht zertrümmern ließ. Und Finn hatte lederne Bikerhandschuhe an. Mit der Faust schlug er eine Scheibe ein, das Glas klirrte auf den Steinboden. Er verharrte reglos und lauschte auf Anzeichen dafür, dass ihn jemand gehört hatte, doch es bewegte sich nichts. Finn griff durch die zerbrochene Scheibe und ertastete den Schlüssel, der innen im Schloss steckte. Binnen drei Minuten war er im Haus und blieb erneut lauschend stehen. Kein Ton zu hören. Der Bau schien tot zu sein.

Finns Gummisohlen machten auf dem Steinfußboden kein Geräusch, als er aus der Küche und die kurze Treppe hoch ins Erdgeschoss schlich. Nirgendwo brannte Licht, das Haus war kalt und dunkel. Der Flur, in dem er sich befand, führte in die Eingangshalle mit ihrem herrlichen Marmorboden. Eine prächtig geschwungene Holztreppe führte in die düstere erste Etage. Finn hielt kurz inne, um sich zurechtzufinden, und wünschte, er könnte seine Wolfssinne einsetzen, doch die hielt er an der kurzen Leine, damit diese Seite seines Wesens nicht schon bei der ersten richtigen Begegnung mit seiner Mutter zum Vorschein kam. Über viele Jahre hatte Finn zu beherrschen gelernt, wann er zum Wolf wurde. Wenn er sehr wütend war oder angegriffen wurde, scheiterte er daran aber. Manchmal spürte er die Verwandlung, ehe er noch eine Möglichkeit hatte, die Bestie in sich zu unterdrücken. Doch meist hatte er die dunkle Seite seiner selbst im Griff.

Dann hörte er einen Wagen durchs Haupttor kommen und Kiesel unter den Reifen knirschen. Er blickte sich um, sah die Tür zu einem abgedunkelten Zimmer offen stehen und schlüpfte hinein. Sekunden später öffnete Mercy Morrow die Haustür und verharrte kurz lauschend auf der Schwelle, wie Finn es getan hatte. Fasziniert beobachtete er sie aus dem Schatten. Wie groß und schlank sie war … und wie schön! Er schluckte und versuchte sich durch die Jahrhunderte an die Zeit zurückzuerinnern, als sie tatsächlich seine Mutter gewesen war. Erstaunt stellte er fest, dass es ihm wichtig war, sie so sehen zu können. Er hatte nie gewusst, wie es war, eine Mutter zu haben. Und nun war sie da, keine zwanzig Schritt entfernt. Finn war dazu erzogen, sie zu fürchten, ja, zu hassen. Doch nun, da er hier war, erschienen ihm die Dinge nicht mehr so einfach.

Mercy schaltete das Licht an und sah sich um. Ihre großen Augen funkelten in der plötzlichen Helligkeit.

»Ich weiß, dass du hier bist«, erklärte sie und rührte sich noch immer nicht vom Fleck. »Glaubst du, ich spüre meinen Sohn nicht, wenn er so nah ist?« Mit gerecktem Hals und erhobenem Kinn machte Mercy einen Schritt auf den Marmorboden. »Ich weiß, wo du gewesen bist, Lucas. Dass du es wagst, einfach so zu mir zurückzukehren!«

Finn fiel ein Stein vom Herzen. Mercy spürte ihren Sohn, aber nicht, dass er es war und nicht Lucas. Sie merkte nur, dass einer ihrer

Verwandten in der Nähe war. Er schloss kurz die Augen. Na, das war Bestätigung genug.

Er trat aus dem dunklen Zimmer ins Licht, sagte aber nichts. Mercy fuhr bei seinen Schritten herum, und ihr verärgertes Stirnrunzeln wandelte sich in blanken Schrecken, den sie rasch hinter der Maske des Desinteresses verbarg.

»Ah ja«, sagte sie gedehnt und näherte sich ihm. »Schau an, wen wir da haben … meinen verlorenen Sohn und Möchtegernerben. Hat Joe es dir also endlich erzählt? Hat er dir nach all der Zeit die Wahrheit enthüllt?«

Finn beobachtete stumm, wie Mercy langsam näher kam. Sie lächelte zu seinem Schweigen so reizend und freundlich, dass es sein Herz rührte. Das war seine Mutter, das war …

»Na, was denkst du nun über den wunderbaren, redlichen Joe Crowley, mein Süßer?«

Er räusperte sich. »Das ändert gar nichts.«

Mercy lächelte erneut. »Ach nein? Warum bist du dann hier?«

Sie berührte sein Gesicht mit eiskalten Fingern, und ihn fröstelte. Als er jünger gewesen war, hatte er sich nach den Armen seiner Mutter gesehnt, die ihm in den kalten Nächten unterwegs vermittelt hätten, dass er geliebt wurde.

»Ich wollte bloß sehen …«

»Was wolltest du sehen?«, flüsterte sie.

Finn schüttelte den Kopf und konnte nichts sagen. Plötzlich ließ Mercy die Hand seinen Arm hinabgleiten, griff seine Finger und zog ihn durch die Halle in ein schwach beleuchtetes Zimmer mit Kamin und Sesseln. Sie setzten sich nicht. Stattdessen führte Mercy ihn zum Kamin, über dem ein alter, großer Spiegel hing.

»Ich hab dich vermisst, mein kleiner, perfekter Junge«, sagte sie leise. »Bei der Geburt warst du wunderschön … ganz klein und mit kohlrabenschwarzem Haar. Ich habe dich sehr geliebt. Doch er hat dich mir geraubt.«

Finn war wie gelähmt. »Er sagte, das sei um meiner Sicherheit willen geschehen«, vermochte er nur zu murmeln.

»Aber Finn, wie kann das wahr sein?«, fragte Mercy leise. »Wie kann es richtig sein, ein Baby von seiner Mutter zu trennen?«

Darauf hatte er keine Antwort. Sie hob eine schlanke Hand. Er folgte der Bewegung, sah ihre Finger das Glas berühren und blickte in den Spiegel, ohne es zu merken.

In seinem Kopf läutete eine Alarmglocke. Das war falsch … etwas war falsch. Er spürte etwas an sich ziehen.

»Nein«, sagte er und riss den Blick vom Spiegel los. »Nein!«

Er wich zurück. Mercy machte einen Schritt auf ihn zu, doch er begab sich außer Reichweite und ging zur Tür.

»Er hatte recht mit dem, was er über dich sagte«, stieß er heiser hervor, »Wort für Wort.«

Aus Mercys Lächeln wurde ein grausames Grinsen. »Aber du weißt doch, dass das nicht stimmt, Finn. Und wenn er schon in diesem Punkt gelogen hat, was mag er dir sonst noch alles aufgetischt haben?«

»Nichts«, sagte Finn und war fast an der Tür.

»Ach wirklich? Und was ist mit dem kleinen Mädchen, das du so gern hattest? Wie hieß sie noch mal? Eve, oder?«

Er hatte die Hand auf der Klinke, verharrte nun aber und sah Mercy wieder an. »Was ist mit ihr?«

»Weißt du nicht, wie sie gestorben ist?«

Finn schluckte schmerzhaft. »Du hast sie umgebracht«, erwiderte er. »Du hast deinen Bluthunden befohlen, sie … sie …« Finn schwankte und schloss die Augen. Selbst nach so vielen Jahren vermochte er nicht daran zu denken.

Mercy schüttelte den Kopf. »Ich war gar nicht dort. Ich wusste nicht mal, wie sie hieß. Wer wusste das, Finn? Wer wusste von ihr?«

Der Gedanke kam ihm so plötzlich, dass er ihn nicht beiseiteschieben konnte. Joe! Joe hatte es gewusst. Joe hatte ihn vor Eve gewarnt … genau wie nun wieder vor Faye. Finn schüttelte den Kopf. »Du lügst.«

Mercys Seufzen klang wie ein leidendes Flüstern, das von allen Wänden der Eingangshalle zurückzukommen schien. »Ach, Finn. Denk doch nach. Wann hab ich dich je belogen?«

Er riss die Tür auf, stürzte hinaus und warf sie hinter sich krachend ins Schloss.

KAPITEL 45

Heimkehr

Jimmy war unruhig. Liz beobachtete ihn und zog sich die Decke, die er ihr gegeben hatte, enger um die Schultern. Die letzten zehn Minuten hatten sie leise miteinander geredet, doch sie merkte, dass er in Gedanken woanders war.

»Jimmy?«, fragte sie schließlich. »Was ist los? Abgesehen von den seltsamen Werwölfen und dem ganzen apokalyptischen Kram, meine ich.«

Er lächelte sie an, und Liz konnte gar nicht anders als zurückzulächeln. Das ging ihr mit ihm in letzter Zeit ständig so. Kaum zu fassen, wie schnell sich ihre Gefühle für ihn gewandelt hatten. Es war, als hätte ihr diese ganze verrückte Sache die Augen geöffnet. Und darüber war sie verdammt froh.

»Entschuldige, ich wollte nicht … es ist nicht so, dass ich dir nicht zuhöre, Liz«, sagte Jimmy und rückte etwas näher. »Ich dachte nur an meine Eltern.«

»Sie wissen, wo du bist, oder?«

Jimmy schüttelte den Kopf. »Nein. Joe dachte … Die Biker wussten ja nicht, wie der Biss mich infiziert und ob ich überhaupt überlebe. Wenn ich nach Hause gegangen wäre, hätten Mom und Dad bestimmt darauf bestanden, dass ich ins Krankenhaus komme, und das hätte nichts geholfen. Deshalb meinte Joe, ich soll abwarten, bis es mir besser geht.« Er zuckte mit den Achseln. »Und ich vertraue ihm. Genau wie den anderen.«

Liz nickte. »Aber deine Eltern machen sich bestimmt riesige Sorgen. Schließlich bist du spurlos verschwunden.«

»Ich weiß.« Jimmy senkte den Blick und fuhr mit einem Finger über den kalten Boden. »Joe bringt mir bei, wie man Motorrad fährt.«

»Wow … tatsächlich?«

»Ja, das ist toll. Bisher kann ich zwar nur einfache Sachen, auch wegen des Beins. Aber auf einem Bike zu sitzen, ist unglaublich. Dann vergesse ich alles andere.«

Liz nickte und wusste nicht recht, was das mit Jimmys armen Eltern zu tun hatte.

»Na ja«, fuhr er nervös fort, »ich hab überlegt, ob ich nicht ein Motorrad nehmen und die beiden besuchen soll.«

»Deine Eltern?«

Jimmy nickte. »Schließlich geht es mir immer besser. Joe sagt, mit etwas Zeit und Ruhe wird alles wieder werden.«

»Prima Idee, Jimmy«, meinte Liz und legte bestätigend ihre Hand auf seine. »Es macht sie sicher glücklich, wenn sie wissen, dass es dir gut geht.«

Er lächelte und schlang seine Finger um ihre. »Das denk ich auch. Und deshalb hab ich überlegt … Na ja, ich hab mich gefragt, ob …«

Liz neigte den Kopf zur Seite und beobachtete, wie er nach Worten suchte. »Was denn?«

»Ob du nicht mitkommen magst. Zu ihnen. Auf dem Motorrad«, sagte Jimmy hastig. »Wenn du nicht willst, okay. Das würde ich verstehen. Ich möchte sie bloß nicht allein besuchen. Aber egal, bestimmt willst du …«

»He«, unterbrach Liz sein nervöses Gerede. »Klar komm ich mit.«

Lächelnd stand er auf. Seit er gebissen worden war, hatte er nicht so gut ausgesehen. »Fantastisch. Danke! Komm, ich bitte einen Biker, mir sein Motorrad zu leihen.«

»Du willst *jetzt* fahren?«, fragte Liz. »Fühlst du dich denn schon gesund genug dafür?«

Jimmy hielt ihre Hand noch immer und zog Liz auf die Beine. »Mir geht's prima«, erwiderte er lächelnd. »In deiner Nähe geht's mir immer prima.«

*

Die Fahrt verlief ohne besondere Vorkommnisse, war aber spannend. Liz hatte noch nie auf einem Motorrad gesessen. Einer der Biker gab ihr eine Lederjacke gegen die Kälte, sie war riesig und hielt warm.

»Halt dich an mir fest«, sagte Jimmy beim Aufsitzen. »Und egal, was passiert, lass nicht los!«

Sie schlang die Arme um seine Taille und spürte, wie er seine Linke auf ihre Hände legte. Liz war groß genug, um das Kinn an seine Schulter zu legen, und beim Losfahren kitzelte sein Haar sie in der Nase. Jimmy raste nicht, sondern schien ihretwegen ein gemächliches Tempo zu fahren. Immer wieder drehte er den Kopf, um sich zu vergewissern, dass bei ihr alles okay war. Dabei strich seine Wange ihr jedes Mal über die Stirn, verursachte ein kribbelndes Gefühl im Bauch und schien alle Fasern ihres Körpers zu erregen. Sie schloss die Augen und genoss die Sicherheit, die Jimmys Nähe ihr gab. Sie spürte ihn erneut mit der Linken über ihre gefalteten Hände streichen und öffnete die Augen.

»Alles okay?«, schrie Jimmy, um den Fahrtwind zu übertönen.

»Bestens«, schrie sie zurück.

Als sie ankamen, brannte vor dem Haus eine kleine Laterne und erhellte die verschneite Zufahrt. Jimmy parkte das Motorrad, stieg ab, legte Liz den Arm um die Taille und hob sie vom Sitz, als würde sie nichts wiegen. Liz war überrascht, denn sie hätte nie erwartet, dass er so stark war. Er setzte sie ab, ließ sie aber nicht los, und Liz legte ihm die Hände auf die Brust. Er blickte beunruhigt, lächelte aber.

»Danke, dass du mitgekommen bist.«

»Gern geschehen. Soll ich beim Motorrad warten?«

Jimmy zog sie an sich und stützte sein Kinn auf ihren Kopf. »Nein. Komm mit zur Tür. Bitte.«

Sie nickte. Er löste seine Umarmung, führte sie an der Hand die Einfahrt hinauf, zögerte aber an der Klingel.

»Bei der Verfolgung hab ich meine Schlüssel und das Handy verloren«, erklärte er. »Außerdem kann ich nicht einfach ins Wohnzimmer spazieren. Schließlich sollen die beiden keinen Herzinfarkt bekommen.«

»Keine Sorge«, flüsterte sie. »Sie werden sich einfach nur freuen, dich zu sehen.«

Jimmy seufzte. »Ja. Und dann bekomm ich wahrscheinlich zehn Jahre Hausarrest.«

Er läutete. Es war kurz still, ehe jemand angeschlurft kam. Die Tür öffnete sich ins Dunkel … im Haus brannte kein Licht.

»Mom?«, fragte Jimmy in die Stille hinein.

Die Gestalt jenseits der Schwelle trat in das schwache Licht der Außenlampe, und Liz erkannte Mrs Paulson, aber nur gerade eben. In ihren Augen lag ein seltsamer, ferner Blick, und ihre Stirn lag in Falten. Jimmys Mutter wirkte genauso weggetreten wie alle anderen Bewohner der Stadt.

»Jimmy«, flüsterte sie. »Wir müssen hier weg …«

Sie sah ihn an und bemerkte seine betroffene Miene. »Mom«, wiederholte er. »Ich bin's. Jimmy.«

Liz legte ihm die Hand auf den Arm und behielt seine Mutter dabei argwöhnisch im Auge. »Jimmy«, sagte sie erneut und dringlicher, »tut mir leid, aber …«

»Mom, ich bin's.« Jimmy löste sich von Liz. »Dein Sohn Jimmy. Mom?«

Mrs Paulson zog sich ins Dunkel zurück, immer noch mit leerem Blick. »Bitte gehen Sie jetzt«, sagte sie ausdruckslos. »Wir wollen nichts kaufen. Verschwinden Sie.«

»Mom!«, rief Jimmy, als sie die Tür schloss. »Mom, warte …«

Erschüttert packte Liz ihn am Arm. »Jimmy, hör auf.«

»Aber …«

»Jimmy«, wiederholte sie leise, »sie stehen unter Mercys Bann. Es tut mir leid. Wir müssen hier weg.«

Sie führte ihn zum Motorrad zurück, doch Jimmy konnte nicht fahren. Schweigend standen sie nebeneinander. Liz wusste nicht, was sie tun oder wie sie ihm helfen sollte, seine schmerzerfüllte Miene trieb ihr Tränen in die Augen. Er schien etwas sagen zu wollen, zog Liz dann aber an sich, umklammerte sie fest und weinte.

*

Kaum drückte Faye die Tür zur Buchhandlung auf, kam Tante Pam aus dem Hinterzimmer.

»Faye!«, rief sie. »Wo warst du? Ich hätte die Polizei gerufen, wenn das was bringen würde. Diese Stadt …« Es fröstelte sie. »Ich hab wirklich Angst.«

Faye umarmte ihre Tante fest. »Entschuldige.«

»Ich war krank vor Sorge. Winter Mill ist eingeschneit, und anscheinend bin ich der einzige Mensch, der nicht wie eine verlorene Seele herumgeistert. Es ist entsetzlich.«

»Ich weiß, was vorgeht, Tante Pam«, begann Faye. »Du wirst jetzt ganz schön was zu hören kriegen, aber wir brauchen deine Hilfe.«

»Wer ist *wir*?«, fragte Pam verwirrt. »Faye, was geht hier vor?«

»Ich kann alles erklären, aber erst musst du ein paar Leute treffen, ja?«

Tante Pam war ganz still geworden und blickte über Fayes Kopf hinweg durchs Schaufenster. Ihre Nichte drehte sich um und sah, dass Joe und Lucas sie beobachteten.

»Ist das nicht der Anführer der Black Dogs?«, fragte Pam. »Und der andere ist doch der Sohn dieser Morrow. In was hast du dich da reingeritten?«

Ehe Faye antworten konnte, drängte Joe in den Laden und duckte sich, um nicht gegen das Wolfsamulett zu stoßen, das sich noch immer langsam an seinem kleinen Faden drehte. Er lächelte Pam freundlich an und zeigte auf die Figur.

»Hübsches Totem, Ma'am.«

Pam lächelte höflich zurück, war aber auf der Hut. »Danke. Das hat mir übrigens einer Ihrer Männer geschenkt.«

Joe lächelte wissend. »Das dachte ich mir schon. Finn, oder?«, fragte er und trat tiefer in den Laden, während Lucas die Tür leise hinter ihnen schloss.

»Richtig. Er ist sehr begabt.«

Joe nickte. »Allerdings. Und mein Sohn ist er auch. Wussten Sie das?«

Faye sah den Argwohn aus Pams Miene schwinden. »Nein. Aber ich war immer der Ansicht, in den Tugenden eines Kindes spiegeln sich die Tugenden seiner Eltern. Und sollte das bei Ihnen der Fall sein, sind Sie mir willkommen.«

Der Biker nickte, ohne das Wolfsamulett aus den Augen zu lassen. »Wissen Sie, warum Finn Ihnen das gegeben hat?«

Pam musterte ihn ernst. »Nein. Aber ich habe es aufgehängt, weil es mir richtig schien.«

Joe lächelte erneut und gab ihr freundlich die Hand. »Mein Sohn sagt, Sie sind eine kluge Frau. Offenbar hat er recht.«

»Und Finn ist ein anständiger junger Bursche.«

Joe nickte. »Ms McCarron, er ist fast zweihundert Jahre alt.«

Pam musterte ihn kurz und nickte gefasst. »Verstehe.«

Faye konnte kaum glauben, dass all dies ihre Tante so gar nicht aus dem Konzept brachte. Sie hatte stets um Pams Stärke gewusst, erkannte nun aber, dass vielleicht noch mehr dahintersteckte, als sie angenommen hatte.

»Ich bin Joe Crowley«, fuhr er fort, »und gekommen, um aufzuhalten, was sich in dieser Stadt abspielt.« Er nickte seinem Begleiter zu. »Lucas hat mir von einem Vorfall hier im Laden erzählt, an dem seine Mutter Mercy beteiligt war. Anscheinend hatte Ihr Schoßhund etwas gegen sie?«

»Dann hat also Mercy Morrow etwas damit zu tun?« Pam nickte ernst. »Sie sollten mir alles erzählen, Joe Crowley.«

KAPITEL 46

La Belle Dame

Tante Pam ließ die Schaufensterjalousien herunter, und Faye holte aus dem Hinterzimmer Stühle. Sie setzten sich im Kreis hin, und Joe erzählte seine Geschichte, während Faye die Teile ergänzte, in die sie verwickelt gewesen war, und Lucas das wenige berichtete, was er herausgefunden hatte. Pam hörte zu, nickte mitunter, stellte aber keine Fragen. Mehrmals ertappte Faye sich mit ihren Gedanken bei Finn. Wo er war und was er gerade tat ... Joe hatte gesagt, es sei das Beste, ihn von sich aus zurückkehren zu lassen, und sein Sohn müsse seine Wut mit sich selbst abmachen. Doch Faye war besorgt. Falls sich da draußen das Böse herumtrieb, wüsste sie ihn gern in Sicherheit.

»Na«, sagte Pam, als die drei zu Ende berichtet hatten, »und so was kommt in unsere verschlafene Kleinstadt.«

»Ich wünschte, das wäre nicht passiert«, erwiderte Joe ernst. »Aber es ist nun mal geschehen, und jetzt brauchen wir Ihre Hilfe. Ich habe gehört, Sie sind eine Geschichts- und Kulturexpertin.«

Pam lächelte. »Ich weiß ein paar nützliche Einzelheiten und habe früher Volkskunde an der Miskatonic-Universität unterrichtet. Und was ich nicht kenne, weiß ich in der Regel zu finden«, setzte sie hinzu und wies auf die Bücher in den hohen Regalen ringsum. »Was brauchen Sie?«

»Eine Übersetzung dessen, was hier steht«, sagte Joe, zog die Schriftrolle aus der Tasche und gab sie ihr. »Wahrscheinlich kennen Sie die Sprache nicht.«

Pam rollte das Papier aus, besah sich den Text kurz und blickte auf. »Das scheint ein altes kyrillisches Manuskript zu sein«, erklärte sie. »Allerdings dürfte es sich um eine nichtslawische Variante handeln, die mir nie begegnet ist. Um einen Ableger des Rumänischen vielleicht? Oder des Baschkirischen? Immerhin weist der Text so viele Parallelen zu beiden Sprachen auf, dass ich ihn wohl übersetzen kann.«

Faye sah, wie beeindruckt Joe war, und empfand erneut Stolz auf ihre Tante. »Einiges davon kann ich lesen, aber nicht alles«, sagte er. »In der Gegend dort gibt es so viele Sprachverästelungen.«

Pam nickte und musterte weiter die Schriftrolle. »Gut, zusammen sollte es uns gelingen, aus dem meisten hier schlau zu werden.« Sie stand auf und trat an das Regal mit alten Ausgaben illustrierter Gedichte. »Aber erst möchte ich euch das hier zeigen.«

Sie erhoben sich und drängten sich um Tante Pam, die ein großes, ledergebundenes Buch aus dem Regal gezogen hatte und auf dem Schreibtisch dafür Platz schaffte. Dann öffnete sie den Band einen Spalt und blätterte die empfindlichen Seiten durch. Als sie fündig geworden war, klappte sie das Buch auf und legte den Text für alle sichtbar auf den Tisch.

»*La Belle Dame sans Merci*«, las Faye vor.

»Die schöne Dame ohne Mitleid«, übersetzte Tante Pam aus dem Französischen. »Eine Ballade des englischen Dichters John Keats über einen guten, reinen Ritter, der sich plötzlich verzaubert und an eine schöne Frau gefesselt sieht, die er auf freiem Feld getroffen hat. In einem schillernden Traum erblickt er ›Monarchen, Fürsten bleich, bleich Krieger, todbleich alle Mann‹, die wie er dieser grausamen Schönheit verfielen.« Pam sah Joe an. »Kommt Ihnen das bekannt vor?«

Joe beugte sich vor. »Wie alt ist dieses Gedicht?«

»Keats hat zwei Versionen verfasst, die erste 1819«, erwiderte Pam. »Doch der Titel seiner Ballade ist weit älter … schon 1424 hat Alain Chartier eine gleichnamige Verserzählung geschrieben.«

Faye sah gebannt auf die Keats-Verse. »Kann es sich hier um Mercy Morrow handeln?«, fragte sie schließlich und blickte Lucas an. »Macht sie das wirklich schon so lange?«

Lucas zuckte kopfschüttelnd mit den Achseln. »Frag mich nicht«, antwortete er sichtlich aufgebracht. »Ich habe keine Ahnung mehr, wer diese Frau ist, aber als meine Mutter werde ich sie nie wieder bezeichnen.«

Joe richtete sich auf. »Das ist sie aber«, sagte er leise. »Es tut mir leid, Lucas, aber sie ist tatsächlich deine Mutter.«

Draußen zerstörte ein röhrendes Motorrad die Stille. Es hielt neben der Ladentür, und im nächsten Moment klopfte jemand ans Schaufenster. Faye öffnete, und Finn stand auf der Schwelle. Er atmete heftig, und seine Augen blickten wild.

*

Mitch Wilson verließ das Anwesen und ging in den tiefen Schnee hinaus. In den letzten Stunden hatte es so geschneit, dass man glauben konnte, die Flocken würden sich bald bis zum Himmel türmen und die Erde unter ewigem Eis begraben.

Der große Schlüsselbund, den Mercy ihm anvertraut hatte, klirrte an seinem Gürtel. Er ging zu den verfallenen Nebengebäuden, die ein Stück vom Haupthaus entfernt standen. Wie die ganze Anlage hatten sie vor Mercys Ankunft jahrelang leer gestanden. Doch anders als das Haupthaus waren sie in schlechtem Zustand. Wo die Schieferplatten vom Dach gefallen waren, regnete es herein, und die Holztüren waren verzogen, die Schlösser verrostet.

Als Mitch die Tür des abgelegensten Stalls erreichte, schob er den passenden Schlüssel ins silberne Schloss. Es war erst nach Mercys Ankunft angebracht worden und ließ sich problemlos öffnen. Mitch zerrte die alte Tür auf und trat ein.

Es roch stark nach Heu und Dreck. Ein vielstimmiges Stöhnen erhob sich und hallte ringsum wider. Es schien aus dem inneren Pferch zu kommen, in dem einst Rinder und Pferde gestanden hatten. Mitch kümmerte sich auch dann nicht darum, als das Stöhnen lauter und flehend wurde.

Stattdessen wandte er sich einem verrosteten Eisenregal zu, an dem eine alte Rüstung aus einem ihm unbekannten Metall hing, reich verziert und von winzigen Nadeln zusammengehalten. Sie hatte Ballard gehört, passte Mitch aber, als wäre sie eigens für ihn angefertigt worden. Er setzte den Helm auf, schnallte ihn unterm Kinn fest und griff nach dem Brustharnisch.

Hinter ihm erklang ein leises Wiehern, und Mitch lächelte. »Na, Mädchen«, flüsterte er dem großen Pferd zu, das den Hals aus einer der Boxen streckte. »Zum Ausritt bereit?«

Die Stute hob den Kopf und senkte ihn, als hätte sie verstanden, was Mitch gesagt hatte. Sie war weiß, nein, ihr Fell hatte einen milchig-durchsichtigen Opalton, der sie noch geisterhafter wirken ließ, als sie ohnehin war.

Mitch strich ihr über die Nüstern. »Lass mich nur noch die Hunde holen«, flüsterte er, öffnete die Papiertüte, die er dabeihatte, und zog ein großes, rohes Steak heraus.

Kaum wehte der Fleischgeruch durch den Stall, wurde das Jammern lauter. Mitch ging zum letzten Pferch und sah über den Holzzaun. Dahinter saßen viele Männer … wild, schmutzig und in Lumpen gekleidet. Ihr Blick war hungrig, ihr Körper ausgemergelt, um den Hals trugen sie glänzende Silberketten. Alle saßen in der Hocke und sahen Mitch an … und das, was er in der Hand hielt. Er schlug das Steak gegen den Zaun, und die Männer wurden ganz verrückt, drängten zum Fleisch und schnappten nach denen, die ihnen im Weg waren.

»Also kommt, Jungs«, sagte Mitch lächelnd. »Jagdzeit.«

KAPITEL 47

Eve

Finn?«, fragte Faye, erleichtert, ihn auf ihrer Schwelle zu sehen. »Alles in Ordnung?«

Er schüttelte den Kopf. »Nein, überhaupt nicht. Du musst mitkommen.«

Sie merkte, dass sie große Augen bekam. »Was denn? Sofort? Wohin?«

»Das hab ich noch nicht herausgefunden, aber …«

»Finn?« Joe trat neben Faye. »Komm doch rein.«

Finns Gesicht verdüsterte sich beim Anblick seines Vaters. »Was machst du denn hier?«

»Fayes Tante hilft mir bei der Übersetzung der Schriftrolle«, erwiderte Joe, und Finns Miene ließ ihn die Stirn runzeln. »Hilf uns doch auch dabei. Du kennst die alte Sprache so gut wie ich.«

»Nein«, erwiderte Finn knapp und wandte sich wieder an Faye. »Bitte komm mit mir mit. Hier kann man keinem trauen. Wirklich niemandem.«

Sie musterte ihn. »Rede nicht so. Du machst mir Angst.«

»Was ist passiert?« Joe trat einen Schritt auf seinen Sohn zu. Der wich zurück und ergriff Fayes Hand.

»Ich weiß es nicht, Dad«, sagte Finn, und seine Stimme brach beinahe. »Warum erzählst du es mir nicht?«

»Wie meinst du das?«

»Eve«, gab Finn heiser zurück. »Ich rede von Eve.«

Faye sah Joe verwirrt an und glaubte, in den Augen des stämmigen Mannes kurz etwas wie Schuld aufflackern zu sehen.

»Du warst also bei Mercy?«, fragte Joe. »Dabei weißt du doch, dass du ihr kein Wort glauben darfst.«

»Während du niemals lügst, nein, Dad?«, stieß Finn hervor. »Faye. Bitte rede mit mir. Draußen. Allein.«

Faye war noch immer verängstigt, aber einverstanden, und sah Joe an. »Ich komm gleich wieder.«

Nach kurzem Zögern nickte Joe widerwillig. Finn kümmerte sich nicht um ihn, sondern zog Faye auf die dunkle, menschenleere Straße und in eine noch dunklere Seitenstraße, wo sie vom Haus aus nicht zu sehen waren.

»Finn«, begann Faye. »Was ist los? Wer ist Eve?«

Er schaute sie an, und sie spürte wieder die vertraute, beinahe schmerzvolle Anziehung, die sie seit ihrer Begegnung im Einkaufszentrum jedes Mal empfand, wenn sie ihn sah. Sie wich seinem Blick aus und blickte auf eine Neonreklame ein Stück weiter die Straße hinunter, deren Lampen flackerten, als würden sie gleich für immer erlöschen.

»Faye«, setzte er an, »ich weiß, es ist seltsam, aber …«

»Erzähl es mir einfach. Erzähl mir, wer Eve war. Was hat sie dir bedeutet?«

Finn holte tief Luft. »Eve war deine Ururgroßtante. Sie war nicht von hier, sondern lebte in Osteuropa, von wo deine Familie vermutlich vor langer Zeit eingewandert ist. Und sie sah genauso aus wie du.«

Faye nickte benommen, und ihre Gedanken rasten. »Warte mal … Lucas hat mir ein altes Foto einer Frau gezeigt, die aussah wie ich. Oh Gott. Ob das Eve war?«

»Ja. Mercy terrorisierte Eves Dorf. Wir erfuhren von ihrer Ankunft und kamen den Bewohnern zu Hilfe, und ich …« Finn stockte, schloss die Augen und bekam eine so abwesende Miene, als sähe er die Vergangenheit erneut vor sich. »Kaum sah ich sie, traf es mich wie ein Blitz. Ich war damals jung, wirklich jung, und alle sagten, das gebe sich mit der Zeit, doch das hat es nicht getan. Niemals.« Er sah sie an. »Bis jetzt. Bis ich dir begegnet bin.«

»Was ist aus ihr geworden?«, fragte Faye leise.

Finn öffnete die Augen und sah auf die geschlossenen Jalousien der Buchhandlung. »Sie ist gestorben«, antwortete er knapp und mit schmerzerfüllter Stimme. »Bis heute hatte ich gedacht, ich wüsste, wie es geschah, doch jetzt …« Er schüttelte den Kopf und verstummte.

Faye sah ihn an und spürte Wut in sich aufsteigen.

»Ach?«, fragte sie. »Du hast seitdem also immer Ersatz gesucht, ja? Und hast gedacht, ich passe prächtig und kann wieder deine Eve sein? Weil ich aussehe wie sie? Weil ich aus der gleichen Familie stamme?«

Finn riss bestürzt den Kopf zu ihr herum. »Natürlich nicht! Faye, wie kannst du so was nur denken?«

»Wie denn nicht?«, fragte Faye verzweifelt. »Ich sehe aus wie sie, Finn! Ich sehe genauso aus, und das ist der einzige Grund, warum du jetzt überhaupt mit mir sprichst!«

»Nein«, wiederholte Finn. »Spürst du es denn nicht? Es ist wie … wie etwas in deiner Brust, oder? Etwas, das dich an mich bindet, als wären wir durch ein Seil verbunden. Nur dass es stärker ist als ein Seil. Das weiß ich, denn dieses Gefühl war seit vielen Jahren da. Schon immer. Und ich weiß, dass du es spürst, weil ich es auch spüre.« Finn legte die Hand aufs Herz. »Genau hier, nicht wahr? Ich schwöre dir, in dem Moment, als ich dich im Einkaufszentrum sah, hatte ich das Gefühl: Alles kommt ins Lot. Ich spürte dich und konnte dich atmen hören, als gäbe es dort niemanden außer uns.«

»Und woher weiß ich«, begann Faye und hätte am liebsten geweint, »ob du das für Eve empfindest oder für mich? Sie ist auch immer da, stimmt's?«

Finn fuhr sich durchs Haar und musste die Augen schließen. »Nein. Am Anfang warst du für mich zwar Eve. Du bist ihr in vielem unglaublich ähnlich. In anderem aber gar nicht. Du bist so stark, Faye. Du gehst direkt auf die Dinge los, weichst nicht zurück, passt auf dich auf. Eve war anders. Sie war empfindlich und brauchte mich zu ihrem Schutz. Und ich habe sie nicht beschützt. Ich konnte es nicht. Sie ist mir entglitten wie Wasser, und ich habe sie nicht mal verschwinden sehen.«

Er trat näher, nahm ihren Arm und zog sie heran, bis seine Stirn ihre berührte. »Du bist meine zweite Chance, Faye«, flüsterte er. »Ich habe Eve einhundertfünfzig Jahre lang geliebt. *Einhundertfünfzig Jahre!* Doch dich liebe ich zehnmal mehr, und unsere Liebe wird zehnmal länger halten. Der Gedanke, dich zu verlieren … ich muss dafür sorgen, dass du in Sicherheit bist. Das muss ich einfach. Sollte ich dich verlieren und wieder scheitern, würde ich vielleicht nicht mal mehr leben wollen. Bitte geh mit mir fort. Nur wir zwei, Faye. Bitte.«

Sie schnappte nach Luft, entwand sich seinem Griff und wich zurück. Tränen liefen ihr übers Gesicht. »Das geht nicht!«, sagte sie gequält. »Das kann ich nicht! Ich kann damit nicht umgehen. Ich begreife nichts von alldem …«

»Das brauchst du auch nicht«, flehte Finn. »Akzeptiere es einfach.«

»Wie kannst du das sagen?« Faye schüttelte den Kopf. »Ich kenne dich noch nicht mal!«

»Doch«, flüsterte er, trat heran, nahm ihr Gesicht in die Hände und stand so nah vor ihr, dass sie sein Herz hämmern spürte. »Doch, Faye. Ich kenne dich seit einer Ewigkeit, ich musste dich nur wiederfinden …« Finn atmete tief und bebend ein. »Sag mir, dass du das nicht auch fühlst, und ich lass dich allein.«

Faye sah ihn an und wollte sich die Lüge abzwingen, sie fühle nichts, doch sie wusste, dass er in ihren Augen die Wahrheit lesen konnte. Also griff sie nur nach seinen Händen und löste sie von ihrem Gesicht. Dann machte sie auf dem Absatz kehrt und floh in den Laden zurück.

*

Finn ging ihr ein kleines Stück nach, blieb auf der Straße stehen und sah sie im Buchladen verschwinden.

»Du kannst jetzt rauskommen«, sagte er ins Leere, als die Tür sich hinter ihr schloss. Es blieb kurz still, ehe vorsichtige Schritte aus der Dunkelheit drangen. Lucas kam langsam auf Finn zu und blieb stehen, wo der ihn sehen konnte.

»Wie hast du gemerkt, dass ich hier bin?«

Finn funkelte ihn zornig an. »Der Wolf sitzt mir gerade direkt unter der Haut«, erwiderte er. »Deshalb kann ich dir nur raten, mich nicht zu verärgern.«

Lucas nickte. »Gut.« Er blickte zu Boden und vergrub die Hände in den Taschen. »Also … ich hab alles gehört.«

»Und?«

»Starker Tobak. Ich schätze, mir war nicht klar, was ihr zwei für eine Vorgeschichte habt.«

»Tja«, meinte Finn. »Und dich geht das Ganze wohl auch nichts an, oder?«

»Warum bist du nur so ein Idiot?«, fragte Lucas, und sein plötzlicher Ärger überraschte Finn. »Du kannst sie doch nicht beschützen, indem du mit ihr wegläufst. Sie ist hier sicherer, bei uns allen.«

»Wirklich?«

»Aber ja! Und würde dein Kopf nicht so tief im eigenen Quark stecken«, begann Lucas, unterbrach sich aber seufzend. »Hör mal, du bist nicht der Einzige, dem sie etwas bedeutet. Aber …« Er sah mit verlegenem Achselzucken weg. »Ich hatte nie einen Bruder. Und jetzt, wo ich einen habe, will ich mich nicht mit ihm streiten, verstehst du? Warum fangen wir also nicht noch mal von vorn an? Das tu ich in letzter Zeit oft. Und bisher hat es sich bewährt.«

Finn sah Lucas zum ersten Mal richtig an. Sie ähnelten sich, das konnte man sagen … auch wenn Jahrhunderte und der Vater sie trennten.

»Na los«, drängte Lucas. »Ich steig dem Mädchen meines Bruders doch nicht nach. Aber ich helf dir, sie zu beschützen. Einverstanden?«

Finn nickte langsam.

»Also gut.« Lucas lächelte zaghaft. »Dann vergessen wir die Sache mit dem gemeinsamen Durchbrennen und gehen wieder rein. Dort wird nämlich ein Schlachtplan ausgeheckt.«

KAPITEL 48

Wähle!

Faye wollte sich auf das konzentrieren, was Tante Pam und Joe erzählten, doch ihre Gedanken kehrten immer wieder zu dem Streit mit Finn zurück. Er wirkte so überzeugt von allem, was er sagte, so leidenschaftlich. Und die Verbindung zwischen ihnen, von der er geredet hatte, war in ihr und pochte selbst jetzt.

»Wenn ihr euch das hier mal anseht«, sagte Pam gerade. »Ich denke, das bezieht sich auf den Prinzen, nicht auf den Unsterblichen. Die Vorsilbe ist zwar verwirrend, aber …«

Die Tür ging auf, und Lucas kam rein, gefolgt von Finn. Faye spürte ihr Herz stocken, sah weg und tat, als wäre sie ganz in die Notizen vertieft, auf die ihre Tante zeigte.

»Schön, dass ihr wieder da seid, Jungs«, hörte sie Joe trocken sagen. »Finn? Bleibst du?«

Nach einer Pause durchbrach Finn mit ruhiger Stimme die Stille im Laden. »Vorläufig ja. Aber wir müssen reden, Dad.«

»Das werden wir. Das verspreche ich dir«, versicherte ihm Joe. »Aber im Moment müssen wir uns viel dringender mit diesem Text befassen.«

»Was habt ihr rausgefunden?« Finn war offenbar zu dem Schluss gekommen, dass er sich ihnen nur anschließen konnte. »Irgendwas Nützliches?«

»Na ja.« Faye spürte, dass er sie ansah, kaum dass sie den Mund aufgemacht hatte. »Anscheinend ist das kein Zauberspruch, sondern ein Bericht.«

Finn machte einen Schritt auf sie zu. »Was für ein Bericht?« Seine Stimme war leise und wirkte besorgt. Faye versuchte zu ignorieren, was ihr Klang in ihr auslöste, und beugte sich stattdessen wieder über die Schriftrolle.

»Pam sagt, da wird ein Ritual beschrieben.«

»Und was für eins?«

»Das versuchen wir gerade herauszufinden«, sagte Joe. »Sieh dir den Text doch mal an. Zwei Augen mehr helfen uns bei dieser Aufgabe bestimmt.«

Finn näherte sich, und da Faye nicht schnell genug beiseitetrat, strich seine Hand sanft über ihre Finger und drückte sie kurz, bevor er sich auf die Schriftrolle konzentrierte.

*

Finn beobachtete Faye und wollte ihren Blick auffangen, doch sie vermied es, ihn anzusehen. Ob es richtig gewesen war, ihr alles so offen gesagt zu haben? Vielleicht hatte er sie bedrängt. Doch falls sein Vater recht hatte, lief ihnen die Zeit davon, und der Gedanke, ihr könnte etwas widerfahren, beunruhigte Finn bis ins Innerste. Nach dem, was Eve vor so vielen Jahren zugestoßen war … Er musste einen Weg finden, Faye vor dem zu schützen, was kommen würde. Um jeden Preis.

Er trat in die Lücke, die Faye am Tisch neben ihrer Tante gelassen hatte. Einige Bücher sorgten dafür, dass der Text sich nicht einrollte, und er runzelte die Stirn, als er sich darüberbeugte.

»Was habt ihr bisher rausgefunden?«, fragte er noch einmal.

»Tja«, begann Pam, nachdem sie tief Luft geholt hatte. »Soweit wir den Text verstanden haben, geht es um einen Prinzen der Feudalzeit, der vor Jahrhunderten über ein heute vergessenes Land Osteuropas regierte … im Mittelalter, als Unsterbliche reine Geschöpfe waren und noch auf Erden wandelten. Mercys Sippe hatte sein Land überrannt, und seine Untertanen waren zu ihren Leibeigenen geworden.«

Lucas überlief ein Frösteln. »Das ist so merkwürdig. Ihr redet schließlich über meine Mutter.«

»Der Prinz war verzweifelt bemüht, der Bevölkerung zu helfen«, fuhr nun Joe fort. »Doch Mercys Macht erstarkte immer mehr und durchzog sein Land wie die Finsternis. Der Prinz hatte sich in eine der wenigen Unsterblichen verliebt, die nicht geflohen waren. Das Paar war glücklich, einander so innig zugetan, dass sich alle, die sie sahen, gesegnet fühlten.«

Nickend wies Finn auf die Schriftrolle. »Hier steht, die beiden wollten heiraten. Ein großes Fest ihrer Liebe, das das ganze Land jubeln lassen sollte.«

»Richtig«, pflichtete Pam ihm bei. »Und weiter sind wir noch nicht.«

Finn musterte nachdenklich den Text. Er konnte nicht alles verstehen, erkannte aber ein paar Worte. »Hier ist von einem Handel mit Annwn die Rede«, murmelte er weiterlesend.

»Einem Handel, den Mercy vereinbart hat?«, fragte Joe.

»Nein, diesen Handel hat die Unsterbliche dem Prinzen vorgeschlagen.«

»Das ergibt keinen Sinn«, wandte Faye ein.

Finn sah seinen Vater an. »Hör mal«, sagte er und übersetzte: »Obwohl die Unsterbliche ganz erfüllt war von der Liebe zu ihrem

Erwählten, litt ihre Seele große Qualen. Sie konnte die Leiden seiner Untertanen nicht mitansehen und zugleich ihr eigenes Glück genießen.«

»Und was bedeutet das?«, fragte Lucas. »Hat sie den Prinzen also nicht geheiratet?«

Finn musterte die alte Schrift und merkte, wie sich ihm etwas Dunkles und Grausames auf die Schultern legte. Er spürte Faye, die kaum einen Meter entfernt stand, konnte sie aber plötzlich nicht ansehen.

»Doch«, berichtete er ihnen leise. »Und da kommt der Handel ins Spiel. Die Unsterbliche wusste, wonach es Annwn gelüstete und was seine Bewohner mit so vielen Gefühlen versorgen würde, dass sie auf Mercys Angebote nicht länger eingehen mussten.«

»Wahre Liebe«, sagte Joe leise, und Finn begriff, dass sein Vater verstanden hatte.

Er nickte. »Sie schlug dem Prinzen vor, ihre Liebe dem Leben und den Seelen ihrer Untertanen zu opfern, und sie zu befreien, indem sie ihre Liebe Annwn darbrachten.«

Es war einige Augenblicke lang still, da alle am Tisch zu erfassen versuchten, was das bedeutete.

»Das versteh ich nicht«, sagte Faye und klang verwirrt. Finn zwang sich, sie anzuschauen, und ihre nur mühsam verborgene Qual tat ihm im Herzen weh. »Was soll es heißen, dass sie ihre Liebe geopfert haben? Man kann Liebe doch nicht einfach weggeben. Man kann nicht einfach beschließen, jemanden nicht mehr zu lieben, oder?«

»Stimmt«, sagte Joe. »Deshalb war es auch ein so gewaltiges Opfer. Hab ich recht, Finn?«

Der nickte und konzentrierte sich wieder auf den Text. »Die Unsterbliche wusste, mit welchem Ritual sich die Liebe der beiden nach

Annwn leiten ließ«, erklärte er. »Es würde ihnen selbst das letzte Quäntchen davon nehmen und durch einen dunklen Spiegel nach Annwn transferieren. Dieser Teil von ihnen wäre also für immer verloren in der Unterwelt, wo die dortigen Dämonen sich sehr lange davon nähren könnten. Der Prinz verabscheute den Gedanken, wusste aber, dass er seine Untertanen nur so befreien konnte. Die Unsterbliche schrieb das Ritual der Hochzeitszeremonie auf. Der Kuss, der das Paar zu Mann und Frau machte, wurde Dreh- und Angelpunkt ihrer Magie. Ein Tödlicher Kuss, der das Ritual besiegelte. Und damit das Schicksal der beiden.«

Erneut breitete sich traurige Stille im Laden aus, denn alle dachten an die zwei, die sich so geliebt hatten, denen es aber bestimmt gewesen war, nie zusammen zu sein. Finn empfand dies als das denkbar grausamste Schicksal.

»Was blieb übrig?«, fragte Faye mit leiser, zitternder Stimme. »Nach Abschluss des Rituals, meine ich.«

»Von ihrer Liebe nichts«, erwiderte Finn ruhig. »Sie waren nur noch Hüllen und dessen beraubt, was sie glücklich gemacht hatte. Sie erkannten einander nicht einmal mehr, waren sich von Stund an fremd und sollten sich nie darüber klar werden, was sie geopfert hatten.«

»Das ist schrecklich«, flüsterte Faye, und Tränen füllten ihre schönen Augen.

»Ja«, pflichtete Finn ihr bei. »Das ist es. Aber es hat geholfen. Mercy und ihre Sippe verließen das Land. Die Leute waren sicher.«

»Na«, sagte Joe, »nun begreife ich, warum sie so darauf geachtet hat, dass dieser Text weggeschlossen blieb.«

»Wie meinen Sie das?«, fragte Lucas. »Mir ist zwar klar, dass es sich hier um eine schreckliche Geschichte handelt, aber ich verstehe nicht, warum ihr sie alle für so wichtig haltet.«

Finn wandte sich von Faye ab, musterte seinen jüngeren Bruder und fragte sich, wie sie einander so sehr ähneln und doch so verschieden sein konnten. »Weil die Schriftrolle auch die Worte und Symbole enthält, die man für das Ritual braucht«, erklärte er. »Weil man es also erneut vollziehen kann.«

»Aber wie?«, fragte Lucas. »Das funktioniert doch sicher nicht mit jedem, oder?«

»Stimmt«, erwiderte Finn, und die Worte blieben ihm fast im Halse stecken. »Das funktioniert nicht mit jedem.«

»Was soll das heißen?«, fragte Faye leise, doch Finn entnahm ihrem Blick, dass sie es eigentlich schon wusste. »Es geht also um mich?«, fragte sie zitternd in die Stille. »Ihr denkt, es geht um *mich*?«

»Es erklärt so viel, Faye. Warum Mercy sich für Winter Mill entschieden hat. Du bist eine Gefahr für sie. Aber auch eine Karte, die sie gegen uns ausspielen kann, falls das nötig sein sollte. Mercy liebt hohe Einsätze.« Er sah Tante Pam an. »Ich schätze, Ihre Familie stammt ursprünglich aus Osteuropa, oder?«

»Richtig.« Pam stand auf und zog noch einen Lederband aus dem Regal.

»Ja«, bestätigte auch Faye. »Dad hat mir oft von unserem Stammbaum erzählt. Aber wir leben seit Jahrhunderten hier. Und es ergibt noch immer keinen Sinn. Wie soll Mercy von mir erfahren haben? Und von der Vergangenheit meiner Familie? Und dass ich hier lebe?« Finn wollte antworten, als Faye sich zutiefst erschrocken die Hand vor den Mund schlug. »Oh nein. *Nein* … Liz hat Dads Brieföffner im Wald gefunden. Und Sergeant Wilson hatte mein Medaillon … Und Dad ist jetzt schon seit Wochen nicht zu erreichen! Was wäre … was wäre, wenn …«

Sie wirkte so verzweifelt, dass Finn sie am Arm berührte. »Wir haben keinen Hinweis darauf, dass ihm etwas zugestoßen ist, Faye.

Sie kann ihn irgendwo getroffen, das Medaillon gesehen und ihn in ihren Bann geschlagen haben, um an Informationen zu kommen … mehr nicht.«

»Ich denke, die Sache ist ziemlich klar«, erklärte Joe mit fester Stimme. »Faye, deine Familie stammt von jenem Prinzen ab.« Er sah Finn an. »Genau wie Eve. Deshalb seht ihr zwei euch so ähnlich, Faye, und deshalb …«

Sie schüttelte den Kopf, und bevor sie die Lider schloss, sah Finn noch, dass ihre Augen voller Tränen waren. »Ich will das nicht hören. Ich ertrage das nicht. Das habt ihr euch nur ausgedacht! Das ist reiner Zufall, nichts sonst!«

»Leider nein, Faye.« Tante Pam sah von dem Buch auf, in dem sie geblättert hatte. »Das ist unser Stammbaum. Eve ist darin aufgeführt. Joe und Finn haben recht.«

»Dann trifft es also mich?«, schluchzte Faye. »Es geht um mich, und ich bin es, die Mercy aufhalten muss?«

»Ja«, sagte Joe ruhig. »Du und …«

»Nein«, unterbrach Faye ihn schwach. »Sagen Sie es nicht.«

»Meinen Sie das ernst?«, fragte Lucas ungläubig. »Hab ich richtig verstanden? Faye soll das Ritual durchführen?«

Joe nickte. »Ja.«

»Und mit wem?«, wollte Lucas wissen.

»Das liegt bei Faye«, erwiderte Joe. »Lucas und Finn sind beide mit den Unsterblichen verwandt.«

Lucas sah Finn kurz an. »Gut, ich melde mich freiwillig. Faye? Ich übernehme die Aufgabe.«

»So geht das nicht«, sagte Joe. »Faye muss entscheiden. Sie muss den wählen, den sie liebt, wirklich und wahrhaftig. Sonst funktioniert das Ritual nicht, denn die freigesetzten Gefühle wären nicht stark genug.« Er sah Faye an. »Hast du verstanden?«

Sie schüttelte den Kopf. »Das kann ich nicht tun!«

»Musst du aber«, erwiderte Joe. »Gäbe es einen anderen Weg, würden wir ihn nehmen, doch uns läuft die Zeit davon. Darum musst du dich zwischen den beiden entscheiden.«

»Aber ich weiß es nicht!« Faye sah abwechselnd Finn und Lucas an. »Ich weiß es doch selber nicht!«

»Oh doch«, versetzte Joe. »Das weißt du. Geh einfach in dich und sei ehrlich. Und dann triff deine Wahl.«

KAPITEL 49

Konsequenzen

Faye wich von Finn zurück, wandte ihm den Rücken zu und bedeckte das Gesicht mit den Händen. Sie konnte mit alldem nicht umgehen, es war einfach zu viel. Wie Joe gesagt hatte, wusste sie tief im Innern, wen sie wirklich liebte. Doch sie brachte es nicht über sich, den Namen zu sagen und ihre Liebe an eine Unterwelt auszuliefern, die diese Liebe grausam zerreißen würde.

Sie spürte sanfte Hände auf den Schultern, die sie vorwärtsdrückten. Finn bugsierte sie ins kleine Hinterzimmer des Ladens und schloss die Tür hinter ihnen. Faye behielt die Hände vorm Gesicht, bis er sie ihr wegzog und sie vorsichtig bei den Handgelenken nahm.

»He«, sagte er mit leisem Lächeln.

»He«, flüsterte sie und sah ihm ins Gesicht, um sich zu vergewissern, dass sie es sich tief genug eingeprägt hatte, damit nicht einmal Magie es aus ihrem Gedächtnis löschen konnte.

»Bin ich es?«, fragte er leise.

Wieder traten ihr Tränen in die Augen. »Oh Finn …«

»Wenn nicht«, setzte er in plötzlicher Unsicherheit hinzu, »wäre das auch in Ordnung. Du musst ehrlich sein. Was ich da draußen gesagt habe, war wohl zu viel. Wenn du also lieber mit Lucas …«

Faye schüttelte den Kopf, und Tränen liefen ihr über die Wangen. »Du bist es, Finn. Du natürlich.«

Freude flackerte auf dem Grund seiner Augen auf, verwandelte sich aber rasch in Schmerz. Er zog sie an sich, umarmte sie und hielt sie fest, als könnte seine Nähe aufhalten, was kommen würde. Faye legte den Kopf an seine Schulter und weinte um alles, was sie zu verlieren gezwungen wären.

»Schschsch«, beruhigte Finn sie und strich ihr über den Rücken. »Es ist alles in Ordnung.«

»Von wegen«, erwiderte sie. »Von wegen! Alles, was du gesagt hast, alles hat gestimmt. Und wir haben uns doch gerade erst gefunden, Finn. Wir haben uns gerade erst unter allen Menschen auf Erden gefunden, obwohl du schon so viele Jahre am Leben bist. Und darauf müssen wir jetzt verzichten? Das ist nicht fair.«

»Nein«, pflichtete Finn ihr bei, »ist es nicht.« Er rückte etwas von ihr ab, um ihr Gesicht in die Hände zu nehmen, und lächelte sanft. »Aber hör mal, Faye. Ich hab dich immer nur schützen wollen. Ich hab gar nicht begriffen, dass ich es bin, der dich in Gefahr bringt. Mein unsterbliches Wesen, vereint mit deiner Herkunft. So kann ich dich schützen. Für alle Zeit, Faye. Wir machen reinen Tisch, für immer und ewig.« Er strich mit dem Zeigefinger über ihr Herz. »Wir durchtrennen diese Bindung, und du bist frei. Du bist sicher. Für alle Zeit.«

Faye schüttelte den Kopf, und ihre Augen füllten sich wieder mit Tränen. »Aber hinterher … da kennen wir uns nicht mehr und finden uns nie wieder. Ich weiß nicht, ob ich das ertragen kann.«

Finn beugte sich lächelnd vor, um ihre Stirn zu küssen. »Aber wir haben einander immerhin gekannt«, erwiderte er sanft. »Es gibt so viele Menschen auf dieser Welt, Faye, die nie erleben, wie es ist, wirklich zu lieben. Wir aber erleben es … wenn auch nur sehr kurz.«

Faye schloss erneut die Augen. »Wir könnten weglaufen. Es muss doch einen Weg aus der Stadt geben.«

»Komm, Faye McCarron«, sagte Finn, »das ist nicht dein Ernst.«

Sie seufzte und wischte die Tränen weg. »Nein, vermutlich ist es das nicht.«

Plötzlich krachte die Tür auf, und sie zuckten zusammen. Liz und Jimmy kamen herein, in Leder gekleidet und schneebedeckt.

»Boah«, sagte Liz und blieb abrupt stehen, als sie Faye und Finn so nah beieinander sah. »'tschuldigung ... stören wir? Wo sind die anderen? Der Laden ist leer. Wenn alle oben Pams Kekse essen, sind hoffentlich noch welche für mich übrig.«

Faye musste unwillkürlich darüber lächeln, ihre Freundin so zu sehen, und umarmte sie fest. »Ich bin froh, dass du da bist. Wo warst du?«

Liz erwiderte die Umarmung, ehe sie Jimmy ansah, der ernst neben ihr stand. »Bei Jimmys Eltern. Wir bringen keine guten Nachrichten.«

»Oh nein, hat es sie auch erwischt? Jimmy, das tut mir leid.«

Er nickte. »Wir wussten nicht, wohin wir sonst fahren sollen. Die Bikerpatrouille hat gesagt, ihr seid alle hier. Seht ihr euch die Schriftrolle an?«

Faye nickte. »Ich hol die anderen. Wir haben euch viel zu erzählen.«

*

Tatsächlich waren die Übrigen hoch in Pams Wohnung gegangen. Die beiden Pärchen folgten ihnen und setzten sich an den Küchentisch, wo Liz und Jimmy eingeweiht wurden, während alle starken Kaffee tranken, um munter zu bleiben.

Liz wollte ihren Ohren kaum trauen, als Faye erzählte, was im Text stand und was es bedeutete. Sie schüttelte den Kopf. »Das ist mir gar nicht aufgefallen«, meinte sie leise. »Warum hast du mir nicht gesagt, dass du so viel für Finn empfindest? Dann wäre ich nicht so gegen ihn gewesen!«

Faye lächelte schwach. »Ich glaube, das war mir selbst nicht klar. Das Gefühl war einfach da, als wir uns trafen. Wie ein Teil von mir … und zwar ein so großer Teil, als wäre er schon immer da gewesen.«

Liz lächelte zurück, runzelte dann aber die Stirn. »Warte mal«, begann sie, »du erzählst mir hier, dass Finn deine lange verlorene, unsterbliche Liebe ist? Und jetzt willst du sie einfach opfern?«

Faye packte Finns Hand noch fester. »Wir haben keine Wahl, Liz. Wir müssen nur noch rausfinden, wann das Ritual stattfinden soll.«

»Es muss die Hochzeitszeremonie von damals nachstellen«, erklärte Tante Pam. »Ich weiß nicht, wie wir das über die Bühne bringen und kurzfristig so viele hynotisierte Städter als Zeugen bekommen sollen, jetzt da Winter Mill eingeschneit ist.«

»Vielleicht im Rahmen einer Party?«, überlegte Liz.

Joe zuckte mit den Achseln. »Ja, so in der Art. Hauptsache, es gibt einen Spiegel, den wir für das Ritual nutzen können. Die Symbole aus dem Text der Schriftrolle müssen darauf stehen, um den Pfad nach Annwn zu eröffnen.«

»In der Schulturnhalle gibt es einen richtig großen«, erklärte Liz.

»Stimmt«, meinte Lucas, »aber hilft uns das? Wie sollen wir eine Party organisieren und alle dorthin bekommen?«

Liz lächelte. »Habt ihr etwa vergessen, welchen Tag wir heute haben?«

Jimmy lachte leise. »Liz, du bist ein Genie!«

»Warum?«, fragten Finn und Faye wie aus einem Munde.

»Oh mein Gott«, sagte Tante Pam mit Blick auf den Wandkalender. »Es ist Halloween.«

»Genau«, bestätigte Liz, »und egal, was unsere lieben Zombiefreunde sonst noch getan haben, sie haben den größten Halloweenball vorbereitet, den es an unserer Highschool je gab. Auf dem Weg hierher sind uns Hunderte Schüler begegnet, alle verkleidet, alle auf dem Weg in die Schule.«

Pam sah Joe an. »Meinen Sie, das könnte funktionieren?«

»Ja, falls es uns gelingt, die Aufmerksamkeit aller Gäste auf das Ritual zu lenken.«

»Wartet mal«, meldete Faye sich zu Wort, »werden nicht normalerweise ein Ballkönig und eine Ballkönigin gekrönt?«

»Stimmt!«, rief Liz. »Wir könnten es so arrangieren, dass ihr zwei gewinnt. Die Krönungszeremonie würde dem Ritual größtmögliche Aufmerksamkeit sichern, oder?« Sie sah Faye nicken. Und dann erbleichen. »Was ist los?«

Faye schüttelte den Kopf. »Ich hab gerade … Werden wir das wirklich tun? Jetzt? So rasch?«

Finn legte ihr den Arm um die Schulter, beugte sich vor und küsste ihr Haar. »Je schneller, desto besser«, sagte er leise. »Mercy ist kurz vor dem Ziel, und wir dürfen sie nicht gewinnen lassen.«

Liz nahm Fayes freie Hand und drückte sie sanft. »Denk nicht an das Ende der Zeremonie. Denk einfach, das ist die erste Verabredung mit deiner großen Liebe. Viel romantischer kann es sowieso nicht mehr werden, stimmt's?«

Faye brachte ein kleines Lachen zustande. »Na, wenn du das so sagst …«

Liz stand auf und zog sie mit auf die Beine. »Genau. Und das heißt auch, du brauchst das absolute Hammer-Outfit.«

KAPITEL 50

Vorbereitungen

Faye sah ausdruckslos in ihren Schrank. Sie konnte sich des Eindrucks nicht erwehren, angesichts der Ereignisse mühsam etwas zum Anziehen auszusuchen, sei einfach das ganz Falsche. Immer wieder dachte sie an ihr Gespräch mit Finn. Wie glücklich er gewirkt hatte, als sie ihn erwählt hatte! Doch dieses Glück würde und durfte nicht dauern. Alles wegen ihr … wegen ihrer Familie und einer Vergangenheit, von der sie keinen Schimmer gehabt hatte. Faye blinzelte und spürte Tränen in ihre Augen treten. Und ihr Dad? Was war ihm zugestoßen? Alles war totales Chaos, und doch erwartete man von ihr, weiterzumachen, als bräche die Welt ringsum nicht zusammen.

»Ich werde einfach wieder das Ballkleid vom letzten Jahr anziehen«, sagte Faye schließlich.

»Nein«, widersprach Liz. »Du musst etwas tragen, das dich der Krönung zur Ballkönigin würdig macht. Auch wenn wir die Abstimmung fälschen, muss sie einigermaßen glaubwürdig wirken.«

Faye fuhr sich mit der Hand über die Augen. »Ich kann einfach nicht klar denken. Gerade jetzt etwas zum Anziehen auszusuchen, kommt mir echt idiotisch vor.«

»Darum bin ich hier«, erwiderte Liz und tätschelte ihr sanft die Schulter.

»Aber letztens in der Schule haben sich alle wie Zombies verhalten«, erklärte Faye. »Bist du sicher, dass der Ball dieses Jahr überhaupt stattfindet?«

»Als Jimmy und ich an der Highschool vorbeikamen, waren die Vorbereitungen nicht zu übersehen«, beruhigte Liz sie. »Und das Fest wird seit Wochen geplant, vielleicht läuft da alles wie von selbst? Außerdem hat jetzt, wo die Stadt eingeschneit ist, niemand etwas anderes vor.«

Es fröstelte Faye. »Wir kennen Mercys Plan noch immer nicht. Vielleicht sind all diese Leute ein Teil davon.«

»Deswegen müssen wir ja jetzt handeln«, antwortete Liz. »Ehe sie uns zuvorkommen kann.«

Faye nickte kläglich. »Wahrscheinlich hast du recht.«

Liz beobachtete sie kurz, als versuchte sie, eine Entscheidung zu treffen. »Ich wünschte, ich könnte dir helfen, Faye. Aber ich weiß nichts anderes zu tun, als dafür zu sorgen, dass du umwerfend aussiehst.«

Faye lächelte schwach. »Schon gut. Ich muss das einfach machen. Und du hilfst mir dabei.«

Liz nickte und sagte mit finsterer Miene: »Nach dem zu urteilen, was die Leute auf dem Weg zum Ball getragen haben, ist das Thema sehr festlich. Da brauchst du etwas wirklich Aufsehenerregendes.«

Faye schüttelte den Kopf. »So was hab ich nicht.«

»Vielleicht kann ich ja helfen?« Die Mädchen drehten sich um und sahen Pam mit einem langen Pappkarton auf der Schwelle stehen.

Sie trat ein und legte die Schachtel aufs Bett.

»Was ist das?«, fragte Faye fasziniert.

»Etwas, das sehr lange unter meinem Bett gelegen hat«, erwiderte ihre Tante leise. »Schau es dir an. Ich denke, es passt dir. Ich war nur ein paar Jahre älter als du, als ich es gekauft habe.«

Faye und Liz nahmen den Deckel von der Schachtel. Der weiche Stoff darin war sorgfältig in Seidenpapier gewickelt. Die Mädchen nahmen das Kleid heraus und entfernten die Hülle.

»Wow!«, sagte Liz dann. »Wow …«

Die Mädchen schnappten nach Luft. Es war aus schimmernder Seide in hellem Pfauenblau. Der Rock war lang, und das Top besaß eine elegante Korsage mit Rückenschnürung. Als Faye das Schmuckstück ins Licht hielt, fiel etwas zu Boden. Sie hob es auf, ein Schleier aus Spitze. Sie war überwältigt.

»Ist das ein *Hochzeits*kleid?«

»Ja«, sagte Pam. »Aber ich habe es nie getragen.«

Faye und Liz sahen sie an. »Das … das wusste ich ja gar nicht«, stammelte Faye.

Pam lächelte traurig. »Sagen wir einfach: Nicht nur du weißt, wie es ist, die große Liebe zu verlieren«, erwiderte sie leise. »Aber das ist eine andere Geschichte. Jetzt beeil dich. Ich such für Finn was aus den Beständen deines Vaters. In der dreckigen alten Lederkombi kann er dort nicht aufkreuzen.«

*

Finn wartete am Fuß der Treppe, als Faye auftauchte. Er hatte geglaubt, auf alles gefasst zu sein, aber nicht damit gerechnet, dass sie so schön aussehen würde. Er sah sie sprachlos an, sie lächelte verlegen und schritt vorsichtig die Stufen herab, um nicht auf den Saum ihres Kleids zu treten. Noch ehe sie unten war, hatte Finn die Beherrschung wiedererlangt und streckte ihr die Hand entgegen.

»Faye«, flüsterte er und betrachtete ihr zu losen Locken gestecktes Haar. »Ich … ich weiß nicht, was ich sagen soll. Du siehst fantastisch aus.«

Errötend lächelte sie erneut. »Du auch. Hübsches Hemd.«

Verlegen betrachtete Finn sein Outfit. Er trug eine schwarze Hose und ein weißes Smokinghemd. »Entschuldige«, sagte er. »Die Jacketts deines Vaters waren in den Schultern zu schmal für mich. Und«, er wies auf den offenen Kragen, »das Hemd passt mir nur, wenn ich es oben nicht zuknöpfe.«

Faye lachte. »Unsinn, du siehst umwerfend aus.«

Finn hätte sie am liebsten für immer angesehen, doch es stand so viel auf dem Spiel. »Tut mir leid«, sagte er leise, »aber wir müssen gehen, sofort.«

Faye nickte und sah die Übrigen an, die sich um sie versammelt hatten. »Was werdet ihr tun?«

»Lucas und Jimmy begleiten mich zurück ins Zeltlager«, sagte Joe. »Wir müssen alles packen und fahren dann in die Stadt. Ich nehme die echte Schriftrolle mit, damit sie in Sicherheit ist, doch ich hab euch die Symbole und Formeln, die ihr braucht, abgeschrieben.« Er gab Faye ein Stück Papier. »Achtet darauf, den Spiegel genau so zu kennzeichnen, wie es da steht, ja?«

»Ich hab die falschen Wahlzettel«, sagte Liz, hielt die Unterlagen kurz hoch und stopfte sie in ihre Tasche. Sie trug Fayes kurzes Ballkleid vom Vorjahr aus gelbem Satin, dessen Spaghettiträger ihre schmalen Schultern zur Geltung brachten, ging damit zu Jimmy und nahm ihn bei den Händen. Jimmy beugte sich vor, bis seine Stirn ihre berührte. So standen sie kurz da, bis Liz tief Luft holte und einen Schritt zurücktrat. »Kommt«, sagte sie. »Gehen wir!«

Alle wandten sich zur Tür, doch Finn hielt Faye einen Moment zurück. Sie sahen einander an, und in Fayes wunderschönen Augen schimmerten Tränen. Er wollte etwas Passendes sagen, doch in seinem Kopf war nur ein Gedanke.

»Ich liebe dich«, flüsterte er. »Und ich weiß nicht, wie ich je damit aufhören könnte.«

Faye lächelte, und die Tränen nahmen ihr die Sicht. »Dann hör nicht auf damit«, flüsterte sie zurück. »Hör einfach nicht auf.«

KAPITEL 51

Der Ball

Trotz allem musste Faye zugeben, dass die Schule fantastisch aussah. Alle Lichter waren eingeschaltet, und schwarzer Flor war über die Fenster gespannt und ließ das Gebäude im Dunkeln glühen. Kerzen flackerten in ausgehöhlten Kürbissen und säumten den Weg zur Turnhalle, wo der Ball und die Krönung von König und Königin stattfinden sollten.

»Für Zombies haben die ziemlich gute Arbeit geleistet«, raunte Liz.

Die Lampen in der Halle waren weit heruntergedimmt, doch die Diskokugel unter der Decke warf ein dichtes Netz kreisender Lichtpunkte. Schwarze Fledermäuse aus Papier, an unsichtbaren Fäden aufgehängt, flatterten im Halbdunkel über den Köpfen. Die Tanzfläche war schon voller Leute, die sich als wirbelnde Farborgie zur Musik bewegten.

»Sieh mal«, sagte Liz, diesmal lauter, und wies mit dem Kopf in eine Ecke der Turnhalle. »Die Abstimmungskästen.«

Faye nickte. »Bewacht von Ms Finch.«

»Mach dir keine Sorgen«, sagte Liz. »Ich finde schon einen Weg, sie zu überlisten.«

»Sicher?«, fragte Faye. »Wir wissen doch, dass sie seit Wochen zu Mercy gehört. Was passiert, wenn …«

Liz unterbrach sie achselzuckend. »Uns bleibt keine Wahl, oder? Also drück mir einfach fest die Daumen.« Im nächsten Moment arbeitete sie sich durch die vielen Schüler und wich den Tänzern dabei geschickt aus.

Finn legte Faye den Arm um die Schultern, und sie lehnte sich an ihn. »Die schafft das schon«, sagte er.

Faye seufzte. »Ich weiß.« Sie betrachtete den großen Spiegel an der Wand gegenüber und zog ihren Lippenstift aus der Tasche. »Ich muss zum Spiegel.«

Finn nickte, und sie arbeiteten sich Hand in Hand über die volle Tanzfläche.

*

Liz musterte neidisch ihre Klassenkameradinnen, die so unbeschwert tanzten, als gäbe es nichts zu verlieren. Candi zum Beispiel sah in ihrem langen, amethystfarbenen Kleid so toll aus wie immer. Rachel daneben trug etwas Schimmerndes, das fast wie aus Silber gewoben wirkte. Dieser Ball war der beste, den es an der Winter Mill Highschool je gegeben hatte, und sie schlich herum und fürchtete das Weltende. Was hätte sie darum gegeben, wenn alles so gewesen wäre wie früher!

Sie biss sich auf die Lippe und begriff, dass die Normalität am Ende des Fests wiederhergestellt sein würde, dass Faye Finn dadurch aber für immer verlieren würde. Das tat ihr für ihre beste Freundin von Herzen leid, doch auch Liz wollte, dass die Sache möglichst schnell vorbei wäre. Und wenn Faye und Finn sich nicht aneinander erinnern könnten, würden sie wenigstens nicht darunter leiden, einander verloren zu haben. Sie dachte an Jimmy und wünschte, er wäre bei ihr. Bei seinem schiefen Grinsen hatte sie sich in letzter Zeit stets besser gefühlt.

Mit unschuldigem Lächeln machte sie sich an Barbie Finch heran. Die Lehrerin lächelte zurück und musterte dabei mit ausdruckslosen Augen die Tanzfläche.

»Hallo, liebe Liz«, sagte sie geistesabwesend.

»Ms Finch«, begann Liz, strahlte die Lehrerin an und stellte sich so hin, dass sie mit dem Rücken zu einem der Abstimmungskästen stand, »ist das nicht ein tolles Fest?«

»Oh ja«, sagte Ms Finch mit seltsam hohler Stimme. »Einfach wundervoll. Wundervoll.«

»Eben. Allerdings …« Liz unterbrach sich und schüttelte gespielt entrüstet den Kopf. »Na ja, ich frag mich bloß, ob diese Biker hierher gehören.«

Kaum hatte Liz die Motorradfahrer erwähnt, wandte Ms Finch ihr den Kopf zu und bekam schmale Augen. »Biker?«

Der Blick, den die Lehrerin ihr dabei zuwarf, ließ Liz frösteln. Nein, Ms Finch war nicht mehr sie selbst. »Ja«, sagte das Mädchen. »Sie sind vor dem Schultor …«

Barbie Finch musterte Liz kurz. »Dem muss ich nachgehen«, erwiderte sie und stürmte davon.

Liz nickte, sah ihre Lehrerin zum Hinterausgang eilen, wartete, bis Barbie nicht mehr in der Turnhalle war, drehte sich um, teilte ihren Packen mit Abstimmungszetteln schnell in zwei Haufen und stopfte sie in die Kästen. Dann wandte sie sich wieder dem Ball zu und vergewisserte sich, dass niemand sie beobachtet hatte, doch alle Schüler tanzten wie von der Musik – oder etwas Schlimmerem – hypnotisiert.

*

Faye schob sich an den Spiegel heran, ließ Finns Hand los und zog die Kappe ihres Lippenstifts ab. Niemand bemerkte, wie sie den Zettel überprüfte, den Joe ihr in die Hand gedrückt hatte. Zwei Symbole musste sie in die unteren Ecken des Spiegels kritzeln, ein drittes in die Mitte zwischen beiden.

Kaum hatte sie das erste Symbol aufgetragen, stieß jemand gegen sie und ließ sie zusammenfahren.

»'tschuldigung«, sagte Finn ihr leise ins Ohr. Er musterte den Saal und hielt Wache.

Sie holte tief Luft, lächelte zittrig und ging schnell zur anderen Ecke des Spiegels, wo Finn sich erneut so aufstellte, dass niemand sah, was sie tat.

*

Die Biker hatten inzwischen alles auf ihre Motorräder geladen. Lucas, der beim eiligen Packen geholfen hatte, saß am verglimmenden Lagerfeuer, während Jimmy für sie beide einen Kaffee holte. Ihnen war kalt, und sie waren müde, doch beide wussten, dass heute noch viel mehr zu erledigen war.

Während er auf Jimmys Rückkehr wartete, zog Lucas die Schriftrolle hervor und sah sie sich an. Er strich mit den Fingern über das alte, knittrige Papier und konnte nicht glauben, dass sein Inhalt das Schicksal von Finn und Faye besiegelte oder dass das darin beschriebene Ritual allein darauf zielte, seine Mutter aufzuhalten. Lucas schüttelte den Kopf. Er wusste noch nicht recht, was nun, da er praktisch ohne ein Zuhause war, mit ihm geschehen würde. Es erschien ihm eigensüchtig, sich um solche Dinge zu sorgen, während sein frisch gefundener Bruder und das Mädchen, das er liebte, drauf und dran waren, alles zu opfern, um die Stadt zu retten.

Lucas besah sich noch immer die Schriftrolle, als Jimmy mit dem Kaffee zurückkam und sich zu ihm setzte. Lucas nahm den Blechbecher, den er ihm hinhielt, und war froh, etwas Warmes zu haben, um das er die Finger schließen konnte. Es schneite wieder, und die Temperatur war weiter gefallen.

Um es sich gemütlicher zu machen, setzte Jimmy sich anders hin, stieß dabei aber seinen Nachbarn in den Ellbogen, und aus Lucas' Becher spritzte heißer Kaffee über Hose und Hände.

»Oh nein, die Schriftrolle!« Lucas stand auf und fuchtelte mit dem nass gewordenen Blatt, um den Kaffee darauf loszuwerden.

»Tut mir echt leid«, rief Jimmy und sprang bestürzt auf. »Ist der Text ruiniert?«

Lucas hörte auf, mit der Rolle zu fuchteln, und prüfte sie düster. »Nein«, sagte er leise. »Zum Glück nicht.«

Jimmy seufzte erleichtert. »Gott sei Dank. Vielleicht können wir sie am Feuer trocknen.«

Lucas hörte nicht zu, sondern besah die Kaffeetropfen auf dem Text. Er setzte den Becher ab, fuhr mit dem Finger über die nassen Worte und spürte, wie sein Herz wild zu klopfen begann.

»Was ist los?«, fragte Jimmy.

»Ich bin kein Experte«, sagte Lucas heiser und blickte weiter auf die Schriftrolle. »Aber sollte alte Tinte nicht verlaufen, wenn sie nass wird?«

Jimmy beugte sich vor, und Lucas hörte ihn beim Blick auf den Text nach Luft schnappen. »Oh nein …«

Lucas sprang auf und rannte zu Joe, der sein Motorrad belud. Jimmy hielt mit ihm Schritt.

»Das ist eine Fälschung«, rief Lucas. »Dieser Text ist eine Fälschung!«

Joe blickte sich um. »Was?«

»Schauen Sie sich das an«, keuchte Lucas und wedelte mit der Schriftrolle. »Wenn das jahrhundertealte Tinte wäre, würde sie verlaufen. Aber das tut sie nicht. Joe … das muss neue Tinte auf *altem* Papier sein!«

Jimmy sah zwischen Lucas und Joe hin und her. »Was bedeutet das? Für uns? Für Finn und Faye?«

Schockiert rieb Joe sich die Augen. »Dass Finn recht hatte. Das Ritual … die ganze Sache muss eine Falle sein.«

»Aber …«

Lucas' Frage wurde vom langen, klagenden Ruf eines Jagdhorns unterbrochen, dessen Töne durch den Wald drangen.

KAPITEL 52

In der Falle

Der Klang des Horns verstummte nicht. Es hallte gruselig und abschreckend durchs Lager. Jimmy erstarrte und erinnerte sich an das letzte Mal, wo er es so nah gehört hatte. Er entsann sich der Furcht, allein im Wald zu sein, und der schrecklichen gelben Wolfsaugen, als das Tier aus dem Dunkel auf ihn zugekommen war. Ihn schauderte. Die Biker dagegen waren hellwach, erhoben sich und fassten die Ränder des Lagers ins Auge.

Und da waren sie! Dunkle, schleichende Umrisse, die sich im Schatten des Unterholzes hielten. Sie strichen am äußersten Rand des Feuerscheins herum, und nur da und dort blitzte ein gelbes Auge oder ein grellweißer Zahn auf. Jimmy drehte sich langsam um die eigene Achse und stellte fest, dass sie umzingelt waren. Als Joe ihm eine Hand auf die Schulter legte, schrak er zusammen.

»Keine Panik«, mahnte ihn Joe. »Die greifen nicht an … noch nicht. Mercy will etwas.«

Wieder erklang das Jagdhorn, und ein Schimmel glitt aus dem Wald. Er trug eine alte Kampfrüstung, deren schwarzes, graviertes Metall Bug und Flanken schützte. Sein Reiter trug ebenfalls Rüstung. Das Pferd schritt stolz voran und hielt direkt auf Joe Crowley zu. Die misstrauischen Biker umkreisten ihren Anführer und seinen Besucher und waren deutlich entschlossen, Joe zu verteidigen.

Der Schimmelreiter öffnete sein Visier, und erschrocken erkannte Jimmy Sergeant Wilson. Der Polizist zog etwas aus einer reichverzierten Satteltasche und warf es Joe stumm zu.

Es war ein silberner Spiegel. Joe hielt ihn hoch, und Jimmy war nah genug, um Eisblumen darauf entstehen zu sehen. Und plötzlich schimmerte Mercy Morrows wunderschönes Gesicht auf dem Spiegelgrund auf. Sie lächelte.

»Joe Crowley«, flüsterte sie. »Das ist lang, lang her.«

»Und doch nicht lang genug«, gab Joe zurück.

Mercy zog einen kleinen Schmollmund, als wäre dies nur ein Spiel und sie am Verlieren. »Ach komm schon, Joe. Du würdest mich vermissen, wenn es mich nicht gäbe. Ich weiß, dass du mich sogar jetzt vermisst.«

»Da täuschst du dich. Wie du dich immer getäuscht hast, Mercy … über so vieles.«

Mercys Augen blitzten vor Wut kurz auf, und das Eis auf dem Spiegel wurde dicker. »Na, warten wir ab, ob ich diesmal nicht recht habe. Du weißt inzwischen, dass ihr zwei, du und unser kostbarer Sohn, in einer von mir gestellten Falle sitzt. Als ich das Gesicht dieser Faye zum ersten Mal sah, wusste ich sofort, dass Finn von ihr genauso bezaubert sein würde wie von seinem letzten Schwarm vor Jahrhunderten. Du hättest klüger sein und einen Weg finden sollen, die beiden getrennt zu halten. Das Ende ist nah, Joe Crowley, und du selbst hast es verschuldet. Doch ich biete dir eine Wahl. Komm zu mir zurück. Komm zurück und sei wieder mein. Dann lasse ich dich und den Sohn, den du mir geraubt hast, am Leben.«

Joe schwieg, und Jimmy glaubte einen schrecklichen Moment lang, er würde Mercys Angebot überdenken. Doch dann schüttelte der Biker entschieden den Kopf. »Niemals, Mercy. Lieber würde ich bis in alle Ewigkeit in Annwn Qualen leiden, als wieder dein Sklave zu sein.«

Für einen Sekundenbruchteil sah Jimmy etwas wie Trauer in Mercys kaltem Blick, doch dann packte sie eine so brennende Wut, dass das Eis auf dem Spiegel verdampfte.

»Dann, Joe Crowley, hast du dein Schicksal besiegelt ... und das der deinen.«

Das Licht im Spiegel erlosch, das Gesicht verschwand. Plötzlich knurrte es von allen Seiten, da Mercys im Wald verteiltes Jagdrudel einen Kampf witterte.

Joe stieß einen Befehl aus, und sofort begannen sich die Biker zu verwandeln. Jimmy sah sie mit schmerzverzerrter Miene auf die Knie fallen. Ihre Haut veränderte sich, und allen wuchs ein Fell. Ihre Gesichter wurden zu Masken, rissen auf und offenbarten den Wolf darunter. Joe wandelte sich nicht, und Jimmy sah ihn hinter den Wölfen Posten beziehen, als wollte er ihr Handeln kommandieren. Binnen Sekunden waren Joe, Lucas und Jimmy die einzigen Menschen im Lager, während zwei Wolfsrudel ihr hungriges Jaulen durch den Wald dringen ließen.

Das Jagdhorn erklang erneut.

*

An dem Frösteln, das ihn überlief, spürte Finn, dass seine Kameraden sich in Wölfe verwandelt hatten. Um sich zur Konzentration zu zwingen, beobachtete er Fayes vergebliche Bemühungen, mit ihrer Freundin Candi zu sprechen. Finn hatte bereits an Candis Blick gesehen, dass sie zu sehr unter Mercys Einfluss stand, um noch zu wissen, wer ihre Freundin eigentlich war.

Er nahm Faye bei der Hand. Sie zitterte am ganzen Leib. »He«, flüsterte er und strich ihr mit den Lippen am Ohr entlang. »Lass uns tanzen.«

Faye schüttelte den Kopf. »Das ist nicht die Zeit dafür.«

»Wir werden aber keine andere mehr haben«, rief Finn ihr mit einem traurigen Lächeln in Erinnerung. »Außerdem müssen wir den Anschein wahren.«

Er zog sie zur Tanzfläche und war froh, dass gerade ein langsameres Lied gespielt wurde. Sie standen nah beisammen, und Faye sah so verzweifelt zu ihm hoch, dass Finn nicht anders konnte, als sie an sich zu ziehen und ihren Kopf unter sein Kinn zu schieben. Sie wiegten sich sanft im Takt der Musik, und er versuchte, sich den Moment besonders gut einzuprägen.

»Erzähl mir etwas von dir, das ich noch nicht weiß«, flüsterte Faye und rückte ein wenig von ihm ab, um ihm ins Gesicht zu sehen. »Kein Werwolf-Zeug … etwas über *dich*.«

Finn hatte sich seit Langem nur als Werwolf gesehen. Achselzuckend sagte er endlich: »Ich schreibe gern Briefe.«

Faye wirkte überrascht. »Briefe?«

»Ja … weißt du, bevor die Sache mit den E-Mails aufkam, hat man sich mit der Post Briefe geschickt. Und die schreib ich gern.«

Faye lächelte. »Es wäre toll, wenn du mir einen Brief schreiben würdest.«

Er zog sie wieder an sich. »Mach ich. Versprochen. Irgendwie schreib ich dir einen Brief.«

»Meine Damen und Herren«, dröhnte Barbie Finchs Stimme durch die Turnhalle und ließ beide zusammenfahren. Die Lehrerin stand auf der Schulbühne, ein Mikrofon in der Hand. Widerstrebend ließ Finn Faye los, die sich aus seinen Armen befreit hatte, um besser zu sehen. »Wie Sie wissen, haben wir heute Abend den

König und die Königin unseres Halloweenballs gewählt. Und ich freue mich, Ihnen verkünden zu können, dass die Stimmen nun ausgezählt sind!«

Finn griff nach Fayes Hand.

*

Stirnrunzelnd hörte Liz Barbies Ansage. Die Stimmen konnten unmöglich so rasch gezählt worden sein! Liz hatte gesehen, wie Ms Finch nach der vergeblichen Suche nach den Bikern zurückgekehrt war, und das war kaum fünf Minuten her. Erst danach hatte sie sich mit den Kästen zur Auszählung zurückgezogen.

»Ich muss sagen«, fuhr Barbie von der Bühne aus fort, »dass ich mit dem Ergebnis sehr zufrieden bin, und ich bin sicher, dass es Ihnen allen nicht anders gehen wird.«

Liz sah sich in der Turnhalle um. Das Tanzen hatte aufgehört, genau wie die Musik. Doch nicht alle Schüler sahen die Lehrerin an, nein, die meisten betrachteten Faye und Finn, die Händchen haltend auf der Tanzfläche standen.

»Die Ehre, König und Königin des Halloweenballs zu sein, geht dieses Jahr an eine unserer fleißigsten und beliebtesten Schülerinnen«, fuhr Ms Finch fort.

Liz überlegte, ob sie sich die Dinge bloß einbildete, doch Faye und Finn schienen wirklich nicht zu bemerken, dass inzwischen alle im Saal sie ansahen, als wüssten sie schon, wer dieses Jahr gekrönt wurde …

»Und an einen Schüler, der erst seit Kurzem bei uns ist«, fuhr Barbie fort. »Ich finde das einen herrlichen Weg, ihn an unserer Schule willkommen zu heißen. Ich verkünde also mit großer Freude, dass es sich bei den Gewinnern um folgendes Paar handelt …«

Ein kalter Windstoß ließ Liz frösteln. Tatsächlich war die Temperatur in der Turnhalle so plötzlich gefallen, dass sie die Atemwölkchen der Gäste sehen konnte.

»… Faye McCarron und Finn Crowley!«

Der Beifall war ohrenbetäubend. Er hallte durch den bitterkalten Saal, während alle herandrängten, um dem glücklichen Paar zu gratulieren. Liz versuchte, Blickkontakt zu Faye herzustellen, um sie zu warnen, dass etwas nicht stimmte, doch das war unmöglich. Finn und Faye waren eingekreist.

Da sie allein abseitsstand, begab Liz sich zu einer der kleineren Türen der Turnhalle. Sie musste rausfinden, was hier los war. Die Auszählung war zu schnell gegangen. Es sah fast so aus, als hätten Faye und Finn von Anfang an als Gewinner festgestanden. Und wenn das so war …

Liz schlüpfte durch die Tür nach draußen, als Barbie Finch ankündigte, die Krönung fände in zehn Minuten statt. Außerhalb der Turnhalle war es noch kälter. Liz wandte sich nach links Richtung Haupteingang und stellte fest, dass es wärmer wurde, je näher sie den Türen dort kam. Also drehte sie um und spürte es kälter werden, je weiter sie den hallenden Flur hinabging. Hier hinter der Turnhalle lagen die Büros, in die die Schüler nie kamen, und Liz war sich sicher: Egal, was passierte, es geschah hier hinten, wo keiner ihrer Freunde auch nur im Traum hingehen würde.

Es war dunkel. Nur die Lampen am anderen Ende des Flurs warfen ein schwaches Licht. Liz ging immer weiter und schlang sich die Arme um den Leib, da sie vor Kälte zitterte. Am Ende des Gangs befand sich eine Tür, sie war zu, besaß aber kein Schloss. Liz ergriff den Metallknauf, drehte ihn und stöhnte vor Schmerz. Kaum war die Tür auf, ließ Liz den Knauf los und stellte fest, dass ein Stück Haut an dem eisigen Metall kleben geblieben war. Sie ballte die

Faust, spähte in die Dunkelheit jenseits der Schwelle und sah sich einem zweiten Flur gegenüber, an dessen Ende eine weitere Tür lag. Auch sie war zu, doch durch die Ritzen ringsum drang etwas Licht. Hier war es noch kälter … so kalt, dass sich an der Decke Eiskristalle gebildet hatten.

Schlotternd ging Liz weiter und blickte sich nach etwas um, womit sich beim Öffnen der zweiten Tür die Hand schützen ließ. Es gab nichts. Also hob sie den Rock, griff damit nach dem Knauf, stieß die Tür auf und betrat das Zimmer dahinter.

Es war ganz in grellblaues Licht getaucht. In der Mitte saß Mercy Morrow auf einem großen Holzstuhl. Ihre Augen waren verschattet, und ihr Haar umgab den Kopf wie ein bleicher Heiligenschein. Zu ihren Füßen lag ein riesiger, grauer Wolf, dem die Zunge zwischen mächtigen Kiefern voll scharfer Zähne heraushing.

Liz schrie und wollte wegrennen, doch die Tür knallte zu, und sie saß in der Falle.

»Na, na«, sagte Mercy mit leiser, gefährlicher Stimme, beugte sich vor und kraulte den Wolf hinter den Ohren. »Es hat doch gar keinen Sinn, wegzurennen. Ich müsste dir sonst nur Peter hinterherschicken.«

KAPITEL 53

Erbarmungslos

Als das Horn verhallte, war es einen Moment lang still. Dann brach die Hölle los. Lucas sah einen von Mercys Wölfen den ersten Sprung tun. Er stürzte mit offenem, schäumendem Maul heran. Joe brüllte einen Befehl, und die Bikerwölfe griffen an. Binnen Sekunden waren beide Rudel ineinander verknäult. Auf seinem Pferd beobachtete Mitch Wilson das Ganze vom Rand der Lichtung und hatte das Horn an den Lippen, um sein Rudel jederzeit antreiben zu können.

Jimmy stand tieferschrocken da und wusste nicht, was er tun sollte.

»Wir brauchen Waffen!«, rief Lucas durchs Wolfsgeknurr und suchte nach etwas Verwendbarem.

»Woher wissen wir, wer auf welcher Seite steht?«, rief Jimmy zurück. »Die Wölfe sehen alle gleich aus!«

Lucas beobachtete, wie Joe sich im Gewühl behauptete. Links von ihm rangen zwei Wölfe einander nieder. Der eine schlug die Zähne in die Hinterläufe des anderen. Mit einem Heulen zerrte sich das verletzte Tier los. Die Schnauze des Gegners war blutig. Ohne sich weiter um seine aufgerissene Flanke zu kümmern, warf der blutende Wolf sich heulend auf den Feind und schlug ihm die Fänge in den Rücken. Das andere Tier jaulte vor Schmerz, und dieser Laut hätte Lucas fast das Trommelfell zerrissen.

»Pass auf!«, rief Jimmy, und als Lucas sich umdrehte, sah er einen Wolf mit gebleckten Fängen und hasserfüllten, gelben Augen auf sich zukommen. Lucas erstarrte kurz und hörte Jimmy dann erneut schreien: »Hier! Fang!«

Aus Jimmys Richtung kam etwas angeflogen. Es war eine Zeltstange, an der noch der Sporn saß, mit dem sie in die Erde gerammt worden war. Lucas sprang zur Seite, um sie zu fangen, fuhr herum, pflanzte das stumpfe Ende hinter sich in den Boden und richtete den Sporn auf den springenden Wolf. Er traf das Tier in die Brust. Es heulte vor Schmerz und versuchte, sich zu befreien. Lucas ließ die Zeltstange erschrocken los und zog sich zurück.

Ringsum war nur Knurren und Schnappen zu hören. Mercys Rudel war verzweifelt, und der Blutgeruch und die Aussicht auf Nahrung hatten es rasend gemacht. Joe, der sich noch immer nicht verwandelt hatte, hetzte zum Schimmel und schlug mit einem brennenden Ast, den er aus dem Lagerfeuer gezogen hatte, nach Sergeant Wilson. Das Pferd bäumte sich aus Angst vor den Flammen auf. Mitch Wilson schlug mit der Faust nach Joe und versuchte mit der anderen Hand, sich auf dem Tier zu halten, doch das Pferd fuhr mit Schwung herum und schüttelte Liz' Vater ab, der klirrend am Boden landete. Joe stürzte auf ihn zu, sah sich zuvor aber nach Lucas und Jimmy um.

»Das ist ein Ablenkungsmanöver. Auf die Bikes! Wir müssen zu Finn und Faye und das Ritual aufhalten«, rief er.

*

Liz erstarrte mit dem Rücken zur Tür und zitterte heftig. Mercy stand auf und strich ihr prächtiges, weißes Satinkleid glatt.

Der Wolf erhob sich ebenfalls, ohne die großen gelben Augen von Liz zu wenden.

»Wie schade, dass du nicht bei der Übersetzung des Texts dabei warst, hm?«, säuselte Mercy und tänzelte auf Liz zu. »Du bist doch eine ganz Schlaue, nicht? Wie dein Vater. Du hättest dem Augenschein nicht so einfach geglaubt, oder?«

»Was haben Sie getan?«, fragte Liz ängstlich.

»Ach, nicht viel, meine Liebe.« Mercy strich ihr mit eisigem Finger über die Wange. »Aber dir ist doch bestimmt klar, dass das kleine Ritual, das Joe euch hat planen lassen, eine Falle ist? Glaubst du, ich würde einen so wertvollen Text aus den Augen lassen?« Mercy schüttelte den Kopf, und ihr strahlender Blick hatte im merkwürdig blauen Licht etwas Stechendes. »Joe sollte mich wirklich besser kennen.«

»Dann funktioniert es also nicht?«, fragte Liz. »Das Ritual wird nichts bewirken?«

Mercy lachte, und dieses Keifen tat Liz in den Ohren weh. »Doch, es bewirkt etwas. Aber nicht das, was ihr alle wollt. Mein lieber Sohn Finn, der so scharf darauf ist, sich zu opfern … Na, der bekommt seinen Willen. Aber dadurch rettet er nicht das Mädchen … sondern meine Sippe.«

»Ihre Sippe?«

»Alle, die Joe in die Tiefen von Annwn gebannt hat, was mich so allein sein ließ. Ich habe einen Weg gefunden, sie wieder auf die Erde zu bringen. Durch ein so großes Opfer, dass Annwns Geister mir alle zurückgeben, jeden Einzelnen.«

Liz blinzelte. »Finn und Faye? *Das* also wird geschehen, wenn sie das Ritual vollziehen?«

»Es war viel Arbeit, die zwei zusammenzubringen«, seufzte Mercy und streichelte gemächlich den riesigen Wolf zu ihren Füßen. »Ich musste Faye praktisch in seine Arme treiben. Aber es war bloßes Glück, dass ich ihrem Vater begegnet bin und er dieses goldige kleine Medaillon trug.«

Liz sah den Wolf an und spürte ihr Blut gefrieren. Wovon redete Mercy? Oh Gott, hatte sie Mr McCarron umgebracht? Hatte sie ihn an den Wolf verfüttert?

»Kaum hatte ich ihr Bild gesehen«, säuselte Mercy, »da wusste ich, dass es Schicksal war. Natürlich war Faye dazu bestimmt, meinen umherziehenden Sohn zu lieben. Und diese Liebe brauchte ich, um einmal mehr mit Annwn zu verhandeln.«

Liz spürte, wie ihr Tränen in die Augen stiegen. »Sie werden die beiden also an die Unterwelt verschachern?«

»Ach, liebe Liz, denk doch in größeren Zusammenhängen«, erwiderte Mercy gedehnt. »Ihre Liebe ist wichtig, klar, aber ich denke nicht allein an die beiden. All diese herrlichen, reizenden Teenager, die da in der Turnhalle tanzen … meinst du nicht, Annwn hätte sie alle liebend gern für seine Spielchen?« Mercy lächelte und zeigte dabei die Zähne. »So einen Austausch will die Unterwelt. Und so bekomme ich meine Sippe zurück. Und siehe da! Die Zeit ist gekommen. Die Falle ist gestellt und mit einem Köder bestückt. Das Spiel ist fast gewonnen. *Endlich!*«

*

Faye griff wieder nach Finns Hand und war überwältigt, wie viele sie beide beglückwünschen kamen. Jeder Besucher des Balls schien ihnen die Hand schütteln zu wollen. Alle lächelten, umarmten sie und plauderten munter. Dann setzte die Musik wieder ein, und ein neuer

Tanz begann. Diesmal war er rascher, ein in Trance versetzender Rhythmus, der der aufgekratzten Stimmung entsprach.

»Alles in Ordnung?«, fragte Finn. Sie nickte. »Es hat also geklappt. Liz hat das eingefädelt«, fügte er hinzu.

»Siehst du sie?«, fragte Faye und blickte sich um.

»Im Moment nicht. Aber sie muss hier irgendwo sein.«

Faye sah ihn mit entschlossener Miene die Menge mustern und drückte seine Hand. Daraufhin sah er sie an. »Ich bin noch nicht so weit«, sagte sie verzweifelt. »Ich kann das nicht.«

Finn streichelte ihre Wange. »Ich weiß, wie du dich fühlst, aber du kannst das. Wir können das. Versprochen.«

»Aber ich will es nicht.«

Er lächelte, und in seinem Blick stand eine Welt der Trauer. »Ich auch nicht.«

Sie nickte und drückte sich an ihn.

*

Jimmy und Lucas erreichten die Motorräder als Erste, doch Joe folgte dichtauf. Jimmy sah Lucas zögern.

»Der Schlüssel ist bestimmt unterm Hinterrad«, rief er. »Los, beeil dich.«

»Ich weiß nicht, wie das geht«, rief Lucas zurück. »Ich bin noch nie Motorrad gefahren.«

»Glaub mir«, erwiderte Jimmy und klappte den Ständer des Bikes hoch, das er sich ausgesucht hatte, »wenn du mit dem Ferrari klargekommen bist, kommst du auch hiermit klar. Setz dich einfach drauf und fahr mir nach!«

Joe sprang auf sein Zweirad und übernahm die Führung durch den Wald. Jimmy forderte Lucas mit einem Nicken auf, als Mittlerer zu fahren, und sah sich noch mal kurz um, als sie das Zeltlager verließen.

Kein Wolf folgte ihnen, alle waren zu sehr mit ihrem verbissenen Kampf beschäftigt. Doch Mitch Wilson beobachtete sie von seinem Schimmel herab.

Sie rasten durch den Wald und wichen schwer mit Schnee beladenen Ästen aus. Zweimal sah Jimmy, wie Lucas das Bike am eisigen Hang auszubrechen drohte, doch stets gelang es ihm, die Kontrolle zurückzugewinnen. Nun erreichten sie die Straße in die Stadt und rutschten auf der mit Splitt gestreuten Fahrbahn, weil die schneeverklebten Reifen auf dem neuen Untergrund erst greifen mussten. Joe fuhr nicht langsamer, sondern raste weiter, den fernen Lichtern von Winter Mill entgegen.

Dann tauchte eine neue Beleuchtung auf. Blaues und rotes Rundumlicht kam ihnen auf der verschneiten Straße mit hohem Tempo entgegen.

»Streifenwagen!«, brüllte Jimmy, doch der Wind verwehte seinen Schrei. Sekunden später waren auch die Sirenen durch die eisige Kälte zu hören.

Joe sah sich zu Lucas und Jimmy um und forderte sie mit einer Handbewegung auf, das Tempo zu erhöhen. Er wollte offenbar riskieren, an den Polizisten vorbeizurasen, sodass die Streifenwagen wenden müssten, um die Verfolgung aufzunehmen.

Jimmy kauerte sich über den Lenker. Sein Herz hämmerte in der Brust, und in den Ohren hatte er nur die Sirenen und den Fahrtwind. Vor ihm geriet Lucas einmal mehr ins Wackeln, und Jimmy betete, dass er das Motorrad auch diesmal im Griff behielt.

KAPITEL 54

Gekrönt

»Damit gebe ich euch … euer Königspaar des Halloweenballs.« Barbie Finchs restliche Worte gingen im wilden Beifall der versammelten Schüler unter.

Finn und Faye standen unten an der Treppe zur Bühne und sahen einander an. Faye hatte etwas sagen wollen, doch die Worte waren ihr im Hals stecken geblieben, und Finn hätte sie über den Lärm der Menge hinweg auch nicht gehört. Er lächelte sie liebevoll an, nahm ihre Hand und führte sie die steinerne Treppe hoch zur wartenden Ms Finch.

Eine plötzliche, unheimliche Stille fiel auf die Menge, als das Paar die Bühne überquerte. Barbie lächelte die beiden an, ein leeres Strahlen der Mundpartie, während ihre Augen unbeteiligt blieben. Sie drehte sich um und winkte zwei in den Kulissen wartende Schüler herbei. Beide trugen ein Samtkissen mit einer Krone darauf in den Händen.

Fayes Herz begann zu hämmern, und ihr Blick verschwamm in Tränen.

»Es gibt keinen Grund zu weinen, Liebes«, murmelte Ms Finch in die Stille hinein. »Das ist *herrlich.*«

Faye schloss die Augen, damit die Tränen fielen. Eine kalte Böe pfiff raschelnd durch die stille Turnhalle. Faye fröstelte, doch als sie die Augen wieder öffnete, sah sie bloß Finn dicht neben ihr stehen und sie ansehen.

»Jetzt«, flüsterte er.

Und leise – zu leise, als dass jemand außer Finn es hätte hören können – begann sie den Text zu sprechen, den Joe aufgeschrieben hatte. In einer Sprache, die sie nicht einmal kannte.

*

Die Polizeiautos kamen aus der Dunkelheit auf sie zu, und ihre Sirenen heulten wie Todesfeen im Sturm. Jimmy sah, wie Joe zwischen zwei Streifenwagen durchraste und dabei den Seitenspiegeln geschickt auswich. Lucas zog sein Bike nach rechts und rumpelte über den vereisten Rand der Asphaltfahrbahn. Sein Hinterrad brach aus, und er wäre fast gestürzt, schaffte es aber doch, die Maschine aufrecht zu halten.

»Wo kommen die her?«, hörte Jimmy Lucas schreien.

»Sergeant Wilson muss Verstärkung angefordert haben, ehe die Stadt eingeschneit ist«, brüllte er zurück.

»Na toll!«, schrie Lucas. »Echt klasse!«

Jimmy zerrte sein Bike nach links und hielt den Atem an, als ein Streifenwagen so nah an ihm vorbeirauschte, dass der Sog an ihm zerrte. Der folgende Wagen änderte prompt die Richtung, versuchte, ihm den Weg abzuschneiden, und zwang Jimmy nach rechts, mitten auf die Straße. Die Maschine schlingerte, als er mit dem Vorderrad auf Eis geriet, und er drohte wegzurutschen, fand aber rechtzeitig griffigen Untergrund. Sein verletztes Bein schmerzte, doch er kümmerte sich nicht darum. Alle drei rasten weiter und ließen die Streifenwagen in einem Durcheinander aus Schnee und quietschenden Reifen zurück.

*

Barbie Finch sah Faye die ganze Zeit an und sagte etwas, eine Art Glückwunsch, ehe Finn und Faye gekrönt wurden. Faye hörte nicht zu. Finn hatte seine warmen Hände um ihre gelegt, und seine Lippen bewegten sich stumm synchron zu den ihren, während sie die Beschwörung murmelnd aufsagte.

Ein seltsames Gefühl ergriff sie, als hinge sie unter der Decke und betrachtete von oben, was vorging. Faye fühlte sich ruhig, und die Furcht verebbte, während sie Finn in die Augen blickte. Sie sah den Spiegel an und stellte fest, dass er sich schwarz gefärbt hatte, als braute sich direkt unter seiner gläsernen Oberfläche ein dunkler Mahlstrom zusammen.

»Noch mal«, hörte sie Finn flüstern, als die beiden Kronenträger herantraten.

»*Diese Liebe, für immer ...*«, wisperte sie und begann die Beschwörung erneut. »*Eine Liebe, für immer ...*«

Ein kalter Wind blies durch die Halle und raubte Faye den Atem. Schaudernd trat sie näher zu Finn, spürte, wie er sie ansah, und konnte nicht wegschauen.

Sie merkte, wie ihr die Krone ins Haar gedrückt wurde.

»Noch mal«, flüsterte Finn.

*

Die Streifenwagen waren schnell, den Bikern bei dem schlechten Wetter aber hoffnungslos unterlegen. Es schneite so stark, dass man, als die drei Motorradfahrer die Stadt erreichten, fast von einem Blizzard sprechen konnte. Lucas wischte sich über die Augen, spürte dabei aber vor Kälte kaum die Finger.

Vor ihm winkte Joe sie immer schneller durch die leeren Straßen Richtung Schule. Lucas blickte sich um und rechnete beinahe damit, die Polizei den Hügel runterrasen zu sehen, doch die Straße in den Wald war dunkel und still.

Mit hohem Tempo fuhren die drei Bikes auf den Parkplatz der Highschool und kamen rutschend vor dem Haupteingang zum Stehen. Joe sprang ab, rannte die Treppe hoch und wollte die Türen aufdrücken, doch sie waren abgeschlossen. Lucas sprang ihm nach, doch auch gemeinsam konnten sie sie nicht öffnen.

»Versuchen wir, auf einem anderen Weg in die Schule zu kommen«, schlug Lucas atemlos vor, doch Joe schüttelte den Kopf.

»Wenn dieser Eingang zu ist, sind die anderen es auch. Mercy geht keine Risiken ein.«

Lucas beugte sich vor und rang noch immer nach Luft. Die Erwähnung seiner Mutter traf ihn wie ein Messer in die Brust. An alldem war seine Mutter schuld …

Plötzlich heulte hinter ihnen ein Motor auf. Sie drehten sich um und sahen Jimmy im Leerlauf gewaltig Gas geben.

»Bewegt euch!«, schrie er.

»Nein, Jimmy!«, schrie Joe zurück. »Du wirst dich umbringen!«

Jimmy hörte nicht, sondern legte den Gang ein, und das Motorrad machte einen Satz nach vorn. Joe und Lucas sprangen beiseite, als es auf die Flügeltüren zuraste, sie voll erwischte und aufriss. Das Bike brach seitwärts aus, und Jimmy flog über den Lenker, krachte gegen eine Wand und blieb reglos liegen.

Lucas und Joe rannten zu ihm. Er war bei Bewusstsein, hatte sich aber verletzt und blutete.

»Lasst mich. Ihr müsst Faye und Finn retten.«

Lucas kniete sich neben ihn. »Aber du bist verletzt …«

»Mir geht's gut.« Jimmy drückte Lucas weg. »Wirklich. Und jetzt lauf!«

Joe zog Lucas auf die Beine. »Wir kommen wieder«, versprach er. »Wo lang?«, fragte er Lucas ungeduldig. »Zeig mir den Weg!«

Lucas übernahm die Führung, rannte den Flur entlang und bog dann nach links, Richtung Turnhalle. Es gab kein Hinweisschild, und es war vollkommen still. Als sie aber an die Türen der Halle kamen, erhob sich ein seltsames Murmeln. Kaum griff Lucas nach dem Türknauf, verwandelte es sich in Gesang. Lucas ächzte, als er den Griff berührte, und zog die Hand zurück.

»Der ist eiskalt!«

Joe schob ihn beiseite, packte den Knauf mit seinen schwieligen Händen und warf die Tür auf. Die beiden rannten in die Halle, blieben aber unvermittelt stehen, als sie sahen, was sich drinnen zutrug.

Der Saal war voller Schüler, die alle zur Bühne schauten. Über ihre Köpfen hinweg sah Lucas Finn und Faye mit Kronen auf dem Kopf zusammenstehen. Sie schauten einander an, als gäbe es nichts sonst auf der Welt. Fayes Lippen bewegten sich, doch ihre Worte gingen im Gesang der Menge unter.

»*Küssen* …«, skandierten alle. »*Küssen … küssen* …«

»Nein!«, schrie Joe. »Halt! Finn, halt!«

Auch Lucas schrie, doch nichts deutete darauf hin, dass Finn und Faye sie gehört hatten. Joe drängte vorwärts, bahnte sich einen Weg durch die Menge und versuchte, die Bühne zu erreichen.

Lucas betrachtete den großen Spiegel an der Wand. Unter seiner Oberfläche brodelten schwarze Wogen, die nach Rauch aussahen. Sie stiegen aus dem Spiegelinnern auf und schlugen gegen die Glaswand, die ihnen noch immer Widerstand bot.

»Seht mal den Spiegel!«, rief er. »Der bricht gleich, der wird gleich …«

Er versuchte den Gesang zu übertönen, der immer lauter wurde. Der dichten Menge wegen gelang es Joe nicht, die Bühne zu erreichen. Die Zuschauer, die alle bewundernd zu Finn und Faye hinaufschauten, umschlossen ihn so eng, dass er nicht vom Fleck kam.

Lucas kämpfte sich zum Rand der Turnhalle durch, um an der Wand entlang zur Bühne vorzudringen.

KAPITEL 55

Showdown

Nun weine nicht, sei ein liebes Kind«, sagte Mercy gedehnt und umkreiste den Stuhl, auf den Liz sich hatte setzen müssen. »Mädchen, die weinen, finde ich lästig.«

Liz hob die Hand und fühlte erstaunt Tränen auf ihren Wangen. Sie war so betäubt, dass sie nicht damit gerechnet hatte, überhaupt etwas zu empfinden. Die grässliche Kälte und eine noch grässlichere Angst ließen sie zittern. Der Wolf hatte sich ihr genähert, und als Liz aufschaute, stellte sie fest, dass er sie anblickte. Zum ersten Mal sah sie ihm in die gelben Augen und erkannte überrascht etwas anderes als Bosheit darin, nämlich … Trauer. Ja, die Wolfsaugen waren traurig. Liz runzelte die Stirn, und das Tier senkte den Kopf und bewegte ihn beinahe unmerklich von einer Seite zur anderen, als wollte es ihr etwas sagen.

Mercy kehrte auf ihren Stuhl zurück und tätschelte den Wolf im Vorbeigehen. Dann hob sie ein feines Tuch aus Spitze vom Boden auf und warf es sich um die bleichen Schultern.

»Ich weiß, was dich aufheitert«, sagte sie strahlend. »Lass uns den Spaß ansehen gehen, ja? Da draußen sind sie schrecklich still geworden, das Spiel scheint so gut wie zu Ende zu sein.«

Mercy trat wieder auf Liz zu, erstarrte dann aber kurz und lauschte. Ein neues Geräusch hatte sich zu dem summenden Gesang gesellt, der von der Turnhalle herüberdrang … ein Chor von Schreien.

Da Mercy zögerte, ergriff Liz die Gelegenheit, sprang auf und rannte zur Tür, doch der Wolf war flink. Er stürzte heran, als sie die Hand schon am Türknauf hatte, und seine Zähne verfehlten ihre Fußknöchel so knapp, dass sein Speichel auf ihre Unterschenkel spritzte.

Mit hämmerndem Herzen tastete Liz nach etwas, um den Wolf fernzuhalten, bekam die Lehne eines Stuhls neben der Tür zu fassen, nahm das Möbelstück, schlug damit nach dem Wolf und traf ihn so wuchtig, dass er vor Schmerz aufheulte, zur Seite schlitterte und gegen ein Bücherregal krachte.

Liz hörte Mercy vor Wut brüllen, blickte sich um und sah sie mit vor Zorn erstarrtem Gesicht angerannt kommen. Mit einem Schrei warf das Mädchen die Tür auf, als der Wolf sich wieder zu regen begann. Sie knallte sie hinter sich zu und hetzte den Flur entlang.

Hinter ihr zerbarst die Tür, und Liz riss die Arme hoch, um ihren Kopf zu schützen, während ein Splitterhagel auf sie herabregnete. Dann riskierte sie erneut einen Blick zurück und sah Mercy und den Wolf rennen. Beide umgab flackernde, Funken schlagende Elektrizität, da Mercys Magie ihrer Wut zu Hilfe kam.

Liz knallte die zweite Tür hinter sich zu und rutschte den Korridor entlang, da ihre geborgten Pumps ihr das Rennen fast unmöglich machten. Sie erreichte die Tür der Turnhalle, stürmte in den Saal und schloss sie hinter sich.

»Finn!«, schrie sie. »Faye! Wartet! Hört auf, das ist eine Falle!«

»Liz!«, hörte sie Lucas' Stimme neben sich, drehte sich um und sah ihn sich durch die Menge zu ihr durcharbeiten.

»Das ist eine Falle, Lucas! Das Ritual ist eine Falle!«

»Das wissen wir. Joe versucht, die beiden zu erreichen, aber ich glaube nicht, dass er es schafft!«

Der Boden begann zu beben. Liz sah sich zu der Tür um, durch die sie in die Halle gestürmt war.

»Was ist das?«, fragte Lucas und packte sie, damit sie nicht beide stürzten.

»Mercy! Sie kommt! Und sie ist wütend!« Liz sah zu Finn und Faye auf, die sich nun einander zuneigten. »Was sollen wir tun?«

»Der Spiegel«, überschrie Lucas das zunehmende Gebrüll. »Wenn es uns gelingt, den Spiegel zu zerstören, kann nichts durch ihn gesogen werden.«

»Aber wir kommen niemals nah genug ran!« Liz musterte den Spiegel an der Wand gegenüber, der nun bloß noch ein dunkler, wirbelnder Sumpf des Bösen war.

»Ich brauche etwas, um ihn zu zerbrechen«, rief Lucas durch den Krach. »Gib mir was zum Werfen.«

»Ich hab nichts! Kannst du keinen Stuhl benutzen?«

Liz sah zu, wie Lucas vorstürmte, um sich einen Weg durch die dichtgedrängten Schüler zu bahnen, doch es war hoffnungslos. Sie hatten keine Möglichkeit, sich dem Spiegel weiter zu nähern.

Sie spürte etwas hinter sich und hörte Lucas schreien. Als sie sich umdrehte, sah sie den Wolf. Er war Mercy vorausgerannt, stand nun neben Liz und sah sie mit seinen traurigen gelben Augen an.

»Liz«, schrie Lucas. »Hau ab! *Hau ab!*«

Er kam zurück und wollte sie wegzerren, doch der Wolf sprang Liz an. Sie zuckte zusammen und rechnete damit, dass seine Fänge zubeißen würden, doch statt der Zähne spürte sie sein sanftes Fell an den Beinen. Und der Wolf stieß mit dem Kopf sanft gegen ihre Handtasche.

Liz ging ein Licht auf, und sie wühlte den Brieföffner hervor, der Fayes Vater gehört hatte. »Wie wäre es damit?«

Lucas schnappte ihn sich, wandte sich dem Spiegel zu, runzelte konzentriert die Stirn und holte mit erhobenem Arm Schwung. Dann zog er ihn nach vorn und legte all seine Kraft in den Wurf.

Das Messer flog in hohem Bogen über die Köpfe der Schüler, schlug gegen das Glas und klirrte zu Boden.

Der Spiegel begann zu bersten. Er splitterte lautlos, und langsam breitete sich ein Spinnennetz an Bruchlinien aus, das seine Oberfläche wie ein kleines Erdbeben zerriss.

Die Zeit verlangsamte sich. Liz hatte das Gefühl, ihr Körper sei zu Gelee geworden, und konnte sich kaum bewegen. Sie wollte Lucas fragen, was geschah und ob es klappte, hatte aber keine Stimme. Sie konnte nichts hören, als hätte sie Watte in den Ohren, und blickte zu Mercy, die in der geöffneten Tür erstarrt war. Auch der Wolf verharrte mitten im Sprung mit ausgestreckten Klauen und zitterndem Fell.

Dann setzte die Zeit wieder ein. Man hörte Glas brechen und Scherben zu Boden regnen, und plötzlich schraken alle Schüler aus der Trance, die sie umfangen hatte.

»Oh mein Gott!«, kreischte Candi und sprang dabei im Kreis herum. »Was geht hier vor? Ist das der Ball? Ich weiß nicht, ob ...«

»Schaut euch den Spiegel an«, übertönte Hart Jesson ihre Verwirrung. Überall waren Schüler in Panik, als wären sie aus einem gemeinsamen Traum erwacht und wüssten nicht, was wirklich ist und was nicht.

Dann sah Rachel Hogan den Wolf und schrie. Sie wies mit zitterndem Finger auf das Tier neben Liz. Schreie breiteten sich aus, und Angst griff um sich, bis die Turnhalle von schrillem Gebrüll erfüllt war. Auf der Bühne sprangen Finn und Faye auseinander und musterten von oben das Chaos im Saal. Faye packte Finn am Arm und zeigte auf den Spiegel.

Das Glas fiel weiter aus dem Rahmen. Tausend kleine, reflektierende Scherben stürzten nieder, während die Risse immer größer wurden. Doch statt der leeren Wand tauchte hinter dem Spiegel eine schwarze Grube voll dunklem Rauch und Flammen auf. Qualm stieg in öligen Schüben auf und brodelte durch die Risse des zerfallenden Glases.

Die erschrockenen Schüler traten verängstigt die Flucht an. Liz und Lucas wurden beiseitegeschoben, als die Menge schreiend zu den Ausgängen hetzte. Von der Seite schaffte Joe es zur Bühne und war binnen Sekunden bei Finn und Faye.

»Ihr Dummköpfe!«, hörte Liz Mercy durch den Krach schreien. »Was habt ihr getan? Was habt ihr *angerichtet*?«

Der Wolf wich den Schülern aus und rutschte mit den Pfoten über den polierten Holzboden. Mercys Aura schlug im Halbdunkel Funken, während die Schüler panisch an ihr vorbei aus der Turnhalle flohen.

Nach kürzester Zeit war der Saal leer, und die Schreie verhallten wie die davonhetzenden Schritte. Mercy ging durch die Turnhalle auf Liz und Lucas zu, und der Wolf begleitete sie bei Fuß.

»Was hast du nur angerichtet?«, fragte sie erneut und packte Lucas.

»Wir haben dich aufgehalten!«, rief er trotzig. »Wir wussten, dass dein Ritual eine Täuschung war.«

Mercy stieß ihn zurück, und plötzliche Angst huschte über ihr Gesicht. »Ich bin noch immer deine Mutter«, fauchte sie. »Du musst mir helfen. Wir müssen …«

Lucas schüttelte den Kopf. »Ich werde dich nie mehr Mutter nennen.« Seine Stimme zitterte vor Zorn. »Und ich werde dir nie helfen! Wie konntest du das tun? Wie konntest du mir verschweigen, was du in Wahrheit bist?«

Mercy schüttelte den Kopf. »Das hätte ich dir in einem gewissen Alter schon noch erzählt. Lucas, du musst mir helfen, bevor es zu spät ist. Bevor wir beide sterben!«

»Niemals«, fauchte er. »Es ist mir gleich, was mir zustößt. Ich werde dir nicht helfen. *Niemals!*«

Mercy fuhr auf dem Absatz herum und sah Joe an, der noch immer mit Faye und Finn auf der Bühne stand. Mit erhobenem Arm wies sie auf den zerbrochenen Spiegel, aus dem gewaltige Wolken schwarzen Rauchs drangen.

»Begreift ihr denn nicht?«, kreischte sie. Mercy völlig verängstigt zu hören, ließ Liz im Innersten frösteln. »Ihr habt das Ritual unterbrochen, und jetzt steht der Weg nach Annwn für immer offen!«

Joe sprang von der Bühne und kam zornig auf sie zu. »Sprich nicht in Rätseln, Mercy! Ich hab genug von deinen Lügen.«

Mercy lachte hysterisch, ein schrilles, furchtbares Geräusch, das die leere Turnhalle erfüllte. Dann begann ein leises Poltern unter den Füßen.

»Du warst immer ein Dummkopf, Joe Crowley, und jetzt hast du uns alle umgebracht. Du hast ihnen einen Weg hierher eröffnet. Und keiner von uns kann entkommen!«

KAPITEL 56

Der letzte Handel

Das Poltern wurde immer lauter. Die Diskokugel kreiste weiter langsam und warf seltsame Lichtmuster an die dunklen Wände und an Decke und Boden der Turnhalle.

»Was geht hier vor?«, schrie Liz durch den Lärm.

»Ich weiß es nicht!«, brüllte Lucas zurück.

Joe sprang von der Bühne, und Finn und Faye taten es ihm nach. Liz sah sich um. »He«, rief sie und rüttelte Lucas am Arm. »Wo ist Jimmy?«

Sie sah das Zögern in seiner Miene, und eine neue Angst befiel sie. »Wo ist er, Lucas? Sag es!«

»Ich bin hier«, kam eine Stimme von hinten. »Ich bin hier, Liz …«

Sie fuhr herum und sah Jimmy langsam über den bebenden Boden humpeln. Er ging weit vorgebeugt und hatte offenbar große Schmerzen. Liz rannte zu ihm. »Was ist passiert?«

Er wollte antworten, verzog stattdessen aber das Gesicht vor Qual. »Es war nicht ganz einfach, in die Schule zu kommen. Was ist mit dem Spiegel?«

Liz sah zu der wallenden Dunkelheit hoch, die bisher hinter dem Glas gefangen gewesen war, sich wie etwas Lebendiges bewegte, im

Rahmen wogte und flutete, ihre Grenzen prüfte und nach einem Ausweg suchte.

»Annwns Geschöpfe erheben sich!«, rief Mercy und nahm ihren großen Wolf am Halsband. Das ängstliche Tier versuchte, sich aus ihrem Griff zu entwinden.

»Wie können wir sie aufhalten?«, schrie Faye durch den Lärm. »Mercy, sagen Sie uns, wie wir sie aufhalten können!«

»Gar nicht!«, schrie Mercy zurück. »Sie werden uns alle holen! Da sind sie schon, seht!«

Inmitten des Rauchs tauchten Antlitze auf und glitten zwischen den schwarzen Flammen dahin. Verdreht, wahnsinnig, skelettartig kamen sie an die Oberfläche, bleckten böse Zähne, starrten mit leeren Augen und gerieten dann wieder aus dem Blick.

»Sie suchen einen Weg zu uns«, rief Mercy. »Und sie werden ihn finden. Sie spüren uns und unsere Angst …«

Joe griff sie bei den Unterarmen und rüttelte sie kräftig. »Wir müssen doch etwas tun können!«

Mercy schüttelte hoffnungslos den Kopf. »Nichts können wir tun, gar nichts. Der Spiegel lässt sich nicht wieder schließen. Vorher hatte ich die Lage unter Kontrolle. Es war meine Show …«

»Es war nie deine Show, Mercy!«, schrie Joe zurück. »Begreifst du das denn nicht?«

»Aber es hätte meine Show sein können!«, fuhr sie ihn an. »Und dass es dazu nicht kam, daran bist du schuld, Joe Crowley! Wir hätten das gemeinsam durchziehen sollen, Seite an Seite. Du hättest mich nie verlassen dürfen!«

Joe schüttelte entschieden den Kopf. »Ich war nie so grausam wie du, Mercy. Und lieber würde ich sterben als mitanzusehen, wie durch deine Grausamkeit auch nur eine weitere Seele nach Annwn verschleppt wird.«

Es krachte laut, und Liz sah sich um. Der Rahmen des Spiegels war rauchend in Brand geraten. Der schwarze Mahlstrom begann herauszusickern wie Luftblasen, die in kochendem Wasser an die Oberfläche steigen, und Rauch flutete an der Wand entlang zur Decke. Langsam breitete er sich aus. Ein bösartiges, dunkles Feuer, das alles fraß, dem es begegnete.

*

Faye zog Finn an der Hand. »Das Ritual«, rief sie über den ständig zunehmenden Lärm hinweg. »Dein Vater sagte, als er Mercy damals entkam, hat er es umgedreht. Können wir das nicht auch?«

Finn schüttelte den Kopf. »Das klappt nicht. Annwn hat mitbekommen, was sich hier zugetragen hat, und fordert nun die Erfüllung der getroffenen Abmachung ein.«

»Und dann?«, fragte Faye und sah Joe an. »Wir müssen das doch irgendwie stoppen können!«

»Sie wollen auf jeden Fall etwas von gleichem Wert«, antwortete Joe. »Das müssen wir ihnen geben, billiger kommen wir wohl nicht davon.«

Finn sah seinen Vater an. »Dad?«

Faye bemerkte den Blick zwischen Vater und Sohn. Trauer lag darin. Und Verständnis.

»Ich werde es tun«, sagte Joe. »Ich werde mich Annwn opfern.«

Finns Hand schloss sich fester um die von Faye. »Das darfst du nicht«, rief er. »Dad, das ist nicht …«

»Es ist der einzige Weg«, rief Joe zurück. »Ein ewiges Leben, das freiwillig hingegeben wird. Ich muss es tun, Finn. Oder alles, wofür wir gekämpft haben, ist verloren … genau wie diese Stadt. Rasch, hilf mir! Wir müssen es tun, bevor es zu spät ist.«

»Aber es gibt keinen Spiegel«, widersprach Finn. »Der ist zerstört. Es gibt nichts, womit sich das Ritual durchführen lässt.«

Faye hob den Kopf, blickte zur Decke, sah die wogende Schwärze sich ausbreiten und stellte sich vor, sie würde die ganze Welt begraben. Sie waren verloren. Ohne Spiegel, mit dem sich das Ritual vollführen ließ, würde Annwn die Bewohner Winter Mills verschlingen und für alle Zeit den Schrecken der Unterwelt anheimfallen lassen.

Etwas glitzerte auf dem Dunkel, ein winziges Licht. Es war kurz da und tanzte dann weiter durch den Saal. Faye blinzelte und sah immer mehr von diesen kleinen, an Sterne erinnernden Lichtern.

»Die Diskokugel!«, rief sie. Sie hing noch immer über ihnen, drehte sich und warf kleine Lichtpunkte in alle Ecken der Halle.

Liz blickte verwirrt auf. »Was?«

»Die Diskokugel! Die können wir verwenden!«

»Was redet ihr da?«, fragte Lucas.

Jimmy wies hektisch zur Decke. »Faye hat recht! Schau sie dir an! Das sind alles Spiegel! Die Kugel besteht aus vielen kleinen Spiegeln!«

Alle sahen zur kreisenden Kugel hoch. »Oh mein Gott«, sagte Liz. »Du hast recht! Können wir sie einsetzen?«

»Dazu müssten wir die Symbole auf sie übertragen«, erwiderte Finn. »Können wir sie runterlassen?«

»Ich weiß, wo der Hebel ist!«, sagte Liz, entzog sich Jimmys Umarmung und rannte zu einer Wand.

»Pass auf!«, rief Faye ihr nach.

Liz schrie auf, als eine schwarze Gestalt aus dem Rauch nach ihr griff und ihr mit geisterhaften Fingern über den Rücken fuhr, duckte sich dann aber weg, griff nach dem Hebel und legte ihn um.

Die Diskokugel senkte sich, ehe die Schwärze sie völlig verhüllen konnte.

»Schnell!«, rief Joe. »Uns läuft die Zeit weg! Und ich brauch was zum Schreiben!«

Faye warf ihm den Lippenstift zu, mit dem sie den nun zerstörten Spiegel so schicksalhaft beschworen hatte.

Joe setzte den Lippenstift an die Diskokugel. Über ihnen kreiste die Dunkelheit wie ein lebendiges Wesen. Die düsteren Gestalten waren inzwischen deutlicher zu sehen, krochen auf allen vieren aus dem Spiegelrahmen, krabbelten ruckartig an den Wänden entlang und sahen zu, wie sich das Spiel unter ihnen entfaltete.

»Das reicht nicht!«, kreischte Mercy. »Versteht ihr denn nicht? Was Annwn will, was es fordert? Dafür reicht ein unsterbliches Leben nicht!«

Joe drehte sich zu ihr um. »Wie wäre es dann mit *zwei* solchen Leben, Mercy?«

Sie trat einen Schritt zurück. »Nein. Nicht mit mir.«

»Aber würde es funktionieren?«, schrie Finn seine Mutter an. »Würde es mit zwei Leben klappen?« Mercy schwieg, und Finn wandte sich an Joe. »Was wäre mit zweien?«, wollte er wissen. »Das Leben zweier Unsterblicher, freiwillig aus Liebe hingegeben. Das müsste doch reichen?«

Er spürte Faye an seiner Hand zerren, zwang sich aber, sie nicht anzusehen. Finn hielt die ganze Zeit mit seinem Vater Augenkontakt und sah die Antwort in seinem Blick.

Dann nickte er. »Ich werde mich opfern, Dad. Ich komme mit dir.«

»Finn, nein!«, schrie Faye und packte ihn am Arm, damit er sich zu ihr umdrehte. »Das darfst du nicht!«

Joe erwiderte sein Nicken mit trauriger Miene. Dann wandte er sich der Diskokugel zu und machte sich daran, das erste Symbol auf die Spiegelfläche zu zeichnen. Dazu sang er alte Worte, die die Spannung in der Halle sofort weiter ansteigen ließen.

Finn drehte sich zu Faye und sah die Tränen in ihren Augen. Nichts hätte er lieber getan, als sie für immer in den Arm zu nehmen, doch ihnen beiden war keine gemeinsame Zeit beschieden. Wenn er sich nicht opferte, wären sie alle verloren. Er zog sie an sich und spürte, wie ihr Kopf sich an seine Brust schmiegte.

»Ich muss es tun«, sagte er ihr trotz des dröhnenden Lärms ringsum und der Zauberformeln, die sein Vater sang, so behutsam wie möglich.

Faye sah zu ihm hoch. Und an die Stelle ihrer Verzweiflung war unvermittelt eiserne Entschlossenheit getreten. »Dann komme ich mit dir.«

»Was? Nein, Faye, das kannst du nicht …«

»Und ob! Und ich werde es tun! Annwn will möglichst viel Gefühl haben, ja? Na, ich würde sagen, davon hab ich im Moment jede Menge.«

»Du verstehst das nicht«, erwiderte Finn flehend. »Es wird schlimmer sein, als du es dir auszudenken vermagst. Ich kann nicht zulassen, dass du das erleidest. Und ich werde es nicht zulassen.«

»Du erwartest also, dass ich ohne dich weiter hier lebe, in dem Wissen, was *du* dort erleidest?«, fragte Faye. »Glaubst du, das wäre für mich keine Folter?« Sie schüttelte den Kopf, erhob sich auf die Zehenspitzen und legte ihm die Hände an die Wangen. »Finn, ich liebe dich. Wo du hingehst, da geh auch ich hin. Ich verlasse dich nicht.«

Finn sah in ihre feurigen, entschlossenen und schönen Augen. Er wollte sie küssen und erkannte, dass dies seine letzte Gelegenheit sein dürfte. Der Gesang seines Vaters wurde immer lauter und erreichte langsam sein Ende. Finn beugte sich vor, doch ehe ihre Lippen sich berührten, wurde er von Joe weggezerrt und zur Diskokugel gezogen.

»Dafür ist keine Zeit!«, schrie sein Vater. »Fass das Glas an, sofort!«

Finn tat, wie ihm befohlen, und drückte die Handfläche auf das Glasmosaik. Faye kam ihm nach, und ehe Finn sie zurückhalten konnte, hatte auch sie eine Hand an die Kugel gelegt. Joe stand neben ihnen und gesellte auch seine Pranke dazu. Dann rief er eine letzte Zauberformel, und seine Stimme hallte durch den Sturm ringsum.

Von irgendwo ertönte ein langer, dumpfer Schrei, eher tierisch als menschlich. Tief in der spiegelnden Oberfläche der Diskokugel wuchs eine schwarze Rauchsäule immer höher, bis sie nicht mehr in dem kleinen Gefäß zu halten war. Sie schoss aus dem glitzernden Rund und türmte sich über ihnen auf. In der Säule befanden sich weitere gekrümmte Geschöpfe und sahen mit totenkopfähnlicher Miene auf die Menschen unter sich herab.

Faye schrie auf, als die Säule sich senkte und sie aufsaugen wollte, und Finn drückte sie an sich. Er schloss die Lider und rechnete jeden Moment damit, dass Annwn ihn ergreifen würde. Doch es passierte nichts.

Finn öffnete vorsichtig die Augen und sah Faye in die schwarze, ölig wallende Säule blicken. Eine einzelne Gestalt hatte sich aus der verknäulten Masse verlorener Seelen gelöst. Es war eine bis auf die Knochen abgemagerte und dabei erkennbar traurige Frau. Sie starrte sie düster an.

»Die kenn ich«, rief Faye. »Die hab ich schon gesehen. In der Umkleide im Einkaufszentrum, im Spiegel …«

Die Gestalt schoss auf sie zu, und Finn spürte Faye zusammenzucken. Doch das Wesen griff nicht an. Es schwebte einen Moment vor ihnen und begann dann zu reden.

»Nein, dich nicht«, flüsterte sie, und ihre Stimme klang, als würden tausend stumpfe Messer aneinanderreiben. »Keinen von euch beiden. Meine Meister wollen diese Seelen nicht. Sie genügen ihnen nicht.«

Panik schoss Finn durch die Adern. Wenn das hier nicht klappte, hatten sie keine Wahl mehr. »Nein«, rief er, als die Figur wieder im Rauch zu versinken begann. »Warte! Bitte warte …«

Die verlorene Seele wandte sich ab. Finn dachte, sie würde verschwinden, doch stattdessen schoss sie auf Mercy Morrow zu. Die Magierin fuhr zurück, doch die Gestalt ritt auf dem Rauch heran, bis sie sich direkt gegenüber waren.

»Die hier«, fauchte sie, und ihre geisterhaft helle Stimme hallte durch den Saal, »die hier hat Angst genug, um uns alle damit zu nähren. Die hier!«

»Nein!«, rief Mercy. »Das dürft ihr nicht!« Sie drängte rückwärts. »Wer sollte ohne mich mit euch Geschäfte machen?«

Die Gestalt grinste und entblößte scharfe, schreckliche Fänge. »Meine Meister finden einen Weg«, flüsterte sie. »Das tun sie immer.«

Mercy drehte sich um und wollte fliehen, doch plötzlich war der große, graue Wolf da und versperrte ihr knurrend und schnappend den Weg.

»Was machst du?«, schrie Mercy das Tier an. »Du gehörst mir! *Mir!*«

Der Wolf trieb sie zur Diskokugel zurück, und seine gelben Augen waren voller Zorn. Erst als sie an die Kugel gedrückt dastand, ließ er von ihr ab.

Finn spürte ein kaltes Funkensprühen unter seiner Hand, und es schleuderte Faye und ihn nach hinten. Er streckte den Arm aus, um Fayes Kopf zu schützen, ehe sie auf den Boden krachten, und sah sich nach Joe um, doch sein Vater stand noch am selben Fleck und hatte die Hand an dem Glasball. Um ihn und Mercy herum flimmerte die Luft schwarz.

»Dad?«, rief Finn. »Was …«

In diesem Moment brachen weitere Blitze aus der Kugel und ließen Joe und Mercy als grelle Silhouetten vor dem schwarzen Hintergrund erscheinen. Mit lautem Knacken löste sich das Seil aus der Halterung, und die Kugel krachte zu Boden. Die vielen kleinen Glasflächen zitterten und warfen Tausende Spiegelbilder von Joe und Mercy zurück. Ringsum sank wallender Rauch nieder, schlängelte sich der Kugel in fließender Bewegung entgegen, senkte sich auf die beiden Unsterblichen und verschluckte sie.

Das Poltern wurde noch lauter. Die Turnhalle zitterte, Dielen sprangen aus dem Boden und zerbarsten. Finn sah Lucas, Liz und Jimmy stürzen. Die Schwärze ergoss sich in die große Diskokugel, erfüllte nacheinander alle kleinen Spiegelflächen und fegte immer schneller vorbei wie ein Sturm durch ein Tal. Die letzte schwarze Geisterflamme floh in die Kugel, und die vielen Glassteine spiegelten die Gesichter von Joe und Mercy ein letztes Mal, ehe sie in der Dunkelheit im Zentrum der Kugel versanken …

… die daraufhin explodierte, in kleine Scherben zersplitterte und als Glashagel niederging, der wie winzige Glocken klang.

Dann war das Poltern vorbei.

*

Sie blieben alle eine Weile lang reglos liegen, um wieder zu Atem zu kommen.

Lucas erhob sich als Erster und besah sich den Ort, an dem seine Mutter gestanden hatte, als die Horden von Annwn sie für sich beanspruchten. Es gab keinen Hinweis darauf, dass sie sich je dort aufgehalten hatte. Er spürte eine sanfte Hand am Arm, und als er sich umblickte, sah er in Fayes mitfühlendes Gesicht.

»Es tut mir so leid, Lucas«, sagte sie.

Er versuchte zu lächeln und nicht daran zu denken, dass er seine Mutter gerade an die Unterwelt verloren hatte, wo sie nun diesen Ungeheuern ausgeliefert war. »Ich schätze, das war Karma in Aktion, was?«

Lucas blickte sich in der Turnhalle um. Der Saal war eine Ruine … Der Fußboden war zersplittert, die Decke voller Flecken, bei denen es sich vermutlich um Öl handelte. Und an der Wand war von dem Spiegel nur noch ein rauchender Rahmen übrig. Die Dunkelheit war verschwunden und hatte dort, wo einst der Weg nach Annwn gewesen war, nur versengte Ziegel hinterlassen.

»Gut«, sagte er ironisch. »Wenn man die Sache positiv sieht, bedeutet das doch wohl …«

Er verstummte mitten im Satz, weil er in einer Ecke etwas entdeckt hatte: einen in Lumpen gekleideten Mann, der, offenbar bewusstlos, auf der Seite lag.

»He«, sagte Lucas. »Wer ist das?«

Finn nahm Fayes Hand und sah in die Richtung, in die Lucas gewiesen hatte. »Weiß jemand, wo der Wolf geblieben ist?«

Lucas schüttelte den Kopf. »Nein … der ist verschwunden.«

Finn nickte. »Jetzt, wo Mercys Magie zerstört ist, sind die Wölfe unter ihrer Macht keine Wölfe mehr …«

»Faye«, sagte Liz plötzlich, und ihre Stimme ließ Lucas sie sofort ansehen, »sieht das nicht aus wie …? Ist das nicht …?«

Lucas hörte Faye nach Luft schnappen, als sie sich den auf der Seite liegenden Mann ansah. »Oh Gott! Oh Gott … das ist mein Vater! Mein Vater!« Sie rannte zu der zusammengesunkenen Gestalt, hockte sich neben ihr nieder und schüttelte sie. »Dad! Hörst du mich?«

Liz kniete sich neben Faye. »Mercy hat ihn Peter genannt … aber ich dachte, sie wollte einfach nur einen auf schlau machen, wegen *Peter und der Wolf*. Ich hätte nie gedacht … Oh mein Gott, und das Tier hat versucht, mir zu helfen! Beim Zerbrechen des Spiegels … und dann, als Mercy fliehen wollte! Ich hätte es merken müssen! Mr McCarron!«

»Dad«, wiederholte Faye. »Daddy, bitte wach auf!«

Peter McCarron öffnete langsam die Lider und sah blinzelnd zu seiner Tochter hoch. Lucas bemerkte, wie sehr ihre Augen sich ähnelten. »Faye?«, fragte ihr Vater heiser. »Faye, bist du es wirklich?«

»Wartet mal«, sagte Liz und sah Finn an, während ihr eine Erkenntnis dämmerte. »Kommt demnach auch mein Vater wieder in Ordnung? Wenn der Zauber verschwunden ist, ist er dann wieder normal? Oh Finn, bitte sag mir, dass es so ist!«

Finn nickte müde. »Es sollte ihm wieder gut gehen. Wer unter Mercys Bann stand, dürfte nun davon befreit sein.«

Lucas hob eine Braue. »Gilt das auch für die Biker?«

Finn runzelte die Stirn. »Ich glaube nicht. Wir haben uns schon vor Jahrhunderten ihrem Einfluss entzogen.«

Liz sprang auf und nahm Jimmys Hand. »Jimmy, wir müssen meine Eltern suchen! Und deine! Bitte, ja? Sofort?«

Jimmy lächelte. »Na los.«

Das Paar ging zum Ausgang, wandte sich zuvor aber an Finn. »Es tut mir leid«, sagte Jimmy. »Das mit deinem Vater, weißt du. Er war ein feiner Kerl.«

Finn nickte grimmig. »Ja.«

Lucas sah nachdenklich auf seine Füße. »Ich denke, wir zwei sitzen jetzt irgendwie im selben Boot, oder? So ganz ohne Eltern, meine ich.«

Er spürte Finns Blick und sah seinem Bruder in die Augen. »Dein Haus da oben im Wald ist ein ganz schöner Kasten«, sagte Finn leise.

Lucas nickte. »Oh ja.«

»Zu groß für einen allein, meine ich.«

Lucas blickte irritiert und lächelte dann. »Ja. Ich könnte vermutlich ein paar Untermieter aufnehmen. Vielleicht einige von denen, die nun lange genug unterwegs waren?«

Finn lächelte zurück. »Weißt du, Joe hat mir mal erzählt, dass Mercy Tagebuch führte.«

»Tagebuch?«, wiederholte Lucas verwirrt.

Finn nickte. »Ein Verzeichnis der Orte, an denen sie gewesen ist, und der Menschen, die sie getroffen hat ...« Er sah Lucas in die Augen. »Eine Liste ihrer Eroberungen. Es könnte interessant sein, sich die Aufzeichnungen anzusehen, in denen es um deinen Vater geht. Findest du nicht?«

*

»Hast du mein Medaillon gefunden?«, fragte Peter McCarron, während Faye ihm beim Aufstehen half. »Das von deiner Mutter?«

Faye hakte ihren Vater unter und ging langsam mit ihm nach draußen. »Ja, Dad. Das haben wir gefunden. Keine Sorge, es ist in Sicherheit.«

»Oh«, sagte er erleichtert. »Ich dachte, es wäre für immer verloren. Mercy hatte einem ihrer Wölfe befohlen, es mir abzunehmen. Ich hab es festhalten und sie abwehren wollen, weißt du. Das war eine Wahnsinnsjagd durch den Wald. Dabei hab ich den kleinen silbernen Brieföffner verloren. Ich dachte, ich hätte im Kampf einen Wolf getötet, aber vielleicht ja auch nicht.«

»Mach dir um all diese Dinge erst mal keine Sorgen«, sagte Faye, als sie die Treppe zum Schulausgang erreichten. »Jetzt ist alles in Ordnung.«

Die schweren Schneewolken am Himmel zogen langsam ab, und die herbstliche Abendsonne ließ ihr Licht über Winter Mill scheinen. Faye schloss die Augen und hielt das Gesicht der Wärme entgegen. Als ihr Vater sie am Arm drückte, lächelte sie.

»Sieht so aus, als hätte Tauwetter eingesetzt«, sagte Peter McCarron schwach, als Faye ihn ansah. Hunger zeichnete seine Miene, doch das Lächeln, an das Faye sich so gut erinnerte, war da. »Mercys Einfluss verblasst bereits.«

»Ja«, seufzte Faye. »Das wurde auch Zeit.«

Ihr Vater nickte. »Ich sollte wohl besser mal Pam einen Besuch abstatten.« Er ging die Stufen runter. »Sie wird wissen wollen, wo ich war …«

»Ich komm gleich nach«, sagte Faye und blieb zurück, während ihr Vater ihr nickend zuwinkte. Im nächsten Moment war er schon zwischen all den Schülern verschwunden, die noch immer verwirrt durcheinanderliefen.

»Willst du ihn denn nicht begleiten?«

Das war Finns Stimme, und sie erklang leise hinter ihr. Faye drehte sich um. Er beobachtete sie auf seine ruhige, intensive Art, als wollte er erkennen, was in ihrem Herzen vorging.

»Gleich.«

Finn nickte und kam näher. »Seltsam«, begann er langsam. »Ich weiß nichts über dich, aber ich habe irgendwie das Gefühl, als würde … na ja … als würde etwas fehlen.«

»Fehlen?«

Er trat noch einen Schritt näher, direkt vor sie. »Ja«, sagte er leise. »Als gäbe es … noch was Unerledigtes.«

Faye sah ihm in die dunklen Augen. »Was Unerledigtes?«

Finn zuckte mit den Achseln. »Aber vielleicht bilde ich mir das ja nur ein.«

Faye schlang ihm lächelnd die Arme um den Hals. »Nein«, flüsterte sie. »Das bildest du dir nicht ein.«

Er gab ihr einen zarten Kuss auf den Mund, der sie flau in den Knien werden ließ. Sie hätte es am liebsten gehabt, wenn dieser Kuss, auf den sie so lange gewartet hatte, immer weitergegangen wäre. Doch Finn zog den Kopf zurück und legte ihr die Hände auf die Hüften. Als sie die Augen öffnete, sah sie, dass er sie anschaute.

»Was ist?«

Er lächelte und sah zum Himmel. »Ich wollte nur sehen, ob die Welt untergeht.«

Faye lachte. »Tut sie nicht.«

»Nein«, sagte er leise, »tut sie nicht …«

Finn hob sie vom Boden, drückte sie an sich und küsste sie erneut, und dieser Kuss dauerte sehr, sehr lange.

Epilog

Der Wind pfiff durch das Anwesen. Irgendwo schlug eine Tür in den Angeln. Seit Tagen war hier niemand gewesen, denn alle waren damit beschäftigt, die Trümmer in der Schule zu beseitigen und den vielen Schnee von den Straßen zu räumen.

Im alten Wohnzimmer lag der Spiegel trotz der warmen Sonne unter einer Eisschicht. Kalte Böen schlugen gegen sein Glas. Beisender Frost tanzte auf seiner Oberfläche und schuf einen eigenen Rhythmus.

Irgendwoher kam das Geräusch rennender Schritte. Es waren nicht die eines Menschen, sondern eines Vierbeiners. Das Geschöpf war flink und bewegte sich heimlich. Im Spiegel zitterte etwas. In seinen Tiefen wuchs Dunkelheit. Sie wallte plötzlich auf und schlug von innen wie eine schwarze Blüte ans Glas, während Frost den Rahmen umspielte.

Augen spähten aus dem tiefen Dunkel. Es war ein Wolf, und er rannte, rannte, hetzte auf das Glas zu, explodierte durch die Mitte des Spiegels und zertrümmerte dabei das Eis, das ihm den Weg versperrte. Er betrat die Welt mit einem kalten Windstoß, hielt inne und sah sich um.

Seine Augen waren unendlich blau. Es schüttelte kurz den Frost aus dem Fell, trottete aus der offenen Tür und verschwand im dichten Wald …

Fortsetzung folgt …

Jennifer Donnelly

Waterfire Saga

Das erste Lied der Meere

Irgendwo in der Tiefe gibt es ein Licht …

Prinzessin Serafina wird von Albträumen verfolgt. Sie prophezeien die Rückkehr einer uralten, bösen Macht. Als ihr Königreich angegriffen wird, scheinen sich Serafinas schlimmste Ahnungen zu bestätigen. Geleitet von ihren dunklen Träumen, macht sich die Meeresprinzessin mit ihrer besten Freundin Neela auf den Weg. Sie müssen vier weitere Meerjungfrauen aus Serafinas Träumen finden – und sechs Talismane. Nur so können sie die Zerstörung ihrer Welt verhindern …

Mitreißend, rätselhaft und gefährlich wie das Meer selbst!

384 Seiten, gebunden
€ 14,99 [D]
ISBN 978-3-505-13657-3
Erscheint am 05.03.2015

www.schneiderbuch.de

Schneiderbuch
EGMONT

Inara Scott

Internat der Geheimnisse

Die neue Chance

Welches Geheimnis hütet diese Schule?

Bloß nicht auffallen! Oft wäre Dancia am liebsten unsichtbar, damit niemand merkt, was mit ihr los ist. Denn immer wenn jemand einen Menschen bedroht, der ihr wichtig ist … passiert es einfach! Autos geraten ins Schleudern, Gebäude brechen zusammen – und meist wird jemand verletzt. Als ihr ein Stipendium an der berühmten Night Academy angeboten wird, gerät Dancias Leben völlig aus der Bahn. Was soll sie an dieser Schule für Genies? Oder ist die Schule gar nicht das, was sie zu sein vorgibt …?

Mitreißend, romantisch und mysteriös – ein Roman voller Geheimnisse!

352 Seiten, broschiert mit Klappe
€ 12,99 [D]
ISBN 978-3-505-13671-9
Erscheint am 02.04.2015